결혼식
전날
생긴 일

대산세계문학총서 096

결혼식 전날 생긴 일

O Casamento

네우송 호드리게스 지음 · 오진영 옮김

문학과지성사
2010

대산세계문학총서 096_소설

결혼식 전날 생긴 일

지은이 네우송 호드리게스
옮긴이 오진영
펴낸이 홍정선 김수영
펴낸곳 ㈜**문학과지성사**
등록 1993년 12월 16일 등록 제10-918호
주소 121-840 서울 마포구 서교동 395-2
전화 02)338-7224
팩스 02)323-4180(편집) 02)338-7221(영업)
전자우편 moonji@moonji.com
홈페이지 www.moonji.com

제1판 제1쇄 2010년 7월 23일

ISBN 978-89-320-2066-2
ISBN 978-89-320-1246-9 (세트)

이 책은 대산문화재단의 외국문학 번역지원사업을 통해 발간되었습니다.
대산문화재단은 大山 愼鏞虎 선생의 뜻에 따라 교보생명의 출연으로 창립되어
우리 문학의 창달과 세계화를 위해 다양한 공익문화사업을 펼치고 있습니다.

차례

제1장

메르세데스 벤츠 승용차에서 내리면서 운전사에게 일렀다.

—30분 후에 나를 데리러 오게.

차가 떠났다. 벤츠의 좋은 점은 미끄러지는 듯한 안락한 속도감이다. 사비노는 담배를 사러 갔다. 거스름돈을 기다리는 동안, 한 남자가 다른 남자의 등을 치면서 이렇게 외치는 광경이 보였다.

—파렴치한 놈들은 다 말라깽이란 말이야!

이상하게도 그 말은 개인적인 모독처럼 아프게 들렸다. 그는 지불한 5천 크루제이로 지폐의 거스름돈을 받아 들고 걸어나왔다. 그러는 동안 그 남자는 똑같이 쾌활하고 잔인한 어조로 다시 한 번 말했다.

—파렴치한 놈들은 다 말라깽이야.

영문 모를 증오심을 느끼며 사비노는 자신의 무죄와 정당함을 호소하는 심정으로 생각했다. '나는 파렴치한 놈이 아니야.' 그 남자의 얼굴과 가래 끓는 웃음소리를 결코 잊을 수 없을 것 같았다.

건물의 홀로 들어섰다. 산타 테레징야 부동산 중개소(이런 식의 이름은 여자가 제안했거나 붙였을 게 틀림없다)는 10층 전체를 차지한 사무실로, 그는 이곳의 사장이었다. 사비노 우쇼아 마라냥, 그는 자신의 마른 체격에 대해 심한, 아니 정확히 말해서 거의 병적인 부끄러움을 갖고 있었다. 방에서 옷을 벗으면서(절대로 아내 앞에서 벗는 일이 없었다) 거울 앞에 설 때마다 그의 얼굴에는 처절한 불만이 나타나곤 했다. 거울 안에는 가느다란 골격이, 파인 가슴팍이, 앙상하게 말라붙은 예수 그리스도의 갈비뼈가 있었다. 그렇다, 바로 비쩍 마른 예수 그리스도의 나체가 얇고도 얇은 살가죽을 붙이고 서 있었다. 그가 다녔던 바티스타 고등학교에서는 '마른 엉덩이'라는 별명으로 불렸었다.

다음 날은 막내딸의 결혼식 날이었다. 그는 종종 사무실에서 일을 하다 말고 생각에 빠져들곤 했다. 그리고 조용히, 약간 얼이 빠진 상태로 죽은 듯한 눈빛을 한 채, 마른 사람들은 결코 벌거벗고 사랑을 나눌 수 없다고, 적어도 밝은 불빛 아래서는 벗은 몸으로 사랑을 할 수 없다고 생각하곤 했다. 사실 그는 아직도 여자들을 매혹시키는 외모를 갖고 있는 50세의 남자였다. 할리우드 영화에 나오는 멋쟁이 중년 신사를 연상시켰다. 무언가를 고뇌하는 듯한 얼굴에 깊고 자상하면서도 슬픈 눈빛을 갖고 있었다. 부드러운 표정을 질 때면 더욱 깊이 빛나는 눈빛이었다.

아직 젊은 총각이던 어느 날, 바티스타 고등학교에 다니던 시절에 한번은 친구들과 어울려 사창가를 찾은 적이 있었다. 그날 일행 중에는 신부 지망생이었던 친구가 한 명 있었는데 그가 사비노를 향해,

―어이 '마른 엉덩이', 그것 좀 넘겨줘.

하고 말하자 모두 웃었다. 사비노는 못 들은 척 고개를 숙였다. 그러자 녀석이 되풀이했다. 사비노는 재빨리 탁자 위를 둘러보고는 병을 하나 움켜잡았다.

—다시 한 번 나를 '마른 엉덩이'라고 불렀다가는 죽여버린다. 알겠
어? 죽여버린다!

그토록 강한 살의를 느껴본 적은 일찍이 없었다. 주인 마담이 급히
달려왔다. 사비노의 성자같이 흰 창백한 얼굴과 순교자를 연상시키는, 고
뇌 서린 눈빛에 감동을 받은 마담은 그에게서 눈길을 떼지 않은 채,

—나한테로 와요, 젊은이.

낮은 목소리로 말했다. 그는 따라나섰다. 사비노는 마담이 독서를 좋
아한다는 것을 나중에 알았다. 가끔씩은 자신이 부리는 처녀들 얼굴에 읽
고 있던 소설책을 집어던지는 일도 있었다. 『위대한 산업』 같은 소설은
송두리째 외우다시피 했다. 그녀는 사비노의 손을 자신의 양손으로 부여
잡고 점치는 집시 여자 같은 말투로,

—젊은이, 자네는 살면서 상처를 많이 입겠어.

라고 예언했다.

자신의 마른 체구에 대한 병적인 열등감에 시달리던 그 시절에, 사비
노는 자신이 일찍 죽을 것이라고, 어쩌면 스물한 살도 못 채울 거라고 믿
었었다. 관 속에 누운 자신의 모습을 상상하며 편안함을 느끼곤 했다. 시
체의 발보다 더 불쌍한 것은 구두라고, 맨발로 죽은 모습은 얼마나 훨씬
더 다정하고 애틋한 것인가, 상상을 거듭하곤 했다.

그렇지만 그는 멀쩡히 살아남았다. 20세가 좀 넘었을 때는 그보다 두
살 어린 마리아 에우독시아와 결혼했다. 어느 정도 세월이 흐른 후, 부부
싸움 중에 아내가 울면서 물었다.

—도대체 왜 나와 결혼했나요?

그는 도저히 사실을 말할 용기가 없어 그냥 눈을 내리깔고 말했다.

—왜라니? 당신을 좋아했기 때문이지, 젠장!

고백할 수 없었던 진실이란 다름이 아니라 창녀들과는 성관계에 성공할 수 없었다는 것이었다. 아직 총각이던 시절, 그 색싯집에 다시 간 적이 있었다. 그때까지도 같은 마담이 여주인이었고 자기 자리에 앉아서 마차와 혼외 정사 이야기가 등장하는 소설을 읽고 있었다(마담은 현대 소설은 별로 좋아하지 않았다). 그 뚱보 여자는 오래된 그림이 풍기는 잊힌 향기 같은 것을 지니고 있었다.

사비노는 여자들을 헤치고 걸어들어갔다. 젖가슴이 크고 색기가 흐르는 창녀 하나가 그를 붙잡으며 즐겨보자고 꼬드기는 것을 도망치듯 피했다. 여윈 사람 특유의 부끄러워하는 태도로 탁자와 의자들 사이를 머뭇거리며 걸어갔다. 아버지의 죽음을 갑자기 기억한 것은 그때였다. 숨을 거두기 30분 전, 노인은 이미 시작된 호흡 곤란에 시달리면서 아들의 손을 움켜잡았다.

—바른 사람, 바른 사람.

말을 되풀이했다. 어머니가 아들을 쿡 찔렀다.

—너한테 하는 말이다.

사비노에게 이르는 노인의 마지막 말이었다. 아버지는 아들이 바른 사람이 되기를 바랐다. 그리고 그 순간부터 죽은 자의 마지막 당부는 어디를 가든 사비노를 따라다녔다. 사비노는 이리저리 헤맨 끝에 마침내, 무릎 위에 소설책을 놓고 자기 자리에 앉아 있는 마담 앞에 이르렀다.

그는 얼굴이 홍당무가 되어 열렬한 겸손함을 담아 청했다.

—마담, 나는 당신과 하고 싶습니다.

말이 단숨에 튀어나왔다. 말을 마치자마자 이내 후회했다. 마담은 그를 알아봤다. 그녀는 어머니처럼 젖은 눈을 갖고 있었다. 기분 좋게 놀라움을 표현하면서 말했다.

─아니, 나하고?

이번에는 소녀처럼 가식적인 태도로 다시 말했다.

─정말 나랑 할래요? 예쁜 아가씨들이 이렇게 많은데?

아버지의 죽음이 그의 머리 속에서 떠나질 않았다. 그 기억은 어린애의 울음처럼 끈질기고 고집스러웠다.

─나는 당신을 원합니다.

그러자 그 뚱뚱하고 고색창연한 뚜쟁이는 소녀처럼 날렵한 동작으로 일어났다. 그녀의 온몸이, 젖가슴과 엉덩이와 배와 심지어 늘어진 팔찌까지 깔깔 웃고 있었다. 그리고 그는 더 이상 아버지의 죽음을 생각하지 않았다. 이제는 그 망할 놈의 예비 신부, 그를 마른 엉덩이라고 불렀던 개새끼에 대한 분노를 떠올렸다. 그날의 폭발적인 분노에 대한 향수가 갑작스레 밀려오는 것을 느끼면서 그는 '죽여버린다. 죽여버린다' 하는 자신의 목소리를 듣고 있었다.

마담이 그에게 손을 내밀며 외쳤다.

─우이, 우이!

그녀는 전형적인 브라질 여인, 리투아니아인 부모에게서 태어나기는 했지만 갈데없는 브라질 여인이었다. 간혹 말투에서 외국 억양이 드러나기도 했다. 짙은 화장을 한 얼룩덜룩한 얼굴에는 옥수수빵 같은 누런 기미가 많았다. 그녀가 몸을 움직일 때마다 주렁주렁 걸치고 있는 팔찌와 귀고리와 목걸이 따위가 한꺼번에 소리를 질러대는 것 같았다. 두 사람은 주위의 시선을 받으며 방으로 올라갔다. 그리고 계단 참에 이르렀을 때 갑자기 욕지기가, 그저 옆의 여자에 대한 욕지기라고밖에는 말할 수 없는 기분이 속에서 올라왔다. 이어 그는 죽어가던 아버지의 육체에서 풍기던 냄새를 맡았을 때의 그 메스꺼움을 다시 느끼기 시작했다. 창녀 하나가 계단을 내려오다 그들과 엇갈렸다. 마담은 활짝 웃으며 말했다.

—나 연애하러 간다.

거의 인디언처럼 가무잡잡한 살결을 한 다른 창녀가 높고 날카로운 소리로 웃어댔다.

사비노는 위층에 이르러 생각했다. '이 여자가 내 입에 키스하는 날에는 토하고 말 텐데.' 방 안에 들어서자 사정은 한층 더 나빠졌다. 아버지와 아버지의 침대보, 잠옷, 침대, 그리고 아버지의 죽음은 모두 한 가지 냄새를 갖고 있었다. 그리고 그 방에서 풍기는 냄새는 일종의 비누 냄새, 세상 어디에도 존재하지 않는 비누의 냄새였다. 문을 닫았다. 그 방을 사용한 첫번째 창녀는 어떤 비누보다도 먼저 존재했던 세상 최초의 비누를 썼을 것 같았다. 그 방에 있는 모든 것은, 마리 앙투아네트풍의 침대까지 포함해서 모두 죽은 시대에 속한 물건들이었다. 사비노는 그 늙고 뻔뻔스런 금발 머리 창녀가 그 방에 있는 가구들만큼이나 죽은 여자라고, 거기 놓여 있는 백합 꽃잎 모양의 가느다란 타구(唾具)와 마찬가지로 죽어 있다고 생각하기 시작했다.

마담이 외국 억양의 말투로 말했다.

—나는 옷 안 벗을 거야.

그러고는 침대에 누워 치마를 걷어올렸다. 사비노는 그녀의 젖가슴 아래에는 말의 땀처럼 걸쭉하고 끈적끈적한 땀이 고여 있겠지 하고 상상했다.

숨을 몰아쉬고는 입을 열었다.

—마담, 미안합니다. 아무래도 음식을 잘못 먹은 것 같아요.

손으로 배를 쓰다듬었다. 여자는 고쳐 앉으며 말했다.

—이리 와 앉아요, 이리로. 긴장해서 그런 거야. 지나간다우. 여기

누워보라니까.

그는 용기를 짜내어 말했다.

—마담, 아무래도 오늘은 못할 것 같아요. 하지만 지불은 걱정 말아요. 돈은 내겠소.

여자에게 등을 돌리고 주머니를 뒤져 돈을 셌다. 마담은 비계가 녹아내리는 듯한 엉덩이를 드러내면서 돌아누웠다. 사비노는 그곳을 도망쳐 나왔다. 집에 와서는 잠을 이루지 못하고 밤을 꼬박 새웠다. 아버지는 고개를 꼿꼿이 세우고 올바른 것만 고집하는 사람이었다. 밤새 잠자리에서 이리저리 뒤척거리다가 날이 밝을 무렵 한차례 자위행위를 하고서야 잠이 들 수 있었다.

그러나 다행히도 이 모든 것들이 다 지나갔다. 부동산 중개소는 아주 잘 운영되고 있었고 바로 전날에도 큰 건을 하나 거래했다. 이제 그는 행복한 결혼 생활을 누리는 50대의 중년이었다. 딸을 넷 두었을 뿐 아들은 하나도 없었다. 왜 딸만 생겼을까. 이것이 가끔씩 사비노가 대답을 찾지 못하고 궁리하곤 하는 질문이었다. 내일 결혼하는 막내딸 글로리아의 지난번 생일에는 집에서 파티를 열었다. 손님 중에는 아내와 딸들을 봐주는 산부인과 의사인 카마링야가 있었다. 의사는 잔뜩 취한 채 계속 술을 마시고 있었다.

사비노가 말을 건넸다.

—이봐, 카마링야 선생. 내 뭐 하나 물어보겠네. 나는 딸만 뒀어. 그것도 네 명이나. 이게 뭘 의미하는 걸까?

라이터를 잃어버린 의사가 성냥을 더듬어 찾으며 말했다.

—그건 사비노 선생이 행운아라는 거야. 운수가 대통한 거지.

—아니, 그게 어떻게 행운이라는 건가? 딸 키우는 것이 얼마나 무거

운 책임인데.

의사는 성냥을 찾지 못하고 있었다.

—이봐, 사비노. 자네한테 아들이 하나 있는데 이 아들 녀석이 동성애자일 경우를 생각해봤나? 나는 아들 하나를 뒀는데, 천만다행으로 의심할 여지 없는 사내놈이지. 사내, 당당한 사내란 말이야! 아들 녀석이 진짜 사내가 아니라면 내 손에 장을 지지지. 왜냐면 말씀이야. 요즘은 이놈의 동성애가 도처에 널리 퍼지고 있거든. 그러니 내 한 말씀 해드리리다.

의사는 담배 한 대를 그냥 내버렸다.

—갈보 딸 하나가 갈보 아들놈보다 천 배는 더 나은 거라네.

사비노는 공격을 피하듯 한 발짝 물러났다.

—그건 또 무슨 소리야, 선생. 과장이 심하시네그려.

그러나 상대는 주정뱅이 특유의 빛나는 눈빛에 의기양양한 냉소를 담고 그의 이론을 계속 펴갔다. 그러더니 기어이는 앞뒤로 비틀거리다가 바닥에 넘어져 주저앉고 말았다. 카마링야는 계속해서 코파카바나*에 대해 떠들어댔다. 파티에 온 여자 손님들, 나이 많은 여자들과 어린 소녀들이 그의 옆을 가까이 지나가도 그는 아랑곳없이 큰 소리로 떠들었다. 그의 말에 의하면 요즘 코파카바나에 가면 동성애자가 지붕에서 뚝뚝 떨어지고 벽을 타고 줄줄 흘러내린다는 것이었다.

—나에게는 풀리지 않는 수수께끼야. 자네는 이해하겠나? 성 역할의 반전은 오래된 구닥다리 문명에서나 나타나는 거야. 브라질 사회야말로 아직 새파란 햇병아리 아닌가?

그는 거실과 손님들을 전부 가리키는 몸짓을 했다.

---

* 리우데자네이루에 있는 유명한 해변가 이름.

14

─저기 어디 미라라도 보이는가?

라면서 외설스럽게 킬킬댔다.

의사가 사비노를 계속 붙들고 늘어졌다. 자, 그러니 고상한 인텔리 사회에서나 어울릴 법한 남성성의 고갈, 퇴화 현상이 어쩌자고 우리 주위에 만연한 것인가. 이 비문명적인, 반문맹자들의 동성애는 브라질인으로서의 나의 자존심을 짓밟는다, 대충 이런 요지였다. 사비노는 술 취한 사람의 주정이라면 원래가 질색이었다. 반론을 제기했다.

─그렇게까지는 아니지, 나 참.

카마링야는 사비노의 소박한 이의에 곧바로 맹렬한 반박을 퍼부을 기세였다. 그런데 마침 웨이터가 지나가고 있었다.

─위스키 있는가? 위스킬 가져와. 여기 이게 뭐지?

코카콜라였다. 컵을 들어 살벌한 갈증을 달래듯 한입에 부어 넣고는 웨이터의 쟁반에 컵을 다시 내려놓고 다그쳤다.

─위스키를 가져오게, 어서!

그러고는 사비노를 향해 돌아섰다.

─이게 현실이야. 우리, 현실을 숨기지 말자구. 빈민촌에까지 동성애자들이 있다는 거야. 빈민촌에까지! 하류고 중류고 상류고 없어요. 모든 사회에 침투했다 이 말이야. 그리고 중요한 사실이 하나 있어. 대부분의 경우 쾌락을 동반하지 않는, 즉 타고난 동성애가 아니라는 사실이야. 그렇지 않아?

사비노는 솟아오르는 짜증을 간신히 눌렀다.

─나는 그렇게 생각 안 하네.

의사는 아랑곳없었다.

─아무도 명백한 사실을 보지 못해. 원래가 예언자들만이 명백한 사

실을 알아보는 법이긴 하지.

그러고는 예언자가 바로 그 옆에서 안주를 집어먹고 있기라도 한 듯 주위를 둘러봤다. 예언자 대신 웨이터가 지나갔다. 의사는 쟁반을 향해 돌진했다. 위스키가 어디 갔냐고 투덜대더니 또 콜라 한 잔을 들이켰다. 손수건을 꺼내 입술을 씻고는 이번에는 좀 숨 가쁜 낮은 목소리로 사비노를 향해 말했다.

—이게 바로 우리 브라질을 망치고 있는 현상이야. 북동부* 이야기 들을 많이 하지만 다 지어낸 이야기야. 굶주림은 죽이기는 해도 파괴하지는 않거든. 동성애야말로 우리 사회의 파괴를 가져오는 원인이고말고. 내 아들놈이 진짜 사나이인 게 천만다행이지. 저기 보라구, 우리 아들놈을. 생일 맞은 당신 딸과 춤추고 있구면.

사비노가 의사를 끌어당겼다.

—카마링야, 우리, 내 서재로 가세.

의사는 말을 끊었다. 한껏 고양됐던 사기가 불현듯 사라지고 그와 사비노, 그와 브라질 사이에 커다란 간격이 갑자기 생겨난 듯했다. 북동부, 펄벅의 오래전 중국 같은 북동부. 한순간 그는 세상 무엇보다도 간절히 웨이터가 나타나주길 바랐다. 그리고 곤혹스럽도록 절실한 갈증, 위스키나 콜라를 마시고 싶은 게 아니라 그 자리에는 없는 북동부 지방의 음료인 사탕수수 즙이 마시고 싶다는 애타는 갈증을 느꼈다.

눈에 띄게 권태로움을 드러내며 의사가 말했다.

—그러지, 사비노 선생. 서재로 가지요. 어디가 선생 서재더라?

사비노로서야 카마링야의 주장에 반대하려 들자면 할 말이 얼마든지

---

* 브라질에서 가장 가난한 지방.

많았다. 하지만 무슨 수로 주정뱅이와 토론을 벌인단 말인가. 파티가 끝나고 방으로 돌아와 아내에게 말했다.

—오늘은 정말 내가 완전히 바보 된 날이었어. 카마링야한테 완전히 당했다고.

마리아 에우독시아는 얼굴에 크림을 찍어 바르고 있었다.

—카마링야 선생이야 법 없이도 살 사람 아니유.

—뭐라고? 그런 사람이 레즈비언 찬미론이나 늘어놓고! 동성애자 딸을 두는 것은 아무 문제가 아니라고 우기더구먼.

아내는 크림을 펴 발랐다.

—하지만 잔뜩 취하지 않았수.

—여보, 에우독시아. 세상 모든 사람이 음담패설을 할 수 있지만 적어도 산부인과 의사는 그러면 안 되는 거 아니오? 그는 의사란 말이오, 의사. 알아듣겠소? 당신 내가 뭘 생각했는지 알아?

그는 구두를 벗으며 말했다.

—산부인과 의사들은 순례자처럼 금욕을 지켜야 한다는 법이 있어야겠다고 생각했소. 긴 가운을 입고 샌들을 끌고 머리에는 관을 쓰고 말이지.

아내가 한숨을 쉬었다.

—정신병도 가지가지구려.

제2장

엘리베이터 안에서 사비노는 그가 상상해낸, 기다란 가운에 머리에는 관을 쓴 산부인과 의사의 모습을 떠올리려 했다. 그런데 그 대신 그의 머릿속에 떠오른 것은 터무니없이 외설스러운 다른 이미지였다. 성 프란시스코 아시스가 의사용 고무장갑을 끼고 어깨에는 새가 앉은 모습으로 산부인과 진료를 하고 있는 광경이었다. 그리고 상상 속의 성 프란시스코 아시스는 피에르 로티처럼 파랗고 투명한 눈동자를 갖고 있었다. 피에르 로티는 그가 젊은 시절 열광적으로 좋아하던 작가였다. 좀더 정확히 말해서 그를 매혹시켰던 것은 그 작가의 소설이나 수필이 아니고 피에르 로티라는 이름이 연상시키는 푸른 달빛의 투명함이었다.

푸른 달빛. 엘리베이터가 멈췄다. 사비노는 갑자기 정신을 차리고 주위를 둘러봤다. 엘리베이터 안의 사람들은 아무도 움직이지 않고 그를 빤히 바라보고 있었다. 그가 물었다.

—10층이오?

엘리베이터 직원이 대답했다.

—네, 사장님.

엘리베이터 맨 안쪽에 서 있던 그는 얼굴을 붉히며, 실례합니다, 라고 중얼거리며 빠져나오기 시작했다. 안에 있던 사람들의 짜증 어린 질책의 시선이 느껴졌다. 엘리베이터 직원만 그에게 아첨하는 눈길을 주고 있었다.

나중에 사비노는 그날 아침 엘리베이터 안에 있던 사람들을 떠올려봤다. 임신한 부인네가 한 명, 겨드랑이 밑에 땀자국이 밴 꽃무늬 원피스를 입고 있었다. 어떤 여자들은 임신 중에 콧구멍이 넓어지고 고갱의 그림에 나오는 흑인 여자들처럼 색정적인 모습이 된다. 그래, 바로 고갱 그림이야. 막내딸 글로리아는 고갱의 그림 복사판 몇 개를 사서는 액자로 만들어 걸었다. 딸은 그의 의견을 알고 싶어했다.

—예쁘지요, 아빠? 보세요. 예쁘지 않아요?

그림 속, 꽃무늬 옷을 입고 서 있는 흑인 여자들을 바라봤다. 그는 심각하게 고개를 끄덕이면서 엄숙한 목소리로 말했다.

—예쁘다.

그림이 예쁘다고 평가하자, 딸은 고맙다며 그의 볼에 입을 맞추었다. 내일은 글로리아의 결혼식이었다. 한순간도 딸의 결혼식 생각이 그의 머리 한 켠에서 떠나지 않았다.

여기저기 흩어져 있는 직원들에게 인사를 건네면서 사무실로 들어섰다. 여기가 그의 엄청난 재산을 벌어들이는 곳이었다. 그는 매일 아침마다 모든 직원들에게 공평하게 친절함을 담아 인사하곤 했다. 아버지는 똥을 싸 뭉개며 숨을 멈췄다. 절대로, 남은 인생에서 절대로 그 고통스러운 똥싸기를 잊어버릴 수 없으리라.

—안녕하시오, 안녕하시오.

—안녕하세요, 사장님.

열번째 인사를 나누었을 때는 인사에 지치고 질리는 기분이었다. 그가 훗날 그날 아침을 떠올리자면, 사무실 전체를 가로질러 자기 방으로 가는 동안 여직원 산드라가 책상에 앉아 코를 풀고 있던 모습도 기억할 수 있을 거였다. 산드라는 감기에 걸려 있었고, 쉴 새 없이 흐르는 콧물 때문에 정신을 차리지 못하고 있었다.

(그렇게 아버지는 돌아가셨다. 똥을 계속 싸 흘리면서. 아버지는 이미 죽었는데 창자의 운동은 계속됐다. 그래서 사비노는 환장하도록 아버지가 가여웠다. 온 집 안은 물론이거니와 이웃집까지 번지도록 독한 똥냄새에 유린당한 시체를 사랑했다.)

그의 방으로 들어섰다. 자신의 끈질긴 기억이 피곤하고 고역스러웠다. 이럴 때는 딸의 사진, 내일 결혼할 막내딸의 사진을 봐야만 했다. 집 무실 구석구석마다 글로리아의 사진이 하나씩 놓여 있었다. 딸은 내일 결혼한다. 순결한 처녀의 몸으로. 딸이 처녀성을 잃는다는 것은 생각조차 하고 싶지 않았다.

글로리아의 사진을 바라봤다. 사진은 결코 그 사람 자체가 아니고 사물에 불과할 뿐이다. 그렇기는 해도 사진 속에는 약간의 글로리아가, 그녀의 흠잡을 데 없는 신선한 발랄함이 조금 들어 있었다. 아무도 더 이상 처녀로 결혼하지 않는다. 글로리아 외에는.

사비노의 비서 노에미아가 타이프 치던 편지에서 지우개로 오타를 지우다가 그가 들어서는 것을 보고 안경을 벗어들었다.

—안녕하세요, 사장님.

드디어 마지막 인사다.

—안녕하시오.

담배를 하나 꺼냈다. 이제 그에게 떠오른 이미지는 그 옛날의 창녀 집에 있던 우유컵 모양을 한 타구였다. 가느다란 병 입구는 백합꽃 모양이었지. 담배에 불을 붙였다. 위장병이 있었지만 그래도 담배는 피웠다. 자리에 앉아 딸의 사진을 들여다보고 나서 몇 가지 사무를 보기 시작했다.

—내가 결재할 서류들을 갖고 와요.

노에미아가 안경을 다시 쓰고 서류철을 집어 들더니 종이 몇 장을 꺼내어 그에게 가져왔다. 그러고는 한 장씩 그에게 건넸다. 그가 읽지도 않고 사인을 해 넘겨주는 동안 비서는 봉투에 종이들을 다시 넣었다. 비서가 말했다.

—사장님, 카마링야 선생님이 전화하셨는데요.

—누가?

계속 다른 종잇장들을 그에게 건네주면서 비서가 다시 말했다.

—카마링야 선생님께서 전화해서는 이리로 오겠다고 그러셨어요. 사장님더러 좀 기다리시라고 부탁하셨습니다.

우연의 일치였다. 전날 밤부터 의사의 외설스런 주정을 계속 생각하지 않았던가. 사무실에 오자마자 처음 듣는 이름이 그의 이름이라니. 글로리아의 결혼식 전날에. 그런데 카마링야가 막내딸의 결혼식 전날 아침 아홉 시에 전화할 사연이 뭘까?

노에미아가 계속 말했다.

—카마링야 선생님 말씀이 급한 용무랍니다.

그는 아무 이유 없이 발생하는 우연이란 없는 법이라고 생각하며 긴장했다. 카마링야가 딸의 결혼식 전날, 그것도 아침부터 전화했다면 뭔가 단단히 할 말이 있어서일 게다. 긴장으로 고통스러워지기 시작했다. '급한 용무'라는 표현은 무한의 가능성으로 열린 창문과도 같다.

마지막 서류에 서명을 마쳤을 때 노에미아가 물었다.

—직원들, 들어오라고 할까요?

그는 펄쩍 놀라며 자신의 이마를 쳤다.

—아참 그렇지! 오늘은 회의가 있지. 회의가 있는 날이네. 이런 제기랄!

도대체 산부인과 의사가 딸의 결혼식 전날 전화할 용건이 무어란 말인가. 그리고 급한 용무는 무슨 빌어먹을 급한 용무야? 오늘 직원 회의에서는 전날 성사된 큰 거래 건을 다루기로 돼 있었다. 이런 낭패스러운 일이 있나. 그의 부동산 중개소 수입이 드디어 10억으로 불어나는 시점이었다. 10억. 아무도 그 사실을 몰랐다. 마누라도 몰랐다. 아버지가 돌아가실 때까지 일생을 같이 살았건만 부자 사이에 오가던 대화라고는 최소한의 몇 마디뿐이었다. 사비노는 똥을 싸며 죽어가던 마지막 순간에야 아버지를 사랑했다.

자리에서 일어나 말했다.

—노에미아 양, 직원들에게 회의가 취소됐다고 말하세요. 설명을 잘하시오. 나는 오늘 출근도 안 하려고 했는데. 이 서류들 결재만 하려고 했단 말이오. 그리고 조금 있다가 아내와 만나서 함께 볼일이 있소.

비서가 서류들을 정리하며 말했다.

—걱정 마세요. 제가 알아서 하겠습니다.

새 담배 한 대를 빼들었다. (담배를 너무 많이 피우는데!)

—사무실에 온 게 잘못이었어!

노에미아가 직원들에게 알리러 나갔다. 현금으로 10억이라. 망할 놈의 급한 용무 같으니라구. 이유를 알 수 없는 조바심으로 애가 탔다. 그와 그의 아내는 오전에 베르나르도 신부를 만나러 가기로 약속이 돼 있었

다. 만나서 결혼식 미사 때 주례사(아내의 표현에 의하면 강론)을 넣을 것
인가 말까를 결정할 작정이었다. 베르나르도 신부는 가톨릭 교단 내부의
중요한 인물 중 한 사람이었다. 무시무시하게 높은 문학적 식견을 자랑하
는 인물로 제 링스, 조르지 아마도, 하케우 지 케이로스* 같은 작가들을
가리켜 문맹자라고 부르곤 했다. 시에 이르러서는 더 말할 나위도 없었
다. '바보 같은 드루몽** 자식'을 입에 달고 살았다. 반데이라***의 시는
그런대로 좋아하는 편이었다.

노에미아가 돌아왔다. 그는 결정을 내렸다.

—집으로 전화를 걸어요. 나는 카마링야를 기다려야 하니까, 집사람
하고 한 약속은 취소해야겠어.

다시 딸의 사진을 쳐다봤다. 그 어느 때보다도 막내딸의 사진에 뼛속
까지 잠길 필요가 있었다. 노에미아가 전화를 돌렸다.

—통화 중입니다.

그는 초조한 심정으로 두 손을 바지 주머니에 찔러넣었다.

—계속 걸어봐요, 계속.

사람들은 글로리아가 아버지의 눈을 닮았다고 말했다. 그리고 그가
막내딸을 가장 사랑한다는 것을 모르는 사람이 없었다. 그러나 사비노는
결코 그렇지 않다고 우기곤 했다. 무슨 터무니없는 소리야! 마누라와 친

---

  * 현대 브라질 문학에서 가장 중요한 사조인 모더니즘파의 대표적인 작가들.
    제 링스는 죠제 링스 두 헤고José Lins do Rego(1901~1957)의 애칭이다.
    조르지 아마도Jorge Amado(1912~2001).
    하케우 지 케이로스Raquel de Queirós(1910~2003).
 ** 카를로스 드루몽 지 안드라지Carlos Drummond de Andrade(1902~1987): 브라질
    최고의 모더니즘파 시인.
*** 마누에우 반데이라Manuel Bandeira(1886~1968): 모더니즘파 시인.

척 아주머니들과 그 때문에 떠들썩하게 싸운 것도 여러 번이었다. 한번은
너무 화가 나서 고래고래 소리를 질렀다.

　—사람 미치겠군! 환장하겠어! 다른 애들한테 콤플렉스라도 심어주
겠다는 거야? 이런 고약한 노릇이 어디 있지?

가책으로 인한 괴로움 때문에 더욱 흥분해 목청을 높였다.

　—말도 안 되는 소리 하지 말라구! 전부 다 똑같은 내 딸이다. 전부
똑같이 사랑하고말고!

아내가 코웃음쳤다.

　—웃기는 소리 말아요. 내가 당신을 모를 줄 아우? 글로리아를 제일
좋아한다는 걸.

전화는 계속 통화 중이었다. 그는 갑자기 비서에게 솔직해지고 싶었다.

　—노에미아.

존칭 없이 불러놓고는 다시 고쳐 불렀다.

　—노에미아 양, 오늘 나는 사위 될 사람에게 5백만짜리 수표를 끊어
줄 작정이오. 하지만 이건 비밀이오. 집에서도 아무도 모른다구.

그는 이렇게 많은 돈을 갖고 있다는 자부심을 한껏 누리며 비서의 반
응을 슬쩍 살폈다. 노에미아는 액수를 듣는 순간, 오줌통이 졸아드는 느
낌이었다. 놀라움과 즐거움과 두려움이 뒤죽박죽이 되어 방광을 조이는
것 같았다.

찬탄을 드러내며 액수를 반복했다.

　—5백만이라고요!

사비노가 설명했다.

　—이 5백만은 사위를 위한 개인적인 선물이오.

다시 강조했다.

―사위한테 주는 선물이지. 딸에게는 이미 아파트를 줬소.

비서의 입이 계속 벌어졌다.

―그 근사한 아파트를!

정말 아파트는 환상적인 위치에 자리잡고 있었다. 창문들을 통해 한 쪽으로는 바다, 다른 쪽으로는 호수의 파랗고 아름다운 그림 같은 풍경이 보였다. 사비노는 그런데도 뭔가 부족한 것 같아, 그렇지 않다고 스스로 를 설득시키는 사람처럼 집요하게 반복해 말했다.

―아파트는 아무것도 아니오. 내 것은 모두 내 딸 거나 마찬가지야.

그러고는 이유 없이 불안해지는 것을 느끼면서 공허하게 외쳤다.

―글로리아도 알고 있지. 내가 마지막 남은 옷 조각 하나까지 자기에 게 줄 것이라는 걸. 그건 그렇고 노에미아 양은 어떻게 생각하오? 선물로 5백만이면 어떻겠소?

노에미아가 이 질문에 막 대답을 하려는 순간, 마침내 전화가 연결됐 다. 사비노는 기분이 좋아졌다. 어찌나 긴장하고 있었던지 통화 중인 전 화 같은 사소한 일도 신경을 피곤하게 했다. 비서가 전화를 건네줬다.

―신호가 가고 있습니다.

아내가 바로 받았다. 사비노는 담배를 끄집어냈다. 옆에서 노에미아 가 성냥을 집어 그었다. 첫 모금을 마시고 말했다.

―여보, 나요. 오늘 우리 계획을 좀 바꿔야겠어.

아내는 대뜸 싫어하는 기색이었다.

―당신, 벌써 시작이구려!

아내에게 변명을 늘어놓으며 사비노는 '바보 자식'은 드루몽이 아니 라 베르나르도 신부라는 결론에 이르렀다. 황금빛으로 번쩍이는 바로크식 성당 제단보다 화려한 신부의 장광설에 항상 감탄했었다. 그러나 지금 전화 저쪽에서 큰 소리로 불평을 퍼부어대는 아내의 목소리를 듣고 있자니 최후의 심판보다 극명하고 잔인한 확신에 도달했다. 드루몽을 좋아하지 않아서가 아니다. 신부는 꾸며낸 죄를 고백하는 고해자 같은 말투로 "나는 과거지상주의자요"라고 선언하곤 했다. 모름지기 시라면 단연코 운율이 있어야 한다고 주장하는 이였다. 그를 구식이라고 몰아붙이는 사비노의 딸들과 토론을 즐기곤 했다. 그럴 때면 빙그레 웃으며 인정하곤 했다.

—그러게 나는 빌락*이 좋다니까. 빌락 찬미자인 것이 자랑스럽다니까.

딸년들은 드루몽과 반데이라와 비니시우스**를 구름 위까지 치켜세웠다. 사비노도 비니시우스의 시 가운데 어떤 것들은 좋아했다. 그리고 쉬미치***라면 『글로보』 신문에 실리는 기고문은 좋아해도 시는 별로 좋아하지 않았다.

사비노는 전화를 든 채 몸을 기울였다.

—여보, 내 말 좀 들어요. 전화 감이 너무 나쁘네. 내 말 들었소? 사무실에 와보니 카마링야 박사 전갈이 와 있잖아. 급한 용무다 뭐다 하면서 말이야. 알아들었소? 그러니 기다려야지 어떻게 해. 그건 그렇고, 다른 준비는 잘되고 있고?

아내는 카마링야 박사 이야기에 더 신경을 쓰면서 건성으로 대답했다.

—별일 없어요. 글로리아가 좀 토했는데, 별것 아니에요.

—저런 고약한 일이! 너무 긴장해서 그런 거야. 혹시 간이 나빠진 게

아닐까? 그러게 내가 항상 말했잖아. 글로리아는 초콜릿을 먹으면 안 된다니까! 고집쟁이 같으니라구. 어제도 보니 초콜릿으로 배를 채우고 있더라구. 그러더니 결국 어떻게 됐나 좀 보라구. 큰일이다, 큰일이야. 상태가 안 좋아지면 의사를 빨리 불러야 돼.

에우독시아는 말을 꺼낸 걸 후회했다.

—그렇게 수선 피울 필요 없어요. 아무것도 아닌 걸 갖고. 봐요. 카마링야 선생이랑 얘기가 끝나는 대로 나한테 전화해요. 바로 나갈 준비 다 됐으니까.

아내가 전화를 끊으려 하는데 사비노가 얼른 물었다.

—여보, 에우독시아. 당신 혹시 카마링야 박사에게서 이상한 눈치 못 챘소?

—아뇨.

—가만있어봐. 그날 말이야, 그날 우리 집 생일 파티에서 엉망으로 술에 취했던 날 있잖소. 그날 이후로 난 그 사람 좀 달리 보게 됐어. 그 사람이 우리 집 주치의를 한 지 20년이 넘었잖아. 당신 해산을 전부 다 봐줬고. 상스런 소리도 안 하고 천박한 농담도 안 하던 사람이었는데.

에우독시아는 옆에 있는 누군가와 이야기하기 시작한 눈치였다. 사비노는 초조해졌다. (갈수록 베르나르도 신부가 '바보 자식'이라는 것이 그에게 분명해졌다.)

—여보, 에우독시아, 듣고 있는 거요?

—듣고 있고말구요.

—듣긴 뭘 들어! 좌우지간 이봐, 내 느낌에는 아무래도 카마링야가 좀 이상해진 것 같아.

아내가 드디어 신경질을 냈다.

—당신, 그놈의 느낌 타령 좀 작작 해요! 알기나 해요? 이상한 건 당신이라구요!

—내가?

아내가 퍼부었다.

—그래요, 당신요! 사비노, 어제하고 오늘 사이 당신 도대체 두 가지 일을 연결해서 못합디다. 정신이 달나라에 가 있는 모양이에요. 그래서 내가 항상 하는 말이라니까. 당신은 글로리아를 제일 좋아해요. 아니라고 우겨도 소용없어요. 글로리아밖에는 눈에 보이는 게 없으면서. 다른 애들 결혼식 때 당신은 관심도 없었잖수. 하나만 따져봅시다. 당신 테오필로에게 얼마짜리 수표를 줄 작정이우? 2백만이오? 웃기지 말아요. 2백만은 무슨 2백만! 사비노, 당신 내가 그렇게 바본 줄 알아요?

—당신은 꼭 그렇게 남 기분 상하게 하는 말을 해야겠어?

그는 갑자기 목소리를 낮추고 말했다.

—카마링야 선생이 오셨소. 나중에 전화하리다. 참, 여보, 내가 좋아하는 바바 지 모사* 준비하는 것 잊지 말아요.

전화를 끊고 일어섰다.

—아이고, 우리 박사님, 잘 지내시는가?

상대방은 무게 있는 미소를 지어 보였다.

—사장님만큼 좋지는 못하고. 그저 그러네.

침착하지 못한 몸짓으로 사비노가 비서에게 돌아서며 말했다.

—커피 두 잔 가져와요.

—이 더위에 웬 커피? 노에미아 양, 괜찮소.

---

* 달걀 노른자와 설탕을 섞어 튀긴 과자.

사비노는 얼굴에 웃음을 지으려고 애썼다.

—그럼 커피는 그만두지. 아니, 그런데 급한 용무라는 게 도대체 뭐야? 자네 지금 나를 놀래키고 싶은 건가?

카마링야는 손수건을 꺼내 아무 말 없이 손을 닦더니 얼굴과 목을 차례로 닦아 내려갔다. 사비노는 부친의 죽음을 생각했다. 아버지가 돌아가시고 몇 달 동안이나 죽음의 냄새가 환각처럼 남아 떠나질 않았었다. 임종시 노인네가 입었던 잠옷을 간직해두고 싶었는데.

사비노와 의사는 나란히 선 채 잠시 동안 우두커니 글로리아의 사진을 들여다보고 있었다. 뚱뚱한 사람들에게 있게 마련인 거친 숨소리를 내면서 어딘지 애틋한 향수가 어린 말투로 카마링야가 말했다.

—사비노, 자네는 정말 예쁜 딸을 두었어. 다른 애들 이야기가 아니야. 다른 아이들이야 그저 보통으로 생겼지. 하지만 여기 이 아이 말이야, 글로리아는 내 살면서 본 가운데 가장 아름다운 아가씨야. 글로리아하고 에바 가드너 중에 고르라고 한다면 백번 글로리아지. 이런 말을 언젠가 했더니 사람들이 웃던데. 그렇지만 솔직한 이야기야.

그 순간 사비노는 이렇게 물어보고 싶은, 참기 힘든 충동을 느꼈다. '글로리아는 처녀 맞지? 내 알고는 있지만 그래도 의사인 당신이, 그래, 그 아인 처녀다,라고 말해줬으면 좋겠어.' 하지만 참았다. 유곽 주인 마담의 방에 있던 오래된 타구가 떠올랐다. 아버지의 더러운 파자마 잠옷을 손톱만큼의 구역질도 없이 지극한 애정으로 간직했을 텐데.

다시 한 번 카마링야가 손수건으로 목덜미를 닦았다. 사비노는 사랑하는 아내를 잃은 남편은 아내의 팬티를 보관하고 싶어하는 것이 당연할 거라고 생각했다. 죽음으로 젖은, 죽음의 땀이 밴 팬티를.

카마링야가 노에미아 쪽으로 몸을 약간 기울이고 말했다.

—아가씨, 실례지만 잠깐만 나가 있어주시겠소?

비서는 얼굴을 붉히며 일어나,

—그러믄요, 그러믄요.

말하고는 방을 나갔다. 이번에는 카마링야가 자리에서 일어나 문으로 가더니 열쇠를 돌려 잠갔다. 이제 사비노는 베르나르도 신부가 정말 바보 자식인지 확신이 서지 않았다. 카마링야가 그의 곁에 돌아와 앉더니 바로 다시 일어났다.

의사가 단도직입적으로 나왔다.

—테오필로에 대해 뭘 알고 있나?

—내 사위 말인가?

—그래, 자네 사위 테오필로.

사비노는 숨을 깊이 들이켜고 말했다.

—글쎄, 왜 그러나? 좋은 총각이라고 생각하는데. 아주 훌륭한 젊은 이지.

의사가 그를 똑바로 쳐다봤다.

—어제 내 사무실에서 자네가 알아둬야 할 장면을 봤네.

아무 말 않고 사비노는 고통을 느끼기 시작했다(이미 고통을 느끼고 있었고, 이제 그 정도가 심해졌다). 잠시 기다렸다. 카마링야는 단조로운 말투로 단숨에 다음과 같이 말했다.

—자네 사위가 될 테오필로가 내 조수 녀석과 입 맞추고 있는 걸 봤네. 자네도 아는 내 조수, 조제 오노리오 말일세. 누가 나한테 말해준 게 아니야. 내 눈으로 직접 봤네. 갑자기 치료실로 들어갔을 때 분명히 봤네.

제3장

아버지의 죽음. 똥으로 범벅이 되고 시체처럼 말라붙은 그 파자마 잠옷.

전화가 울렸다. 그 순간의 침묵에 끼어든 전화벨 소리는 천사의 목소리처럼 들렸다. 사비노는 번개처럼 수화기를 낚아채고 외쳤다.

—여보세요, 여보세요?

—여보, 나예요.

수화기에서 흘러나오는 아내의 목소리가 갑작스런 안도감을 줬다. 옆에서 거친 숨을 몰아쉬고 있는 의사에게 말했다.

—잠깐만 기다리게.

에우독시아와 말을 주고받으면서 그는 조제 오노리오인가 하는 놈이 어떻게 생겼는지 목소리, 눈빛, 웃음소리 따위를 기억해내려고 애썼다. 친구의 병원에 갈 때마다 거기서 보기는 했었다. 스물하고 몇 살이 더 넘어 보이고 속을 알 수 없이 닫힌 표정에 유난히 슬픈 기색이 드러나 보이는 청년이었다. 사비노는 카마링야에게 물어본 적이 있었다. "자네 조수인 저 총각은 무슨 문제가 있나, 아니면 원래 저런 식인가?" 카마링야가 설명했다. "부친이 중풍으로 쓰러져 누웠다네. 저 친구가 워낙 극진한 효자거든."

에우독시아가 전화에 대고 중요하지도 않은 이야기를 하고 있는데 딸아이 하나가 음식 접시를 들고 다가왔다. 그녀는 딸이 지나가기를 기다렸다가 전화기에 입을 바짝 붙이고 말했다.

—어떻게 됐수? 카마링야 선생이랑은 얘기 끝났어요?

그는 가슴이 갑갑해옴을 느끼며 대답했다.

—여기 나랑 같이 있소. 지금 얘기 중이오.

의사에게 너무 침착하게 보이고 싶지는 않았다. 마누라 때문에 신경이 곤두선 척했다.

—여보, 여보, 에우독시아. 나중에 전화해. 아니, 내가 할게. 내가 전화한다구. 알았어?

전화선 저편에서는 참을성 없이 보챘다.

—사람 너무 궁금하잖아요. 말을 해줘야지!

—뭐라고? 무슨 말인지 안 들려. 다시 말해봐요.

의사에게 말했다.

—전화 감이 안 좋네.

전화는 멀쩡했다. 다 들리는데도 무슨 소리인지 이해를 못하고 있을 뿐이었다. 사비노는 카마링야를 증오하기 시작했다. 그날의 추잡한 술주정 이후로 이미 그를 증오하고 있었다. 산부인과 의사는 글로리아의 사진을 집어들고는 심각한 얼굴로 들여다보고 있었다.

에우독시아가 말했다.

—난 지금 크게 말할 수가 없어요. 알았수? 내가 질문할 테니까 당신은 예, 아니요로만 대답해요. 뭐 심각한 문제는 아니죠? 예? 아니요?

사비노는 이를 악물고 대답했다.

—에우독시아, 지금은 말할 수 없다고 했잖아. 카마링야 선생이 여기 계시다구. 나중에 전화하리다. 끊어요, 끊어.

전화를 끊고 나서 자리에서 일어섰다.

—집사람은 천사야. 그런데 뭐랄까, 가끔가다 보면 요령 없이 굴 때가 있다네. 타이밍이 제일 안 좋을 때 바보 같은 고집을 부릴 때가 있거든. 문제야, 문제. 그런데 그건 그렇고.

비쩍 마른, 시체처럼 마른 파자마. 그건 그가 끝내 할 수 없었던 고백이었다. '나는 똥을 싸 뭉개는 아버지를 사랑했다.' 그렇다, 똥으로 인해 아버지는 자신의 철저한 비참함을 완성했다. 그리고 조제 오노리오의 슬픔의 원인은 그의 아버지의 중풍이었단 말이지.

의사가 오기 전에 사비노는 '급한 용무'라는 게 바로 이것일 줄은 모르고 별의별 상상을 다 하느라 머리를 쥐어짰다. 임신도 생각했었다. 카마링야가 사무실에 들어섰을 때 경련을 일으키듯 떠오른 생각은 '글로리아가 임신을 했다거나 낙태를 했다고 말하겠지'였다. 그리고 만일 약혼자가 아니라 다른 남자의 아이라면 어쩌나? 그러나 의사가 이야기를 시작했을 때 그는 모든 사태를 순식간에 이해했고, 갑작스럽고 절망적인 환희에 빠졌다.

그가 준비했던 사태는 임신이었지 동성애가 아니었다. 상황을 더 딱하게 만드는 것은 뭔가 말해야 한다는 절박함이었다. 조제 오노리오 아버지의 중풍. 사위 될 인간이 동성애자라는 사실을 알았고 거기에 대해 뭔가 말을 해야만 했다. 말을 해야 하는데 적당한 단어가 떠오르질 않았다. 그냥 할 말이 없었다.

그리고 갑자기 그는 카마링야가 얼마나 뚱뚱한 남자인지 새삼스럽게 깨달았다. 그를 20년 넘게 알아오고 있으면서도 그렇게 짧은 다리에 통통하고 작은 손을 가진 뚱보라는 사실을 한 번도 생각해본 적이 없었다. 카마링야, 빌어먹을 뚱보 같으니.

사비노는, 자신이 절망과 분노, 고통을 드러내기를 상대방이 기다리고 있다는 걸 눈치챘다. 하지만 의사의 기대에 어긋나게도 사비노는 전혀 놀라움을 드러내지 않고 그의 폭로를 들었다. 놀라기는커녕 당황하지도 않았다. 어찌 된 거야, 빌어먹을. 어제와 오늘의 48시간 사이에 그의 내부에서 뭔가가 변해버린 것 같았다. 그와 사물과 언어, 다른 사람 사이에는 소름 끼치도록 깊은 심연이 놓여 있는 것 같았다. 조제 오노리오의 아버지가 뇌일혈이 있다고 했던가, 반신불수라고 했나.

가만있지 못하고 방 한곳에서 다른 곳으로 서성거리다가 갑자기 의사 앞에 멈춰 섰다.

—자네는 그걸 왜 결혼식 하루 전날에 내게 말하는 건가?

문득 산부인과 의사의 눈빛에서 악의 어린 호기심을 눈치채고 그 옆에 앉으며 말했다.

—이봐, 의사 선생. 확실한 거야? 잘못 본 건 아니냐구?

의사는 자기의 넓적다리를 내리쳤다.

—이거 봐, 사비노. 확실하냐니? 잘못 봤냐니? 자네는 이게 장난 같은가? 수염이 시커먼 놈 둘이서 붙들고 입을 맞췄다는 게 그냥 어린애 장난이라고? 단순한 호감의 표시라고? 이것 보게, 자네 딸 생일잔치가 있었던 날 밤 기억나나? 내가 술주정 끝에 주책을 떨기는 좀 했지. 그렇지만 다 이유가 있었던 게야. 일종의 전조였다구. 자네 사위는 호모야. 틀림없어. 둘 중에 누가 여자 역인지는 모르겠네만.

남자 역과 여자 역이라. 사비노는 담배꽁초를 재떨이에 짓눌러 껐다.

—그렇지만 나는 도무지 알 수가 없네, 카마링야! 우리 딸내미는 그 녀석이랑 사귄 지가 2년째고 약혼한 지도 1년이나 돼간단 말이야. 그동안 내 딸년은 그 녀석이 어떻다는 걸 전혀 눈치를 못 챘다고?

카마링야는 웃었다.

—사비노, 여자들은 남자를 몰라. 큰코다치기 십상이지. 특히 동성애로 말할 것 같으면, 여자들은 가장 마지막에 알게 마련이지. 그리고 말일세, 대부분 알면서도 눈감아주는 거야. 더러는 오히려 남색꾼들을 더 좋아하는 치들도 있다 그러더만.

호기심이 생기는 걸 느끼며 사비노가 물었다.

—자네가 들어섰을 때 말이지. 갑자기 들어갔다고 했잖아. 그놈들이 뭐라고 하던가? 반응이 어땠었냐고?

카마링야는 금방 대답하지 않고 담배를 꺼냈다. 그 순간 꼭 담뱃대에 끼운 담배를 피우고 싶을 게 뭐람.

석 달 전쯤이었다. 테오필로가 글로리아를 데리고 그의 진료실에 온 적이 있었다. 그때 카마링야는 테오필로를 학교를 갓 졸업한 조수인 조제 오노리오에게 소개했었다. 그 둘은 글로리아가 카마링야에게 진찰을 받는 동안 붕대실에서 몇 마디 이야기를 나누는 듯했다. 그 후 테오필로가 혼자 진료실을 방문해 조제를 만나는 것 같더니 둘은 어느새 친구가 되었고 이제 와서 보니 연인 사이가 된 거였더라는 거다.

그리고 어제 카마링야가 불쑥 방문을 열고 들어갔다가 그 키스 장면을 봤다는 이야기였다. 무슨 영문인지를 모르는 것처럼 의사는 물끄러미 쳐다봤다. 그 둘은 깜짝 놀라 떨어졌다. 카마링야는 물어보기까지 했다.

—아니, 이게 뭐 하는 거야?

조제 오노리오가 고개를 숙였다.

―죄송합니다, 죄송합니다.

의사는 잠시 기다렸다가 조제 오노리오에게 먼저 퍼붓기 시작했다.

―자네를 내 아들처럼 생각해왔네. 그렇지만 이젠 끝장이야. 내 앞에서 당장 꺼져버리고, 다시는 나타나지 말게. 알아들었나? 다시는 나타나지 마.

조제 오노리오는 가운을 벗었다. 그는 울고 있었다. 양복 윗도리를 집어들고 아무도 쳐다보지 않고 방을 나갔다. 테오필로는 담배를 꺼내들었지만 불을 붙이지는 않았다. 이윽고 카마링야가 그를 향해 돌아섰다. 테오필로는 두려움 없는 눈길로 그를 마주 봤다. 의사는 청년의 얼굴에 잔인한 냉소가 어려 있음을 감지했다.

카마링야가 포문을 열었다.

―할 말씀이 있으신가?

―선생님은 지금 정당하지 못하시다는 말씀을 드리고 싶습니다.

―정당하지 못하다, 내가? 이 내가?

의사는 빈정대는 말투로 말했다.

―시간 낭비하지 마세. 자네는 오늘부터 우리 사무실에 출입 금지야. 출입 금지!

―제 얘기 좀 들어주시겠습니까?

의사가 끓어오르는 화를 참지 못하고 외쳤다.

―얻어터져야 정신을 차리겠군!

청년은 창백한 얼굴을 하고 격렬한 몸짓으로 돌아서며 말했다.

―나한테 손가락 하나만 댔단 봐요! 선생이 나를 뭘 안다고!

두 사람은 서로를 뚫어지게 노려봤다. 테오필로의 얼굴은 언제 봐도 세수를 막 끝내고 10분이 채 안 된 사람 같았다. 의사가 문을 가리키며 소리쳤다.

─나가라, 당장 나가!

청년이 낮은 목소리로 말했다.

─지금 선생님이 보신 것은 제 인생에서 한 번도 일어난 적 없는 일입니다. 처음이자 마지막일 겁니다. 믿어주십시오. 저는 정상입니다.

그는 의사의 눈길을 똑바로 응시하고 다시 한 번 말했다.

─성(性)적으로 정상입니다.

카마링야가 손가락 사이에 빈 담뱃대를 들고 말했다.

─날 속일 생각은 말게. 나는 봤네. 다른 건 다 참아줘도 이것만은 안 돼. 남자면서 남자를 탐하는 놈, 남자면서 남자한테 입 맞추고 싶어하는 놈은 나한테는 사람도 아니야. 젊은이, 이 길로 내 사무실을 나가서 두 번 다시 나와는 아는 척도 하지 말게.

테오필로가 두어 발짝 떼어놓다 말고 돌아섰다.

─좋습니다. 하지만 분명히 알아두십시오. 나와 그 청년 사이에는 아무 일도 없었습니다. 부끄러워해야 할 아무 일도요. 오늘은 그의 생일이었고요. 저는 그저 축하 인사로 친구를 안아준 것뿐입니다. 친구 사이의 포옹, 그것뿐입니다.

─그렇다면 자네도 알아두게. 글로리아네 식구들도 곧 이 일을 죄다 알게 될 거라고. 내가 가서 다 말해줄 거야, 내가!

─선생을 총으로 쏘아버리겠어!

의사는 화가 나 미쳐버릴 지경이었다.

─엉덩이로 쏠 테면 쏴봐라!

잠시 침묵이 흘렀다. 마침내 테오필로는 담배에 불을 붙였다. 나가기 전, 마지막으로 침착한 목소리로 말했다.

—카마링야 선생님, 선생님은 아무것도 모르십니다. 글로리아를 행복하게 해줄 사람은 저밖에는 없습니다. 안녕히 계십시오.

카마링야에게 있어 그들의 키스보다 더 흉악한 것은 테오필로의 처신이었다. 그의 비아냥거리는 태도가 더 싫었다.

사비노는 아무 말 없이 모든 전말을 들었다. 카마링야가 자신의 손을 가슴에 얹고 말했다.

—자네는 내 말이 무슨 말인지 알겠지, 그렇지, 사비노? 그놈이 내 발밑에 무릎이라도 꿇었으면 말이야. 내 구두에 입이라도 맞추었으면, 내 구두에 침을 칠해가며 입 맞추고 빌기라도 했다면 말일세. 그랬다면 비굴하기는 하지만 적어도 잘못을 뉘우친다는 표현이 됐겠지. 내 조수 녀석은 울었다고. 그런데 자네 사위 새끼는, 사위가 될 그 인간은 울기는커녕 내게 맞서 대들었네. 도덕이고 뭐고 아무것도 없는 놈이야. 도덕이 없는 놈이고말고.

사비노가 입을 열었다.

—가만 좀 있어보게. 우리 성급한 결론을 내리지 말자구.

—성급하기는 누가 성급하다는 거야?

의사는 담배 연기 때문에 몇 번 기침을 하고는,

—자네는 내 말을 못 알아듣고 있구먼. 그 녀석은 뻔뻔스럽게도 아니라고 우기더라니까. 키스가 아니었대. 키스한 적도 없대. 그냥 생일 축하 포옹이었대.

그러더니 대경실색하며 큰 소리로 공격하기 시작했다.

—자네 지금 무슨 소릴 하고 싶은 거야? 내가 거짓말이라도 꾸며대고 있다는 거야? 내가 뭘 모르는 철부지 어린애 같은 소릴 한다는 거야? 이봐, 사비노, 이 카마링야는 저능아가 아닐세. 내가 확신이 없었다면 자

네한테 와서 이런 소리를 할 성싶은가? 나를 뭘로 보고 있는 거야, 지금?

사비노는 머리에 두 손을 얹었다.

—아이고, 그만두게, 제발. 나는 그런 뜻으로 말한 게 아니야.

이번에는 그가 목소리를 드높였다.

—이봐, 카마링야. 내 딸년의 결혼식이야. 생각을 좀 해보게. 그리고 누가 여자 역이고 남자 역인지는 모르는 거잖아.

—그런 건 상관없어. 그런 건 다 헛소리야. 누가 밑에 깔리든 위에서 하든, 엎드리든 그게 무슨 상관이야. 자네 지금 제정신인가? 남자 새끼가 다른 남자 녀석 입에다 키스를 했다는데 더 이상 뭘 알아볼 필요가 있다는 게야?

사비노는 거의 울 지경이었다.

—자네 말이 맞네. 맞다니까. 이 일을 어쩌면 좋지? 내 꼴을 좀 봐. 난 어떡하면 좋지?

아버지가 돌아가실 때 입고 있었던 잠옷을 어떻게 했더라? 태워버렸나? 아니면 어떤 가난한 사람에게 줘버렸나?

카마링야는 갑자기 지겨워졌다.

—이 모든 게 다 지저분하기 짝이 없어!

그가 자리에서 몸을 일으켰다.

—나는 가겠네, 사비노.

사비노는 와락 의사를 붙잡았다.

—나는 어떡하면 좋지? 자네 생각을 좀 말해봐.

의사는 여전히 담뱃대 생각이 간절했다. 그는 평소에 진료실 밖에서 담뱃대 사용하는 걸 좀 창피해하는 편이라서 잘 갖고 다니지 않았다. 지금 그의 머리 속에는 죽은 아들, 교통사고로 죽은 그의 외아들이 떠올랐다. 죽은 아들을 보러 시체 안치소까지 갔더랬다. 아들은 피 묻은 붕대로 머리를 싸맨 채 죽어 누워 있었다.

의사가 아무 말도 하지 않는 동안, 사비노는 별안간 엉뚱한 의문을 떠올렸다.

—여보게, 조제 오노리오의 아버지 말이야. 뇌일혈로 쓰러졌다고 했잖아. 그래서 어떻게 됐나?

—뚱딴지같이 조제 오노리오 아버지는 왜 찾아? 사비노, 지금은 자네 딸 결혼 얘기를 하고 있는 중일세.

사비노는 얼굴을 붉히며 고개를 숙였다.

카마링야가 그의 어깨에 손을 얹으며 말했다.

—이봐, 나는 내 임무를 다 했어. 해야 할 말을 하러 여기까지 왔네. 하지만 아버지는 자네야. 자네가 결정을 내리게.

사비노는 방 한쪽에서 다른 쪽으로 서성거렸다. 카마링야가 자기의 고통을 즐기고 있을 거라는 생각이 들기 시작했다. 속에서 욕지거리가 나왔다. '개새끼 같으니라구!' 그리고 마침내는 울분이 치솟았다.

—의무를 말하기야 쉽지. 하지만 결혼식 전날이야. 하루 전날! 내가 이 결혼식에 돈을 얼마나 썼는지 알기나 하나? 난 부자가 아니라네. 뭐 비교적 잘 버는 편이긴 하지만 부자는 아냐. 어쨌든 이 결혼식에 엄청나게 돈을 썼네. 그런데 갑자기, 이놈의 자식이 나를 이 꼴을 만들어? 돈이 문제가 아니야. 암, 돈은 문제가 아니지. 이런 일을 당하지 않을 수만 있다면 내 재산 같은 건 다 줘도 아깝지 않겠네.

갑자기 의사가 자기를 얼마나 속물로 볼까 속으로 켕겼다. '어쩌자고 결혼 비용 이야기는 꺼냈담?' 그는 의사의 양팔을 두 손으로 붙잡았다.

—이봐, 자네는 내가 돈 같은 것에 연연하지 않는다는 걸 알지. 하지

만 이해를 좀 해주게. 이 결혼식은 나에게 있어 내 전부야. 내 인생 전부나 다름없어. 글로리아는 다른 딸들하고는 달라. 다르다고. 이봐, 카마링야 선생. 내 자네에게 고백 하나 하지. 나는 글로리아만 사랑하네.

그러곤 의사를 쳐다보고는 고쳐 말했다.

—물론 다른 딸아이들도 사랑하네. 사랑하고말고. 다 내 딸들인데. 하지만 글로리아를 제일 사랑한다네. 굳이 거짓말하고 싶지 않아. 만약 글로리아한테 무슨 일이 생긴다면 나는 차라리 내 머리에 총알을 쏴버리는 편을 택할 거야.

—진정하게!

그는 다시 의사의 팔을 붙잡았다.

—난 어쩌면 좋단 말인가?

리우데자네이루 유명 인사의 절반을 결혼식에 초청해놓은 상태였다. 신랑 신부의 대부 중에는 장관 부부도 있었다. 진짜로 성대한 결혼식을 치를 작정이었다. 생전 처음으로 연미복도 맞추었다. 그런데 이렇게 시간이 임박해서 결혼식이 취소됐음을 알았을 때의 장관의 얼굴을 상상해봤다. 그리고 신문 사교란에 결혼 소식을 올리기 위해 뿌린 그 많은 돈! 어쨌든 결혼식은 기정사실이었다. 결혼식 하루 전날 결혼식을 취소할 수는 없는 일이었다.

의사는 말이 없었다. 사비노는 다시 한 번 호소했다.

—현실적으로 생각을 해보자구. 이 난리, 이 망신을 어쩌면 좋겠나. 소문이 퍼질 걸 생각 좀 해봐. 사람들한테 무슨 말을 해야 되지?

연미복을 생각하니 가슴이 쓰려왔다. 다시는 연미복을 입어볼 일이 없으리라. 아버지는 똥 더미 속에서 돌아가셨지.

의사의 침묵이 그를 안절부절못하게 만들었다.

—결혼을 코앞에 둔 신부의 충격은 어떡하고. 내 딸은 영영 회복을 못할지도 몰라.

카마링야가 힘겹게 입을 열었다.

—사비노! 나는 자네와 30년 친구일세. 그 30년 동안 자네는 나에게 '바른 사람'이라는 말을 5백 번은 했네. 그래. 자네는 자신을 '바른 사람'이라고 소개하길 좋아하지.

사비노는 당황해 더듬거렸다.

—이봐, 무슨 말을 하고 싶은 게야? 오, 오히려, 나는 항상 내 단점들을 인정해왔는데.

의사가 냉정하게 말했다.

—'바른 사람'이라면 어떻게 행동해야 할지를 알 걸세. 결정은 자네가 내리는 거야.

의사는 돌아서 나가기 시작했다. 문 앞에 이르렀을 때 뒤돌아 서더니 말했다.

—조제 오노리오의 아버지는 죽었네.

사비노는 이미 그 화제를 잊고 있었다.

—뭐, 뭐라고? 누구?

의사가 참을성 잃은 말투로 대답했다.

—자네, 조제 오노리오의 아버지가 어떻게 됐냐고 묻지 않았나, 그렇지? 죽었어. 1년인가 됐지. 내 아들이 죽기 하루 전에 죽었네. 하루 지나고 아들 녀석이 죽었지. 잘 있게.

의사가 마침내 떠났다. 사비노는 의자에 몸을 던지고는 울음을 터뜨렸다.

제4장

노에미아는 카마링야가 나오는 것을 봤다. 의사가 그녀에게 간다고 인사했고, 그녀도 눈길을 내리깔고 미소를 지으면서 답례했다. 미소지을 때 여비서의 얼굴에는 살짝 홍조가 어렸다. 그녀는 이상하게 부끄러움을 잘 탔다. 산부인과 의사가 나가자마자 자리에서 일어났다. 그녀는 직장 동료 산드라와 잡담을 나누고 있던 참이었다. 치마 주름을 손으로 펴며 말했다.

—나중에 보자, 나중에.

산드라는 화장지를 꺼내 다시 콧물을 닦았다. 노에미아는 사장실로 들어갔다. 그녀가 들어오는 것을 보자 사비노는 화가 치밀었다. 이 바보 같은 여자가 왜 이렇게 금세 들어오는 거야, 지겨운 멍청이 같으니라고!

그는 자리에서 일어나 여비서에게 등을 돌리고 섰다. 노에미아는 자기 책상으로 가서 서류를 뒤적거렸다. 내가 울고 있는 걸 봤겠지? 틀림없이 봤겠지? 그는 애써 태연한 척 자연스러운 태도를 꾸며 벽 쪽으로 걸어가 거기 걸려 있는 타모이오족*의 그림 앞에 섰다. 그 그림도 글로리아의 선물이었다. 비서에게 등을 돌리고 계속 타모이오족 그림을 열심히 들여다보는 척하면서 말했다.

—집사람에게 전화 좀 걸어줘요.

—알겠습니다.

노에미아는 사비노가 울고 있는 걸 봤다. 그 때문에 또 한번 방광이 졸아들었다. 그녀가 아직 어릴 적에 옆집에 살던 노파가 죽었을 때였다. 관이 집에서 나가던 순간, 이미 장성해 결혼한 남자인 노파의 아들이 울음을 터뜨렸다. 그때, 노에미아는 그 통곡하는 모습에 너무나 감동을 받고 순간적으로 강렬한 연정을 느꼈다. 그 울고 있던 남자에게, 그가 울고 있다는 이유 하나 때문에 반했다. 나이 들고 초라하고 매력이라고는 손톱만큼도 없는 남자였지만 그 순간만은 온 마음을 다해 그를 사랑한다고 느꼈다.

전화 연결이 늦어지자 초조해하며 사비노가 말했다.

—어떻게 된 거요, 노에미아 양? 전화 거는 거야, 안 거는 거야?

비서가 온순하게 대답했다.

—통화 중입니다.

세번째로 번호를 돌렸다. 그는 계속 타모이오족 그림을 바라보며, 마누라쟁이가 또 수다를 떨고 있구나, 생각했다. 에우독시아는 한번 수화기를 잡고 떠들기 시작하면 몇 시간이고 좋아라였다. 급기야 그는 인디언 그림에서 눈을 떼고 방 안을 서성거리기 시작했다.

—아직도 통화 중이오?

—예.

---

* 브라질 내륙에 거주하는 투피 인디언 계열의 한 부족.

―빌어먹을!

카마링야가 그에게 한 짓은 결코 용서할 수 없었다. 결혼식 전날은 결코 그런 폭로에 적합한 순간이 아니라는 걸 알았어야 했다. 사비노는 생각했다. '이 결혼식에 9백만을 썼다. 아니, 9백만이 뭐야, 그 이상이 들었지. 거기다가 테오필로 놈에게 주려던 5백만까지 하면 1천4백만, 1천4백만! 그리고 또 더 들었지.' 가만있자, 그런데 녀석은 자신이 동성애자라고 고백하지 않았다고? 바로 그거다. '뭐 때문에 내 사위보다 카마링야의 말을 믿어야 된다는 거야, 안 그래? 남의 사생활에 간섭하기 좋아하는 그 뚱보를!'

비서는 아직도 전화를 걸고 있었다. 사비노가 멈춰 섰다.

―노에미아 양, 내 뭐 하나 부탁해도 되겠소?

그녀는 사장의 목소리가 심상치 않음을 감지했다.

―그럼요.

―도대체 아가씨는 왜 전화번호를 연필로 찍어 돌리는 거요? 봐, 지금도 연필로 돌리고 있잖아?

놀라 기어들어가는 목소리로 대답했다.

―습관이 돼서요.

사비노가 기다렸다는 듯이 화를 냈다.

―왜 다른 사람들처럼 손으로 돌리질 않지? 노에미아 양, 보통 사람들처럼 말이오? 그게 옆사람 신경을 얼마나 거슬리게 하는지 알기나 하시오?

비서는 그 즉시 연필을 내려놓고 손으로 번호를 돌리기 시작했다. 사비노는 이제 다른 상대방에게 분노의 화살을 돌렸다.

―그놈의 카마링야가 뭔가가 오늘 하루를 망치는구먼!

물론 바보 같은 여비서에게 의사가 와서 한 말을 털어놓을 생각은 없었다. 그냥 푸념조로 계속 말했다.

—오래된 우리 집 주치의야. 식구들을 다 봐줬지. 하지만 모르겠어. 남의 감정 상하게 하는 소리 하길 좋아하는 것 같아. 아무래도 질투심에서일 거야.

질투심. 바로 모든 것을 설명해주는 단어였다.

—그런데 날 부러워할 게 뭐지? 웃기는군. 모두들 내가 돈 많은 부자라고 생각들 하지. 물론 돈을 잘 버는 건 사실이야. 그렇다고 부자는 아니라고. 벤츠 타고 다닌다고 다 백만장자인 줄 알아? 닥터 카마링야도 돈이라면 남부럽지 않게 벌잖아. 얼마나 비싸게 받는데. 환자도 많고! 그런데 뭐 땜에 내 돈을 질투하는 거지?

다시 한 번 타모이오족 앞에 섰다. 그런데 왜 하필이면 키스였을까? 어차피 아무것도 못 본 게 사실이니 그냥 껴안고 있었다고 해도 됐을 텐데.

비서에게 돌아와 말했다.

—아니면 아들이 그렇게 죽었다고 남한테 화풀이하는 걸까? 아들 죽은 것과 내가 무슨 상관인데? 그 아들 녀석은 순 플레이보이였어. 그날도 술에 취해서 운전하다가 전봇대를 들이받았을 거야. 엄청난 술고래였거든.

그러다 더 이상 못 참겠다는 듯이 말을 끊고는,

—아직도 통화 중이오?

—통화 중입니다.

사비노는 자리에 앉아 손가락을 꺾기 시작했다. 카람볼라*를 먹어본 지 30년, 아니 그보다 더 되는 것 같다고 생각했다. 마지막으로 먹었던

----

* 산딸기의 한 종류.

때가 1929년이던가(그때 대통령은 워싱턴 루이스이고 부통령은 이스타시오 코임브라였지. 아니, 이스타시오 코임브라가 아니지. 멜로 비아나였나? 맞다. 멜로 비아나였어). 그러니까 30년도 더 된 셈이다. 희한한 것은 그 이후로 카람볼라를 구경조차 해본 적이 없다는 거다. 무슨 과일이 그렇게 어느 날 갑자기 없어질 수가, 사라질 수가 있을까? 그리고 또 하나 어이없는 일은 불레 막스*의 그림에는 바나나 나무가 등장하지 않는다는 거다. 바나나 나무만큼 브라질을 대표하는 게 없는데. 언젠가는 카람볼라처럼 구아버**도 없어지고 마는 게 아닐까.

노에미아가 손가락을 써서 전화번호를 필사적으로 돌리는 동안 사비노는 악의에 찬 만족감을 느끼며 속으로 선언했다. '불레 막스는 순 엉터리야!' 닥터 카마링야는 아들이 죽은 다음부터 모든 인류에 대해 적개심을 품은 게 틀림없었다. 자기 아들이 죽어서 우리 글로리아의 결혼식을 망치려는 거야. 악마한테 물려갈 놈! 불레 막스가 만든 공원보다는 프랑스식 정원이 훨씬 근사하고말고. 비서의 허리 좀 봐라, 가슴도 저게 뭐람. 도대체 엉덩이도 가슴도 없는 여자야.

비서가 환호했다.

—신호 갑니다, 신호 갑니다!

그러나 사비노는 더 이상 아내와 말하고 싶지 않았다.

—이렇게 해요. 글로리아를 불러요. 딸애가 나오면 나를 바꾸시오.

상대가 전화를 받았다. 포르투갈인 억양이 있는 남자였다. 잘못 걸린 거였다. 얼굴이 빨개진 비서가 더듬거리며 말했다.

---

* 호베르투 불레 막스Roberto Burle Marx(1909~1994): 리우데자네이루 태생의 화가, 건축가, 조경미술가.

** 브라질에서 많이 먹는 열대 과일의 하나.

―잘못 걸렸네요.

사비노는 의자에서 펄쩍 튀어올랐다.

―아이고, 이젠 잘못 걸기까지? 아, 노에미아 양, 제발!

여비서는 창피해서 죽을 지경이었다. 사비노는 자리에서 일어났다. 그의 인생에서 어떤 재앙이 막 벌어지고 있었다. 그 재앙의 폭발을 지연시키고 있는 것은 통화 중인 전화선이고. 계속해서 통화 중인 전화 때문에 기분이 자꾸 나빠졌다. 비서를 쳐다봤다. 노에미아는 아랫입술을 떨고 있었다.

갑자기 불쌍한 마음이 들었다.

―노에미아 양, 그렇다고 우는 거요? 우는 것은 아무 도움이 안 되지. 이거 봐요. 내가 지금 결혼식 때문에 신경이 보통 곤두선 게 아니야. 혈압이라도 재봐야지 안 되겠어. 담배도 좀 줄여야지. 내 노에미아 양한테 화내려던 게 아니었소. 알겠소? 기분 상했으면 내 사과하리다.

전화통 위로 고개를 푹 숙이며 여자가 말했다.

―아닙니다. 아니에요.

사비노는 벌써 슬그머니 후회하고 있었다. '내가 이 멍청한 여자에게 너무 잘해주고 있는 거 아냐?' 그가 좀 친절하게 대해주면 비서는 기뻐서 숨이 넘어가는 기색이었다. 마침내 신호가 가고 전화가 연결됐다. 이번에는 집이었다.

노에미아가 상냥하게 웃으며 전화에 대고 말했다.

―저, 여기는 사비노 사장님 사무실인데요. 글로리아 양 있습니까? 나갔어요? 잠깐만요, 잠깐만요.

어찌할 바를 모르고 사비노에게 묻는다.

―다른 사람이라도 불러달라고 할까요?

사비노는 숨을 몰아쉬었다.

—노에미아 양, 내가 글로리아를 바꿔달라고 할 때는 글로리아랑 이야기하고 싶어서요. 다른 사람 아닌 글로리아랑! 그렇지만 보자, 보자. 집사람을 불러달라고 해요. 아내와 이야기하리다.

노에미아가 전화를 건넸다.

—여기요, 사장님. 사모님 나와 계십니다.

사비노는 전화기를 들었다.

—여보, 에우독시아. 잠깐 기다려봐요. 기다리라잖아! 노에미아 양, 잠깐 나가 있어주겠소?

비서가 나가자 말을 시작했다.

—에우독시아. 지금 두 시간째 집에 걸던 중이오. 도대체 무슨 통화가 이렇게 길어? 젠장할!

—전화가 쉬지 않고 계속 오는 걸 어떡해요? 하루 종일 전화통이 쉴 새가 없어요, 지금. 그건 그렇고, 어떻게 됐수? 카마링야 선생이 할 말이란 게 뭡디까? 그 양반이 뭐래요?

아내가 목소리를 낮췄다.

—임신했대요? 그렇대요?

이건 좀 심했다.

—에우독시아, 말조심할 수 없어? 당신 도대체 머리에 뭐가 들었소? 정말이지 여자들이 뻔뻔스러울 땐 남자들보다 더하다니까!

아내는 자기 할 말만 계속했다.

—그럼, 임신은 아니란 말이죠? 나는 그게 궁금했다 이거죠.

그는 목소리를 가다듬었다.

—여보, 나 혼자서 베르나르도 신부를 만나보리다.

아내에게는 카마링야가 한 이야기를 한마디도 전하지 않을 생각이었
다. 마누라가 알았다가는 금세 사방으로 소문이 나고 만다. 여자들은 비
밀을 지킬 줄 모른다. 친구에게 말하고 이웃 여자에게 말하고 집에서 일
시키는 사람들에게까지 털어놓는다. 여자들은 구제 불능의 존재다.

에우독시아는 같이 가고 싶어했다. 그는 잠시 궁리했다. '같이 갔다
간 난처한 자리가 되고 말걸.' 좀더 강력하게 밀고 나가기로 작정한다.

—여보, 에우독시아, 나는 신부와 단둘이 할 이야기가 있소. 단둘이!

—하지만 나 외출 준비 다 했단 말이에요.

—지금 그게 문제가 아니라니까. 당신 내 말 듣고 있는 거요? 개인
적인 볼일이 있어, 신부랑 나랑. 내 말 못 알아듣겠소?

아내가 쉿소리를 냈다.

—내가 들으면 안 될 개인적인 볼일이 뭐죠?

—그럴 일이 있다니까. 당신 가톨릭 신자잖아. 가톨릭 신자가 고해성
사가 뭔지도 모르나? 나 혼자서 고백할 일이 좀 있다구. 고해성사를 하는
자리에 동행자를 부를 수는 없는 거 아냐? 더 이상 왈가왈부하지 맙시다.
내일은 글로리아 결혼식이잖아. 하여튼 난 혼자 갈 거야. 집에 자동차 안
보낼 거니까, 그런 줄 알라구.

기어이 아내에게 악을 쓰고 만다.

—제발 지겹게 굴지 마!

아내도 지지 않고 맞섰다.

—맘대로 해라, 이 망할 놈아!

사비노는 어이가 없었다.

—뭐가 어째? 뭐가 어째?

에우독시아가 거칠게 전화를 끊었다. 사비노도 수화기를 내려놨다.

모욕당했다는 기분은 전혀 없고 오히려 안도감에 싸였다. 마누라는 지금쯤 남편한테 욕을 퍼붓고 면상에다 전화를 끊어놓고는 기분이 풀렸을 거다. 결혼식 전날만 아니었으면 가만 안 놔뒀다. 그렇지만 카마링야의 방문이 가져다 준 충격이 어찌나 컸던지 그런 욕설 정도로는 마음이 상하지도 않았다. 더구나 그 정도는 욕도 아니지 뭐.

결혼 생활 26년 동안에 에우독시아가 그에게 그런 식의 험한 말을 한 것은 처음이었다. 그는 베르나르도 신부를 만나 카마링야가 해준 말을 전하고 자문을 청할 생각이었다. '그러니 신부님, 나는 이제 어떡하면 좋단 말입니까?'

어쩌면 신부도 닥터 카마링야의 행동과 그의 아들의 죽음 사이에 있는 연관 관계를 간파할지 모른다. 사비노에게 이보다 확실한 건 없었다. 카마링야의 태도는 한마디로 한 맺힌 아버지, 그것이었다. 아들을 사랑했는데 그 아들이 죽었다. 그러므로 이제 글로리아의 결혼식을 망치려는 거였다.

신부를 만나러 나가기 전에 사비노는 다시 한 번 타모이오족 그림을 바라보며 생각했다. 평범하기 짝이 없는 사소한 일들을 통해 재앙에 대항하는 수도 있다고. 사무실에 들어올 때 여직원이 코 풀던 모습을 본 걸 기억했다. 이런 생각을 하며 견디기 힘든 고통에서 잠시 헤어나고자 했다. 사실 사비노는 서둘러 나가고 싶은 마음이 전혀 없었다. 자신의 부동산 회사 집무실 안에 있노라면 스스로가 전지전능한 존재 같아 뿌듯했다.

그때 노에미아가 기쁨에 찬 얼굴로 문을 열고 말했다.

—글로리아 양이 오셨습니다!

사비노는 자리에서 벌떡 일어났다.

—들어오라고 해, 들어오라고 해.

—아가씨들하고 인사 중입니다.

'아가씨들'이란 사무실에 있는 네댓 명의 여직원들을 말하는 거였다. 글로리아는 회사에 올 때면 사무실의 모든 직원들 한 명 한 명에게 일일이 인사하고 사환 아이에게까지 안부를 챙겼다. 청소부 노인네에게도 정중하게 '선생님'이라고 불렀다. '너무 과장하는 거 아니야!' 사람들이 뒤에서 말하곤 했다. 증손자까지 본 팔순 노인인 회계사 바우도메로에게는 뺨을 내밀어 키스를 받곤 했다. 문제는 사무실의 젊은 남자 녀석들이었다. 글로리아가 지나가고 난 뒷전에서 자기들끼리 눈짓을 해가며 온갖 음란한 상상력을 다 동원해 시시덕대는 모양이었다. 한번은 사무실의 공동 화장실 벽에 글로리아의 이름이 낙서된 적도 있었다. 물론 이름뿐이 아니었다. 추잡한 그림과 상소리가 구색을 맞추고 있었다.

사비노는 직원들의 공동 화장실을 사용하는 일이 거의 없었다. 사장전용 화장실이 따로 있었다. 낙서 애기를 듣고 미친 사람처럼 달려간 그는 벽에 그려진 이름과 그림, 욕지거리를 손으로 당장 긁어내려고 서둘다가 손톱을 다쳤다.

사무실 복도로 돌아와 고래고래 소리 질렀다.

—어떤 놈인지 알아내기만 해봐라, 목구멍에다 총알을 박아넣고 만다!

화장실은 페인트공이 와서 낙서를 지우고 벽을 새로 바를 때까지 출입이 금지되었다. 물론 어느 놈의 소행인지는 알아낼 도리가 없었다. 늙은 회계사가 추리력을 발휘했다. '이건 틀림없이 어린애 짓이야.' 사비노의 귀가 솔깃했다. '어린애 짓?' 사무실에는 열여섯 살 먹은 남자 사환 아이가 한 명 있었다. 즉시 사환을 갈아치웠다.

마침내 모든 직원과 인사를 나눈 글로리아가 아버지의 집무실로 들어섰다. 사비노는 문 쪽으로 등을 돌리고는 타모이오족 그림 앞에 서 있었다. 뒤돌아 있었지만 글로리아가 들어왔다는 걸 알 수 있었다. 글로리아는 소리내지 않았지만 그는 딸아이가 자기 뒤로 사뿐사뿐 걸어오는 것을 느끼고 있었다. 사비노가 돌아섰다. 글로리아가 그의 품안으로 뛰어들었다.

사비노는 목이 다 메었다.

─아이고, 우리 귀여운 아가!

글로리아가 아버지 볼에 입을 맞추었다. 결혼 후 여자는 더 이상 결혼 전과 같을 수 없다. 내일이면 글로리아는 오늘과는 다른 여자가 된다. 그녀 자신도 지금 막 집에서 나오면서 마치 마지막인 것처럼 구석구석에 작별의 눈길을 주고 나온 참이었다. 죽을 길을 떠나기라도 하는 듯이. 사비노는 딸을 품에 안고 눈을 지그시 감은 채 딸의 체취를 흠뻑 들이마셨다. 딸의 입에서 나오는 숨결을 참 좋아했었다. 나쁜 입냄새가 난 적은 한 번도, 단 한 번도 없었다. 글로리아는 향수를 쓰지 않아도 온몸에서 좋은 냄새를 풍기곤 했다.

몇 년 전인가 글로리아가 열다섯 살쯤 됐을 때의 일이다. 그는 멜빵 차림으로 자기 방에 있었다. 허리띠를 쓰면 위궤양에 더 안 좋은 것 같아서 멜빵을 사용하곤 했다. 에우독시아가 들어왔다(아내는 그가 셔츠 차림으로 있는 모습을 보여주는 유일한 사람이었다). 그녀는 무슨 일인가로 즐거워하고 있었다.

─지금 막 내가 빨래 바구니를 들여다봤는데 말이유, 글로리아가 벗어논 팬티가 있더라구요. 글로리아가 월경을 시작했습디다. 그런데 글로리아 팬티에 묻은 피에서는 냄새도 안 나는 거 있죠? 나쁜 냄새도 안 나고 피 색깔은 꽃분홍색이더라니까요.

아내는 그게 그렇게도 자랑스러운 모양이었다.

─꽃분홍색요!

그는 아내를 질책했다.

—체신 좀 차릴 수 없소?

하지만 아내는 아랑곳없었다.

—나야 개 엄마 아니에요? 딸 팬티 냄새 맡는 게 뭐 창피한 일이우?

—에우독시아, 당신은 도대체가 최소한의 체면이라는 게 없구먼. 부끄러운 게 뭔지도 모르겠소?

아내는 크림 뚜껑을 닫으며 말했다.

—사비노, 내가 당신을 모를 줄 알우? 당신, 글로리아가 여섯 달 됐을 때 기저귀에 묻은 똥냄새를 좋다고 말던 사람이에요. 안 그랬수?

이제 글로리아는 다 큰 처녀가 되어 그의 무릎 위에 앉아 있다. 딸이 아버지의 머리칼을 만지작거렸다. 사비노는 넓적다리에 경련이 이는 것 같았다. 딸이 그에게 바짝 입을 가져다 대고 말했다.

—아버지, 오늘 너무 멋져 보이신다!

그는 감격해서 웃었다.

—꼴이 말이 아니지 뭐!

그러고는 딸에게 갑자기 질문을 던졌다.

—그래, 행복하냐?

딸이 일어섰다.

—아버지 보시기에는 어때요?

—글쎄, 행복해 보이는구나.

글로리아가 다시 무릎 위로 와 앉았다. 고개를 쳐들고 다른 곳으로 시선을 돌리며 말했다.

—결혼식 이야기 하고 싶지 않아요.

그러더니 목소리 톤을 바꾸어 묻는다.

─몇 시예요?

─거진 열한 시다.

그녀는 팔짝 일어났다.

─이크, 서둘러야겠네. 카마링야 선생님이 기다리고 계셔요.

사비노의 얼굴이 창백해졌다.

─카마링야 선생?

그 찢어 죽일 인간은 내 돈이 부러운 거다. 그리고 신문 사교란에까지 나올 이 떠들썩한 결혼을 가만 볼 수 없다 이거지. '여봐란듯이 결혼식장에 들어갈 테니 두고 봐라. 연미복으로 빼입고 신부 팔짱을 끼고.' 플레이보이처럼 놀아나다가 죽은 의사의 아들. 왼쪽 옆구리에서 팔까지 아파 오기 시작했다. 어쩌면 혈압 문제일지도 모른다. '언젠가는 동맥경화증으로 쓰러지고 말지'라고 생각했다. 딸은 책상 위에 놓인 자기 사진을 들여다보다가 한숨을 쉬었다. 그가 간신히 물었다.

─카마링야 선생이 왜 널 보자는 게냐?

아무것도 모르는 딸은 대답했다.

─집으로 전화하셨어요. 선생님 병원으로 좀 들러달라구요. 사실은 아버지랑 어머니한테 말씀드리지 말고 오라고 하셨는데. 어머니한테는요, 왜, 아빠도 아시잖아요. 솔직히 다 말씀 못 드리는 것도 있죠.

사비노는 은근한 목소리로 물었다.

─나한테는 다 이야기하니?

딸이 웃었다.

─거의 다요.

카마링야, 나쁜 놈 같으니라구! 전부 질투 때문이다. 사비노는 정말로 그 뚱보를 증오했다. 딸을 엘리베이터까지 배웅했다. '그 인간한테 전화해서 아무 소리 하지 말라고 다짐을 받아야겠다. 아무도, 아무에게도 내 딸에게 그런 말을 할 권리는 없다. 나 말고는!' 글로리아가 아버지의 팔짱을 꼈다.

　—아버지, 수표는요?

　—테오필로 것 말이냐?

　—벌써 주셨어요?

　—걱정 마라.

　—그때 말씀하신 그대로지요?

　—그래, 5백만이다.

　딸이 사비노의 뺨에 입을 맞췄다.

　—우리 아버지가 최고야!

　그가 말했다.

　—비밀로 해야 된다. 알지?

　엘리베이터가 도착했다. 딸은 작별 인사를 하고 엘리베이터 안으로 사라졌다. 사비노는 영영 딸을 잃어버리고 있다는 느낌이 들었다. 엘리베이터가 마치 죽은 딸을 태우고 멀어져가는 관 같았다.

제5장

사무실로 돌아왔다. 수표를 주다니 어림도 없다. 더러운 동성애자 새
끼를 부양할 취미는 없다.

방으로 들어서며 말했다.

―카마링야 선생한테 전화 넣으시오, 어서.

사비노는 자리에 앉았다. 죽으면 죽었지, 이 돈은 안 준다. 한 푼도,
국물도 없다. 비서가 커피잔을 담은 쟁반을 들고 들어왔다.

노에미아가 말했다.

―방금 모에마 부인이 전화하셨습니다.

커피에 설탕을 넣으며 물었다.

―모에마 부인이 누구지?

노에미아는 연필로 전화를 돌리고 있었다.

―사장님 이모님 아니세요?

커피잔이 공중에서 멈췄다.

―아, 빌어먹을!

오늘은 정말 재수 없는 날이다. 커피를 한 모금 맛봤다. 충분히 달지가 않다. 설탕을 더 넣어야겠다. 한 숟갈 더, 한 숟갈 더. 에라 모르겠다. 커피가 너무 쓰잖아. 빌어먹을, 빌어먹을! 온갖 일가친척 나부랭이들이 결혼식에 흥분해 달려들고 있었다. 살았는지 죽었는지도 몰랐던 친척들이 전화를 걸어왔다. 신부를 둘러싸고 만져보고 이리저리 살펴보고 수다거리를 찾아내려고 냄새 맡느라 야단들이었다. 비서를 내보냈다.

—좀 있다 찻잔 가지러 오게.

사비노는 확실히 못을 박아두고 싶었다.

—이 노인네, 모에마 부인이라는 이 여자 말이오. 내 이모도 고모도 아니오. 두 다리인가 세 다리 건넌 사촌의 사촌인가 되오. 주책바가지 할망구야! 그 사람이 다시 전화하면 나 없다고 해요!

모에마 부인은 사실 그의 진짜 고모였다. 사비노 아버지의 여동생이었다. 그녀에게는 사비노의 모든 다른 고모와 이모들, 친척 부인네들(죽었거나 살아 있거나를 막론하고)로부터 구별되는 특별한 것이 있었다. 그녀는 바람을 피운 여자였다. 어느 집안, 어느 가족이고 간에 간통 사건은 있게 마련이다. 사비노는 이 사실을 잘 알고 있었다. 간통을 한 자는 수치스러운 줄을 알아야 된다. 그렇지만 모에마 고모는 한 점 부끄러움도, 후회도 없이 간통을 저질렀다. 세상에서 가장 당연한 일인 것처럼 경쾌하고 온화하게 바람을 피웠다. 이토록 뻔뻔하고 당당한 간통녀가 자신의 친척 중에 있다는 사실을 사비노는 도저히 용납할 수 없었다.

비서에게 묻는다.

—이 통화 되는 거요, 안 되는 거요?

비서가 다시 전화를 돌렸다.

—아무도 안 받는데요.

안절부절못하며 자리에서 일어섰다. 하지만 이번에는 타모이오족 그림 앞으로 가지 않았다. 벌거벗은 인디언 그림이 갑자기 지겨웠다. 화풀이 상대는 뻔했다.

—노에미아 양, 도대체 어떻게 된 거요? 전화 하나 걸어달라는데 통화 중 아니면 안 받고 아니면 잘못 걸리고. 왜 이렇게 일을 어렵게 만드시오!

—제 잘못이 아닌데요!

그 순간 사비노의 눈에 여비서가 연필을 잡고 번호를 돌리고 있는 게 보였다. 기다렸다는 듯이 목청을 돋우었다.

—아니, 도대체 노에미아 양은 문제가 뭐요? 연필로 돌리지 좀 말라고 말한 지 2분도 안 됐잖아! 기를 쓰고 그러는 이유가 대체 뭐요? 손가락은 어디다 쓰려고 있는 거요?

—죄송합니다. 하지만 사장님이 야단치시니까 더 긴장이 돼서요.

사비노는 잔에 절반 정도 남은 커피를 천천히 마셨다. 카마링야에 대한 분노가 새록새록 돋아났다. 카마링야, 추잡한 뚱보, 돼지 같은 상판하고는!

비서가 그에게 말했다.

—보세요. 계속 아무도 안 받습니다.

—노에미아 양! 그럴 리가 없다니까. 닥터 카마링야는 아까 나간 길로 자기 병원에 갔다고. 노에미아 양이 번호를 잘못 돌리고 있는 거야. 틀림없어. 아이고, 전화 하나 걸기가 이렇게 힘들어서야 원!

비서가 손으로 다시 전화를 돌렸다. 그 앞에서 팔짱을 끼고 초조하게 기다리던 사비노는 더 이상 참을 수가 없었다.

—전화기 이리 내요. 이리 내!

비서 앞에서 전화를 끌어다 잡았다. 그런데 번호를 돌리려니까 생각이 안 났다.

―번호가 어떻게 되지? 번호, 번호!

노에미아가 번호를 말했다. 그는 전화번호를 돌리며 말했다.

―아, 노에미아 양, 울상 좀 짓지 마시오.

무슨 일이 있어도 산부인과 의사가 글로리아에게 그 이야기를 하는 건 막아야 했다. 세상에는 부모만 할 수 있는 이야기란 것이 있다. 나야 아버지니까, 무슨 말이든 할 수 있지. 불레 막스는 한갓 유행에 불과하다. 찰스턴 춤*이 지나가고 벤자민 코스탈라치**의 인기가 지나간 것처럼 지나가고 말걸. 신호가 가고 또 갔다. 그는 브리가데이로***에게 두 번이나 투표했다. 두 번을 더 걸어봤다. 역시 아무도 안 받았다. '내 딸을 지켜줘야 해.'

딸을 구할 유일한 길이라도 되는 것처럼 전화통에 매달렸다. 모에마 고모는 해도 너무했다. 매일 아침, 남편이 출근하자마자 애인을 불러들였다. 애인이란 놈은 집 앞길 건너편 찻집에 앉아 남편이 언제 나가나 기다리고 있었다. 그들의 간통을 더욱 용서할 수 없게 만드는 것은 바로 간통을 저지르는 시간이었다. 아침 아홉 시, 열 시라니! 오후나 밤에 바람을 피웠다면 그래도 낫지. 아침 댓바람부터 이루어지는 밀회에 온 동네가 경악을 금치 못했다.

한번은 사비노의 아내와 딸들이 앉아 모에마 고모 이야기를 하면서 깔깔대는 장면을 봤다. 얼굴을 찌푸리고 따져 물었다.

---

* 미국 남부 지방의 흑인풍 댄스.
** Benjamin Costallat(1897~1961): 브라질의 소설가, 언론인.
*** Brigadeiro Faria Lima: 1960년대 브라질의 정치가이자 당시 대통령 후보.

―뭐가 그렇게 우습다는 거냐?

모두들 재미있어 죽겠다고 웃어댔다.

―우습잖아요. 안 그래요, 아버지?

모에마 고모는 심지어 정부를 동반하고 시장을 보러 다닌다는 이야기를 나누는 중이었다. 애인한테 오렌지며 양배추, 당근을 담은 시장 바구니를 들려서 함께 돌아오곤 했다. 그 전번 장 보러 갈 때와는 다른 남자일 때가 많다는 것이 바로 그렇게 웃기는 대목이었다.

사비노는 에우독시아도 딸들도 다 못마땅했다.

―난 너희들 그렇게 안 키웠다. 재미있을 게 따로 있지. 도대체 재미있다는 이유가 뭔지 누가 한번 말해봐라. 울어도 시원치 않을 일을 갖고서는 원!

한숨 돌리고는 계속 말을 이어갔다.

―집안에 그런 인간이 하나뿐이라서 그나마 다행이다.

에우독시아가 잔인하게 말끝을 잡았다.

―정말 하나뿐일까?

얼굴이 하얗게 질려 마누라를 보았다.

―무슨 소리를 하고 싶은 거야, 당신?

이럴 때 아내는 꼭 마귀할멈 같았다.

―사비노, 당신 그렇게 장담할 수 있수?

그는 화가 머리끝까지 났다.

―에우독시아, 당신 말이지. 애들 앞에서 나한테 그런 식으로 말대꾸하는 거 용서할 수 없어. (그는 어느새 삿대질을 하고 있었다.) 모에마 고모는 말이다. 애들아, 잘 들어라. 그 고모는 그냥 염치없는 사람 정도가 아니다. 그 사람은 환자야, 환자. 그건 병도 보통 병이 아니라고!

아내도 격분해 자리를 차고 일어났다.

—혼자 고상한 척 마시지! 혼자 점잔 떨어봐야 아무 소용 없어!

딸아이들이 부랴부랴 글로리아에게 말했다.

—아버지 저리로 모셔가, 빨리.

흥분한 어머니를 붙잡아 앉히며 진정시켰다.

—엄마, 왜 이래요? 그만두세요!

글로리아에게 붙잡혀 방 밖으로 밀려가면서 사비노는 딸이 자기를 어린애 다루듯 하는구나 생각했다. 딸내미가 자기 팔을 잡아끌고 가도록 내버려뒀다.

—너희 엄마가 어떻게 나한테 이럴 수 있니? 아내가 남편을 존중하지 않는데 무슨 집안이고 가족이고가 있어? 집안 꼴 참 잘돼간다!

두 사람은 부엌에 와 있었다. 딸이 물 한 컵을 따라 내밀었다.

—드세요, 아빠, 드세요!

컵을 바라봤다.

—정수기에서 받은 거냐?

—정수기에서 받은 거예요, 아빠.

그는 피곤했다.

—생수 없니? 나는 생수가 좋은데. 그래, 그거라도 이리 다오.

물 한 컵을 달게 마셨다.

—야, 정말 시원하구나.

딸이 사비노의 팔을 붙잡고 말했다.

—아빠, 제 부탁 하나 들어주실래요, 네?

그는 당장에 녹아내렸다.

—그래, 우리 아기한테 뭘 해줄까?

글로리아가 그의 앞으로 바짝 다가섰다. 거의 사비노의 입 가까이에 딸의 입이 있었다.

—있잖아요, 드루몽보고 바보 자식이라고 말씀하지 마세요, 네, 아버지?

그는 어리둥절했다. 드루몽, 드루몽이라니? 지금 딸아이가 그에게 문학적인 요청을 하고 있구나,라고 깨달았다. 요것 봐라!

그는 갑자기 유쾌해졌다.

—애야, 아가. 내 말 좀 들어봐라.

딸이 시인 드루몽을 그토록 열렬히 숭배하는 데는 원인이 있었다. 글로리아의 친구들 패거리였다. 가끔가다 사비노의 집에 몰려와서는 한바탕 소란을 피우곤 했다. 여자 친구, 남자 친구들이 한 떼거리로 와서는 한꺼번에 노래하고 춤추고 피아노 치고 레코드판을 틀어댔다. 그중에는 버펄로 빌 헤어스타일을 한 녀석이 있었는데 그 녀석의 웃음소리라는 게 해괴하기 짝이 없었다. 질려버린 사비노가 에우독시아에게 불평했다. "아니, 이게 도대체 무슨 난장판이야?" 아내의 설명에 따르면, 그 그룹에는 별의별 인간들이 다 있다는 거였다. 학생, 영화감독, 작곡가, 가수. 이를테면 그 해괴한 웃음소리를 내는 청년은 무슨 다큐멘터리 영화를 만든다고 했다. 그리고 글로리아로 말하자면 그 그룹 안에서 통하는 은어, 농담을 즐겨 쓰고 여러 가지 사안에 대해 그들과 같은 의견을 견지하고 있었다.

사비노는 자신이 왜 현대시를 좋아하지 않는지 설명하려 했지만 글로리아가 말을 가로막았다.

—아빠, 지난번에 제가 보여드린 시 있잖아요. 그 시 좋지 않아요? 비행기 안에서의 죽음에 대한 시 말이에요.

지금 사무실에 앉아서 식어빠진 커피를 마시고 있자니 다시 모에마 고모 생각이 났다. 아무에게도 말하지 않은 비밀이지만 사실 마음속으로는 그 고모에게 왠지 모를 친근감을 갖고 있었다. 다시 수화기를 집어들었다. 이번에야말로 통화가 되겠지. 번호를 돌리고 신호가 가고 이번에도 응답이 없었다. 그는 브리가데이로에게 큰 희망을 걸었었다. 맞아, 브리가데이로는 브라질을 제대로 궤도에 올릴 능력이 있는 사람이었는데.

기어이 결혼식을 방해하고 싶은 모양이구나. 수화기를 내던졌다. '카마링야가 자기 사무실에 있으면서도 전화를 안 받는 게 틀림없어. 내가 거는 줄 알고 피하는 거지.' 글로리아의 친구들은 전부 머리가 약간 돈 아이들 같았다. 그리고 갑자기 그는 더 이상 의사도 사위도 증오하지 않았다. 한순간 여비서에게 이렇게 말해버리고 싶은 유혹을 느꼈다. '나는 절대로 남색꾼 새끼에게 내 딸을 줄 순 없어!' 글로리아를 위해서 녀석을 아예 죽여버리는 건 어떨까?

전신에 총상을 입고 쓰러져 있는 테오필로를 상상해봤다.

자리에서 일어났다. 여비서는 타자기로 무엇인가를 치고 있었다.

한껏 괴로운 목소리로 말했다.

—나가보겠소.

—다시 들어오십니까?

—모르겠소. 날 찾는 전화가 오면 메모해놔요. 그리고 집에 전화해서 내가 신부님을 만나러 갔다고 말해줘요. 내일 봅시다.

—안녕히 가세요.

어쩌면 카마링야는 자신의 개인 진료실이 아니라 오전 중에 근무하곤 하는 종합 병원에서 글로리아와 만나기로 약속했는지도 몰랐다. 하지만 그 시각에 의사는 자기 진료실에서 전화기 옆에 앉아 사비노가 전화를 걸어대고 있다는 걸 짐작하고 있었다. 진료실 안에서만 피우는, 담뱃대에 끼운 담배를 피우면서 전화가 울리게 내버려두고 있었다. 그는 좀 있다 찾아올 글로리아에게 모든 사실을 말해줄 작정이었다.

아버지 회사 건물에서 나온 글로리아는 좀 걷고 싶었다. 그런데 오늘따라 지나가면서 쳐다보는 사람들이 왜 이렇게 많은지 몰랐다. 남자들은 물론이고 여자들까지 그녀를 쳐다봤다. 한 남자는 글로리아의 옆을 바짝 스치면서 가래 끓는 목소리로 느끼하게 말을 건네기까지 했다. "한입에 쏙 먹어줄까." 글로리아는 질겁해서 그 남자의 넓적하고 끈적한 얼굴을 힐끗 보았다. 별안간 겁이 났다. 택시를 잡기로 작정하고 길 한복판으로 나가 섰다.

—택시, 택시!

택시 한 대가 조금 앞서서 멈춰 섰다. 뛰어가 차에 올라탔다. 테오필로는 수중 낚시가 취미였다. 그는 이탈리아의 네오리얼리즘 영화에 나오는 주인공 남자 같은 얼굴을 갖고 있었다. 그리고 그의 몸은 투우사처럼 단단하면서도 유연하고 탄력이 있었다.

의사가 직접 문을 열고 글로리아를 맞았다.

—시간 딱 맞춰서 왔네!

열한 시에 만나기로 약속을 했는데, 3분 전 열한 시였다. 인사 키스를 건넸다. 카마링야는 사무실 문을 닫았다.

그가 먼저 물었다.

—아버지에게 여기 온다고 말했니?

글로리아는 힘들이지 않고 거짓말을 했다.

—말하지 말라고 하셨잖아요?

핸드백을 끌어당겨 열고는 말했다.

—어머나, 담배를 안 가져왔네. 선생님 것 하나 주시겠어요?

─내 건 너무 독할 텐데.

─무슨 담밴데요?

담뱃갑을 보더니 한숨을 내쉰다.

─아, 카포랄 노란색이군요.

─싫으냐?

─이 담배는 완전히 독약이에요! 저는 손도 안 대요.

카마링야는 책상 위에 놓여 있는 작은 선풍기를 켰다. 글로리아는 담배를 피우는데도 입에서 담배 냄새가 나지 않았다. 카마링야는 차 사고가 나기 전날 밤 있었던 아들과의 말다툼을 생각하고 있었다. 글로리아의 눈동자는 믿기 어려울 정도로 맑고 투명한 파란색이었다. 그날, 아들 녀석은 또 직장 한 군데를 때려치웠었다.

아버지가 물었다.

─너보고 그만두라더냐?

─제가 그만뒀어요.

가까스로 성질을 눌러 참으며 대화를 이었다.

─왜?

아들은 손가락 사이로 성냥개비를 부러뜨리며 대답했다.

─지겨워서요. 너무 지겨워요.

침묵이 흘렀다. 어느 직장이고 한곳에 붙어 있지를 못했다. 가는 곳마다 지겹다는 소리밖에 안 했다. 카마링야는 방 안을 걸어다니다가 멈춰 섰다.

─그래, 너는 직장 다니는 게 지겹다 이거냐?

인내심이 바닥을 드러내고 있었다. (그다음 날 아들이 죽을 줄은 미처 몰랐다.)

─네, 지겨워요.

급기야 아들의 멱살을 잡았다.

─내가 널 언제까지나 먹여 살릴 줄 아냐? 이젠 땡전 한 푼 안 줄 테
다! 굶어 죽을 테면 죽어라!

아들을 밀어붙였다. 그러자 아들이 말했다.

─나 돈 줄 사람 많아요!

평소 밤이고 낮이고 아들을 찾는 전화가 쉴 틈이 없었다. 전부 여자
들이었다. 그중에는 처녀도 있고 결혼한 여자도 있고 어린 여자애들도 있
었다. 여자들은 아들 녀석만 보면 다들 반했다. 아들은 거만하고 오만하
고 방자했다. 심지어는 여자들을 때리기도 하는 모양이었다. 그중에는 아
들에게 아파트, 자동차 따위를 사주고 싶어 사족을 못 쓰는 부잣집 여자
도 있었다.

카마링야는 온 힘을 다해 아들의 면상을 갈겼다.

─뭐가 모자라 이젠 갈보 짓을 하겠다고!

생전 처음으로 아들을 때렸다. 그리고 때리고 또 때렸다. 아들 안토
니오 카를로스는 아버지에게 맞으면서 뒤로 한 발짝씩 물러날 뿐 반항하
지 않았다. 결국 무릎을 꺾고 앉아 울먹이기 시작했다. 유도, 가라테 같
은 격투기를 배운 건장한 청년이었다. 하려고 들었다면 자기보다 작은
아버지를 한 방에 때려누일 수도 있었다. 그렇지만 어린애처럼 울고 있
었다.

침실에서 목욕을 하고 있던 카마링야의 아내가 이 소동을 듣고 목욕
가운만 황급히 걸치고 미친 듯이 달려왔다.

─뭐 하는 거야, 왜 이러는 거야?

카마링야는 이를 악물고 욕설을 뱉었다.

―이 쌍놈의 새끼!

아내가 남편에게 덤벼들었다.

―쌍놈의 새끼? 쌍놈의 새끼는 바로 너다!

목욕 가운이 풀어헤쳐지고 볼품없는 나체가 드러났다.

아내가 고래고래 악을 썼다.

―내 아들한테 다시 한 번 손대봐라. 죽여버린다!

그러더니 순식간에 그녀의 분노가 사그라졌다. 아내가 울음을 터뜨리며 늘어진 젖가슴을 가운으로 가렸다. 말도 없이, 분노의 흔적도 없이 그저 눈물만 쏟았다. 그녀는 아들이 울음소리를 내며 일그러진 입을 하고 아버지의 품으로 기어가는 모습을 지켜보면서 같이 울었다.

글로리아는 선풍기 바람을 얼굴에 느끼면서 의사에게 미소지었다.

―선생님, 저를 왜 부르셨는지 몹시 궁금해요. 정말 궁금하거든요. 그런데 선생님께서는 아무래도 일부러 저를 애태우시는 것 같아요.

―내가?

―선생님, 저 그 담배 하나 주세요. 그 독약요.

―기관지가 상할 텐데.

―괜찮아요. 한 대 펴보지요, 뭐.

담배를 건넸다.

―그럼 삼키지 말고 피워라.

―저는 연기 삼키면서 필 줄밖에 몰라요.

독한 담배 연기가 목구멍을 태우는 것 같았다. 한 모금 더 빨아 마셔보더니 재떨이에 문질러 껐다.

―안 되겠어요. 관둘래요.

그러더니 의사를 향해 자세를 고쳐 앉았다.

—이제 말씀해주세요. 왜 저를 보자고 하셨죠?

의사는 아직도 아들을 생각하고 있었다.

—그냥 보고 싶었다. 내일이 결혼식 아니냐? 그냥 보고 싶었어.

—그냥요? 카마링야 선생님, 솔직히 말씀해주세요.

카마링야는 글로리아의 양손을 자기 손으로 잡았다.

—애야, 내가 널 얼마나 아끼는지 알지?

—예, 알아요. 저도 선생님을 무척 좋아해요.

글로리아는 뭔가 심상치 않음을 깨닫고 초조해지기 시작했다.

—뭔가 숨기고 계시는 것 같은데요.

—아니다. 아무것도 아니야.

의사는 글로리아의 손을 끌어당기며 물었다.

—애야, 너 정말 행복하니?

그녀는 쓸쓸한 표정으로 말했다.

—왜 모두들 저한테 똑같은 질문을 하지요?

—당연한 질문 아니냐?

—저는 행복해요. 안 믿으세요?

의사는 잠시 아무 말이 없었다.

—네 약혼자를 정말 사랑하냐?

글로리아는 진지한 눈빛을 하고 대답했다.

—네. 정말 사랑해요.

카마링야는 자리에서 일어났다.

—그래. 그게 내가 알고 싶었던 거다. 네 입에서 그 말을 듣고 싶었다. 아, 그리고 있지, 내일은 음식을 특히 조심해야 한다. 정말이야. 내 단단히 일러두는 말이다. 공연히 사고 나는 수가 있어. 자극성 있는 음식

은 피해라. 알겠지? 자, 됐다. 이젠 가보렴. 잘 가라.

그러나 글로리아는 나갈 기색을 안 보였다. 방 안을 한 바퀴 돌더니 의사 앞에 섰다.

—선생님, 사실은요. 참 우연의 일치인 것 같은데요. 선생님께서 전화하셨을 때 저 역시 전화를 드릴 참이었어요. 부탁드릴 일이 있거든요. 도와주실 수 있지요?

—물론이다.

그녀는 잠시 주저하더니 말을 이었다.

—저, 말이죠. 내일 결혼하잖아요.

고개를 숙이고는 계속 말했다.

—저, 누군가 말이에요, 남편 말고 다른 누군가가 제가 처녀라는 걸 확인해줬으면 좋겠어요.

고개를 쳐들었다.

—선생님, 저를 검사해주시겠어요?

의사는 왠지 두려웠다.

—아니, 애야, 그게 무슨 소리냐? 뭐 때문에? 그리고 봐라, 글로리아. 나는 간호사 입회 없이는 진찰 안 하는 걸 원칙으로 한다. 진찰이 꼭 필요한 응급 환자 같은 경우에나 예외를 두지. 그런데 이건 그런 경우가 아니잖니? 애야, 굳이 필요한 일이 아닌 것 같다. 그렇지 않니?

글로리아가 울기 시작했다.

—선생님, 제발요. 제발 부탁해요.

의사는 고개를 숙였다.

—그래, 알았다. 내 진찰해주마.

다시 아들을 생각했다. 그날, 안토니오 카를로스는 그의 앞까지 무릎

걸음으로 기어오더니 갑자기 일어섰다. 한순간 아들이 자신을 때리려는구나 생각했다. (어쩌면 마음속으로 그걸 원했는지도 몰랐다.) 그러나 아들은 그의 품 안으로 몸을 던졌다. 아버지를 끌어안고 아무 말 없이 훌쩍거리며 오랫동안 그렇게 있었다. 카마링야는 그가 퍼부은 매를 통해 두 사람이 화해했다고 느꼈다.

글로리아가 눈을 감고 얌전히 진찰대 위에 누웠다. 카마링야는 글로리아의 다리 안으로 머리를 들이밀고 싶다는 욕구를 느꼈다. 질 입구는 절반으로 쪼개진 석류같이 살아 있는 선홍빛이었다. 그 주위를 둘러싼 음모는 금빛, 아니 금빛이라기보다는 타오르는 듯한 붉은색이었다. 한순간 섹스를 떠올렸다. 서로 동의한 성관계가 아니라 잔인하고 폭력적인 겁탈의 욕망을 느꼈다. 머리채를 휘어잡고 그 벌거벗은 육체를 끌어내리고 싶었다. 그 욕망이 어찌나 생생한지 그는 다시 아들을, 시체 안치소에 피 묻은 붕대를 머리에 두르고 한 눈을 부릅뜬 채 죽어 있던 아들을 떠올려야 했다.

그가 몸을 일으켰다.

—끝났다.

글로리아가 물었다.

—저는 처녀인가요?

의사는 진찰 장갑을 벗었다.

—옷 입어라.

글로리아가 옷을 입고 돌아왔을 때 카마링야는 담뱃대에 담배를 채워 넣고 있었다.

글로리아가 반항하듯 물었다.

—저는 처녀인가요?

의사는 힘들게 대답했다.

—네가 알잖니.

소녀는 아무 인사말 없이 진료실을 나갔다.

제6장

─주임 신부님께서 잠시 기다려주십사고 하셨습니다. 손님과 말씀 중인데 곧 오실 겁니다.

─고맙습니다.

사비노는 성당 사제실에 와 있었다. 목에 반창고를 붙인 젊은 신부는 무척 친절했다.

─앉아서 기다리시지요.

─네?

─앉아서 기다리십시오.

다시 한 번 고맙다는 인사를 했다. 왠지 젊은 사제에게서 일종의 수상한 여성다움을 느꼈다. (이제는 보는 사람마다 동성애자가 아닌지 의심하게 되는 걸까?) 한쪽 발을 꼬았다가 내려놓았다. 이 안에서는 담배를 못 피우게 돼 있다. 1분도 안 돼서 앉은 자리에서 일어났다. 젊은 신부는 검은 옷을 입은 뚱뚱한 여자와 이야기 중이었다. 사비노가 그에게 가서 말했다.

─저, 밖에서 잠시 담배 한 대 피우고 있겠습니다.

─아, 예. 그러시지요, 그러시지요.

밖으로 나가 담뱃불을 붙였다. 안경 쓴 청년 하나가 성당에서 나와서 그를 향해 적의 어린 시선을 던지는 게 보였다. 청년은 천천히 사제실에서 성당 대문 쪽으로 걸어나갔다.

글로리아가 그토록 열렬한 드루몽의 팬이라는 걸 생각했다. 그놈의 친구들, 특히 웃음소리가 괴상한, 영화 만든다는 작자의 영향일 거다. 글로리아는 그를 위해 「비행기에서의 죽음」을 읽어준 적이 있었다. 죽음, 죽음이라. 그렇게 강요한다고 시를 좋아하게 되는 게 아니지. 그는 정원에 심은 화초들을 쳐다보며 생각했다. 에우독시아와 같이 올 걸 그랬나. 아니다, 아니야. 에우독시아가 이 일을 알아서는 안 된다. 적어도 당분간은. 절반쯤 타들어간 담배를 피우며 신부에게 할 말을 머릿속으로 늘어놓는다. '신부님, 여차저차하여 이러저러한 일을 알게 됐습니다. 어떻게 생각하십니까? 아버지로서 나는 무엇을 해야 합니까?' 에우독시아는 당분간, 아니 영원히 이 일을 모르는 게 낫다. 저 신부는 목에 종기가 나서 반창고를 붙였을 거야.

평소 사비노는 올라보 빌락의 시 「극단에서」 전문을 외우고 있었다. 그런데 지금 성당 문에 기대어 머리에 떠올리려 하는데 기분 나쁘게도 단 한 구절도 생각이 안 났다. 기분이 너무 울적했는데 왜 그러는지 그 이유도 기억나지 않았다.

아까 그 청년이 다시 대문으로 들어오고 있었다. 청년은 사비노의 곁을 지나면서 그를 증오하듯 옆눈으로 째려봤다. 마침내 사비노는 자신이 이렇게 초조해하고 있는 이유가 아침에 카마링야와 나눴던 대화 때문이라는 것을 기억했다. 구석으로 걸어가 땅에 떨어진 화초 잎 위에 담뱃재를 떨궜다. 신부를 만나면 테오필로가 하늘에 맹세코 자기는 동성애자가 아니라고 말했다는 사실을 강조해 말할 작정이었다. 신부는 '키스 한 번쯤이야 아무것도 아니지'라고 말할지 누가 아나. 맞다, 맞아. '동성애란 완결된 성행위를 말하는 거지.' 키스가 있었다고 치자. 그 사실 하나만으로 뭘 단정할 수 있단 말인가. 처음이자 마지막 키스였을지도 모르는 거야.

목에 종기가 난 신부가 문밖으로 나왔다.

—신부님이 나오셨습니다. 들어오십시오.

사비노가 이해할 수 없는 것은 왜 하필이면 저렇게 시선을 잡아끄는 흰 반창고를 붙였을까, 였다. 살색 밴드도 있잖아, 왜. 막 불을 붙인 참이었던 두번째 담배를 땅에 버리고 성당 안으로 들어섰다.

주임 신부는 사제실 중간에 서서 그를 기다리고 있었다. 그는 건장하고 단단한 몸을 가진, 항상 장엄한 느낌을 주는 남자였다. 신부가 사비노를 향해 큼직한 두 손을 내밀었다.

—어서 오세오. 나를 따라 오시지요.

사비노는 고통으로 가슴이 뻐근함을 느끼며 다가갔다. 그러고는 생각지도 못했던 행동을 취하고 말았으니, 주근깨로 뒤덮이고 금색 털이 숭숭 난 두터운 손을 덥석 잡고는 입을 맞춘 것이다. 신부 손의 거친 살갗에서는 흙냄새가 났다. 사비노는 이내 당황했고 부끄러웠다. 신부는 다섯 살 때 브라질로 이주해온 스페인 사람으로 확실하진 않지만 바스크 계통이라고들 했다.

신부가 사비노와 걸어가면서 말했다.

—지금은 긴 이야기를 할 수 없어요. 급한 일인가요? 뭐죠?

—결혼식 때문입니다.

신부가 설명했다.

—좀 어려운 문제를 처리 중이었거든요. 화장실이 하도 급해서 잠깐 나온 거죠. 그렇지만 말하세요. 무슨 새로운 소식이라도 있는 겁니까?

그는 망설였다.

—새로운 소식이랄 것은 없구요.

머뭇거리다가 생각나는 대로 아무 말이나 했다.

—나중에 다시 올까요?

두 사람은 타일 깔린 복도를 걸어가고 있었다. 사비노는 아무래도 신부 손에 입 맞춘 것이 마음에 걸렸다. 주임 신부를 알고 지낸 지가 십수 년 되지만 그런 행동을 한 적은 한 번도 없었다. 오늘 하려고 했던 대화를 다음으로 미루고 싶었다. 아예 그 이야기를 꺼내지 않을 수 있다면 얼마나 좋을까. 그렇지만 아버지 된 도리로 동성애자 사위를 두고 볼 수도 없는 노릇 아닌가.

신부는 잠시 생각하더니 결정했다는 말투로 말했다.

—우리 할 이야기를 어서 합시다. 저기 있는 이들은 좀 기다리라고 하지요.

그는 복도 끝의 화장실로 들어갔다. 사비노는 밖에서 기다릴 참이었지만 신부가 불렀다.

—들어와요, 들어와!

신부의 목소리는 바리톤이랄까 베이스랄까 아주 듣기 좋고 우렁찬 저음이었다. 아는 사람들은 그의 노래 솜씨가 세계적인 수준이라고 말했다. 불행히도 심장병인가를 한 번 앓고 난 후로는 더 이상 노래를 부르지 못하고 있었다.

그가 보여주는 행동은 모두 통이 컸다. 그의 '안녕하시오' 하는 인사는 상대방을 겁에 질리게 만들었다. 여자들은 그를 두려워했고, 그래서 더욱 그를 우러러봤다. 화장실 안에서 신부는 예의 거창한 몸짓으로 바지 지퍼를 내렸다.

신부가 쾌활한 목소리로 말했다.

―사비노, 나는 오줌을 눌 때면 당나귀가 된 기분이 든다오.

사비노는 뭐라고 말해야 할지 곤란하고 난처했다. 신부가 '소변'이라는 말을 놔두고 '오줌'이라는 더 축축하고 뜨끈뜨끈하고 지린내 진한 단어를 썼기 때문이었다. 한편 바스크인 신부는 시원한 행복감에 충만했다. 어린 시절 언젠가, 들판에서 당나귀를 본 적이 있었다는 기억을 떠올렸다. 그러고는 세찬 황금빛의, 거품이 풍부한 오줌 줄기를 쏟아내기 시작했다. 지금 자신의 오줌 줄기를 바라보며 그는 스스로 무소불위의 존재처럼 느끼고 있었다.

그가 반복해서 말했다.

―나는 당나귀처럼 근사하게 오줌을 싼다오.

그 순간, 사비노는 노에미아를 생각했다. 신부의 뒤에 서서 짧게 머리 깎은 뒤통수와 단단한 목덜미를 쳐다보던 중이었다. 신부의 몸은 어디를 봐도 함락시킬 수 없이 굳건한 요새 같았다. 그런데 심장병이 있었다니 참 별일이지. 사비노는 노에미아의 나체를, 옷 벗는 모습을 상상했다. 두 다리 사이로 미끄러져 내려오다 발목에 걸리는 팬티.

신부가 돌아섰다.

―사비노, 내 뭐 하나 얘기해드릴 텐데 농담이라고 생각지 마시오. 나는 언제 가장 하느님과 가깝게 느끼는 줄 아시오? 바로 방광이나 창자를 비울 때라오.

사비노는 웃을 수밖에 없었다. 신부는 유쾌하고 단호하게 말했다.

―내 몸 안의 내장이 하는 일을 말하는데 부끄러울 이유가 없소. 안

그렇소?

계속 웃는 표정을 짓느라 애쓰며 대답했다.

—여부가 있습니까? 그렇게 생각하시는 게 당연하지요.

신부가 한 손을 사비노의 어깨에 얹었다.

—자, 봅시다. 사비노 선생이 가져온 용건이 뭡니까?

사비노는 밖으로 나가서 이야기하고 싶었다. 노에미아의 몸매는 사실 볼품이 없다. 그렇지만 가끔가다 옷 입은 상태에서는 별 볼일 없어도 벗겨보면 또 다른 경우가 있지.

신부가 계속 말했다.

—여기서 얘기합시다. 밖으로 나갔다가는 피곤한 이야기 중인 저쪽으로 돌아가봐야 될 거요.

사비노는 어디서부터 이야기를 꺼내야 될지 알 수가 없었다.

—오늘 온 이유는, 저…… 사실은 집사람이랑 같이 올까도 했는데.

—에우독시아는 잘 있나요?

신부가 밝은 목소리로 물었다.

—그럼요. 감사합니다. 에우독시아는 저…… 그러니까 결혼식 전날이다 보니 워낙 일이 많아서 같이 못 왔습니다.

신부가 끼어들었다.

—맞아요, 결혼식. 저 안에서 하던 이야기도 결혼식 애기였지요. 다른 결혼식 말입니다.

—담배 한 대 피워도 되겠습니까?

—아, 물론이지요. 이참에 저도 한 대 주십시오.

사비노에게는 조금 의외였다. 신부가 담배를 피우는 줄은 몰랐고 신부라면 모름지기 흡연의 욕구도 참아야 하는 거 아닌가, 라는 게 그의 생각이었다.

　주임 신부의 담배와 자신의 담배에 불을 붙였다. 신부는 첫 모금을 들이마시고 나서 입을 열었다.

　—그런데 저쪽 집안은 무슨 사연으로 왔는지 아시오? 저 방 안에 지금 신부랑 신부 부모가 와 있다오. 혹시 성당 마당에 있는 안경 쓴 젊은이를 보셨소?

　—안경 쓴 청년이오? 아, 네, 봤습니다.

　신부가 담뱃재를 털었다.

　—그 친구가 신랑이오. 이야기인즉슨 내일이 결혼식 날인데요, 신부가 갑자기 월경이 시작됐다는 거요. 너무 긴장해서 그런 거겠지. 하필이면 결혼식 바로 전날인 오늘 그렇게 됐다는 거예요.

　어쩐지 우습다고 생각하며 사비노는 한숨을 쉬었다.

　—거참, 딱하게 됐네요.

　—웃지 마시오!

　사비노는 전혀 웃고 있지 않았다. 화장실 안의 지린내를 더 이상 참을 수 없을 뿐이었다.

　신부가 양팔을 벌렸다.

　—신부 측은 그것 때문에 결혼식을 연기하자는 모양인데. 생각해봐요. 이 사람들 지금 생각이 있나 없나 모르겠어. 결혼식을 연기하다니 말이 되오? 결혼식은 연기하는 게 아닙니다.

　'결혼식은 연기하는 게 아닙니다.' 사비노는 이 말을 열심히 자기 자신에게 속으로 되풀이했다. 그래, 설령 신랑감이 동성애자일지라도 결혼식은 연기하는 게 아니야. 그러자 갑자기 신부가 달라 보이기 시작했다. 신부뿐이 아니었다. 온 세상이 어쩐지 아침부터 달라 보였던 것을 이제야 깨달았다. 사람들도, 건물도, 단어들도 달라져 있었다. 모든 사물이 강렬하고 창백한 후광에 싸여 있는 것 같았다.

생전 처음으로 정신이 돌아버릴 수도 있겠다는 생각이 들었다. 만일 미쳐버린다면? 갑자기 정신병자가 된다? 신부는 화장실에서 나갈 생각이 없어 보였다. 이 신부는 저 안쪽에 있을 때 어지간히 화장실을 그리워했음에 틀림없다.

사비노는 월경 중인 아가씨의 이야기를 호기심을 갖고 흥미진진하게 들었다. 덕분에 잠시 자기의 골칫거리를 잊을 수 있었다. 신부는 계속 설명을 이어갔다.

—게다가 신부에게 생리통까지 있나 봐요. 지금 저쪽 방에 낙심천만 해서 앉아 있지요. 그리고 가족들은 신부가 이런 상태에 있는 한 신랑이 가까이해서는 안 된다고 주장하고 있다오.

사비노는 월경 중인 신부의 처녀성을 빼앗는 것은 일종의 도살이 아닐까 상상해본다.

심각한 목소리로 말했다.

—가족들이야 당연히 그럴 수 있지요.

신부는 담배를 한 대 더 피우고 싶었다.

—사람들이 나더러 괴짜라고 하는데, 봐요, 이를테면 결혼에 대해서 나는 이렇게 생각해요. 나는 결혼이란 무엇보다도 중요하다고 봅니다. 그런데 이 사람들은 도대체 뭘 생각하고 있는지 모르겠어요. 결혼에서 중요한 건 신랑이나 신부가 아니에요. 결혼 그 자체예요. 그리고 성관계? 성관계가 대체 뭐요?

신부는 잠시 말을 끊고 뜸을 들였다. 이제는 사비노가 요의를 느끼기 시작했다.

신부는 광적인 열기에 차서 스스로 답을 내렸다.

—성관계란 그냥 오줌누기요!

사비노는 신부의 말이 그에게 물 뿜어지듯 튀는 것 같아 뒤로 한 발짝 물러섰다. 그는 난생처음 보는 사람처럼 신부를 쳐다봤다. 갑자기 그 바스크 계통의 신부가 조금 아까 정원에서 본 안경 쓴 청년과 마찬가지로 생판 모르는 타인처럼 느껴졌다.

신부는 담배 한 대를 더 피우지 않기로 작정했다. 그리고 사비노의 팔을 잡고 말했다.

—결혼이란 하나의 구조예요. 일종의 건축입니다. 또한 말하자면……

신부는 계속 '결혼 구조'에 대한 말을 늘어놓으며 크게 팔을 벌리고 원을 그려 보였다. 그러나 사비노가 정작 알고 싶은 것은 그를 째려보던 그 젊은이의 견해였다. 열변을 토하느라 숨이 차 있던 신부가 웃으며 대답했다.

—아, 신랑이오? 신랑은 화가 단단히 났지요.

—신부한테 화가 났단 말인가요?

—신부에게 화가 났는지, 아니면 월경에 화가 났는지 그건 모르지요. 자기는 주위의 압력 같은 것에 물러서지 않겠다면서, 자신의 의무가 뭔지 잘 알고 있다고 말했다던데. 초야에 신랑의 의무가 뭐길래? 나 참. 이제 신부네 식구들이 나오면 신랑이 면담하러 들어올 거예요. 내, 그 비밀스러운 의무가 대체 뭐냐고 한번 물어봐야지.

사비노가 슬쩍 물었다.

—신랑이 좀 예민한 거 아닌가요?

신부도 동의하는 눈치였다.

—좀 그렇기도 하지요. 에이, 하지만 다 마찬가지야. 이봐요, 사비노. 이젠 정말 가봐야겠어요. 신랑이랑 얘기하러 가야 됩니다.

거의 충동적으로 사비노는 신부를 붙잡았다.

—좋습니다. 그런데 내일 결혼식에 주례사가 있을 거지요?

문을 열고 나서려던 신부가 돌아섰다.

—주례사요?

—아니면 강론인가요?

신부는 급할 게 없다는 태도로 웃으며 그에게 귀를 기울였다. 사비노는 열심히 강조했다.

—신부님, 저도, 집사람도, 글로리아도, 우리 모두 신부님이 주례사로 강론해주실 것을 바라고 있습니다. 정말입니다. 신부님이 강론을 해주셔야……

신부는 짐짓 의아하다는 표정을 지어 보였다.

—정말 그렇게 생각들 하시는 거요? 사람들이 나를 두고 시대에 뒤떨어졌다고들 하던데. 지난번에는 어떤 신자가 직접 내 면상에 대고 하는 말이 내 이미지가 너무 구식이라나 뭐라나. 어쨌든 사비노 선생네 식구들이 그렇게 원한다면야……

—아, 신부님, 물론이지요!

신부는 성당 안으로 들어가는 문을 열고 먼저 사비노가 지나가게 했다. 그러고는 보이지 않는 적을 향해 출정하기라도 하듯 이마를 높이 치켜들고 선언했다.

—주례사를 하겠소!

사비노는 오줌통이 딴딴한 돌이 돼버린 것 같았다. 신부는 예의 거창한 보폭으로 앞서가는 중이었다. 이 남자 앞에서 사비노는 마치 여자가 돼버린 것처럼 자신의 유약함을 느끼곤 했다.

신부가 안으로 들어가고 사비노는 생각했다. '화장실로 가야겠다.' 걸음을 옮길 때마다 방광이 아프게 흔들렸다.

그렇지만 정작 화장실 쪽으로 돌아가려는 순간, 반창고를 붙인 신부와 안경 쓴 청년이 눈에 띄었다. 왠지 창피하다는 생각이 들어 마음을 바꿨다. '밖에서 싸자.'

부스럼이 난 신부 곁을 지나며 인사했다.

—안녕히 계십시오. 감사합니다.

신기하게도 이번에는 안경 쓴 신랑이 못생긴 이를 드러내고 그에게 웃음을 지어 보였다. 기대하지 않았던 그 호의는 그를 매우 기분 좋게 만들어줬다. 그리고 글로리아와 같은 날, 같은 성당에서 결혼식을 올릴 그의 신부를 잠깐 생각했다. 신랑에게도 인사했다.

—좋은 주말 되십시오.

말을 마치자마자 낭패구나 싶었다. 화요일 아침에 하는 인사로 '좋은 주말'이 되라니 이게 무슨 실수람! 사비노의 벤츠는 성당 앞에서 기다리고 있었다. 차에 올라탔다. 사위 녀석에 대해서는 한마디도 못 꺼내고 말았잖아. 그렇지만 시간 낭비는 아니었다. '결혼식이란 연기하는 게 아니야.' 신부가 그렇게 말했을 때 그는 본의 아니게 이미 사비노에게 대답을 준 것이었다. 연기하는 게 아닌데 하물며 어찌 결혼식을 취소하랴.

운전사에게 일렀다.

—첫번째 나오는 식당 앞에 서주게.

차가 출발했다. 사비노의 방광 안에서 바늘이 춤을 추는 것 같았다. 아, 식당이 빨리 나타나지 않는다면.

운전사의 등을 툭 쳤다.

—저기 하나 있잖아. 저기다 대게.

얼굴을 찡그린 채 차에서 뛰어내렸다. 셔츠는 땀에 젖고 목 주위가 홍건했다. 카운터 앞에 멈춰 서서,

—실례합니다. 화장실 좀 씁시다.

카운터 뒤 남자가 안쪽을 가리켰다.

—두번째 문이오.

복도를 질주했다. 좁은 화장실 안으로 돌진해 벽에 서자마자 바지 단추를 뜯어내다시피 열었다. 눈을 감고 입술은 반쯤 열린 그의 얼굴은 기도하는 표정 그 자체였다. 그리고 시작된 것은 처절한 희열이었다. 지난 모든 인생의 장면들이 연이어, 때로는 겹쳐서 그의 눈앞을 스쳐갔다. 소년 시절, 그리고 아버지의 죽음, 어린 여자 형제들의 목욕, 결혼 첫날밤, 딸들의 출생, 글로리아의 기저귀…… 신부가 말한 당나귀의 비유는 어딘가 터무니없었지만 이제야 신부의 말이 이해가 갔다. 모든 신체 기관에는 그 존재 이유가 있다. 소변 보는 일이 거의 끝나갈 무렵에 문득 성행위를 하고 싶다는 갑작스런 욕구가 치밀었다. 바지 단추를 채우면서 문득 소, 말의 똥 따위를 떠올렸다.

그러나 화장실에서 나오면서 그에게는, 그런 말을 하는 신부는 어딘가 약간 돈 사람일 거라는 확신이 드는 것이었다. 그의 바리톤 목소리가 말했었지. "성관계는 그저 오줌누기일 뿐이오." 그는 동전을 바꿔 공중전화 앞에 섰다. 번호를 틀리지 않으려고 몹시 조심하면서 전화번호를 돌렸다. 그의 사무실 직통 전화였다.

노에미아가 받았다.

—산타 테레징야 부동산 중개소입니다. 안녕하십니까?

—나요, 노에미아 양. 전화 온 데 있소?

—댁에서요. 사모님께서 하셨는데 별 말씀 없으셨습니다. 나중에 다시 전화한다고 하셨어요. 그리고 글로리아 양이 사장님께, 수표 잊지 마시라고 전해달라고 하셨습니다.

—아, 그래 수표. 알았어, 알았어.

그는 잠시 뜸을 들였다.

—사장님? 뭐 더 필요하신 것 있으십니까?

그는 생각했다. '나는 바보다. 내 일생에 가장 큰 실수를 저지르는 거야. 이 여자는 온 동네사방에 떠들고 다닐 거다. 내가 먼저 저를 꾀었다구. 에우독시아한테 전화까지 할지도 몰라.' 후회하고 말 거라는 걸 알면서, 아니 이미 조금 후회하면서도 그는 다시 입을 수화기에 바짝 댔다.

—내 뭐 하나 부탁해도 되겠소, 노에미아 양?

그놈의 욕망은 아까 신부가 당나귀 이야기를 꺼냈을 때 갑자기 일어났다. 그 뜨겁고 반투명한 오줌 줄기. 그는 입을 우물거리며 낮은 목소리로 말했다.

—노에미아 양, 내 장소를 말해줄 테니까 거기서 좀 봅시다. 개인적인 일이오. 자, 주소를 적겠소?

사장으로부터 이렇게 친절한 목소리를 들어본 적이 없는 비서는 당황했다.

—잠깐만요, 연필 좀 찾고요.

그는 여자가 증오스러웠다. 노에미아가 말했다.

—됐습니다. 말씀하세요, 사장님.

그가 주소를 일러줬다. 어딘지 알겠소? 압니다. 그는 목 졸린 소리로 말했다.

—노에미아 양, 반 시간 후에 봐. 시계 잘 보시오. 반 시간 후에 오

는 거야. 택시 타고 와. 기다리고 있겠소.

사장은 반말과 존댓말을 막 섞어 썼다. 노에미아는 전화기를 내려놓으면서 현기증이 났다. 책상에 간신히 몸을 기댔다. 우선 새 팬티를 살 일이 급했다.

제7장

화장실에 가서 옷매무새를 만졌다. 돌아오는 길에 동료 산드라의 자리로 갔다. 산드라는 화장지로 콧물을 훔쳐내느라 정신이 없었다.

노에미아가 상체를 숙이고 말을 걸었다.

—나 좀 봐.

산드라가 휴지를 구겨 쓰레기통에 넣었다. 노에미아는 숨을 크게 들이쉬었다.

—내 전화 잠깐 받아줄 수 있겠니?

—왜, 어디 아프니?

한숨을 쉰다.

—아니야, 아니야.

목소리를 낮췄다.

—나 좀 나갔다 와야 돼. 샤비에르가 전화하면 있지, 아마 전화할 거야, 나 사비노 사장 댁에 심부름 갔다고 말해줘. 샤비에르도 글로리아 내일 결혼인 거 알거든. 알았지?

산드라는 자리에서 일어났다. 두 여자는 엘리베이터 쪽으로 걸어갔다. 노에미아는 나가는 길에 팬티를 사야지, 하고 생각했다.

산드라가 물었다.

—새 애인 생겼니?

노에미아는 눈을 질끈 감고 도리질을 쳤다.

—아유, 몰라, 몰라.

—나한테 못할 말 있니?

잠시 망설이다,

—물론 너를 믿지, 산드라. 잘되길 빌어줘. 빌어달라구.

둘은 식수대 앞에서 소곤거렸다. 노에미아는 친구의 정면에 섰다.

—내 입냄새 어떠니?

친구 얼굴에 숨을 뿜었다.

—좋아, 좋아.

—빨리 가야 돼. 샤비에르에게 말 전하는 거 잊지 마.

산드라가 앞을 가로막아섰다.

—누군데? 말해봐.

—너 비밀 지킬 수 있지?

—물론이지!

노에미아가 약속했다.

—이따 돌아와서 다 이야기해줄게. 지금 말하기는 좀 곤란해.

—내가 아는 사람이야?

슬그머니 웃는다.

—내가 누군지 이야기하면 너는 놀라서 뒤로 넘어갈 거다.

엘리베이터가 도착해 문이 열렸다. 노에미아가 급히 물었다.

—내려가요? 내려가요?

엘리베이터 안으로 몸을 던지며 산드라에게 손인사를 던졌다.

—샤비에르에게 꼭 말 전해줘. 안녕, 이따 보자.

사람들로 가득 찬 엘리베이터가 내려가기 시작했다. 엘리베이터 안내원은 서는 층마다 고함을 질러야 했다.

—꽉 찼습니다! 꽉 찼어요!

일주일에 한 번씩 노에미아는 '바랑 데 상 펠릭스' 거리에 있는 파이프와 방음기를 파는 가게 위층에 있는 방에서 샤비에르를 만났다. 가게로 들어설 때면 문 근처 바닥에 놓인 쐐기풀 가지가 꽂힌 물컵이 보이는 곳이었다.

엘리베이터에서 내리며 샤비에르를 생각했다. 마흔네 살 먹은 뚱뚱하고 음울한 남자였다. 그를 처음 알았을 때는 아직 이 부동산 중개소에 다니기 전이었다. 그녀가 다니던 회사가 문을 닫고 필사적으로 새 직장을 찾느라 정신이 없을 때였다. 얼마 전에 어머니가 돌아가시고 혼자였다. 아무도 없는 집에서 며칠이고 위장에 음식 한 조각 집어넣지 못하거나 겨우 커피 한 잔을 아침에 마시거나 하면서 지냈다. 한번은 배고픔을 못 이겨 중앙역 홀 한복판에서 구토하기도 했다.

버스를 기다리던 줄에서 처음 샤비에르를 만났다. 비가 조금 내리고 있었고 샤비에르가 그녀에게 우산을 씌워주기에 온순한 목소리로 인사했다.

—감사합니다.

수줍어하면서 남자가 말했다.

—둘이 써도 충분한걸요, 뭐.

당시에는 누가 그냥 친절한 목소리로 "안녕하세요"라는 말만 해줘도 모든 걸 다 줘버릴 것 같은 심정이었다. 두 사람은 한동안 버스를 기다리며 말을 주고받았다. 샤비에르가 자기 신상 이야기를 했다.

—내 인생은 차라리 한 편의 소설이에요.

그리고 그녀는 순전히 장례 비용을 치러줄 사람이 없어서 자살을 못하고 있는 형편이었다. 마침내 기다리던 버스가 왔다. 갈수록 슬픈 기색을 보이던 샤비에르가 그녀를 먼저 오르게 한 뒤 우산을 접고 따라 올랐다. 노에미아는 자기가 죽어버리면 장례식이고 뭐고 아무것도 없겠지, 생각했다. 그녀의 시체 따위를 찾으러 올 사람은 아무도 없으리라. 공공 시체 안치소 냉동실 안에 팽개쳐져 있겠지.

그들은 그들이 사는 동네인 린스 바스콘셀로스까지 함께 걸어갔다. 걸어가는 도중 내내 노에미아는 남자가 씌워준 우산이 감격스러워 생각에 잠겨 있었다. 샤비에르가 물었다.

—집이 어디지요?

—방이에요.

노에미아는 도나 호마나 거리에 있는 방 하나를 빌려 살고 있었다. 방세가 두 달치 밀려 있다는 소리는 하지 않았다. 한편 샤비에르는 그 여자의 지치고 시달린 모습, 가혹한 세월을 거친 사람만의 분위기에 마음이 끌렸다.

세번째인가 네번째 만났을 때 남자가 말했다.

—나, 자기한테 솔직해지고 싶어.

여자는 남자를 잃게 될까 봐 두려웠다. 샤비에르도 떨면서 말을 계속했다.

—자기는 정직하고 진지한 여자야. 그래서 자기가 내 모든 걸 다 알았으면 좋겠어.

남자가 깊이 숨을 들이쉬었다.

—난 결혼했어. 알아?

침묵. 샤비에르가 물었다.

—아무 말 안 하는 거야?

여자가 입을 열었다.

—내가 무슨 말을 하기 바라는데?

그날도 버스를 기다리고 있었다. 더 늙고, 더 지치고, 더 우울하고 뭐든 조금씩 더 힘들어 보이는 남자가 계속 말했다.

—그래, 난 유부남이야. 그렇지만 아닌 거나 마찬가지야. 내 아내는 이미 여자가 아니야. 물론 한때는 여자였지. 하지만 이젠 여자가 아니라고. 무슨 소린지 알겠어?

—한때는 여자였다니? 그게 무슨 소리야?

여자는 먼 곳을 바라보며 남자에게는 옆얼굴을 보인 채 말했다.

—집사람은 병이 있어. 저…… 있잖아, 그 병 말이야, 알아?

차마 병명을 말하고 싶지 않았다. 하지만 노에미아가 알아채지 못하고 있다는 걸 깨달았다.

—집사람은 나병 환자야.

노에미아는 당장 전염이라도 될까 싶은 듯이 한 발짝 뒤로 물러났다. 그러고는 한숨을 길게 내쉬며 탄식했다.

—저런, 가엾어라!

그러나 동시에 환희가 여자를 감쌌다. 그런 병에 걸린 여자라면 존재하지 않는 거나 다름없다. '이이가 나를 버릴 일은 없겠지?' 남자는 다 털어놓기로 한 모양이었다.

—한번은 마누라가 나한테 어떻게 했는지 알아? 어느 날 집에 들어

갔더니 아내가 내 옷들을 온통 면도칼로 난도질해놨더라구. 양복, 셔츠, 팬티, 전부 다. 몸에 걸치고 있던 옷 한 벌만 남았어. 난, 마누라가 불쌍해, 정말 불쌍하다구. 하지만 그날은 진짜 얼굴에 대고 한 방 갈겨주고 싶었어.

노에미아로서야 그 여자 같은 병이 없었으므로 두둔하고 나섰다.

—일부러 그러는 게 아니잖아. 병인데 뭐.

샤비에르가 그녀 쪽으로 돌아서며 격렬하게 말했다.

—그게 다, 왜 그랬다는 줄 알아? 질투래. 나한테 질투가 났대. 이것봐, 노에미아. 나는 다른 사람들보다 잘난 거 하나 없는 놈이야. 다른 인간들과 마찬가지로 흠 많은 인간이라구.

그녀는 여자의 병만 생각하고 있었다. 샤비에르는 열을 내며 계속 말했다.

—내가 직접 마누라를 목욕 시켜. 내가 손수. 장모고 친형제들이고 나타나지도 않아. 죽었는지 살았는지 알려고 들지도 않아. 마누라는 생전 욕 한마디 입에 안 올리던 사람이야. 그런데 일전에는 날더러 쌍놈의 새끼라고 불렀어.

그는 말을 채 끝맺기도 전에 덥석 노에미아를 붙잡았다.

—아이고, 미안해. 생각 없이 튀어나온 말이야. 용서해, 응?

여자는 얼굴을 돌렸다.

—욕 같은 건 많이 들어봤어.

—날 봐. 내 얘기만 했네. 자기 얘기 좀 해봐.

하고 싶은 말은 많았다. 어머니가 돌아가시고 난 뒤로는 세상에 그런 적막, 그런 외로움이 없었다는 말을 하고 싶었다. 오빠가 하나 있긴 했다. '노바 이과수' 시에서 장사를 하고 있었다. 하지만 올케는 그녀를 미워했고 오빠 집에서 쫓아냈다. "몸이나 팔아서 먹고 살아라!" 이런 소리까지 했다. 먹을 것도 없었고, 입을 것도 없었다. 아무것도 없었다. 밤에 셋방으로 돌아올 때면 길거리의 집들마저 자신을 증오하는 것 같다는 생각이 들었다.

샤비에르가 가까이 몸을 기울이며 말했다.

—집사람은 장님이야. 두 눈이 다 멀었어.

여자가 남자의 손을 잡았다.

—우리 뭐 먹으러 갈까?

그는 시계를 들여다봤다.

—내일 가자. 오늘은 그만 가봐야겠어. 늦게 들어가면 집사람이 난리를 친다구.

여자가 울기 시작했다.

—자기는 내가 배고플 거란 생각은 안 해? 난 배고프단 말이야! 하루 종일 굶었어. 아무것도 못 먹었단 말이야!

남자는 놀라 두 팔을 벌렸다.

—왜 말을 안 했어? 왜 얘길 안 했냐구?

노에미아는 두 손에 얼굴을 묻고 흐느꼈다.

—밤에는 잠도 못 자요. 배가 고파서 잠도 못 자.

샤비에르는 주위를 둘러봤다. 벌써 주위 사람들이 힐끔거리며 쳐다보고 있었다. 목소리를 낮추고 말했다.

—여기서 나가자. 가자.

훌쩍거리고 있는 여자를 데리고 나갔다. 노에미아는 울음을 참느라 이를 악물고 말했다.

—방세가 두 달이나 밀렸어. 집주인 여자 아들은 이젠 내 얼굴에 침

이라도 뱉을 기세야.

두 사람은 골목길 모퉁이에 멈춰 섰다. 샤비에르가 여자의 손에 5백 크루제이로짜리 지폐를 쥐여줬다.

—받아. 가서 요기 좀 해. 나는 같이 못 가. 정말 집에 가봐야 돼. 붕대 갈아줘야 할 시간이거든.

—알았어요. 고마워요.

발걸음을 옮겨놓기 시작하는 여자를 그가 다시 붙들었다.

—이리 와봐. 그걸로 안 될걸. 더 가져가.

5백짜리 지폐 한 장을 더 건넸다.

다음 날 그들이 만났을 때 샤비에르는 그 어느 때보다 침울한 얼굴을 하고 입을 열었다.

—아무래도 우린 헤어지는 게 낫겠어. 진심으로 하는 얘기야.

—왜요?

—자기와 나랑은 아무 장래가 없어. 무슨 일이 있어도 나는 집사람과 못 헤어져. 병들고 눈까지 먼 여자야. 내 손으로 먹여주지 않으면 밥도 못 먹어. 그러니 어떻게 해? 헤어지는 게 자기를 위해서 낫지 않겠어? 우리는 여기서 끝내는 게 나아.

샤비에르가 노에미아의 손을 잡고 물었다.

—어떻게 생각해? 말해봐.

노에미아는 단호하게 위엄을 갖추고 말했다.

—샤비에르, 자기는 결혼한 사람이야. 그 사실을 인정하자구. 나도 당신이 부인을 버리는 건 원하지 않아. 이런 상태를 그냥 받아들이기로 해. 이대로 계속해요.

일주일 뒤에 두 사람은 바랑 데 상 펠릭스 거리에 있는 아파트에 밀회 장소를 마련했다. 남자와 첫번째 입맞춤을 하고 나서 여자가 숨가쁜 목소리로 말했다.

—너무 밝아. 커튼 좀 내려줘.

두 사람은 침대로 갔다. 노에미아가 아픔의 비명을 지르자 샤비에르가 의아해하며 말했다.

—처음 하는 거야?

아픔을 참느라 얼굴을 일그러뜨린 채 여자가 말했다.

—계속해요! 계속해!

남자는 그래도 한 번 더 물었다.

—왜 처음이라고 말 안 했어?

—계속하라니까! 하고 싶어!

글로리아의 결혼식 전날, 노에미아는 건물 앞에서 택시를 잡아탔다. 샤비에르는 다섯 시에 전화하기로 돼 있었다. 차가 시내로 들어가는 동안 노에미아는 갑자기 불안했다. 사비노 사장이 원하는 건 그녀가 생각하는 게 아닐 수도 있잖아? 그냥 사무적인 볼일로, 이를테면 사업상 편지 쓸 일이 있어서 부르는 거라면? 공연히 새 팬티만 하나 산 건 아닐까?

택시 안에서 노에미아는 가방을 열고 종이 쪽지를 꺼내 씌어 있는 주소를 읽었다.

—아도키 로보, 바그네르 건물, 102호요.

그 순간, 사비노는 근처 약국을 하나 찾아 들어서고 있었다. 여자들과 아이들 손님이 몇 명 있었다. 발코니로 가서 점원 쪽으로 몸을 잔뜩 숙이고는 거의 입술을 움직이지 않고 말했다.

—세 개짜리 하나 줘요.

스스로가 비루하게 느껴졌다. 바로 옆에서 어떤 여자가 손톱 매니큐어를 사고 있었다. 점원은 그의 말을 못 알아들었다.

—뭐라구요?

사비노는 이를 악물고 다시 말했다.

—콘돔 하나 줘요.

멍청한 놈이 물건을 갖고 왔다. 포장된 것을 집고 물건값을 치르고는 거스름돈을 기다리지도 않고 나왔다. 아도키 로보에 있는 아파트에 한 달에 한 번 또는 두 번씩 들른 지가 2년쯤 됐다. 집주인 여자는 남편이 해군 장교였다는 과부로 어린 딸 둘을 두고 있었다. 어린아이들의 존재는 사비노로 하여금 보통 가정집을 드나든다는 느낌을 갖게 했다. 들르기 전에는 반드시 전화를 넣곤 했다.

—침대보 깨끗한 것으로 갈아놓는 것 잊지 말아요.

결혼식 전날, 아파트에 온 사비노가 물었다.

—물 있소?

주인 여자가 한숨을 쉬었다.

—글쎄 말이에요, 물이 안 나와요.

사비노는 기분이 나빠 언성을 높였다.

—이런 빌어먹을 노릇이 있나! 한 번도 물이 있어본 적이 없어! 무슨 놈의 건물이 이 모양이야!

슬쩍 욕실을 들여다봤다. 양동이 한가득 물이 담겨 있었다. 돌아오는 길에 거실 문가에서 얼씬거리며 자신을 엿보는 어린 자매가 보였다. 이건 해도 너무했다!

—아줌마! 애들 들여보내세요!

주인 여자가 딸들을 쫓았다. 큰아이의 등짝을 한 대 올려붙이며 소리
쳤다.

—얼른 안으로 들어가!

사비노는 더 이상 말하고 싶지 않았다. 방으로 들어가 제대로 준비가
돼 있는지를 살폈다. 막내딸의 결혼식 전날, 여기 이 방에서, 원하지도
않는 여자를 기다리고 있는 중이었다. 그리고 사위 될 놈은 다른 사내 녀
석과 입을 맞추다가 들켰다고? 동성애자 놈들은 대개 여자한테 원한이 맺
힌 놈들이다. 그는, 가끔 정신을 잃으면 여편네의 젖가슴을 담뱃불로 지
지던 인간을 하나 알고 있었다.

방 안을 둘러봤다. 침대는 지난번 그대로였고 서랍장 위에는 조화가
꽂힌 화병이 하나 놓여 있다. 그런데 이게 뭐지? 종이 쪽지에 연필로 뭔
가 씌어 있었다. 가까이 가서 종이를 집어들고 보다가 대경실색했다. '가
운데 서랍은 열지 마시오. 아이들 옷이 있음'이라고 씌어 있었다.

종이를 구겨쥐고는 복도로 내달았다.

—사라 부인, 이게 뭔지 설명 좀 해주시겠소?

종이 쪽지를 주인 여자 얼굴에 뭉개버릴 기세였다.

—나 보라고 써놓은 건 아니겠지요. 나야 아줌마 서랍을 열 이유가
없으니까.

—말소리 낮추세욧!

그는 자기도 모르게 목소리를 낮추고 말했다.

—아줌마, 나 말고도 다른 사람 손님으로 받고 있는 거지요? 그렇지
요? 거짓말할 생각 하지 말아요. 소용없어요. 나는 나 혼자 이 방 쓰자고
방세 한 달치 내고 있는 거요. 혼자서, 혼자서 쓰려고 말이야! 당초 약속
이 나 혼자 쓰는 거였잖소, 안 그래요?

—안 그래도 말씀드리려던 참이었어요.

사비노는 화가 머리끝까지 치밀었다.

—여기다 유곽을 차릴 셈이라면 나는 다시는 여기 드나들 생각이 없소. 그리고 알아두시오.

쳐든 손가락을 여자의 눈앞에 대고 흔들며 소리쳤다.

—이건 완전히 포주나 다름없는 짓이야!

마침내 처음으로 여자가 반격에 나섰다.

—포주는 네 마누라다! 네 딸년들이다, 알겠니! 늙어빠진 것들이 욕심 차리려고 이런 데나 찾는 주제에!

사비노는 얼굴이 하얗게 질려서 입을 벌린 채 말을 못했다. 왼쪽 옆구리에 통증이 느껴지기 시작했다. 주인 여자는 입가에 허옇게 거품을 물고 외쳐댔다.

—아저씨가 주는 돈으로는 턱도 없이 모자라요. 어린애가 둘이나 있는데, 나는 뭐 공기만 마시고 사는 줄 알아요? 내 집에, 내가 필요해서 손님 받겠다는데 무슨 권리로 참견이야?

사비노는 겁이 났다. 그건 순전히 육체적인 공포였다. 그는 생각했다. '이 여자는 나를 창녀나 찾는 다른 늙은이들과 똑같다고 생각하는구나.' 그로서는 정상적인 사랑밖에는 알지 못했다. 정상적인 사랑은 슬프고 병적이다. 병적이라고까지 할 건 없지. 다만 슬플 뿐이다. 정상적인 사랑은 항상 슬프다.

그는 주인 여자로부터 돌아서면서 말했다.

—사라 부인, 내 말이 지나쳤다면 사과하겠소. 내가 좀 흥분한 것 같아요. 내가 하고 싶은 얘기는, 아주머니가 미리 이야기를 했다면 내가 방세를 올려드렸을 거란 말이오.

주인 여자가 훌쩍거리기 시작했다.

—사장님은 내가 이런 짓 하고 싶어서 하는 줄 아세요? 할 수밖에 없으니까 하는 거예요. 딸년들 학비가 얼마나 드는지 알기나 하세요?

그때 초인종이 울렸다. 사비노는 낮은 목소리로 말했다.

—나중에 얘기합시다. 방세는 올려드리리다. 이제 들어가세요. 내가 문 열 테니까.

사라 부인이 거실 안쪽으로 들어가고 가운데 문을 닫았다. 뱃속이 싸늘해지는 기분으로 사비노는 현관문을 열었다. 노에미아였다.

사비노가 말했다.

—이쪽으로 오시오, 노에미아 양.

앞장서 걸어갔다. 노에미아는 아주 작은, 거의 가리지도 않는 새 팬티를 사서 입고 온 참이었다. 팬티를 산 가게 화장실에서 갈아입고 왔다.

방으로 들어서자 사비노가 문을 닫고 열쇠로 잠갔다.

침묵이 흘렀다. 노에미아는 윗입술에 땀이 맺히는 걸 느꼈다.

제8장

방문을 닫는 동시에 욕망이 솟구쳤다. 깊게 숨을 한 번 들이쉬고는 입을 열었다.

—정말 덥구먼. 굉장히 더워!

노에미아가 얼떨결에 대답했다.

—네. 무척 더워요.

그녀는 '갑자기 배라도 아파오면 어떡하지?' 생각했다.

두 사람은 나란히 마주 보고 문 옆에 서 있었다. 사비노는 밑도 끝도 없는 이야기를 꺼냈다.

—이 건물은 보통 주택 건물이오. 가정집들이 사는 데란 말이지. 들어올 때 마당에서 노는 애들 봤지요?

노에미아는 여전히 어찌할 바를 모르고 말했다.

—네. 애들이오.

남자는 집 이야기를 계속했다.

—그리고 이 집 주인은 과부요. 딸이 둘 있어요.

그는 숨이 차서 말을 더 잇지 못했다. 손수건을 꺼내 얼굴과 손의 땀을 닦았다. 더 이상 할 말이 없었다. 문을 닫자마자 그냥 키스를 할 걸 잘 못했다. 아무 말 않고 그냥 키스를 해버리는 건데.

노에미아가 갑자기 울음을 터뜨렸다. 사비노가 당황해 물었다.

—어, 왜 이러는 거요? 왜 우는 거요?

여자는 눈물 사이로 미소를 지었다.

—너무 긴장이 돼서요.

사비노는 노에미아의 두 손을 잡았다.

—자, 자, 진정해요. 천천히 얘기합시다.

노에미아는 부끄러워 죽을 지경이었다. 고개를 숙이고 말했다.

—죄송합니다.

핸드백을 열어 작은 손수건을 꺼냈다. 남자에게서 등을 돌리고 눈물을 훔친 뒤 잽싸게 코를 풀었다. 손수건을 챙겨 넣고는 다시 사비노를 향해 돌아섰다.

사비노가 그녀의 손을 다시 잡았다. 그러더니 갑자기 고개를 숙이고 여자의 팔에 여러 번 입을 맞췄다. 노에미아는 너무 좋아서 온몸이 얼어붙는 것 같아 입술만 깨물었다. 사비노의 숨결이 가까이서 느껴졌다. 그의 입내음은 남자답고 매력적이었고 샤비에르의 것보다 훨씬 기분 좋았다.

남자가 더듬거리며 말했다.

—이리로, 이리로 와요.

침대로 여자를 끌고 갔다. 나중에 산드라에게 말해주어야지. 사비노가 몸에 손을 대는 순간, 흥분으로 다리 사이가 금세 젖어버렸다고 말이야.

두 사람은 침대에 앉았고, 남자가 노에미아의 무릎 위에 손을 얹었다. 그녀는 흥분과 기대로 심장이 정신없이 뛰는 걸 느끼며 눈을 감고 기다렸다. 사비노의 손이 그녀의 옷 밑으로 올라오기 시작했다. 노에미아의 입술이 약간 열렸다. 새 팬티를 사서 입고 온 참이었다. 아주 작고 얇고 가벼운, 거의 입었다고 느끼지도 못할 만큼 조그만 팬티였다.

남자가 여자의 목에, 그리고 얼굴에 키스했다. 사비노가 숨찬 목소리로 속삭였다.

—내가 너 좋아하는 거 알지? 그렇지?

그의 입술이 그녀의 입에 닿으면서 여자를 쓰러뜨려 눕혔다. 노에미아는 거의 제정신을 잃고 발버둥치다가 남자처럼 굵고 높은 신음 소리를 냈다. 사비노는 기겁을 하고 펄쩍 몸을 일으켰다. 침대에 무릎을 짚고 일어나 앉아 노에미아의 입을 자기 손으로 막았다. 아연실색한 표정으로 그는, 신음을 간신히 깨물어 삼키고 있는 여자의 얼굴을 내려다보며 말했다.

—왜 이러는 거요? 이러지 마시오!

노에미아는 얼굴과 두 손을 베개에 파묻고 엎드린 채 말이 없었다. 사비노는 일어나 문가로 가서 밖을 살펴보고 돌아왔다.

—노에미아 양, 이러면 안 돼요. 제발 그러지 마시오. 여기 집주인이 절대 소리 내지 말라고 당부했단 말이오.

여자가 이를 악물고 대답했다.

—도저히…… 못 참겠어요.

사비노는 난처해서 어찌할 바를 몰랐다. 재수 없는 여자, 바보 같은 게 히스테리 부릴 줄은 알아 가지고! 여자의 어깨를 와락 움켜잡고 흔들었다.

—당장 그만둬요. 그만두라고! 여기 건물 관리인이 보통 까다로운 게 아니야!

여자는 계속 머리를 베개 속에 파묻고 말이 없었다. 사비노는 담배

한 대를 꺼내 물었다. 침대 한쪽 끄트머리에 앉아 아무 말 없이 담배를 피웠다. 세상에서 제일 기분 잡치는 건 욕정이 중간에 방해받아 끊기는 거다. 쓰디쓴 심정으로 여자를 경멸했다. '무슨 여자가 향수도 안 쓴담!' 모름지기 여자라면 좋은 향기를 풍기고 다녀야 할 것 아닌가. 담배 한 대를 다 피울 때까지 그는 말이 없었다.

이윽고 여자가 아직도 흥분에 사로잡힌 상태로, 그렇지만 잔뜩 주눅이 든 목소리로 물었다.

—화나셨어요?

남자가 담배꽁초를 재떨이에 비벼 끄며 말했다.

—몰라!

노에미아는 자리에서 일어나 사비노 앞으로 다가가 그의 발치에 앉았다. 여자가 남자의 무릎에 머리를 얹었다. 한 손으로 그의 구두를 어루만지며 낮은 목소리로 말했다.

—죄송해요. 용서하세요. 네?

중단된 욕정은 결코 용서할 수 없었다. 갑자기 더한 짜증이 치밀어 오르는 걸 느끼며 대답했다.

—봐요, 노에미아 양. 여기 건물 관리인은 말이야, 보통 피곤한 치가 아니야. 일종의 콤플렉스인지 모르겠는데, 하여튼 들고나는 사람들 동정을 하루 종일 살피고 앉았다니까. 온갖 일에 다 간섭하려 들고. 더구나 이 집에는 애들도 있소. 어린애들이 있다고. 알아듣겠소?

여자가 기어들어가는 목소리로 말했다.

—알겠습니다. 그렇지만…… 그렇지만 사장님은 모르세요. 저는 처음 사장님을 뵈었을 때부터 이 순간을 꿈꿔왔어요. 사장님은 제게는 단지 상사가 아니었어요. 단지 고용주가 아니었어요.

사비노는 딴소리를 했다.

—거기다 물은 왜 안 나오는 거야!

노에미아는 남자의 구두를 핥듯이 손으로 어루만지며 더할 나위 없이 온순한 목소리로 약속했다.

—이제 정말 조심할게요.

사비노는 아무 말 안 했다. 신부에게 돌아가 카마링야와 나누었던 대화에 대해 털어놓고 싶었다. 테오필로 자식은 결코 자기가 호모라고 시인을 안 했겠다. 중요한 건 바로 그거였다.

노에미아는 간신히 용기를 내어 입을 열었다.

—사비노 사장님, 아세요? 제가 사장님을 얼마나…… 얼마나 사랑하는지?

애틋한 마음으로 고백했다. 노예인 양 남자의 구두를 어루만지며 하염없이 발치에 앉아 있었다. 정말은 이런 말을 하고 싶었다. '때로는요, 집에서 혼자 사장님을 생각하면서 이런 순간을 얼마나 상상했는지 몰라요. 여러 번, 사장님을 생각하면서 혼자 욕구를 만족시켜요.' 노에미아는 사비노를 처음 본 순간부터 마음을 완전히 빼앗겼었다. 샤비에르에게 몸을 맡기고 있으면서도 눈을 감고는 사비노를 안고 있다고 그려볼 때도 여러 번이었다.

사비노에게 말하는 동안, 그의 구두에 입이라도 맞추고 싶은 심정이었다. 별안간 샤비에르와 그의 아내에 대한 분노가 치밀었다. 하필이면 나병이라니, 다른 어떤 병이라도 괜찮을 것 같았다. 그런데 나병은 치유가 된다고 하지 않던가?

밤이면 그 여자의 고통을 생각했다. 때로는 상처투성이의 그 여자가 뚝뚝 고통의 눈물을 흘리는 모습이 보이는 것 같았다. 더운 날 오후에 샤비에르와 밀회를 갖고 땀투성이의 몸을 섞고 있노라면 나병은 땀이나 침으로, 혹시 입김으로도 옮는 게 아닐까 하는 생각이 들 때도 있었다. 지금 사비노는 깨끗하고 좋은 향기를 풍기면서 얼룩 한 점 없이 말끔한 계란색의 고급 셔츠 차림으로 그녀 앞에 앉아 있었다.

사비노는 자기의 무릎에 얹혀 있는 여자의 머리를 내려다봤다. 딸년을 결코 호모 새끼한테 줄 수 없다. 그는 조용히, 냉정한 목소리로 말했다.

—옷 벗어.

여자가 고개를 들었다.

—네? 뭐라고 하셨어요?

—옷 벗어.

아무 말 없이 여자가 일어섰다. 사비노는 꺼내기만 하고 불을 붙이지 않은 담배를 재떨이에 버렸다. 노에미아가 등을 돌리고 서서 남자에게 말했다.

—여기 좀 당겨주실래요?

원피스의 지퍼를 위에서 아래로 내렸다. 그러고는 양복 윗도리를 벗어 의자에 걸쳐놓고 넥타이를 풀었다. 남자가 옷을 마저 벗기를 기다리며 노에미아는 침대에 누웠다. 팬티와 브래지어 차림이었다. 사비노는 그 옆에 몸을 뉘었다. 여자가 팬티를 벗었다. 그가 노에미아의 귀에 대고 속삭였다.

—브래지어도 벗어.

다 죽어가는 목소리로 노에미아가 말했다.

—브래지어는 입고 있을래요.

—다 벗으라니까!

노에미아는 고개를 푹 숙이고 말했다.

—난 가슴이 못생겼어요.

—다 벗으래도!

더없이 슬프고 온순하게 복종하는 태도로 브래지어를 풀었다. 볼품없는 두 젖가슴이 축 처져내렸다.

사비노는 침대 옆 탁자 위에 놓아두었던 봉투를 집었다.

여자가 갑자기 절망스러운 말투로 애원했다.

—필요 없어요! 필요 없어요!

—필요해!

—난, 깨끗해요, 깨끗하다구요!

남자는 굳이 친절하게 굴지 않았다.

—가만있어! 애가 생기면 안 돼!

—생기면 내가 뗄게요. 걱정 마세요!

여자의 말을 무시하고 콘돔을 끼우면서 내뱉듯이 말했다.

—쓸데없는 소리 마! 조심하는 게 최고야!

노에미아는 눈을 감았다. 실오라기 하나 안 걸친 나체였다. 사비노는 여자의, 속을 알 수 없이 굳게 닫힌 얼굴 위로 몸을 굽혀 입술을 찾았다. 노에미아는 올케를 생각했다. 오빠의 아내는 잔인하게 소리쳤었다. "일자리가 없으시다구? 그 엉덩이 갖고 무슨 취직이 필요해?" 옆에 있던 오빠는 고개만 푹 숙인 채 아무 말도 안 했다. 산드라를 떠올렸다. 그녀가 지금 여기서 발가벗고 사비노 사장이랑 있는 걸 안다면 어떤 얼굴을 할까?

이윽고 눈을 떴다. 남자는 옷을 안 벗으려는 걸까? 옷을 입은 채로 저러고 있을 작정인가?

저절로 높은 신음 소리가 또 터져나왔다. 사비노는 이를 갈며 다그쳤다.

—소리내지 마!

노에미아는 샤비에르의 양복을 면도칼로 찢고 있는, 문둥병 걸린 그의 아내를 생각했다. 눈물처럼 진물이 흐르는 그 슬픈 상처를 생각했다.

샤비노가 그녀에게 입을 맞추자 노에미아는 격정을 못 이기고 외쳤다.

—어서, 어서 계속해요! 내 사랑! 멈추지 말아요!

샤비노는 성행위를 하는 동안 말하는 일이 결코 없었다. 아내하고든, 다른 여자하고든 섹스 도중에 입을 여는 법이 없었다. 아내와의 잠자리에서 이따금 에우독시아가 뭔가 말을 하려 들면 막곤 했다.

—조용히 해! 조용히 하라구!

아내는 그의 침묵 속의 쾌락을 이해하지 못했다. 왜 그러는지 알고 싶어했다.

—그러니 나는 당신이 언제 쾌감을 느끼는지 알 수가 없잖우.

샤비노는 질색했다.

—쾌감 어쩌구 하는 말 좀 쓰지 마! 그건 몸 파는 여자들이나 하는 말이야. 점잖은 집 여자들이 써서는 안 되는 표현들이 있어!

아내는 그를 비웃었다.

—당신 말이에요, 여자는 이래야 한다 저래야 한다는 그 억지 좀 그만 부려요. 내가 뭐 하나 얘기해드릴까? 당신은 여자들끼리 모여서 하는 이야기를 한번 들어봐야 한다니까. 별의별 소리들이 다 나와요! 안젤리나 있잖아요. 당신 친구 카르케자의 부인. 행실 바르고 독실한 가톨릭에 현모양처라고들 하잖아요. 일전에 그 부인네가 우리들한테 뭐라는 줄 알아요? 자기 보지 들여다본 의사가 여섯 명이라나? 그러고는 성당 가서 고해성사만 잘하겠지?

샤비노는 하도 기가 막혀서 말이 안 나왔다. 감수성이라고는 한 톨도

없는, 이해력이라고는 도대체 없는 멍청이, 멍청이 같은 여자. 마누라는
손님들하고 같이 식탁에 앉아서도 아무렇지 않게 '똥'이란 말을 입 밖에
내는 여자였다. 그것도 아주 자연스럽게, 아니 어찌 보면 재미있어하면서
그랬다. 사비노가 제일 경멸해 마지않는 단어가 똥이었다. 원, 좀 점잖은
표현도 있잖은가!

그런 반면 에우독시아는 남편에 대해 야속해하는 마음이 있었다. 사
랑의 행위를 하면서 말은 절대로 하지 않는 남자, 자기에게도 침묵을 강
요하는 남편과의 섹스는 왠지 고독한 자위행위를 연상시켰다.

이제 사비노가 말했다.

―노에미아, 듣고 있는 거야?

대답이 없었다. 다시 물었다.

―노에미아, 이봐, 노에미아.

―듣고 있어요.

사비노는 수염난 뺨으로 여자의 얼굴이 아프도록 비벼댔다.

―지금부터 당신 귀에 대고 하는 이야기는 말이야, 아무도 모르는 비
밀이야. 내 여태껏 아무에게도 한 적 없는 이야기야.

잠시 말을 멈췄다. 노에미아는 숨을 몰아쉬고 말했다.

―얘기하세요.

―아무도 몰라. 아무도, 아무도 모른다구.

남자는 거의 여자 귀에 입을 갖다 대고 말하고 있었다.

―한번은 말이지, 어렸을 때 일이야. 동네 친구하고 같이 강가에 목
욕을 갔었어. 나는 열두 살이고 녀석은 열네 살이었어. 그 녀석은 나보다
힘이 세고 몸도 컸지. 둘이서 옷을 벗었는데. 그러고는 그 녀석이 나한테
덤벼들었어.

그는 정신이 아찔한 쾌감으로 거의 말을 잇지 못했다. 한 번도 느껴 보지 못한 쾌락의 절정이 그를 뒤덮었다. 노에미아는 그가 그 순간을 넘기도록 가만있었다.

그러고는 낮은 소리로 재촉했다.

—계속해요.

사비노는 거의 울고 싶었다. 그가 외쳤다.

—아니야! 이제 그만, 이제 말 안 할 거야!

노에미아는 아무 말 안 했다. 그는 제정신이 아닌 것 같았다. 계속해서 "아무도 몰라, 아무도 몰라"라고만 되풀이해 중얼거리고 있었다.

—이런 말은 하지 말았어야 했는데. 어쩌자고 이런 말을 했는지 나도 모르겠어, 나도 모르겠어.

그는 잠시 말을 멈췄다가 다시 절망적인 말투로 입을 열었다.

—너 알지? 말해봐. 이제 네가 말해봐. 그 녀석하고 나 사이에 무슨 일이 일어났는지 알지? 그렇게 가만있지 말고 말해봐. 알지?

—몰라요, 몰라요.

남사는 여자의 입을 한 대 후려치고 싶었다.

—거짓말 마! 거짓말하지 마! 이것 봐, 여기는 사장이고 비서고 그런 거 없어. 너는 여자고 나는 남자일 뿐이야. 그러니 말해봐. 나하고 그 녀석한테 무슨 일이 있었는지 알지?

—알아요.

사비노는 이마에 돋은 힘줄이 터질 것 같았다.

노에미아가 잔뜩 움츠러들어 가까스로 물었다.

—그래서, 사장님은 좋으셨나요?

—나한테 당신이라고 불러.

—그럴 순 없어요. 어떻게……

—노에미아! 시키는 대로 해! 나한테 당신이라고 불러!

노에미아는 눈을 감았다.

—당신은 그걸 좋아했나요?

그는 잠시 대답하지 않았다. 그러더니,

—그래, 너는 그걸 알고 싶은 거지? 그게 궁금한 거지? 내가 좋아했을 거라 이거지. 그렇지? 내가…… 이 내가…… 너 그렇게 생각하는 거지?

그가 아닌 다른 누군가가 말하고 있는 것 같았다. 그 목소리가 폭발하듯 외쳤다.

—그래, 좋았다! 좋았다구!

그의 입에서 나오는 소리에 자신이 소스라쳐 놀랐다. 그들은 세상 누구보다 상대와 완벽하게 결합해 있는 것 같았다. 노에미아는 사비노가 그 이야기를 털어놓음으로 해서 더욱더 철저히 그녀를 소유한다고 느꼈다.

그는 계속해서 낮은 목소리로 말했다. 그건 그의 말소리가 아니고 어두운 내면을 타고 올라오는 다른 소리였다.

—하지만 그날 한 번뿐이었어. 단 한 번이었어. 이제 말해봐. 누가 여자 역을 했겠어? 나였나, 아니면 그 소년이었나?

—그 소년이오.

—사실대로 말해봐.

—사장님이오.

—당신이라고 부르랬잖아.

—당신이오.

노에미아가 손을 뻗어 사비노의 머리 뒤를 쓰다듬었다.

―당신이 내 안에 있는 게 너무 좋아요!

그녀도 남자의 귀에 대고 속삭였다.

―나한테는 무슨 얘기든 다 해도 돼요. 무슨 이야기든지, 전부 다요. 나를 믿어도 돼요. 당신은 몰라요, 당신은 몰라. 내가 얼마나, 당신 이야기, 그 소년과 있었던 이야기를 듣고 좋아하는지.

한순간 사비노는 생을 마치는 순간과도 같은 평화로움을 느꼈다. 절망스럽던 심정은 지나가버렸다. 그래 축구협회는 아마리우도*를 불러야 해. 파라나는 해결책이 아니지. 히나우도도 아니고말고. 아마리우도가 제격이야.

―왜 옷을 안 벗으시나요?

산드라에게 이 이야기를 해주면서 '당신'이라 부르라고 요구했다는 말을 꼭 해줘야지.

사비노가 말했다.

―가만있어. 아무 말 하지 마.

아벨란제**는 똑똑한 놈이니까 아마리우도를 부를 거야. 바보 같은 불레 막스 같으니라구. 브라질 정원 그림에 바나나 나무가 없다니, 그게 말이 되나. 바나나 나무가 얼마나 아름다운지 그 순간 또 한번 깨달았다.

노에미아는 거의 이를 악물고 말했다.

―이젠 더 이상 못 참겠어요. 난 이제 거의…… 거의…… 내가 소리지르면 못 지르게 하세요.

그가 다시 목소리를 높였다.

―그 소년은 나보다 힘이 셌어. 내 얼굴을 팼어. 힘이 셌단 말이야.

<hr>

* 축구 선수 이름.
** 주앙 아벨란제João Havelange: 브라질 태생으로 1974~1998년간 국제축구연맹의 회장.

나는 하기 싫었어. 아니, 좋아하는 게 싫었어! 하지만 좋았다!

그가 마침내 노에미아의 입에 키스했다. 여자는 소리치지 않았다. 건물 관리인이 지독한 사람이라지. 사비노가 입술을 여자의 입에서 뗐다.

그는 울기 시작했다.

—아, 글로리아! 글로리아!

그는 흐느끼고 있었다.

—글로리아! 글로리아!

온 힘을 다해 이를 악물고 여자는 죽고 싶다고, 죽어버리고 싶다고 생각했다. 그리고 서서히 남자의 괴로움이 가라앉기 시작했다. 이제 그는 어린아이처럼 유순하게 울고 있었다.

—글로리아, 글로리아……

이윽고 남자의 울음이 침묵으로 잦아들었다.

그는 패잔병처럼 노에미아 옆에 말없이 엎드려 누웠다. 여자의 어깨는 남자의 눈물과 침으로 젖었다. 그녀는 베개를 끌어다가 자기의 벗은 아랫도리를 덮었다. 사비노는 베개에 얼굴을 파묻고 엎드린 채였다. 브라질이 이번에 세번째 월드컵을 못 먹으면 파라과이 꼴이 나고 말 거야.

이윽고 남자가 몸을 일으켜 침대 끝에 앉았다. 베개로 아래를 가린 채 여자가 졸린 듯한 목소리로 물었다.

—당신, 기분이 안 좋으신가요?

여자에게 등을 돌린 채 담배를 한 대 피워 물더니 남자가 말했다.

—나를 그런 식으로 부르지 마시오.

남자의 쌀쌀함이 마음 아팠지만 한 번 더 물었다.

—내 몸이 마음에 들었나요?

남자가 자리에서 일어났다.

—이거 봐요, 노에미아 양. 한 가지 분명히 해둘 게 있소. 지금 내가
말한 것 있잖소. 그 소년 이야기. 그건 사실이 아니야. 그런 일은 없었소.
내가 한순간 그냥 지어낸 이야기야. 내 에로틱 판타지요. 알겠소?

그는 되풀이해 힘을 주어 말했다.

—에로틱 판타지란 말이오!

노에미아가 물었다.

—사장님은 제가 소문이라도 낼까 봐 걱정되시는 건가요?

그는 여자의 얼굴을 때려부수고 싶었다.

—노에미아 양, 오해하지 말아요. 내가 노에미아 양을 겁낼 이유가
없소. 나는 다만 몇 가지 점을 분명히 해두고 싶은 것뿐이야. 그 소년 따
위는 존재하지 않아. 내 말을 못 믿겠다면……

—믿습니다. 믿어요, 사장님.

—잠깐만. 믿든지 안 믿든지, 내가 맹세하지. 내 딸의 목숨을 걸고
맹세하지. 그놈의 소년 따위가 정말 있었다면 말이야. 하느님한테 글로리
아의 눈을 멀게 해달라고 하겠어. 내가 가장 사랑하는 딸 글로리아가 문
둥병에 걸려 죽게 해달라고 빌겠어. 알겠소?

여자는 울고 있었다.

—알겠습니다. 사장님 말씀을 믿어요.

사비노는 구두를 신기 시작했다. 여자가 애걸했다.

—구두끈을 매드려도 될까요?

—아이고, 노에미아 양. 이러지 맙시다. 그리고 또 하나 일러둘 게
있는데 말이오. 나는 아내가 생리 중일 때만 다른 여자를 찾는 거요. 그
렇지 않으면 찾을 이유가 없어요. 알겠소? 그리고 노에미아 양은 빨리 옷
입으시오. 여기 방 빌리는 데 시간이 정해져 있고 주인 여자는 아주 까다

롭게 군단 말이오. 그러니 서두르시오.

사비노는 여자가 옷을 입는 동안 등을 돌리고 기다렸다. 노에미아는 정신없이 속옷을 주워입고 원피스를 걸쳤다.

—화장실 좀 다녀와도 될까요?

사비노는 참을성을 잃었다.

—정말 가지가지구먼! 일 좀 어렵게 만들지 맙시다. 이것 봐요. 건물 앞에 내려가면 화장실 쓸 수 있는 가게가 있소. 나가서 일 봐요. 바로 요 앞이야. 아니면 씻고 싶은 거요? 여기는 물도 없어!

여자는 고개를 숙였다.

—됐습니다.

사비노는 여자를 문가로 데려갔다.

—이제 사무실로 들어가보시오. 퇴근 시간 지나고 직원들 다 나간 다음에 내가 잠깐 들를 테니까 기다려요. 내 할 말이 있소. 노에미아 양한테 단단히 일러둘 말이 있으니까, 기다리고 있어요.

<h1 style="text-align:center">제9장</h1>

사비노 사장이 없었으므로 회계사는 일찍 퇴근한 참이었고 남은 직원들 사이에선 바스코와 플루미넨시의 축구 경기 이야기가 한창이었다. 책상에서 책상 사이로 열띤 고성이 오갔다.

마르콘데스는 아예 5천 크루제이로 지폐 석 장을 부채처럼 펴들고 외쳤다.

―나는 바스코 편이지만 이번에는 비기는 데 걸었다!

누군가가 브리토가 이번 경기에서 뛸 것이냐고 물었다. 어떤 이는 제제 모레이라 같은 유능한 감독이 있는데 질 리가 있느냐고 반문했다. 마르콘데스는 지폐 석 장을 계속 흔들며 장담했다.

―감독이 축구하나, 선수가 하지!

이러고들 있을 때 노에미아가 사무실로 들어섰다. 그녀가 들어오는 걸 보고 산드라가 얼른 자리에서 일어나 쫓아가 말했다.

―이리 와, 이리로!

노에미아가 멈춰 서며 물었다.

—왜 그래, 왜 그러는데?

그녀는 생각했다. '산드라가 이 일을 들으면 기절초풍할 거다.' 산드라는 궁금해서 죽겠다는 얼굴로 다그쳤다.

—이제 털어놓으시지?

노에미아는 목소리를 낮췄다.

—지금은 말 못해. 나 화장실부터 갔다 와야겠어.

—같이 가자.

노에미아가 앞장서 화장실 쪽으로 갔다. 산드라는 옆 직원에게 일렀다.

—아무도 여기 건드리지 못하게 해. 아무것도 만지면 안 돼.

타자기에 치던 편지를 놓아두고 코를 한 번 더 풀어 휴지통에 던져 넣었다.

사람들은 계속 축구 이야기 중이었다.

—글쎄, 나는 플루미넨시에 걸 거야. 그런데 사마로네 골은 소용없어.

산드라는 화장실로 뛰어갔다. 친구가 들어오자 노에미아가 말했다.

—문 닫아. 열쇠 있니? 잠가버려.

—잠갔어. 그래서, 나간 일은 어떻게 됐니?

과장된 어조로 말하기 시작했다.

—난 지금 목욕이라도 해야 돼. 무슨 집이 물도 안 나오지 뭐야! 씻지도 못하고 나왔어. 생각을 해봐. 내 몸은 지금 말이 아니야.

산드라가 한숨을 폭 쉬었다.

—와, 그럼 정말 일이 있었구나!

노에미아는 밝은 목소리로 숨을 몰아쉬며,

—그래, 그래. 이건 사건이야! 아이고, 내가 얼마나 눈치 없었는지! 사실 난 생각도 못했었어.

노에미아는 문을 약간 열어놓고 비데의 물을 틀었다. 문밖에서 산드라가 조바심을 쳤다.

—빨리 말해봐. 누구야? 누구랑 한 거야?

—알아맞혀봐.

—사람 애태우지 말고. 누구야?

노에미아는 선뜻 입을 열지 않았다. 그러자 산드라는 애가 타서 문을 열고 고개를 들이밀었다.

—누구냐고?

—너, 약속부터 해. 누구한테도 말 안 한다고.

—얘는!

—약속해.

—약속한다. 맹세한다. 됐니?

노에미아는 수돗물에 손을 담갔다.

—네 남편한테 뭐든지 다 말하는 거 내가 다 알아.

—누구냐니까!

발음마서 육감적으로 나왔다.

—사비노 사장.

—거짓말!

친구가 입을 딱 벌리는 모습에 행복해하며 두 번을 더 되풀이했다.

—사비노 사장. 사비노 사장이라구.

사비노가 그녀에게 화장실도 못 쓰게 하고 쫓아내다시피 했던 대목은 벌써 잊어버렸다. 산드라는 황홀해서 어쩔 줄 몰라했다.

—어머, 그럼 사비노 사장 점잖은 척하는 게 순 폼이었구나. 순 폼이었어.

노에미아는 고개를 당당히 쳐들고 말했다.

—나한테 푹 빠져 있었어. 생각이나 해봤니? 나는 그걸 전혀 몰랐던 거야.

노에미아가 별안간 소리쳤다.

—아이고, 또 휴지가 없네. 이런 거지 같은 사무실은 정말 첨 봤다. 산드라, 부탁 좀 할게.

—말해.

—내 책상에 가서 서랍 열면 수건 있어. 얼른 좀 가져다 줘.

산드라가 나갔다 금세 돌아왔다. 흥분해 어쩔 줄 모르며 수건을 건네줬다.

—어쩜, 나는 상상도 안 간다. 그 사람은 아무한테도 눈길 한 번 제대로 안 주는 인간이잖아. 농담 한 번 안 하잖아. 자세히 설명 좀 해봐. 뭐라면서 너를 꼬시던? 나는 사비노 사장이 여자를 꼬신다는 게 상상이 안 돼. 뭐라면서, 어떻게 나오던?

노에미아는 다리 사이에 수건을 낀 채 나왔다.

—나를 좋아한대. 그렇대.

화장실 벽의 작은 거울에 자기 얼굴을 비쳐보았다. 치마 밑에서 수건을 꺼내고는 옷을 들어올려 팬티를 보여준다.

—특별히 하나 장만했지.

산드라가 들고 있던 클립으로 머리를 긁적이더니 말투를 바꿨다.

—애, 노에미아, 내가 상관할 일은 아니지만 말이지. 다 각자가 알아서 할 일이지만 말이야. 그렇지만 내 생각에는 너 그러면 못쓴다.

노에미아가 놀라서 몸을 휙 돌렸다.

—무슨 소리야?

─무슨 말인지 모르겠어?

─모르겠다, 왜?

─노에미아. 너 그럼 못써. 나 같으면 그렇게 안 한다. 여자에겐 정조라는 게 있는 거야. 나는 그렇게 생각해. 내가 교육받은 바로는 그래.

노에미아는 두 팔을 허리에 얹고 따지기 시작했다.

─그런 소리 마! 너 왜 이렇게 빈정거리고 나오는 거야?

─지금 빈정대는 게 나냐? 샤비에르는 어떡하고? 너, 그 불쌍한 사람을 배신하는 거 아냐? 나는 절대로 우리 남편 두고 바람 안 피운다.

노에미아는 너무 화가 나서 퍼붓기 시작했다.

─너 지금 제정신으로 하는 소리야? 네가 어떻게 그럴 수 있니? 나한테 항상 좋은 사람을 찾으라고 그랬잖아! 지난번에 어떤 손님이 나한테 수작 걸 때도 나더러 잘해보라고 부추겼잖아. 샤비에르하고 결혼한 것도 아니면서 묶이지 말라고 했잖아? 그런데 이제 와서 이게 무슨 소리야?

구역질이 난다는 표정으로 친구는 냉정하게 잘라 말했다.

─사람을 그런 식으로 배신하면 못써. 난 항상 그렇게 생각해왔어. 너 지금 샤비에르하고 연애하는 중이잖아. 네가 한 행실이 정당하다고 생각해? 난 더 이상 할 말 없다. 나중에 보자, 안녕.

몸을 돌려 나가려는데 노에미아가 재빨리 친구의 팔을 붙잡았다.

─이리 와!

산드라가 돌아보며,

─왜 이래?

노에미아는 손가락을 친구의 얼굴 가까이 들이대고 다그쳤다.

─그런 식으로 빠져나갈 생각 하지도 마. 똑똑히 들어둬. 지금 내가 이야기한 걸 누구한테라도 말했다가는, 사비노 사장 이름 한 자라도 입

밖에 냈다가는, 나한테 뜨거운 맛 볼 줄 알아! 지독한 꼴 당하고 싶으면 마음대로 해봐! 한번 해보라구!

산드라는 하얗게 질려 한 발짝 뒤로 물러섰다.

—내 말은 그런 뜻이 아니야. 다 널 생각해서 하는 소리야.

—듣기 싫어! 날 생각한다는 게 그런 말을 해? 질투가 나서 그러는 거냐! 어쨌든 난 경고했어! 나쁜 계집애 같으니라구!

산드라가 울음을 터뜨렸다.

—애, 노에미아, 그런 식으로 함부로 말하지 마. 난 네 친구야. 항상 네 편이었잖아.

노에미아는 침을 뱉듯이 말했다.

—친구? 친구 좋아하네!

—정말이야. 너를 생각해서 한 소리야. 사실 이 이야기 내 맘에 별로 안 들어. 사장하고 그래봤자 끝이 어떻게 날지는 뻔하잖아. 하지만 생각 해보면, 너, 잘했다. 잘한 거야. 사장 부인이라고 여기 와서는 아무한테 도 인사 안 하고 거만 떠는 그 여자 생각하면 백번 잘했다. 너도 봤지? 그 에우독시아인가 뭔가 하는 여편네는 얼마나 재수 없냐. 그렇지 않니? 혹시 아니? 사비노 사장하고 일이 잘되면……? 왜, 뭐냐, 따로 살림을 차릴 수도 있는 거구.

산드라는 끊임없이 코를 풀며 주절거렸다. 노에미아는 화가 좀 풀렸 다. 다시 꿈꾸는 기분으로 돌아와서,

—그 사람이 언제든지 날 버려도 좋아. 상관없어. 그인 이미 내 것이 됐다구. 내 안에 들어왔었어.

달콤한 자학에 빠져 반복했다.

—이미 내 것이 된 남자야. 언제든 날 버린대도 상관없어. 상관없어!

그러더니 갑자기 다른 남자를 기억해냈다.

—앗, 참, 어떻게 됐니? 샤비에르가 전화했니?

—한 2백 번쯤 했다.

노에미아는 짜증스러웠다.

—아유, 참. 무슨 사람이!

—그러게 말이야. 너 다시 안 들어올 거라구 했거든. 그런데도 소용 없어. 계속 전화하는 거야. 그 전화 받느라고 난 일도 못했어.

노에미아는 화장품을 가방에 챙겨 넣으며 말했다.

—그러다 나한테 자기 마누라 병까지 옮겨주고 말지!

둘은 화장실에서 나왔다. 산드라가 중얼거렸다.

—아이구, 이놈의 콧물은 도대체 언제 멈추는 거야!

사환 아이가 와서 전했다.

—노에미아 씨 찾는 분이 앞에 와 계시대요.

아니나 다를까, 샤비에르였다. 사비노와 침대에 누워 있는 동안 단 한순간도 샤비에르를 생각하지 않았다. 오히려 그의 아내를 여러 번 떠올렸다. 그 여자는 남편을 제외하고는 아무에게도 자기의 목욕 시중을 시키지 않는다고 했다. 오로지 남편만이 그녀의 상처투성이 나체를 본다고 했다.

사무실 앞으로 나가면서 그제야 샤비에르를 생각했다. 그에게서는 항상 안 좋은 냄새가 풍겼다. 쉰 냄새, 곰팡이 냄새랄까, 늙은이의 땀냄새였다.

두 사람은 식수대 옆으로 갔다. 노에미아가 말했다.

—나, 지금 많이 바빠.

남자는 풀이 죽어 시무룩하게 말했다.

─바람맞혀줘서 고마워.

여자는 초조해하며 발을 한 번 굴렀다.

─아, 샤비에르, 제발!

─무슨 대답이 그래?

─나 지금 책상에 쌓인 일거리가 산더미란 말이야!

그는 그냥 물러서지 않았다.

─내가 그 방세로 10콘투씩 내는 거 알지. 한 번에 10콘투씩이야. 나한테는 그 돈, 적은 돈이 아니야.

─궁상 좀 그만 떨어.

남자가 목소리를 높였다.

─그냥 이렇게 안 나타나도 되는 거야?

─말소리부터 낮춰. 점잖게 이야기하든지 아니면 나 올라가버릴 테야.

남자는 손수건을 꺼냈다. 여자는 혼잣말처럼 중얼거렸다.

─어째 손수건 하나도 깨끗한 게 없어!

노에미아는 팔짱을 끼고 남자에게서 몸을 반쯤 돌린 채 서 있었다. 그는 애원하는 말투로 바꿔 말했다.

─왜 안 왔어? 난 이런 말 물어볼 자격도 없다고 생각하는 거야?

남자가 좀 불쌍하다는 생각이 들었다.

─이 사람아! 산드라가 얘기 안 했어?

그는 낮게, 그렇지만 뚜렷하게 적개심을 드러내며 말했다.

─홍, 그 주책바가지! 멍청이!

─뭐, 주책, 멍청이? 산드라는 내 친구야. 진심으로, 정말로 날 생각해주는 친구라구!

그러더니 목소리 톤을 가라앉히고 말했다.

—있잖아, 우리 말이지. 우리 사이는 아무래도 잘못된 것 같아.

—뭐가 잘못됐는데?

여자 쪽에서 다른 질문을 던졌다.

—자기, 자기 아내랑 헤어질 거야?

샤비에르는 뭐라고 대답을 못했다. 노에미아는 거의 환희에 차서 야멸차게 다그쳤다.

—대답해봐! 이혼할 거야?

—이봐, 내가 얘기했잖아.

노에미아는 남자의 얼굴에 자기 얼굴을 똑바로 마주 대고 말했다.

—그런데 나는 자기한테 뭘 설명해야 되지?

남자는 다시 손수건을 더듬어 찾았다. 여자가 무자비하게 쏴붙였다.

—그 지저분한 손수건 좀 꺼내지 마! 그리고 여기서 담배 피우면 안 돼! 더구나 그 싸구려 담배! 아유, 정말, 자기는 담배라도 좀 좋은 걸로 피울 수 없어?

샤비에르가 처량한 어조로 서글프게 말했다.

—내가 그럴 수 있다고 생각하는 거야? 어떻게 마누라랑 헤어지라는 거야? 생각해봐. 앞도 못 보는 사람을. 난 그 사람 버릴 수 없어. 그런 병에 눈까지 그렇게 된 사람을? 나더러 어떡하라는 거야? 나보고 아내를 죽이기라도 하란 소리야?

노에미아는 그 여자의 나체를 떠올렸다. 그 여자에게 아직도 성욕이 있을까? 남편의 몸을 원할까? 다시 팔짱을 끼고는 남자의 얼굴을 쳐다봤다. 다른 여자의 상처받은 섹스는 더 이상 생각하기 싫었다.

—그러면 나는?

샤비에르가 그녀에게 팔을 내밀었다.

—자기 알잖아. 내가 자기 좋아하는 거 알잖아.

여자는 성난 얼굴로 말했다.

—말이야 근사하지. 하지만 말해봐. 나는 어떻게 되는 거야? 난 아직 미혼이야. 나이도 젊어. 혼자 잠자는 것도 지겨워. 같이 잘 남자가 필요해. 알겠어? 나는 하다못해 영화관에도 혼자 가야 돼. 왜냐면 자기는 항상 집에 일찍 들어가야 하니까.

—우리 예쁜아.

여자가 버럭 성질을 내며 몸을 돌렸다.

—그런 식으로 날 부르지 마!

둘은 아무 말 없이 잠시 서 있었다. 그가 용기를 냈다.

—그럼 내가 어떻게 했으면 좋겠어?

여자가 천천히 그를 향해 돌아섰다.

—방법이 하나 있어.

샤비에르는 왠지 겁이 났다.

—뭔데?

노에미아는 부드럽게 말했다.

—자기 아내를 입원시키는 거야.

남자는 놀라는 기색으로 한 발 물러섰다.

—입원?

—그래. 입원. 진작에 그랬어야 했어. 안 그래?

샤비에르가 움켜쥔 두 주먹을 앞으로 내밀었다.

—이봐, 노에미아!

—목소리 낮춰!

—자기도 잘 알잖아. 우린 이미 이야기를 했잖아. 마누라를 입원시킬

수는 없다고, 그건 자기도 인정했어. 나환자 수용소란 데가 어떤 곳인지 알아? 더구나 아내는 격리 환자야. 장님인데다가 격리 환자야!

—그래서? 그러니 어떻다는 거야?

—나도, 자기도 그 여자를 그런 데 보낼 권리는 없어.

노에미아는 화가 치밀었다.

—그러니 나쁜 년은 나다, 이 말이야?

—난 그런 소리 안 했어.

—그게 그 소리잖아.

두 사람은 누군가 물을 마시러 오는 바람에 잠시 말을 끊었다. 사람이 지나가자 노에미아는 인정사정없이 몰아댔다.

—우리 지금까지 한 이야기가 다 뭐야? 반 시간 동안 나환자에 대해서 말하고 있었어. 정말 멋지잖아? 난 말이야, 꿈까지 꿨어, 알아? 내가 문둥병에 걸려버리는 꿈까지 꿨다구! 샤비에르! 우리 이 문제 그만 해결해. 둘 중 하나를 선택해. 자기 아내를 수용소에 보내든가. 그래, 나도 전에는 그래서는 안 된다고 생각했어. 그렇지만 이제 마음을 바꿨어! 그러니 입원시키든가……

그때 사환 아이가 다가왔다.

—실례합니다.

—뭔데?

—샤비에르 씨, 축구 시합 내기에 돈 거실래요?

당황해서 머뭇거리며 샤비에르가 물었다.

—무슨 시합인데?

—플루미넨시하고 바스코 경기요.

한 손을 주머니에 넣으며 말한다.

─얼마지?

─5백 크루제이로요.

노에미아가 짜증을 내며 끼어들었다.

─쓸데없는 데 돈 쓰지 마!

남자가 소년에게 말했다.

─나는 아메리카*팀을 응원하거든. 아메리카 시합이라면 돈 걸지.

노에미아가 소년을 쫓아보냈다. 왜 사비노 사장은 콘돔을 썼을까? 성병이나 임신이 두려웠겠지. 그녀는 남자의 살이 직접 닿는 것을 느끼는 걸 좋아했다.

샤비에르가 노에미아의 팔에 손을 얹었다. 그녀는 그의 손을 홱 뿌리쳤다.

─손 치워!

─아니, 왜 이러는 거야?

─그 손 갖고 어딜 돌아다녔는지 알 게 뭐야!

─노에미아! 너, 나를 이런 식으로 대하기야?

잠시 한 뜸 들였다가 용기를 내어 계속했다.

─나는 이런 취급 용납할 수 없어.

여자의 눈치를 힐끗 보고 다시 말했다.

─용납할 수 없어!

노에미아는 무서울 거 없다는 투로 나갔다.

─그 손으로 자기 마누라 씻겨주는 거 아니야? 나한테 자랑스럽게 말했잖아. 자기가 마누라 목욕시킨다고. 이게 그 손 아니냐구?

---

* 리우데자네이루의 축구 클럽 이름.

샤비에르는 너무 당황해 어쩔 줄 몰라하며 자신의 손을 들여다보았다. 마치 거기서 지금 막 상처가 돋아나고 있는 듯, 자기 손을 쳐다봤다. 일순간 분노가 밀려왔다 지나갔다.

남자가 상대방이 거슬릴 정도로 기죽은 태도로 말했다.

—마누라 목욕시킬 때는 솜이랑 거즈를 쓴단 말이야.

여자는 더 화가 났다.

—이게 다 무슨 지저분한 얘기야!

샤비에르는 아직도 자기 손을 들여다보고 있었다. 그의 태도는 늘 다른 사람들에게 뭔가 잘못했다고 사과하는 사람 같았다.

—그러니까 자기는 입원은 못 시키겠다, 이거지?

—못 해.

—그럼 끝내는 수밖에 없어.

남자가 놀라 입을 벌렸다. 그리고 제대로 나오지도 않는 목소리로 물었다.

—끝낸다고?

—그래! 우리 사이, 이제 끝내는 거야. 샤비에르, 당신은 당신 마누라하고 잘 살아. 밤에 만나러 올 수도 없지. 마나님이 놔줘야 말이지. 어제오늘 일이 아니잖아? 문둥병자를 목욕시키고, 그다음에는 그 손으로 나를 만져?

충격으로 눈이 사팔이 되다시피 한 남자가 물었다.

—내가 뭘 잘못했다고 이러는 거야?

—나, 일하러 가야 돼.

남자가 그녀의 앞을 막았다.

—어딜 간다는 거야? 못 가. 먼저 나한테 말을 해. 내가 뭘 잘못했는

지. 내가 뭘 어쨌다는 거야?

그녀는 지겨워서, 너무 지겨워서 죽을 지경이었다.

—이 손 떼. 사람들이 쳐다보잖아. 손 떼라니까, 샤비에르.

남자가 부들부들 턱을 떨며 낮게 말했다.

—너, 남자를 이런 식으로 무시하는 거 아니야. 난, 내가 뭘 잘못했다는 건지 알아야겠어. 너 무슨 일 있는 거지? 그렇지? 거짓말할 생각 하지 마. 무슨 일이야, 응? 노에미아!

여자는 대답이 없었다. 남자가 계속 다그쳤다.

—대답 안 할 거야? 노에미아! 자기는 어제까지도 이러지 않았어. 어제만 해도 나한테 얼마나 다정했는데. 내가 자기 방에 놓을 가구 사주겠다고 했잖아. 그랬더니 나한테 뭐라고 했어? 이때까지 자기한테 이토록 잘해준 남자는 아무도 없었다고 했지. 그랬어, 안 그랬어?

노에미아의 얼굴이 쌀쌀한 미소로 일그러졌다.

—나 그만 올라갈 거야.

—그 가구 사놨어.

—중고품?

—중고품인 줄 자기도 알고 있었잖아. 나는 새 물건 살 형편이 안 돼. 그리고 그 중고품 가구 사는 바람에 집사람 약 살 돈이 모자랄 판이야. 하지만 나는 너에게 주려고 가구를 샀어. 네가 이렇게 갑자기 변하는 데는 무슨 이유가 있어. 어떤 여자도 이렇게 갑자기 변하지 않아. 정말 무슨 일인지 나한테 말 안 할 거야?

여자는 아무 말 안 했다.

남자가 말했다.

—마지막으로 한 번 더 묻는다. 마지막이야. 그리고 난 간다.

숨을 몰아쉬고 말했다.

—자기하고 나하고는 이제 정말 완전히 끝난 거야?

—끝난 거야.

샤비에르는 노에미아가 지나가도록 비켜주었다. 그리고 엘리베이터를 기다릴 것도 없이 비상계단으로 내려갔다. 내 손을 뿌리쳤겠다, 내가 나병 환자라도 되는 것처럼. 그는 자기의 두 손을 내려다보았다. 계단을 내려오면서 그는 중간중간에 주저앉아 잠시 멈춰야 했다. 그리고 갑자기 생각했다. 중고품이라고 비웃었겠다, 창녀 같으니라구. 여자들이 원하는 건 그저 돈밖에 없다. 그는 벽을 의지 삼아 짚어가며 10층 계단을 걸어 내려갔다.

제10장

글로리아가 진료실에서 나가고 10분가량이 지났다. 하지만 그녀의 나체의 흔적은 아직 약간 남아 있는 것 같았다.

카마링야는 담뱃대에 끼운 담배를 빼내 창문 밖으로 던졌다. 자신에게 따귀를 얻어맞던 순간의 아들을 생각했다. 뺨을 때릴 때 가장 고약한 건 그 소리다. 어쩌면, 소리가 나지 않게 따귀를 때린다면 뺨을 맞는다는 행위가 그렇게까지 모욕스럽거나 혐오스러운 게 아닐지도 모른다. 사무실 안에 에어컨을 하나 달아야겠어.

뚱뚱한 사람들이 흔히 그렇듯 그도 땀을 많이 흘렸다. 손과 목덜미와 얼굴의 땀을 끊임없이 닦아내곤 했다. 스스로도 땀을 줄줄 흘리는 자기 모습이 추하다고 여기고 있었다.

한번은 어떤 환자가 물어온 적도 있었다.

—선생님은 더위를 좋아하시나 보지요?

—더위라면 끔찍합니다.

환자는 안에서 옷을 챙겨 입고 돌아와서 말했다.

—선생님, 선생님 진료실은 참 좋은데요, 에어컨이 있어야겠어요.

에어컨. 그는 잠시 담배도 넣지 않은 담뱃대를 손가락 사이에 끼우고 생각에 잠겼다. 사실은 냉정하고 사무적인 어조로 "나는 이러이러한 장면을 봤단다. 알겠니. 이제 네가 알아서 결정해라"라는 말을 하려고 글로리아를 불렀는데.

이윽고 그는 서두르는 기색 없이 넥타이를 풀고 셔츠를 벗었다. 어두운 색 대리석으로 만든 재떨이에 담뱃대를 올려놓았다. 웃통을 벗은 채 책상 위의 작은 선풍기를 마주 향했다. 바람이 가슴과 목과 얼굴에 느껴졌다. 더운 날이면 그의 머리 속은 습진으로 부풀어 오르는 것 같았다.

선풍기 바람에서 그는 나체의 향기, 글로리아의 몸냄새를 느꼈다. 물론 터무니없는 자신의 상상 속 향기라는 걸 알고 있었다. 그렇지만 젊은 섹스의 향기는 감미로웠다. 다시 소리 없는 따귀를 생각했다. 이제 선풍기로부터 뒤돌아 앉았다. 그렇게 1분인가 2분을 있었다.

옷을 차려입고 전화기를 들었다. 그에게는 기이한 공상을 하는 순간이 있었다. 가끔씩, 그는 자기가 점점 더 살이 쪄서, 자동차 타이어에 공기를 채워 넣듯 부풀어간다고 상상할 때가 있었다. 아니, 어떤 때는 자동차 타이어나 공기통도 아니었다. 자신이 단단하고 묵직한 한 마리의 하마라고 상상하는 적도 있었다. 전부 다 아들이 죽고 난 다음부터 생겨난 증상이었다.

집으로 전화를 걸자 아내가 받았다.

—나요. 지금 들어가리다.

—점심상 치워도 되겠지요?

—그래. 치워도 돼요.

—들어오기 전에 묘지에 들를 건가요?

그는 잠시 멈칫했다가 결심했다.

—아냐, 오늘은 안 되겠어. 너무 피곤해. 글쎄, 내일 가지 뭐.

그는 거의 매일, 점심을 먹으러 집에 가기 전에 아들의 묘지를 방문하곤 했다. 갑자기 수치심이 밀려왔다. '깜빡 잊고 있었구나.' 죽은 아들 생각을 잠시 잊었다 싶으면, 그 사실이 부끄러워 고통스러웠다.

거진 문 앞으로 갔을 때 전화벨이 울렸다. 에어컨을 달아야지 안 되겠어. 사무실은 좋은데 에어컨이 필요하다잖아.

문을 연 채로 전화를 받으러 돌아갔다. 순간 잔인한 호기심을 느꼈다. '사비노 전화일까?'

—여보세요.

아내였다.

—아직 거기 있었군요?

그는 하품을 했다.

—그런 것 같네.

—여보, 당신한테 할 말이 있었는데, 깜빡 잊었어요.

—지금 들어간다니까! 집에서 말해요.

아내는 잠시 말이 없더니,

—당신은 뭔지도 모르면서!

—말해요. 빨리 말해봐.

—오늘 아침에 말이에요, 수술 날짜 잡았어요.

—수술?

—성형 수술 말이에요.

그는 성질을 가누기 힘들었다.

—나, 묘지에 갔다 갈 거야.

―당신은 어떻게 생각해요?

그는 소리쳤다.

―말했잖아. 묘지로 간다구!

―내가 지금 물어보는 건 수술에 대해서 당신이 어떻게 생각하냐는 거예요.

그는 참을 수가 없었다.

―내 아들이 죽었는데 당신은 성형 수술이나 걱정하고 앉아 있는거야!

아내도 전화 건너편에서 날카롭게 말했다.

―나한테 소리지르지 말아요!

―주책도 정도가 있어! 정도가 있다구!

―그애 때문이라면 당신보다 내가 훨씬 더 마음 아파요!

아내는 울먹이기 시작했다. 카마링야는 이미 자신이 한 말을 후회하고 있었다. 마누라가 성형 수술을 하고 싶다면 하면 되는 거다. 죽은 아들하고 무슨 상관이란 말인가.

아내가 울면서 말했다.

―당신이야 내가 보기 흉하게 늙어버렸으면 좋겠지요. 그랬으면 좋겠지요!

―아이고, 여보. 제발! 당신 하고 싶은 대로 다 하구려. 나는 아무래도 상관없어. 그 수술이 대체 언제야?

아내는 다른 말을 꺼냈다.

―점심상 치워도 될까요?

―여보.

그는 참을성 있게, 이해심 있게 반복했다.

―수술 날짜가 언제라구?

―점심은 안 차려도 되냐구요?

마침내 인내심을 잃고 다시 말소리를 높였다.

―집으로 직접 가려고 했는데, 그만두겠어. 난 묘지에 갈 거야!

아내가 미친 여자처럼 소리를 질러대기 시작했다.

―당신, 나를 괴롭히려고 묘지 얘기 자꾸 꺼내는 거 다 알아! 내가 그애 죽고 나서 두 달 동안 정신병원에 들어갔던 거 잊어버렸어? 나는 빨가벗고 방에 갇혀 있었어! 그것도 빨가벗고! 옷을 입히면 다 찢어버리는 통에!

그는 어찌할 바를 모르고 그저, 이웃 사람들이 다 듣고 있겠구나, 생각했다. 아내의 말은 사실이었다. 카마링야가 아내를 면회하러 병원에 갔을 때 아내는 구석에 앉아 자기가 싼 똥을 자기 몸에 발라 뭉개고 있었다. 옷을 입히면 찢어발겨서 물어뜯곤 했다. 아들을 잃은 충격으로 한동안 그 지경이 돼 있었다.

카마링야도 소리를 질렀다.

―여보, 여보! 내가 한 말 다 취소야, 다 취소하리다. 알았어? 취소한다구!

그런데 별안간 아내는 더 히스테릭해졌다.

―왜 나를 마귀 취급해, 왜? 내가 무슨 마귀할멈이야!

남편은 아내가 전에 정신을 잃었을 때와 같다고 생각했다. 벌거벗은 채 방에 갇혀서 짐승처럼 울어댔지. 남편을 보고 '엄마, 우리 엄마' 하고 불렀었다. 자기 똥을 집어먹던 미친 여자.

아내가 기운 없는 목소리로 말했다.

―그리고 난 유방 성형 수술도 할 참이니까 알아둬요.

일단 거기서 싸움을 멈추었다. 수화기를 내려놓고 카마링야는, 둘 중

한 사람이 먼저 죽는다면 나머지 상대에게 그런 다행, 그런 평화가 없겠지, 생각했다. 하지만 진료소 문을 닫고 나오는데, 아내가 먼저 죽는다고 생각하니 불쌍해서 가슴이 메이는 것 같았다. 죽은 이에게 동정심을 느끼기는 참으로 쉬운 일이다. 동정, 아니면 증오, 아니면 둘 다일까. 동정과 혐오감. 약간의 혐오감.

엘리베이터를 타고 내려오면서도 왜 글로리아가 자기더러 진찰해달라고 했는지 이해할 수 없었다. 그녀는 천진한 얼굴로 순순히 진찰대로 다가와 마치 동물처럼 감정 없이 누웠다. 진찰하는 동안 글로리아의 관능적인 육체는 거의 숨도 쉬지 않고 꼼짝하지 않았다.

길을 걸어나왔다. 차는 두 블록 떨어진 길에 주차되어 있었다. 그는 자신이 한 마리 황소 같다고 생각했다. 살찐 남자들에게 성욕을 느끼는 여자들도 있다고 하던데.

길에 세워놓은 차를 봐주고 푼돈을 받는 이가 그를 보더니 잇몸만 있는 입을 벌리고 웃음을 지었다.

—안녕하십니까, 선생님? 이번 일요일에 축구 구경 가시나요?

잔돈을 꺼내며,

—사마로네가 뛰는 경기는 흥미없네.

돈을 건네줬다. 남자가 실실 웃으며 반론을 폈다.

—하지만 선생님! 사마로네는 공도 잘 차고 드리블도 잘하고 패스도 잘하는데요. 아주 잘 뛰는 친구예요!

카마링야는 차 주위를 한 바퀴 돌면서 타이어를 점검했다. 그는 소년 시절부터 플루미넨시를 응원했다. 구두 끝으로 앞바퀴를 툭툭 쳐보았다.

—자네들은 아무것도 몰라. 플루미넨시는 공격수가 필요해. 공격수. 사마로네는 수비수야. 플루미넨시에는 맨 수비밖에 없어.

그는 바퀴 네 개의 점검을 끝냈다.

—축구에선 골이 제일 중요해.

차를 출발시켰다. 상대방은 염증으로 부풀어 오른 잇몸을 드러내고 웃으며 그를 전송했다. 카마링야는 다시 생각을 바꿨다. 집으로 가자. 그리고 집에 도착하면 아내의 이마와 볼에 입을 맞추면서 미안하다고 말해 줘야지. 그 불쌍한 여자가 벌거벗고 앉아서 자기가 싼 똥을 몸에 뭉개던 모습을 머릿속에서 지울 수가 없었다.

그러나 보타 포구 근처를 지날 때 또 마음이 달라졌다. '묘지로 가자.' 옆길로 들어서며 방향을 틀었다. 집에 가면 한때 미쳤었던 여자가 있다.

묘지 앞에 도착했을 때는 마침 한 장례식 행렬이 들어오고 있었다. 그는 차를 길옆에 붙여 세우고 내렸다. 이 행렬에 끼어 들어가기로 했다. 행렬 앞에는 가족과 가까운 친구들이 서게 마련이다. 카마링야는 관을 따라가는 사람들 무리 틈에 들어가 걸었다. 그런데 갑자기 아는 목소리가 그에게 인사를 걸어왔다.

—어, 잘 있었나?

소아과 의사를 하는 친구인 에스마라가도였다. 두 사람은 보폭을 맞춰 나란히 관 뒤를 따라갔다. 에스마라가도가 낮게 말했다.

—파울로 푸르타도의 아들이야.

—누구?

거의 귓속말로 다시 말했다.

—닥터 파울로 푸르타도 말이야. 자네도 알잖아. 몰라?

아는 사람이다. 파울로 푸르타도 역시 소아과 의사였다. 에스마라가도가 계속 말했다.

—스물한 살 난 젊은이였어. 약혼까지 하고. 새로 뽑은 DKW 차를

몰고 있었다던데. 아마 술을 마셨는가 봐. 전봇대에다 머리를 정통으로 갖다 박았대.

그건 카마링야로서는 듣기 가혹한 말이었다. 사람들이 그의 아들에 대해서도 같은 말을 해대겠지. '술에 취해서 머리를 전봇대에 박았대.' 머리를 처박았다고. 안토니오 카를로스는 죽을 당시 술에 취해 있지 않았다.

―잘 가게. 난, 여기서 그만 가보겠네.

다른 길로 접어들었다. 갑자기 그를 부르는 목소리가 들렸다.

―선생님, 선생님!

환청을 들었는가 싶었다. 깜짝 놀라 돌아보니 글로리아가 너무나도 예쁘게, 해맑은 미소를 짓고 그 앞에 서 있었다. 활짝 웃는 물기 머금은 미소 사이로 카마링야는 얼른 그녀의 잇몸과 혀의 고운 색깔을 보았다.

한껏 놀라는 기색으로 물었다.

―아니, 애야, 네가 여기 웬일이냐?

죽은 사람들이 묻혀 있는 장소에서 불쑥 나타난 젊은 처녀의 모습은 너무 아름다워서 비현실적일 정도였다.

글로리아는 짧게 대답했다.

―산책 왔어요.

―묘지에?

그녀는 한숨을 내쉬며 밝게 대답했다.

―저, 항상 여기 와요.

의사는 어리둥절했다.

―무슨 소리냐, 아가? 그게 무슨 말이야? 이야기를 제대로 좀 해봐라. 결혼식 전날에 아무 이유 없이 묘지에 산책 오는 신부는 세상에 없다.

그러다가 갑자기 생각이 떠올랐다.

—너희 할머니가 여기 묻혀 계시지? 그렇지?

—할머니요? 할머니 묘에 가본 지가 마지막으로 언제였는지 기억도 안 나요. 게다가 다른 편으로 멀리 있어요. 전 이 근처가 더 좋아요. 참 곱게 잘 꾸며져 있잖아요. 저쪽으로 가보면요, 아주 근사한 묘도 하나 있어요.

다시 카마링야는 아들을 잠시 잊고 있었다. 그 소아과 의사의 아들처럼 그의 아들도 전봇대에 머리를 처박고 죽었지. 왜 글로리아가 결혼식 전날, 그처럼 예쁘게 차려입은 모습으로 무덤 사이를 돌아다니고 있는지는 이해가 아직 안 갔다.

글로리아가 물었다.

—선생님은요? 아까 그 장례식에 오신 건가요?

두 사람은 천천히 걸었다. 카마링야는 손수건을 꺼내 목과 얼굴을 훔쳤다. 습진 때문에 머리가 타는 듯이 가려웠다. 손수건을 주머니에 집어넣었다. 습진 중에 제일 지독하고 사람 미치게 하는 건 머리에 나는 습진이다.

그가 말했다.

—나는 내 아들놈 묘를 보러 왔다.

글로리아가 그에게 한쪽 팔을 맡겼다.

—그럼 저도 선생님과 같이 가겠어요.

카마링야는 걸음을 멈췄다.

—네가 우리 아들과 아는 사이인 줄은 몰랐구나. 너, 안토니오 카를로스랑 잘 알았니?

—아유, 선생님! 제가 아드님을 모른다고 생각하셨어요? 그날, 제 생일날 기억 안 나세요? 제 생일 파티에 아드님도 왔었잖아요. 저랑 춤도

췄구요. 파티 내내 저랑 춤췄는데 생각 안 나세요?

—아, 그랬구나. 그렇지. 이제 생각난다.

—예, 그래요. 선생님!

습진이 터져 피가 날 때까지 손톱으로 머리를 긁고 싶었다.

그가 갑자기 질문을 던졌다.

—애야, 너 도대체 왜 진찰을 받겠다고 했니? 네가 처녀가 아니라는 건 네가 잘 알면서. 무엇 때문에 처녀성을 검사받겠다고 한 거야?

글로리아는 얼굴을 돌렸다. 카마링야는 참을성을 잃어갔다.

—공연히 해본 소리냐? 응? 그냥 한번 해본 짓이었냐구?

글로리아가 굳은 표정으로 고개를 들었다.

—저한테는 이유가 있었어요.

—무슨 이유?

—우리 계속 걸어요. 네, 선생님?

그는 화난 음성으로 말했다.

—내가 너한테 물었잖니. 난 어린애가 아니야. 대답해봐라.

묘시의 중앙 입구까지 왔을 때 장례식을 알리는 종소리가 들려왔다. 카마링야는 무덤들과 묘지 장식과 석조상들 사이를 걷는 일에 익숙해 있었다. 여기 올 때면, 발가벗고 등에 화살을 진 어린 천사 모습의 석조상 앞에서 잠시 서서 쉬곤 했다. 묘지 안이 온통 카니발 행렬의 인형들로 채워진 것 같다고 생각하곤 했다.

수많은 묘비문들을 읽고 또 읽었다. 아무도 꾸밈없고 간결한 진실을 말할 용기가 없는 것 같았다. 이렇게. '여기 한 개새끼 잠들다. 그를 위해 기도하라.'

그는 등에 화살을 진 모양의 어두운 색 대리석으로 만든 그 천사상을

좋아했다. 참, 글로리아는 고백하고 싶지 않은 자기만의 이유가 있다고
했겠다.

그가 물었다.

─네 약혼자하고냐?

글로리아는 나뭇잎을 하나 따서 입에 물었다.

─아니요. 제 약혼자하고가 아니었어요.

그녀의 처녀성을 빼앗은 사람이 아니었다는 이유로 약혼자를 원망하
는 말투였다. 갑자기 글로리아가 걸음을 멈췄다.

─벌써 지나쳤어요. 저기, 아드님 묘지잖아요.

그들은 온 길을 다시 돌아 아들의 묘 앞으로 갔다. 묘비에는 이름이
씌어 있었다. 안토니오 카를로스 고메스 카마링야. 그 밑에는 태어난 날
짜와 죽은 날짜가 새겨져 있다. 전봇대에 머리통을 처박고 죽었지.

그는 자신의 호기심이 부끄러웠지만 다시 묻고 말았다.

─약혼자가 아니면 누구였니?

글로리아는 추운 듯이 부르르 몸을 한 번 떨었다.

─선생님 아들이요.

카마링야가 그녀의 팔을 확 붙잡았다.

─그게 정말이냐? 우리 아들이, 내 아들이 너의 첫 남자였단 말이
냐? 안토니오 카를로스가?

그는 노인 같은 태도로 몸을 구부렸다.

─나를 봐라. 애야, 얼굴 돌리지 말고. 그랬니? 나는 몰랐구나. 정말
몰랐다.

카마링야는 소녀의 손을 붙잡고 입을 맞추었다. 동시에 그는 마누라
가 불쌍하다고 생각했다. 마누라의 착각이 불쌍했다. 성형외과 의사가 그

녀에게 예쁜 젖가슴을 만들어줄 거라고 기대하다니. 아내는 젊은 시절에도 젖가슴이 예쁘지 않았다.

—그렇지만 말 좀 해봐라. 왜 아무도 몰랐지? 너희 둘이 사귀었던 거냐? 어떻게 아무도 몰랐을까?

—선생님 아들은 단 두 번 만났어요. 첫번째는 제 생일 파티였고요. 그다음 날 만나서 같이 집에 갔었습니다.

그녀는 잠시 말을 멈췄다가 계속했다.

—그리고 바로 다음 날에 사고로 죽었지요.

카마링야는 이해가 안 갔다.

—아니, 그럼, 두번째 만나서 그렇게 됐다는 거냐?

소녀의 표정이 딱딱하게 굳어졌다.

—카마링야 선생님, 선생님은 이해 못하실 거예요. 네, 절대 이해 못하실 거예요.

애정 없는 첫 성경험이란 사실이 놀랍고 당황스러워 그가 물었다.

—왜 그랬니? 도대체 왜 그랬지? 넌 그때 벌써 애인이 있었잖니. 테오필로랑 거의 약혼을 앞둔 애인 사이였잖아?

글로리아는 초조한 기색으로 말했다.

—저는 그냥 도피하고 싶었던 거예요. 그러니까, 제가 좋아할 수 없었던 남자로부터 도망치기 위한 거였어요. 아시겠어요? 제가 먼저 안토니오 카를로스를 유혹했어요. 선생님 아들은 아무 잘못 없어요.

—너는 우리 아들을 좋아하지 않았다고?

글로리아는 고개를 숙였다.

—네. 죽기 전까지는요. 죽은 다음에 그를 좋아하게 됐어요. 여기 묘지에 자주 오는 이유도 선생님 아들 때문이에요. 묘지 관리인한테 물어보

면 확인해줄 거예요. 오늘이 제 결혼식 전날이기 때문에 꼭 오고 싶었어요.

카마링야는 소녀를 잡아끌었다.

—애야, 나가자. 이 땡볕에서 나가자꾸나.

두 사람은 그늘 밑으로 가서야 걸음을 멈췄다.

—내 말 좀 들어라. 너를 내 딸처럼 생각하고 하는 말이다. 잘 들어라. 너를 오늘 진료실로 부른 것은 긴히 할 이야기가 있어서였다. 아까는 차마 용기가 안 나 말을 못했다. 네 아버지도 다 아신다. 그렇지만 너희 아버지가 아무 조치도 취하지 않고 가만있을 것 같아. 그러니 내가 다 말해줘야겠다. 그래, 아무래도 그게 낫겠어.

그는 숨을 한 번 들이켰다.

—어제, 나는 내 진료실에 들른 길에 뭔가 가지러 옆방으로 들어갔었다. 갑자기 들어섰다가 네 약혼자 테오필로가 내 조수 녀석과 입 맞추고 있는 걸 봤다. 그 조수 녀석을 너도 알지. 조제 오노리오.

글로리아가 말했다.

—입 맞추다니요? 그게 무슨 소리지요? 저는 이해가 안 가는데요.

—애야, 그게 무슨 뜻인지는 분명하다. 두 남자가 붙들고, 둘 중 하나가 여자인 양 입을 맞춘다는 게 무얼 의미하냐고? 그건 의심의 여지가 없는 거야. 두 녀석이 호모인 게 틀림없다.

글로리아는 다시 한 번 추위를 타는 듯 몸을 떨었다. 그는 숨가쁜 목소리로 계속 말했다.

—나도 이게 얼마나 충격적인지 잘 안다. 그것도 결혼식 전날에. 그렇지만 내 아들놈과 있었던 일을 알고 나서는 도저히 가만있을 수가 없다. 알겠니? 그럼 이제 네가 결정해라.

글로리아가 고개를 들었다.

—선생님께서는 제가 이 결혼을 취소해야 한다고 생각하시나요?

—물론이지. 하지만 내 생각은 중요한 게 아니야. 네가 원하는 대로 해라, 네가. 다른 누구도 아닌 네가. 알겠니? 네가 결혼하길 원한다면 해라, 결혼해. 하지만 알면서 해라. 네 남편이 다른 남자를 원하는 남자이고 또 이미 다른 남자와 키스한 남자라는 걸 알고 하도록 해. 한 가지만 말해두겠다. 소문을 무서워할 필요는 없다. 필요하면 주례 앞에서라도, 결혼식장인 교회 안에서라도 밝힐 것은 밝혀야 된다.

두 사람은 서로를 쳐다봤다. 카마링야가 결론을 내렸다.

—이제 집으로 가서 잘 생각해봐라. 네가 동성애자 남편을 사랑할 수 있을지 없을지를.

글로리아가 자르듯 말했다.

—전, 가보겠어요.

돌아서 가는 소녀를 다시 불러 세울까 하다가 그만두었다. 그녀에게서는 전혀 놀라는 기색도, 혐오스러워하는 기색도 없었다. 아니, 놀라움이나 혐오 비슷한 감정조차도 느껴지지 않았다. 그렇게 글로리아는 멀어져갔다. 남아 있던 카마링야는 갑자기 덮쳐오는 가려움증을 이기지 못해 열 손가락을 머리 속에 집어넣고 습진이 난 곳을 마구 긁어대기 시작했다.

제11장

글로리아는 묘지에서 나와 길을 건넜다. 가까운 길목에 카페가 하나 있었다. 그 앞을 그냥 지나갔다가 다시 돌아와 안으로 들어갔다.

점원에게 물었다.

—전화 있어요?

어딘지 지난 시절의 인물 같은 분위기를 풍기는 남자가 성냥개비를 잇새에 물고 대답했다.

—안에 있어요.

좀더 안으로 들어갔다.

—전화 한 통 쓸 수 있지요?

집으로 전화를 걸고 신호가 가는 동안 기다렸다. 카페 안에는 몸집이 건장하고 살결이 거무스름하고 파란 눈을 한 포르투갈 남자 한 명이 앉아 있었다. 맥주를 컵에 콸콸 따라 마시고는 손등으로 입을 씻더니 큰 소리로 트림을 했다.

글로리아는 아무 느낌 없이 고개를 돌렸다. 세상에는 젊고 잘생긴 포르투갈 남자들도 많다.

전화 저편에서 상대가 받았다.

─엄마, 나예요. 별일 없지요?

─너 어디 있는 거냐?

─시내요.

포르투갈 남자는 엄청난 갈증으로 맥주를 마셔대고 있었다.

─집에 안 올 거니? 들어와라, 애야. 네 신랑도 전화했고, 그리고 장관이 보낸 결혼 선물이 도착했다.

─장관이요? 뭘 보냈어요?

─은촛대.

─예뻐요?

─포르투갈산 은제품이야!

─굉장히 비싸겠네요?

─비싸고말고! 그런데 너 빨리 들어오는 거니? 뭐라고? 지르시, 나, 통화 중이니 말 걸지 마라. 그래, 네 언니 여기 와 있다. 애가 왜 이렇게 날 가만 놔두지를 못하지?

─엄마, 전화 끊을게요.

─끊지 마라. 네 언니가 너 바꾸란다. 애야, 빨리 들어와라, 알았니?

카페 안의 포르투갈 남자가 혓바닥으로 콧수염에 묻은 맥주를 핥았다. 지르시가 말했다.

─애, 지금 우리가 뭔가로 다투던 중인데 네가 말 좀 해봐.

─빨리 말해. 나 전화 오래 쓸 수 없어.

전화 저편에서 에우독시아가 무슨 말인가를 했다. 지르시는 무슨 일인지 화가 난 것 같았다.

─아유, 가만 좀 있어요, 엄마. 얘, 글로리아? 엄마, 가만 계시라니까! 글로리아, 너 그날 생각나니? 하루는 아버지가 밥 먹다 말고 말이야, 너보고 절대 나일론 팬티는 입으면 안 된다고 화내던 거. 나는 아버지가 너한테 그렇게 화내시는 거 처음 봤다. 생각나니?

─몰라!

─생각해봐, 글로리아. 엄마는 글쎄 내가 거짓말을 한다는 거야.

에우독시아가 수화기 가까이에 입을 대고 소리쳤다.

─이런 바보 같은 소리들을 하고 있냐, 그래?

하지만 지르시는 막무가내였다.

─그랬니, 안 그랬니? 글로리아?

글로리아는 짜증이 나 한숨을 쉬었다.

─아유, 모른다니까! 그런 기억 하나도 안 나!

─너 정말 시치미 잘 떼는구나. 그렇지만 소용없어. 아버지 그런 말 하는 거 내가 다 들었다. 다른 애들도 들었어. 딸이라고는 너 하나밖에 없는 것 같아. 우리는 아무것도 아니지. 너는 나일론 팬티를 입으면 절대 안 되고, 나머지 우리들은 나일론 팬티를 입건 뭘 입건, 아니 발가벗고 다니건 말건 아버지한테는 아무 상관도 없는 거야. 아버지한테는 그저 너밖에 없어. 안 그러냐? 내가 거짓말하는 거냐?

지르시는 흥분해서 정신없이 쏘아대다가 에우독시아에게도 퍼부었다.

─엄마도 잘 아시잖아요. 아니라고 하실 거예요? 해를 손바닥으로 가릴 셈이유? 글로리아 결혼식은 나 때보다, 다른 애들 결혼식보다 훨씬 호화판이잖아. 아니라고 할 수 있어요? 없지요? 비교도 안 되게 호화판이잖아!

글로리아는 맥주를 마시고 있는 포르투갈 남자를 쳐다봤다. 트림이 더럽다는 생각 같은 건 전혀 안 들었다.

—지르시, 나 전화 끊어야 해. 순서 기다리는 사람들이 있어.

지르시는 뭔가에 씐 것같이 열이 올라 소리쳤다.

—너, 이 순 위선자!

글로리아는 차갑고 잔인하게 쏘아붙였다.

—야, 아버지가 나를 더 좋아하신다면 그건 네 운이 없는 거야. 알겠어? 울고 싶으면 울어!

전화비를 지불하고 나오는 길에 맥주 마시는 남자를 한 번 더 쳐다보면서 그 남자의 나체를 상상했다. 등, 가슴, 배, 허리, 넓적다리, 무릎, 다리, 종아리. 발은 마음에 안 들었다. 발꿈치까지는 봐줄 수 있을 것 같았다. 하지만 발, 특히 발가락은 못 참을 것 같았다. 학교 다니던 시절, 친구들에게 말하곤 했다. "나는 결혼하면 남편한테 양말을 꼭 신고 자라고 하겠어."

카페 문가까지 갔을 때 길 건너편으로 카마링야가 묘지에서 나오는 모습이 보였다. 얼른 안으로 몸을 숨겼다.

산부인과 의사의 아들을 생각했다. 글로리아의 열일곱 살 생일날, 사비노의 집에서 파티를 열었다. 글로리아는 안토니오 카를로스를 소문으로만 들어 알고 있었다. 청년을 둘러싼 소문 어느 것이 사실이고 무엇이 헛소문인지도 몰랐다. 안토니오 카를로스는 그녀의 친구인 마리아 이네스의 애인이었는데 둘은 얼마 전에 싸우고 냉전 중이었다.

마리아 이네스가 한쪽으로 글로리아를 데려가더니 물었다.

—그 사람 오니?

—누구?

—안토니오 카를로스.

─왜?

─애들이 그러는데, 그 자식이 순전히 나를 망신 주기 위해서 올 거라던데.

─초대도 안 했어. 내가 그 사람을 왜 부르니?

마리아 이네스가 몸서리치는 시늉을 했다.

─그 인간 오면 나는 갈 거야. 글로리아, 나는 가버릴 거야.

─바보 같은 소리 하지 마!

친구의 팔에 손을 얹었다가 소스라치게 놀랐다.

─너 열이 있네?

마리아 이네스는 팔짱을 꼈다.

─너무 화가 나서 그래!

그러고는 10분인가 지나서 카마링야와 그의 아들이 들어섰다. 의사는 큰 소리로 그녀를 부르며 홀을 건너왔다.

─이리 온, 글로리아, 이리 와봐라.

소녀의 뺨에 입을 맞추고는 주머니에서 포장한 선물을 꺼냈다.

─받아라. 시시한 선물 하나 가져왔다. 애야, 우리 집사람은 못 와. 감기 기운이 있으시대나, 원. 그 대신 내가 누굴 데려왔는지 봐라, 너희 서로 모르지?

─아드님이신가요?

청년은 불량하고 거만한 태도로 옆에서 껌을 씹어대고 있었다.

카마링야는 아들의 어깨에 손을 얹고 말했다.

─이 친구가 그 유명한 안토니오 카를로스다. 너랑 춤추고 싶댄다.

둘은 춤추는 사람들 가운데로 나갔다. 사비노가 다가왔다.

─뭘로 들겠나? 어이, 웨이터. 여기 선생님께 마실 것 드려요.

의사가 그날 밤의 첫 위스키 잔을 잡았다. 음악이 흘러나오고 있었다. 청년과 춤을 추면서 글로리아가 고개를 쳐들고 말했다.

—난 껌 씹는 남자 정말 꼴불견이에요.

남자가 부드러운 미소를 지었다.

—여기 보세요!

소녀의 얼굴 앞 가까이 대고 자기 입을 활짝 벌렸다.

—어머나!

—봤어요? 사실은 껌 없어요.

그는 껌 씹는 시늉만 하고 있었다. 안토니오 카를로스가 물었다.

—용기 있어요?

—대체로.

그는 웃었다.

—대체로, 아니면 항상?

—왜요?

—대답해봐요.

—나는 아무것도 겁나는 거 없어요.

—나 안 무서워요?

—댁한테라면 더구나 겁날 게 없지요.

그가 그녀를 바짝 끌어당겼다. 글로리아가 몸을 뺐다.

—이러지 마세요. 우리 아버지가 보고 계시는데.

그의 태도는 다정하면서도 난폭하고, 그러면서 냉소적이고…… 하여튼 복잡했다.

—봅시다. 내 질문 하나 할 테니 대답할 용기가 있나 볼까요?

잠시 기다렸다가 질문을 던졌다.

—성경험 있어요?

—그게 댁하고 무슨 상관이에요?

둘은 서로의 눈을 쳐다봤다. 어느새 글로리아도 껌 씹는 시늉을 이따금 따라 하고 있었다. 두 사람은 벌써 네 곡째 함께 춤을 추고 있었다.

청년이 말했다.

—내가 솔직히 말해드릴까? 난 말이죠, 처녀는 흥미 없어요. 특히 내숭 떠는 여자들은 딱 질색이야.

글로리아는 성이 났다.

—나는 그쪽한테 전혀 관심 없어요. 알았어요?

그날 사비노는 참 멋지게 차려입고 있었다. 아버지가 그렇게 잘생겨 보이기도 처음이었다.

—글로리아. 이름이 글로리아 맞지요? 이제 농담은 그만하고요. 내가 지금 근사한 계획을 하나 꾸미고 있거든요. 어때요? 같이 갈래요? 내일 시간 돼요?

—계획은 무슨 계획. 싫어요. 나는 관심 없어요.

—왜요? 같이 가요. 나랑 그쪽이랑. 그리고 친구 한 명 불러요. 아, 마리아 이네스한테 가자고 하면 되겠네.

—두 사람 서로 싸우지 않았어요?

그는 계속 껌 씹는 흉내를 내고 있었다.

—여전히 나한테 푹 빠져 있어요.

마리아 이네스는 다른 사람과 춤추면서도 자기 애인으로부터 잠시도 눈을 떼지 않고 있었다.

글로리아는 그가 계속 지껄이도록 놔뒀다.

—조제 오노리오 알죠? 우리 아버지 조수로 일하는. 그 친구 집에 갈

거예요.

글로리아는 알 수가 없었다.

—조제 오노리오네 집에를? 그 사람, 자기 아버지랑 같이 살 텐데. 그리고 가만있어봐. 그이 아버지는 뇌일혈로 쓰러졌어요. 회복할 가망이 없다던데요.

그는 왠지 재미있어하고 있었다.

—맞아요, 맞아. 왜 중풍 마비 있지요? 바로 그거예요. 꼼짝도 못해요. 나도 한 번 가봤는데, 눈만 깜짝거리니까 아직 살았는가 보다 할 정도예요. 그러니까 내일 계획은 바로 그 집에 가는 거예요.

둘은 사비노와 카마링야가 이야기를 나누고 있는 옆을 지나갔다. 안토니오 카를로스는 혼자 생각했다. '노인네가 또 신나게 취했구나.'

카마링야는 '타고난 게 아닌 동성애자들'에 대한 자신의 이론을 펴고 있었다. 음악이 잠시 멈추자 글로리아가 말했다.

—난 목말라 죽겠어요. 뭐 좀 마시러 가야겠어요.

—다녀오세요.

먼저 화장실부터 다녀왔다. 주방으로 가서 콜라를 찾았다.

마리아 이네스가 흥분한 얼굴로 다가왔다.

—그이가 뭐라던? 내 얘기 하던?

—네 얘기?

친구가 글로리아의 팔을 꽉 붙잡았다.

—말했지? 안 그래?

글로리아는 짐짓 딴청을 부렸다.

—너도 콜라 마실래?

—내 말 했어?

콜라 반 컵을 들이켰다.

—아니.

마리아 이네스의 얼굴이 창백했다.

—무슨 말이든 상관없어, 글로리아. 날 봐. 그 사람이 내 얘기 했지? 그렇지? 네가 내 친구라면 숨기지 말고 다 말해줘. 그 사람이 나에 대해 뭐라고 하디?

남은 콜라를 마셨다.

—정말이야, 마리아 이네스. 네 이름은 꺼내지도 않았어.

컵을 가득 얹은 쟁반을 든 웨이터와 안주를 든 요리사가 두 소녀 옆을 지나갔다. 또 다른 웨이터가 냉장고 문을 여느라 다가왔다.

—실례합니다, 실례합니다.

마리아 이네스를 끌어당겼다.

—애, 여기서 나가자. 이리 와.

마리아 이네스는 낮은 소리로 그렇지만 열이 잔뜩 나서 말했다.

—너, 안토니오 카를로스랑 몇 번이나 춤을 췄는지 알아? 애, 글로리아. 넌 애인이 있는 아이야. 네 애인은 지금 유럽에 있잖아.

—너는 무슨 말을 그렇게 하니? 나는 안토니오 카를로스한테 관심도 없어.

—내 말 들어봐.

—말해봐.

—파티에서 춤 한번 같이 출 수는 있어. 하지만 몇 곡을 계속 붙어서 춘다는 건 벌써 의미가 다른 거야. 내가 보기에 너희 둘은 서로 수작 걸고 있었어. 아니라곤 못할 걸.

—아니야. 바보 같은 소리 그만 해.

복도에서 마리아 이네스가 갑자기 걸음을 멈췄다. 벽에 기댄 그녀의 얼굴이 하얗게 질려 있었다. 글로리아는 겁이 덜컥 났다.

—너 왜 그러니? 어디 아픈 거야?

마리아 이네스는 숨을 헐떡이며 되풀이했다.

—저 개새끼! 개새끼!

그러더니 글로리아를 와락 끌어당겼다.

—이리 와봐. 이리 와.

둘은 방으로 들어가 문을 닫았다. 마리아 이네스는 울음을 터뜨렸다.

—아이고, 내가 얼마나 분한지 넌 몰라!

—무슨 일이 있었는데?

—손수건 있니? 손수건 좀 빌려줘.

서랍에서 수건을 꺼냈다. 마리아 이네스는 눈물, 콧물을 닦아냈다.

—글로리아, 내가 돌아가신 우리 엄마 이름에 걸고 맹세한다. 그놈의 자식이 내 몸에 손을 댔던 걸 생각만 해도 나는 구역질이 나는 거 알아?

마리아 이네스는 눈을 질끈 감고 구토가 나오려는 걸 간신히 참는 듯 입술을 꽉 물었다. 그러고는 글로리아의 두 손을 움켜쥐었다.

—너, 그 사람 좋아하는 거지? 그렇지? 솔직히 말해.

—너 미쳤니?

—글로리아! 난, 너희 둘 딱 보고 한눈에 알았어. 네 분위기가 뭔가 달라. 안토니오 카를로스, 미남이지. 그 남자한테서 바다 냄새 나지 않니? 머리하고 피부에서 말이야. 하루 종일 해변가에서 빈둥거리잖아. 너, 그렇지만 한 가지는 알아둬라. 네가 그 사람한테서 보는 건 다 환상이야.

—환상 같은 소리 하고 있네.

마리아 이네스는 광신자처럼 고집스럽게 우겼다.

―네가 보는 건 환상이야. 너 그 개새끼가 나한테 무슨 짓을 했는지 알아?

그들이 연애를 시작했을 때 마리아 이네스의 아버지가 말렸다. "그 녀석은 아무짝에도 쓸모없는 놈이야!" 아버지뿐이 아니었다. 입 달린 사람이라면 모두들 그가 얼마나 형편없는 인간인지 모른다며 온갖 몹쓸 소문을 들려줬다. 여자들한테 돈을 얻어 사는 건달이라고 했다. 그렇지만 안토니오 카를로스는 그녀와 결혼하겠다고 약속하곤 했다. 그러면서 그녀에게 늘 말했다.

―너는 내 말을 안 믿는 거야?

―아니야, 믿어.

―그럼, 그만 좀 졸라대시지.

그러더니 하루는 마리아 이네스를 불렀다.

―이봐. 지금 친구 하나가 외국에 나가 있는 동안 내가 아파트를 봐주고 있는데, 음악 들으러 같이 안 갈래?

불안했지만 따라갔다. 집 안에 들어서자 안토니오 카를로스는 그녀를 안쪽으로 데려갔다.

―이리 와, 이리로.

방 안에는 전축도 없었다. 그가 그녀를 붙잡자 그녀가 뿌리치며 외쳤다.

―가만있지 못해! 이 손 치워! 나, 갈 거야! 놔!

그가 손을 떼고는 뒤로 물러섰다.

―네 몸에 손 하나 안 댄다. 걱정 마. 정말이야. 안 댄다니까.

그는 두 손을 주머니에 찔러 넣으며 말했다.

―괜히 놀라고 그래. 자, 이제는 네가 나를 정말 좋아하는지 알고 싶

어. 네가 진짜 나를 좋아한다면 옷을 벗어봐.

그녀는 뒤로 한 발 물러났다.

—여기서 나가자, 안토니오 카를로스! 가자고!

—난 네 몸에 손 하나 안 댄다고 했어. 네가 네 손으로 옷을 벗어보라는 거야. 난 가만있을 거야. 여기 멀찍이 떨어져 있을 거야. 알았어? 난 그저 보고 싶을 뿐이야.

—너, 나한테 음악 들으러 가자고 했잖아?

남자가 담배 한 대를 피워 물었다.

—그럼, 겉옷만이라도 벗어봐. 그래, 원피스만 벗어. 야, 마리아 이네스. 난 네 남편 될 사람 아니니? 너랑 결혼할 사람이야. 벗어봐. 야, 내가 이렇게 부탁하는데. 너 날 좋아하지 않는구나? 나는 여기 떨어져 앉아 있을게. 마리아 이네스, 난 너한테 손 하나 안 댄다니까. 여기서 보기만 할게.

그는 의자를 끌어다가 그녀로부터 떨어져 앉았다. 담배를 피우며 그녀를 쳐다보았다.

거부할 수 없도록 부드럽고 간절하게 그는 계속 간청했다.

—제발 부탁이야. 겉옷만, 겉옷만 벗으래도.

마리아 이네스는 절규했다.

—안 돼! 원피스를 벗었다간 난 다 벗고 말아! 그렇게 되고 말아! 난 갈 거야! 갈 거야!

별안간 한마디 말 없이 그가 자신의 윗도리를 벗어던졌다. 그러자 저절로 따라 하듯이 마리아 이네스도 원피스를 벗었다. 팬티만 입은 채(브래지어는 원래 안 하고 있었다) 두 손으로 가슴을 가렸다. 그가 말했다.

—난, 바지는 안 벗을거야. 바지를 벗으면 난 미치고 말걸!

그러더니 머리를 두 손에 파묻었다. 마침내 여자가 팬티를 벗자 그는 천천히, 마치 자석에 끌려오듯 다가왔다. 마리아 이네스는 울먹였다.

—나한테 키스하지 마! 하지 마!

그렇지만 입술을 벌리고 남자의 키스를 기다리고 있었다. 그는 재빨리 고개를 숙이더니 여자의 젖가슴에 키스하고 젖꼭지를 뜯어낼 듯이 입으로 물었다.

마리아 이네스의 잇새로 신음 소리가 흘러나왔다. 그 순간, 안토니오 카를로스가 소리쳤다.

—나와! 빨리 나와!

여자가 기겁을 하고 돌아봤다. 커튼 뒤에서, 그녀도 아는 그의 친구인 삼파이오가 튀어나왔다. 미친 듯이 도망쳤지만 아파트 안에서는 갈 데가 없었다. 반항을 해봤지만 안토니오 카를로스가 그녀를 한 대에 때려눕혔다. 여자가 침대에 쓰러졌다.

안토니오 카를로스가 외쳤다.

—너 먼저 해! 네가 먼저 해!

글로리아는 이야기를 듣고는 고개를 떨구었다.

—그런 새끼는 총으로 쏴 죽여야 해.

마리아 이네스는 두 손을 계속 비틀면서 말했다.

—그래서 그 다른 놈이 나를 먼저 강간한 거야. 안토니오 카를로스는 구경하고 있었고. 그러고는 그놈이 나를 먼저 해치운 다음에 덤볐어. 나는 너무 아파서 기절해버렸어.

잠시 침묵이 흘렀다. 글로리아가 물었다.

—너희 아버지도 아시니?

—아버지는 아무것도 몰라. 그런 일이 있었으리라고는 상상도 못해. 그날 난 집으로 가서 아무 말 안 했어. 하지만 아버지가 내 얼굴에 맞은 자국을 봤어. 안토니오 카를로스가 여자들 때린다는 소문, 알고 계시거든. 총을 집어 들고는, 내, 이놈의 자식을 당장 쏴 죽인다, 그러면서 뛰쳐나가려는 걸 할머니가 무릎을 꿇고 빌다시피 해서 말렸어.

—이제 어떡할 거니?

마리아 이네스가 잠긴 목소리로 말했다.

—글쎄, 몰라. 이젠 난 아무도 안 믿어, 아무도. 난 그냥 죽고 싶을 뿐이야.

글로리아가 막 입을 열려는데 누군가 문을 두드리면서 손잡이를 요란하게 돌렸다.

—누구야?

—글로리아, 문 열어라. 문 열어!

에우독시아였다. 들어오면서 딸한테 야단을 쳤다.

—너 이렇게 갑자기 없어지면 어떡하니? 파티 주인공이! 이 철부지야. 다늘 널 찾느라 야단인데, 여기서 뭐 하고 있는 거냐?

글로리아는 한숨을 내쉬었다.

—아유, 엄마, 그만하세요. 곧 갈게요.

에우독시아가 먼저 나갔다. 마리아 이네스가 물었다.

—나 운 것 같니?

—음, 조금.

재빨리 얼굴에 분을 두드렸다.

—지금은?

—이제 괜찮다.

─가자, 너희 엄마 더 화내기 전에.

홀에 돌아갔다. 안토니오 카를로스가 여전히 가짜 껌을 씹는 모습으로 다가왔다.

─마리아 이네스, 춤출래?

두 소녀는 남자에게서 풍겨오는 바다 내음을 느꼈다. 마리아 이네스가 거의 입술을 움직이지 않고 대답했다.

─그래.

제12장

안토니오 카를로스와 마리아 이네스는 서너 곡을 연속으로 쳤다. 남자가 무슨 말인가를 계속 혼자 지껄이는 동안 여자는 움츠린 표정에 순교자 같은 눈빛으로 아무 말 없이 듣고만 있었다.

글로리아가 차가운 콜라를 마시고 있는데 카마링야가 옆으로 왔다.

—어때, 우리 아들 녀석? 응?

손에는 위스키 반 컵을 들고 있었다. 웨이터를 불렀다.

—이봐, 젊은이, 이리 와보게.

숨을 거칠게 들이쉬면서,

—얼음, 얼음. 얼음 좀 더 넣어주게.

눈을 끔벅이다가 다시 떴다. 안토니오 카를로스는 마리아 이네스와 뺨을 마주 대고 춤추고 있었다. 축축이 젖은 눈을 한 카마링야가 물었다.

—정말 잘생겼잖니, 우리 아들?

목소리는 은근히 낮아지고 눈에는 광채마저 돌았다.

—진짜 '싸나이' 대장부야, 저 녀석은. 하루 종일 전화가 끊이지를 않

는다. 전부 여자들 전화야, 전부 여자들!

그는 거침없는 환희에 차서 '싸나이'를 발음하더니 술 한 모금을 더 들이켰다. 그러곤 글로리아 쪽으로 몸을 기울이며,

—얘야, 내가 조금 취했다. 하지만 오늘이 무슨 날이냐, 네 생일 아니냐? 그렇지?

글로리아는 웃었다.

—아유, 선생님! 저한테 선물도 주시구서는!

주정뱅이는 좋아서 펄쩍 뛰었다.

—그래, 내가 선물을 줬다면 그건 네 생일이기 때문 아니냐? 그럼, 그렇고말고. 여봐, 웨이터, 이리 오게. 위스키, 위스킬 줘.

웨이터가 들고 있던 쟁반을 의사 앞으로 내밀었다.

—콜라, 과라나*……? 이런, 젠장!

카마링야는 화났다는 표정을 지었다.

—자넨 내가 콜라 마실 사람으로 보이나? 사람을 제대로 봐야지! 가서 위스키 가져오게, 위스키. 어서!

웨이터가 쟁반을 챙겨갔다. 이웃에 사는 부인 하나가 안경을 쓴 딸아이와 함께 걸어왔다. 아이의 두터운 안경 너머로 사팔눈이 보였다. 뚱뚱하고 목에 뾰루지가 난 부인이 말했다.

—글로리아, 난 그만 가보련다.

—어머, 벌써요?

—늦었지 뭐!

—제 생일 케이크 자르는 것 안 보시구요?

---

* 브라질의 대중적인 청량음료.

팔뚝에 팔찌를 휘감은 부인이 과장스럽게 미안해했다.

—그러게 말이야, 어쩜 좋으냐? 마리아가 내일 시험이 있어서. 넌 가만있어, 마리아! 그러니 마리아가 일찍 가서 자야 되거든.

글로리아는 여인과 작별 키스를 주고받으며 말했다.

—할 수 없네요.

—생일 축하한다. 건강해라.

—아주머님도요.

여자가 딸의 팔을 잡아끌자 계집애는 질색했다.

—놔, 엄마! 내 팔 놔!

뚱뚱한 여자는 웃는 얼굴을 바꾸지 않은 채 목소리만 낮추고 위협했다.

—집에 가서 아버지한테 다 이른다. 넌 죽었어!

여인이 몸을 움직일 때마다 팔찌, 목걸이, 브로치가 출렁거렸다. 술에 잔뜩 취한 카마링야가 조심성 없이 한마디 날렸다.

—재수 없는 여편네!

위스키 한 잔을 더 마시면서 의사는 점점 녹아내리고 있었다. 다시 말이 많아졌다. 그래도 변명을 잊지 않았다. "나는 취해도 즐겁게 취하거든!" 벌써 걸음이 비틀거렸다. 몸을 앞뒤로 흔들어대는 바람에 금세라도 글로리아의 옷에 술을 쏟을 것만 같았다.

카마링야가 말했다.

—우리 아들 어디 갔나? 어, 저기 있구먼.

그러더니 목소리를 낮추고,

—나는 마리아 이네스가 별로야. 가시나가 아주 못돼먹고 신경질도 심해.

—제 친구예요.

술잔을 들지 않은 손으로 소녀를 가리키며,

—네 친구라도 못된 건 못된 거야. 게다가 히프도 없어. 난 히프 없는 여자는 싫어. 내가 지금 바보 같은 소릴 지껄이고 있나? 그런가? 그러냐?

글로리아는 지루해서 몸을 비틀었다.

—저, 잠깐 저리 갔다 올게요.

—여기 있어봐!

—금방 올게요.

—너, 나를 피하는 거냐? 나한테서 도망치려는가 본데. 나, 취하지 않았다. 약간 기분이 좋을 뿐이야. 안 취했다니까. 거기 있어라. 난, 안토니오 카를로스에게는 네가 어울리는 것 같아.

—알았어요, 알았어요.

그는 힘이 들어간 손으로 소녀의 팔을 움켜잡았다.

—너희 둘이 애를 낳는다면 얼마나 근사하겠니?

글로리아는 의사가 미워 죽을 지경이었다.

—아이, 선생님, 그렇게 잡으시면 아파요.

그는 팔을 놓았다.

—안토니오 카를로스는 저 마리아 이네스를 차야 해. 암, 차버려야지. 우리 아들이 아깝지 않니? 나는 히프 미운 며느리는 싫다, 싫어. 저기 우리 아들 좀 봐라.

천만다행으로 사비노가 다가왔다. 글로리아는 술 취한 사람이라면 무섭고 싫었다. 아버지는 거의 술을 안 했다. 마셔도 아주 조금만 마셨다.

사비노가 글로리아를 구해줬다.

—네 엄마가 찾는다. 가봐라.

글로리아가 빠져나가고, 사비노는 카마링야를 데리고 자리를 옮겼다.

카마링야는 사비노의 어깨에 팔을 두르고 말했다.

―여보게, 사비노. 내가 자네 딸에게 주책을 좀 부린 것 같아. 하지만 오늘은 특별한 날이니까 괜찮겠지? 내가 취한 것 같은가? 취한 것 같아?

그러면서 주위를 두리번거렸다.

―웨이터는 어디 있는 거야? 위스키 좀 시켜줘. 웨이터들 다 어디 갔어?

―안으로 들어가세. 가자구.

―웨이터 어디 갔지?

―웨이터는 곧 올 걸세. 이봐, 안에 가서 좀 눕는 게 어때?

―자네, 내가 취했다고 생각하는 거야? 이런 젠장. 내, 자네 딸한테 말해줬지. 엉덩이 못생긴 여자랑은 결혼하는 게 아냐. 내 경험에서 우러 나온 말이다. 알겠나? 내 경험에서 하는 말이라구!

안토니오 카를로스가 글로리아 옆으로 왔다.

―우리 아버지가 온갖 망신 다 시키고 있네. 그래서 술을 마시면 안 돼. 그건 그렇고, 갈래, 안 갈래? 내일 말이야?

―싫어. 난 너랑 아무것도 같이하기 싫어.

―네가 생각하는 그런 게 아니야. 순수한 볼일이라구.

―너도 가는 거지?

―물론이지.

―그럼, 난 싫어. 너랑 같이는 아무 데도 안 가.

그는 참을성 있게 설득하는 투로 소년 같은 미소를 지으며 말했다. 그에게서 바다 내음이 풍겨왔다.

―알았다. 내 흉들을 봤구나.

―흉본 거 없어.

그는 우기는 기색 없이 낮게 말했다.

—마리아 이네스가 그랬지? 거짓말 말고. 그렇지?

글로리아는 손을 뻗어 땅콩 몇 알을 집었다. 하나를 입에 넣으면서,

—안토니오 카를로스, 나는 누구하고라도 같이 다닐 수 있어. 너만 빼고라면.

그는 손등으로 입을 문지르고는,

—다 알았다. 마리아 이네스가 바보 같은 소릴 지껄여댔구나. 잘 있어라. 안녕.

그가 멀어져갔다. 잘생긴 총각이었지만 어딘가 좀 미친 사람 같은 데가 있었다. 글로리아는 그가 양말을 안 신은 발에 구두를 신고 있는 걸 봤다. 그녀는 남자의 맨발이라면 질색이었다. 그건 안토니오 카를로스 아니라 누구라도 마찬가지였다. 잘생긴 맨발은 어디에도 없다. 결혼하면 남편더러 양말을 신고 자라고 해야지. 발가락 사이에는 파우더를 뿌리고. 발꿈치까지는 참아줄 수 있지만 발가락과 발바닥은 정말 봐줄 수가 없다. 그건 누구라도 마찬가지다.

—글로리아, 이리 좀 와봐라.

에우독시아였다. 목소리를 낮추더니,

—아이고, 못 산다. 카마링야 선생이 다 토하고 난리다.

—어디서요?

—서재에서! 네 아버지랑 같이 있었거든. 무슨 술을 그렇게 마셔? 입에 대기 시작했다 하면 끝장을 봐야 해. 병이야, 병!

에우독시아는 일하는 사람들에게 몇 가지를 일러주러 갔다가 다시 왔다.

—얘야, 조심해야지!

글로리아는 놀라 물었다.

—제가 뭘요?

—그렇게 큰 소리로 웃지 말아라.

더듬대며 변명했다.

—나, 안 웃었어요.

—꼭 미친 아이처럼 웃어놓고서는!

글로리아는 혼란스러웠고 속이 상했다. 갑자기 엉엉 울고 싶었다. 나도 모르는 사이에 웃고 있었단 말인가? 아버지는 어디 계시지? 아버지의 모습이 안 보였다. 안토니오 카를로스의 발. 보기 좋은 발은 없다.

생일 케이크 자를 시간이 됐다고, 누군가 그녀를 부르러 왔다. 안타까운 심정이 되어 아버지를 찾았다.

—아버지는 어디 가셨어?

—카마링야 선생이랑 계셔. 이리 와, 글로리아.

케이크를 자르고 나서 마리아 이네스가 가까이 왔다.

—글로리아, 내가 부탁 하나 할게.

—말해.

—나, 안토니오 카를로스랑 잠깐 나갔다 올게.

—너 여기서 안 잘 거야?

마리아 이네스는 눈길을 피했다.

—조용히 해. 저 인간이 다 듣고 있어. 물론 여기서 잘 거야. 그냥 잠깐 나갔다 오는 거야. 금방 갔다 올게. 알았지?

글로리아는 그냥 넘어갈 수 없었다.

—애, 너 무슨 소릴 하고 있는 거니? 아까 그 이야길 다 해놓고 이제 와서는 저 인간이랑 나갔다 오겠다니, 대체 무슨 소리야?

마리아 이네스가 죽어가는 목소리로 말했다.

—나중에 설명할게, 응? 지금은 말 못해. 안토니오 카를로스가 이쪽을 계속 보고 있어. 오래 안 걸릴 거야. 혹시 우리 이모가 전화하면 아무 말이나 좀 꾸며줘. 지금 춤추고 있다고 그래. 아니면 배가 아파서 누웠다거나. 아니야, 그랬다간 괜히 놀래키겠다. 어쨌든, 이따 보자.

글로리아는 마리아 이네스를 붙잡았다.

—정말 이렇게 어리석게 굴 거니? 너 정신 나갔구나. 저 인간은 미친놈이야. 저 인간이 너한테 한 짓은 도저히 용서할 수 없는 짓이야. 남자가, 아니, 사람이 할 짓이 아니야.

마리아 이네스는 막무가내였다.

—이따가, 이따가 다 설명한다니까. 금방 올게. 안녕.

친구를 놓아줬다. 갑자기 글로리아는 두려워졌다. 손님들에 둘러싸여, 주위 사람들을 향해 미소를 띤 채로 글로리아는 몹시 겁이 났다.

에우독시아가 왔다. 엄마를 붙잡았다.

—엄마, 아버지 어디 가셨어요?

에우독시아는 한숨을 쉬었다.

—아직도 카마링야 선생이랑 같이 있지 뭐냐. 카마링야 선생은 법 없이도 살 사람이야. 그렇지만 술이 한번 들어갔다 하면! 아니야, 들어가지 마라! 가지 말래두! 지금 한창 욕을 하고 난리다. 나 원, 평생에 한 번도 못 들어본 욕들을 하고 있더라.

에우독시아가 그때 마침 인사하러 다가온 젊은 부부 쪽을 향해 관심을 돌리는 순간을 놓치지 않고 글로리아는 집 안으로 향했다. 아버지의 서재는 복도 안쪽에 있었다. 근처에 있던 친구에게 얼른,

—나 화장실 갔다 올게.

말을 남기고 복도 안쪽으로 걸어갔다. 서재 문밖에 붙어 서서 안에서 들려오는 카마링야의 말소리를 들었다.

—이보게, 사비노. 브라질 여자들이 세계 최고인 것은 엉덩이가 예쁘기 때문이야. 아, 그런데 나는 그중에서 하필 히프 없는 여자랑 결혼했어.

아버지의 목소리가 들려왔다.

—카마링야, 그런 식으로 말하지 말게나. 이봐, 카마링야. 집 안에 온통 부인네, 아가씨들인데 말조심해야지! 밖에서 다 듣는다구!

카마링야는 이제 울고 있었다.

—사비노! 나는 머저리야, 머저리! 세상 사람들한테 내가 머저리라고 퍼뜨려도 좋아!

글로리아는 파티장으로 돌아가지 않고 방으로 갔다. 안토니오 카를로스의 발을 계속 생각하고 있었다. 발. 잠시 후 에우독시아가 보러 왔을 때는 이미 잠옷 차림이었다.

—잘 거니?

하품을 했다.

—피곤해 죽겠어요.

—그래, 어서 자거라. 쉬어라.

문가에 멈춰 서서 어머니가 물었다.

—마리아 이네스는 어디 갔니?

—아직 춤추나 봐요. 안녕히 주무세요, 엄마.

—그래 잘 자거라. 불 끄고.

아침 일찍 마리아 이네스가 그녀를 깨우러 왔다. 깜짝 놀라서 일어났다.

—왜 그래, 뭐야?

—글로리아! 나, 할 말이 있어.

짜증을 내며 다시 누웠다.

—왜 이렇게 수선이니? 나 좀 놔둬라.

돌아눕는 글로리아를 마리아 이네스가 흔들어 일으켰다.

—글로리아! 나 너한테 할 말이 있다니까. 들어봐. 정말 중요한 일이야. 목숨이 달린 일이야.

침대에 일어나 앉으며,

—넌 정말 못 말릴 애다!

—들어봐.

글로리아는 머리칼에 손을 파묻었다.

—나 어제 정말 늦게 잤어. 지금 몇 시야? 여덟 시? 너, 지금 나를 아침 여덟 시에 깨우고 있는 거야?

마리아 이네스가 울기 시작했다.

—나는 한잠도 못 잤어. 한숨도 못 붙였어. 담배 한 갑을 다 피웠어. 밤을 꼴딱 샜단 말이야!

그러더니 침대에 몸을 던지고 흐느꼈다. 울음소리가 새어나가지 않도록 이불보를 입에 물고 울었다. 글로리아는 친구의 모습을 물끄러미 바라보다가,

—왜 이러니? 왜 그러는 거야? 무슨 일이야? 말해봐, 마리아 이네스!

마리아 이네스는 대답 없이 흐느끼며 딸꾹질만 했다. 글로리아는 침대에서 일어났다.

—나, 세수 좀 하고 올게. 금방 올게.

얼굴을 씻고 이를 닦고 브러시로 머리를 빗었다. 방으로 돌아오자 마

리아 이네스는 침대 가에 앉아 있다가 그녀를 보더니 일어섰다.

—글로리아, 너 내 부탁 하나 들어줘야겠다. 네가 진짜 내 친구라면 꼭 들어줘야 해.

글로리아는 말을 잘랐다.

—진정해. 우선 내가 한 가지 분명히 해두겠는데, 난 네 애인 정말 구역질 난다.

—네가 지금 모르는 사실이 많아서 그래. 내가 다 말해줄게.

—말하긴 뭘 말해? 뭘 설명할 게 있어? 내가 더 알 일은 없어. 난 흥미 없어.

—내가 말하게 가만히 좀 있을래?

글로리아는,

—너, 제정신이 아니구나! 너 안 그랬었는데 어떻게 된 거니? 너랑 그 남자 둘 사이에서만 일어난 일이라면 난 아무 말 안 해. 여자 남자 사이에서 무슨 일을 했든 내가 상관할 일이 아니야. 하지만 그놈이 한 짓은 그게 아니잖아! 다른 놈을 끌어들여서 너를 욕보이고 자기는 구경을 했다고? 네가 처녀인 걸 알면서 말이지! 야! 난 생각만 해도 구역질이 나, 구역질이!

마리아 이네스는 기가 푹 죽어서 말했다.

—얘, 너 나를 믿지, 그렇지?

—아이고, 마리아 이네스!

—그래, 네 말이 다 맞아.

—그래? 다행이구나.

—잠깐만. 네 말이 맞긴 한데, 네가 모르는 사실들이 있어.

글로리아는 폭발하듯 벌떡 일어섰다.

—뭐가! 도대체 내가 뭘 모른다는 거야? 도대체 왜 그 개새끼를 편
드느라고 이러는 거니?

마리아 이네스는 광신도처럼 외쳤다.

—그래, 나는 그 사람 편이야, 그 사람 편이야! 그이가 나한테 다 설
명했어. 그때 마약을 했었대. 마리화나를 피웠대. 제정신이 아니었던 거
야. 사람이 약에 취해 정신이 없으면 자기가 뭘 하는지도 몰라. 부모, 자
식도 다 죽인다니까. 그러니까 글로리아! 그 순간에는 나도 내 정신이 아
니었고 그이도 제정신이 아니었어. 그이가 얼마나 후회했는지 그 모습을
봤어야 하는데. 어젯밤에도 나랑 나갔을 때, 내 앞에서 막 울더라구. 나
한테 뭐라고 그랬는지 알어? 죽어버리겠대! 자살하겠대!

글로리아는 침대 머리맡 서랍에서 손톱줄을 꺼내 손톱 정리를 시작
했다.

—그래서 네 말은 지금, 다 잊어버리기로 했다 이거니?

—그래, 용서하기로 했어.

—잘했다!

마리아 이네스가 와락 글로리아의 두 팔을 움켜잡았다.

—글로리아, 너 날 좀 도와줘야 해. 제발. 내 일생일대의 부탁이다.
오늘 나랑 같이 가자, 응?

친구의 손에서 벗어나면서,

—너랑 어딜 가는데?

—손수건 있니? 아유, 콧물이 자꾸 나오네. 손수건 좀 빌려줘.

—여기 있어.

마리아 이네스는 코를 풀고 말했다.

—내가 너한테 모두 말했다는 걸 안토니오 카를로스가 알았어. 그것

때문에 굉장히 상심해 있거든. 그래서 너하고 이야기를 좀 했으면 좋겠대. 자기가 설명을 하겠대.

잠시 멈추고 코를 마저 닦아내고는,

─가는 거지? 그렇지? 그이는 너한테도 변명을 하고 싶은 거야. 나한테 용서받은 것처럼 너도 이해해주길 바라는 거야. 지금 그 일 때문에 그렇게 불행해할 수가 없어. 그래서 내가 널 꼭 데려가겠다고 약속했어. 글로리아, 너 내 부탁 들어주는 거지?

담배를 집으러 갔다. 빌어먹을 라이터는 왜 찾으면 없는 걸까? 저기 있구나. 담뱃불을 켰다. 아편 맛은 미국 담배처럼 순할까?

─알았어. 같이 갈게. 하지만 기억해둬. 넌 지금 네 인생에서 가장 큰 실수를 저지르고 있는 거야.

마리아 이네스는 글로리아의 손을 잡고 입을 맞췄다. 두 처녀는 점심을 먹고 나서 약속 장소인 아틀란치카 거리로 갔다. 그녀들을 기다리느라 차로 여러 번 길을 돌고 있던 안토니오 카를로스가 둘을 발견하고 경적을 울리더니 길옆에 차를 대고 앞문을 열었다.

─글로리아, 어서 타!

그녀는 망설였다.

─마리아 이네스는?

─나는 뒤에 탈게. 너희들 이야기하게.

차가 출발했다. 안토니오 카를로스는 굉장히 기분 좋아 보였다.

─아가씨들, 뭐 한 잔 마실까? 저기 장가데이로에서 어때?

─우리 지금 막 점심 먹은 참이야.

그는,

─그래? 그럼 호숫가 쪽으로 드라이브나 하자. 이야기도 하고.

청년은 푸른 줄무늬가 있는 여름 셔츠 차림이었다. 호숫가 근처로 들어섰을 때 그가 말하기 시작했다.

—글로리아, 나 너한테 몇 가지 설명하고 싶은 게 있어.

글로리아는 말허리를 자르고 나섰다.

—나한테는 설명할 거 하나도 없어. 마리아 이네스한테 내 생각이 어떤지 다 말해줬어. 알겠어? 지금 시간 낭비하고 있는 거야. 나는 네 말 안 믿어.

마리아 이네스는 안절부절못했다.

—얘, 넌 이이가 무슨 말을 하려는지도 모르면서!

글로리아는 역겹다는 표정을 지었다.

—그리고 이 바보한테 뭐라 했다고? 뭐, 자살한다고? 얘, 마리아 이네스. 자살 좋아하시네. 다 괜한 소리야.

안토니오 카를로스는 표정 없이 얼굴만 창백해지더니 입을 열었다.

—계속해봐. 계속해보라구.

글로리아는 고개를 돌렸다.

—더 할 말 없어.

그는 자동차를 세웠다.

—좋아. 글로리아의 의견은 그렇다 이거지. 그럼 두 사람은 여기서 내리시지.

청년이 글로리아의 무릎 위로 손을 뻗어 차문을 열었다.

—내려, 글로리아. 너도, 마리아 이네스. 내려.

마리아 이네스는 어쩔 줄 몰라했다.

—여기서 왜 내려? 글로리아, 가만있어! 내리지 마! 너, 두고 보자! 내리지 말고 가만있어!

그러더니 뒤에서 안토니오 카를로스의 어깨를 부여안고,

—자기, 이러지 마, 응? 우리 계속 드라이브하자. 응?

그는 팔짱 낀 팔을 핸들 위에 얹었다.

—네 친구는 나를 안 믿는다잖아. 나를 안 믿는대.

팔을 풀더니 약간 실성한 듯한 눈빛을 글로리아에게 돌렸다.

—내가 자살을 안 할 거다 이거지? 내가 공연히 헛소리를 한다 이거지? 그래, 그럼 내 보여주지. 내가 어떤 놈인지 알려주겠다. 이제 곧 알게 될 거야.

그는 계속 글로리아를 쳐다보며 말했다.

—너희들은 여기서 내려. 알았어? 그리고 저 앞 전봇대 보이지? 저기 저 끝에. 내 이 차를 저 전봇대에 박아버리고 만다. 120킬로로 달려서 박아버린다. 알겠어, 글로리아 양? 그러고 나서 보자구. 내가 네 말대로 사기꾼, 허풍쟁이인지. 하지만 그 전에 말이야. 너한테 해줄 말이 있어 이 위선자, 순 엉터리, 비겁한 계집애. 내가 이렇게 욕한다고 뭐라고 한마디만 해봐라. 내가 죽기 전에 먼저 네 대갈통을 부숴놓고 만다. 나한테는 여자라고 손 안 대고 뭐 그런 신사 흉내 없어. 여자고 남자고 수틀리면 때려부수고 만다. 내가 알기로, 넌 처녀도 아냐! 이제, 내려! 내려서 엿이나 먹어!

글로리아는 얼어붙은 듯이 꼼짝을 안 했다. 마리아 이네스가 남자를 붙들고 매달렸다.

—그럼, 나도 같이 갈 거야. 나도 자기랑 같이 죽고 말 거야, 안토니오 카를로스. 난 자기랑 같이 죽는 거 겁나지 않아.

마리아 이네스는 흐느끼며 외쳤다.

—나도 같이 죽을 거야!

─아무도 나랑 같이 안 죽는다. 난 혼자 죽을 거야! 혼자서. 나랑 같이 죽을 사람, 필요 없어. 아무도 필요 없어.

마리아 이네스는 글로리아를 향해 절규했다.

─너 정말 못됐구나, 글로리아! 꼭 이래야만 되겠니? 자, 이제는 이 사람을 믿냐? 말해봐!

글로리아는 움츠러든 목소리로 말했다.

─그래, 안토니오 카를로스. 네 말을 믿을게. 네 말을 믿는다.

제13장

미용실에 들어서며 물었다.

―몇 시지요, 지금?

손톱 정리를 하던 아델라이지가 손목시계를 들여다보았다.

―두시요.

―저 시계는 두 시 이십 분인데?

누군가 미용실 안에 있던 이가 말했다.

―그 시계는 좀 돌았어요.

안쪽에서 그녀의 담당 미용사인 비센치가 걸어나왔다. (그는 동성애자다.) 비센치는 글로리아 앞으로 와서 그녀의 위아래를 한번 휙 훑어보더니 별안간 머리를 숙여 그녀의 손을 잡고 입을 맞췄다.

글로리아는 한숨을 쉬며 말했다.

―저, 오늘 시간이 너무 급해요!

비센치는 놀라는 척하면서 호들갑을 떨었다. 결혼식 전날에 무슨 급한 일이 있단 말인가? 글로리아가 설명했다.

—정말이에요. 지금 여기서 나가는 대로 아버지랑 약속이 있어요. 그러니까, 비센치, 빨리 좀 서둘러줘요.

초록색 눈에 석고상처럼 흰 피부를 한 미용사는,

—내가 오늘 아가씨 머리를 내 일생일대의 작품으로 꾸며드릴게.

—농담 아니에요. 몇 시까지 끝내줄 수 있어요?

비센치는 눈을 굴리며 계산하더니,

—지금 몇 시라구? 두 시하고, 십 분? 좋아, 그럼 다섯 시까지 끝내드릴게요. 다섯 시. 됐지요?

글로리아가 자리에 앉았다. 머리를 손질하며 손톱 정리도 했다. 미용사에게 기대에 찬 목소리로 말했다.

—오늘 아버지랑 마지막으로 함께 드라이브를 갈 거예요.

하지만 머릿속으로는 안토니오 카를로스 생각으로 다시 달려갔다. 그날, 그녀와 마리아 이네스와 함께 차를 몰고 호숫가로 갔던 안토니오 카를로스는 보기 흉하게 낡은 샌들 차림이었다.

안토니오 카를로스가 글로리아에게 다시 고개를 돌려 물었다.

—그래? 이제 나를 믿는다구?

그러더니 놀랍다는 기색으로 되풀이했다.

—나를 믿으신다구?

—그래. 믿어.

글로리아도 홀린 사람처럼 반복해 말했다. 그러고는 고개를 숙여 남자의 못생긴 발가락이 그대로 드러난 커다란 발을 쳐다봤다. 안토니오 카를로스는 그녀에게서 눈을 떼지 않았다. 그의 눈은 티없이 맑고 슬퍼 보였다.

그가 말했다.

—네 손을 여기 줘. 여기.

글로리아의 손을 잡고는 입을 맞췄다.

—정말 고맙다. 네가 나를 믿어준다니, 내 마음이 얼마나 편해졌는지 몰라. 이젠 살 것 같아. 난, 정말 장난이 아니었어. 농담이 아니었다구. 내 맹세한다. 마리아 이네스가 잘 알아. 난 정말 저 전봇대에 차를 들이받아 죽으려고 했어. 알겠니? 어제도 그랬어. 마리아 이네스가 날 살려준 거야.

그렇게 말하면서 그는 몸을 돌려 여자 친구의 머리를 쓰다듬었다.

—그리고 오늘은 글로리아, 네가 날 살려줬다. 매일매일 누군가가 나를 살려주네. 꼭 누군가가 나를 살려주는구먼! 그렇지?

그는 자동차 핸들을 뽑아버리기라도 할 것처럼 두 손으로 움켜쥐고 숨을 크게 몰아쉬면서 말했다.

—나같이 아무짝에도 쓸모없는 놈을!

글로리아는 불안해지기 시작했다.

—우리, 여기서 나가자.

—왜?

그녀는 공연히 신경이 곤두서 둘러댔다.

—저기, 순찰 도는 이가 자꾸 여길 보고 있어.

안토니오 카를로스는 백미러를 힐끗 들여다보더니,

—내가 가서 저치 대가리를 부숴버릴까?

여자애들은 겁이 나 어쩔 줄 몰라했다.

—미쳤니? 다른 데로 가자, 응? 안토니오 카를로스!

남자가 시동을 켰다.

—나는 경찰 패는 게 좋아. 한번은 까부는 경찰 녀석 모가지를, 바로

여기를 그냥 한 대 갈겨줘버렸어. 그 새끼 그 자리에서 뻗어버렸어. 난 그냥 내뺐는데 죽었는지도 몰라. 아마, 죽었을 거야. 하지만 아무래도 상관없어.

그는 뽐내며 웃었다. 차는 시속 80으로 달려갔다. 마리아 이네스가 애걸했다.

—자기야, 이렇게 빨리 달릴 필요 없잖아. 속도 좀 줄여.

글로리아가 물었다.

—만일 그 경찰이 죽었다면 어떡해? 넌 죄책감도 없니?

차는 고가 도로 근처를 지나고 있었다. 안토니오 카를로스가 목청을 높여 말했다.

—너희들은 아무것도 몰라! 아무도 이해 못한다. 하지만 이것 봐.

한 손으로 핸들을 잡고, 떨리고 있는 다른 한 손을 글로리아 앞으로 내밀었다.

—어떤 때가 있냐면 말이야, 어떤 때는…… 그냥 벽이라도 두들겨 패고 싶을 때가 있는 거야. 전봇대를 들이받아버리든가, 아니면 어떤 새 끼를 한바탕 패버리든가. 무슨 소린지 알겠어?

마리아 이네스는 계속 간청했다.

—소리지르지 마. 자기, 진정해.

그가 정말 버럭 소리를 질렀다.

—난 소리 지르지 않았어! 누가 소리 지른다고 이 야단이야! 왜 잔소리를 못해서 야단이야!

글로리아는 계속 집요하게 추궁했다.

—그럼 네가 화난다고 해서 남을 죽일 수도 있다는 거야?

—그래. 그런 순간이 있어. 아, 몰라. 한번은 어떤 일이 있었는지 알

아? 학교 다닐 때 일이야. 여학생 하나가 갑자기 발작을 일으키는 걸 봤어. 멀쩡히 가만있다가 갑자기 넘어가더라구. 아, 그러고 보니 글로리아, 네 사촌이구나. 알지? 실레니. 너희 엄마 쪽 조카일걸.

글로리아가 중얼거리며 따라 말했다.

—실레니…… 사촌.

—간질 환자잖아, 걔가. 학교 마당에서 갑자기 꽈당 넘어지는 걸 봤어. 그런데 넘어지기 전에 소리를 질렀어. 글로리아, 그건 내 생전에 처음 들어본 아주 이상한 외침이었어. 뭐라고 흉내도 못 내겠어. 그런데 더 끔찍한 건, 그러더니 눈빛이 변해버리는 거야. 네 사촌 눈 색깔이 밤색 아니니?

—녹색이야.

그는 목 졸린 음성으로 우겼다.

—밤색인데 파란색으로 변하는 거야. 파랑, 파랑 진짜 파란색으로!

글로리아가 외쳤다.

—그 얘기 그만하자! 다른 얘기 해!

그가 입을 다물었다. 마리아 이네스가 다시 한숨을 쉬고는,

—흥분들 하지 마. 진정하자, 응?

그는 가라앉은 목소리로 말했다.

—그런데 네가 뭘 물어봤지, 글로리아? 아, 내가 사람 죽일 자신이 있느냐구?

그러더니 점점 목소리를 높이면서,

—나한테 확실한 건 말이지. 언젠가는, 언제가 될지는 몰라도 언젠가는 나도 발작을 일으키고 말 거라는 거야. 내가 별안간 눈이 퍼렇게 변해서 쓰러지는 꼴을 너희는 보게 될 거야. 아무도 여태 본 적 없는 시퍼런

눈을 하고 쓰러지는 걸 말이야. 이런 말 하는 거 나도 겁나. 그렇지만 느낄 수 있거든. 여기 머릿속에 어느 순간 빛 같은 게, 어떤 압력이, 열 같은 게 솟구치고 올라오는 거야. 밤이면 이런 생각이 드는 순간이 있어. '지금이야, 바로 지금!' 하는 순간이. 언젠가는 실레니한테 물어볼 참이야. 발작을 일으키기 전에 어떤 느낌이 드는지.

두 소녀는 아무 말이 없었다. 마리아 이네스는 손수건을 꺼내 애인의 얼굴과 목의 땀을 훔쳤다. 손수건이 금방 후줄근해졌다.

글로리아가 입을 열었다.

—우리 돌아가자, 응?

청년은 속도를 좀 줄였다.

—글로리아. 너, 나를 믿는다고 했지? 그렇지? 그렇다면 오늘 우리랑 같이 가자.

—싫어.

그는 다시 소리를 질러댔다.

—글로리아! 난 나쁜 놈이 아니야!

—누가 너더러 나쁜 놈이래?

그는 처절하게 되풀이했다.

—그래, 나도 실수할 때가 있어. 하지만 난 나쁜 놈이 아니야. 나는 나를 잘 알아. 나는 나쁜 놈이 아니야.

마리아 이네스가 다시 애인의 목에 흐른 땀을 닦으려 들었다. 그러나 청년은 거칠게 몸을 돌리며 말했다.

—성가시게 좀 굴지 마! 마리아 이네스! 이봐, 글로리아. 넌 꼭 우리랑 같이 가야 해. 가야 할 이유가 있어. 혼자도 아니잖아. 마리아 이네스도 같이 가잖아.

—무슨 계획인데? 난 무슨 일인지도 모르고 있어. 무슨 일이야?

—미리 말하면 재미없잖아? 모르고 가야지, 재미있는 거야. 틀림없이 좋아할 거다. 내 장담하지. 어때, 가는 거지?

안토니오 카를로스는 두려웠다. 그의 머릿속에서는 파란색의 눈이 떠나질 않았다. 총을 맞은 듯이 쓰러지던 소녀와 그 파랗게 변하던 눈.

마리아 이네스가 말했다.

—글로리아 갈 거야. 그렇지, 글로리아? 나를 봐서, 응? 나를 봐서 간다고 해.

안토니오 카를로스는 열심히 설득했다.

—너 몇 시까지 집에 가야 돼? 일곱 시? 일곱 시 반? 일곱 시 반까지는 틀림없이 너희 집에 데려다 준다. 약속할게. 일곱 시 반. 어쩌면 그보다 일찍 돌아갈지도 몰라.

글로리아는 한숨을 쉬었다.

—그래, 가자. 일곱 시 반에는 난 틀림없이 집에 가 있어야 해. 난 아무것도 무서울 거 없어. 하지만 아빠가 화내시면 무서워. 그러니 이제 말해봐. 계획이 뭐야?

—비밀이야. 하지만 좋아할 거야. 마리아 이네스도 뭔지 아직 몰라. ‘엔제뇨 노보’ 동네로 간다.

글로리아는 한 번도 엔제뇨 노보에 가본 적이 없었다. 그 이름은 비 내리는 사탕수수밭을 연상시켰다. 차창 밖으로 보이는 거리와 사람들을 아무 감정 없이, 호기심도 없이 내다보았다. 지나가는 사람들은 천천히 떠내려가는 물줄기 같았다. 중앙역 시계탑 위로는 미치도록 파란 오후의 하늘이 흘러가고 있었다.

제11광장을 지나고 브라마 시계탑을 지나고 망기 대로도 지났다. 안토니오 카를로스가 글로리아를 향해 웃으며 말했다.

─저기 봐. 저기가 사창가 있는 곳이야.

글로리아도 고개를 빼고 둘러봤다.

─어디, 어디?

셋은 열심히 쳐다봤다. 글로리아가 먼저 고개를 돌렸다.

─아무것도 안 보이네, 뭐.

마리아 이네스는 호기심을 못 이기며, 안토니오 카를로스의 어깨에 손을 얹었다.

─우리 저쪽으로 한번 지나가자, 응? 멈추지는 말고, 그냥 지나가기만 해보자.

그는 솔깃해하면서도 시계를 들여다보더니 말했다.

─늦었는데.

─그럼 오는 길에 들르자.

─그래, 오는 길에 들르지.

고가 도로를 지났다. 글로리아는 아직도 미련을 못 버리고 한 번 더 창녀촌 쪽을 보기 위해 몸을 돌렸다.

─어떻게 생겼니, 저기는? 여자들이 정말 벗고 길에 나와 있는 거야?

─구두에 속치마 차림이거나 수영복.

그녀는 한숨을 쉬었다.

─나는 어렸을 때부터 창녀촌 한번 구경 가는 게 소원이었어. 정말 재미있을 것 같아.

별안간 안토니오 카를로스가 글로리아를 향해 몸을 돌렸다.

─너 아직 내 질문에 대답 안 했어.

─무슨 질문?

차는 마라카낭 경기장을 지났다.

―네 생일 파티에서 내가 물어본 질문 말이야.

―담배 하나 줄래?

―마리아 이네스, 거기 있는 내 옷에서 담배 좀 꺼내줘. 그래, 그 주머니에. 이리 줘.

마리아 이네스는 글로리아에게 한 개비를 넘겨주고는 불도 붙여줬다. 글로리아는 한 모금을 빨고는,

―너, 내가 성관계한 경험이 있느냐고 물었지?

―있어?

―몰라.

―너 미나스* 출신이냐?

―왜?

―왜냐면 미나스 여자들은 그걸 그렇게 숨긴다고 하더라. 남자랑, 침대에, 옷 다 벗고 들어가 누워서도 끝까지 아니라고 우긴대.

글로리아는 역겹다는 얼굴을 했다.

―웃기는 소리 마.

그가 대꾸했다.

―내가 지금 남 웃길 정신인 줄 알아. 그러지 말고 글로리아, 사람 힘들게 하지 말고 한 번에 대답해봐. 그렇다, 아니면 아니다로. 그러니까, 너는 처녀야, 아니야?

글로리아는 창문 밖으로 담배를 던졌다. 그러고는 바로 한 대 더 피우고 싶다는 충동을 느꼈다.

---

* 미나스 제라이스 주(州). 브라질 중서부에 위치한 주.

—얘, 안토니오 카를로스. 그리고 너, 마리아 이네스.

그는 집요했다.

—너, 처녀야, 아니야?

글로리아가 소리쳤다.

—나한테 그런 식으로 말하지 마!

그가 웃었다.

—이런 질문이 너를 모욕한다고 생각하는 거야?

—너희들 지금 말이야. 내가 무슨 천치인 줄 알아?

청년의 눈빛은 다시 실성한 사람 같았다.

—말해봐. 젠장. 빌어먹을! 왜 말을 못해?

글로리아가 쇳소리를 질렀다.

—당장 집어치우지 못해! 네가 무슨 말을 해도 소용없어! 너희들은 지금 나를 뭘로 보는 거야? 내가 같이 간다고 나선 건 내가 가겠다고 마음먹었기 때문이야. 그리고 또 하나. 나는 지금 어떤 남자한테서 도망치는 중이야. 그 남자, 그 남자야말로 내가 집착하고 있는 대상이야.

숨이 차서 고개를 떨구었다. 마리아 이네스가 물었다.

—네 애인 말이니?

글로리아가 성질을 버럭 내며 대꾸했다.

—우리 애인하고는 아무 상관 없어!

—그럼 누구야? 누군데? 너 그 사람하고 어디까지 갔니?

글로리아는 눈을 감고 줄줄 말하기 시작했다.

—한번은 그 사람 사무실에 갔었어. 속옷은 하나도 안 입고 원피스 하나만 걸치고. 그 사람이 전화를 받느라고 등을 돌렸을 때 원피스를 벗어버렸어. 전화를 끊고 돌아섰을 때는 완전히 발가벗고 그 앞에 있었어.

─그래서, 그래서?

─그것뿐이야.

마리아 이네스는 미친 듯이 웃었다.

─그것뿐이라고? 나보고 그 말을 믿으라고?

여전히 두 눈을 감은 채 글로리아가 못 박듯 말했다.

─그래.

─결혼한 사람이었니?

마리아 이네스가 물었다. 글로리아는 심란해졌다.

─결혼한 것보다 더 나빴어. 그건 그렇고, 너네들 알아둬. 나는 웬만한 일을 가지고는 안 놀라, 안 놀란다구.

그러더니 혼잣말처럼 중얼거렸다.

─난 지금 도망치고 있는 거야, 도망치는 거야.

안토니오 카를로스가 다시 한 번 물었다. "넌 처녀야, 아니야?" 글로리아가 벌컥 화를 냈다.

─자꾸 그따위로 말하면 한 대 갈겨주고 만다!

마리아 이네스가 잠시 그 순간이 지나가도록 기다렸다가 말했다.

─자기, 아직도 멀었어?

그는 기어를 바꾸며 속도를 줄였다.

─거의 다 왔어. 저기 아래쪽으로 집 보이지? 거기야.

─베란다에 사맘바이아 있는 집 말이야?

─사맘바이아, 티뇨랑, 라크라이아,* 없는 게 없다. 완전히 호랑이 담배 피던 시절, 아마 19세기도 더 전에 지은 집일걸.

---

* 모두 정원수의 종류다.

자동차가 집 조금 못미처에서 멈췄다. 셋은 차에서 내렸다.

안토니오 카를로스가 말했다.

—자연스럽게 행동해. 이 동네는 이웃들이 너무 빤해서. 가자.

마리아 이네스가 글로리아 옆에 바짝 붙으면서 앓는 소리를 냈다.

—아유, 난 무서워. 괜히 무서워!

글로리아가 발걸음을 멈췄다.

—이런! 그렇게 우겨서 날 여기까지 데려와놓고, 이제 와서 무섭다는 거야?

앞서 가던 안토니오 카를로스가 돌아왔다. 낮은 목소리로,

—너희들 너무 그러면 사람들 시선 끌잖아! 저기 저 사람이 벌써 자꾸 보고 있다!

글로리아가 버텼다.

—우리 저기 가서 뭘 하려고 하는 거야?

그는 주위를 힐끔거리며,

—글로리아, 제발 부탁이다! 길거리에서 이렇게 난리 피우기야? 조금만 더 가면 돼. 바로 저기야. 들어가자. 안에 들어가서 설명할게.

그는 대문을 밀고 들어가며 이웃들 들으라는 식으로 크게 말했다.

—와, 이렇게 사람들이 방문하니 노인네가 좋아하겠구면!

소녀들이 들어가고 안토니오 카를로스가 따라 들어오면서 대문을 닫았다. 목소리를 낮추고,

—너희들은 베란다에서 잠시 기다려. 내가 안에 잠깐 들어갔다 올게. 금방 올게. 거기 앉아들 있어.

베란다에는 나무 벤치가 있었다. 안토니오가 문으로 가서 세 번 두드렸다. 소녀들은 벤치에 앉았다. 마리아 이네스가 속삭였다.

—집에 아무도 없는가 봐. 전부 닫혀 있어. 텅 빈 것 같아.

안토니오 카를로스가 다시 문을 두들기고는 소녀들 쪽을 쳐다보고 씩 웃었다. 안에서 누군가가 물었다.

—누구야?

—나야.

—혼자냐?

—문 열어.

잠시 후 문이 열리고 안토니오 카를로스가 들어갔다. 글로리아는 친구의 팔을 움켜잡았다.

—가자, 응?

마리아 이네스가 한숨을 쉬었다.

—너 가버리면 저이가 나를 때릴 거야. 아까 하는 소리 못 들었니?

—아니. 뭐라고 했는데?

—중간에 새는 날에는 날 가만 안 둔다고 했어.

—그래? 그럼 난 혼자 간다.

—아유, 글로리아! 제발!

글로리아는 성질을 눌러 참았다.

—이번이 마지막이다, 마리아 이네스, 알았니? 이게 마지막이야!

문이 열리고 안토니오 카를로스가 나왔다.

—헤이, 아가씨들! 나 원 참! 바보 같은 조제가 부끄럼을 타고 있어. 글로리아, 너 때문에!

—나? 나한테 왜?

—너 걔가 호모인 거 알지?

—누구?

—조제 오노리오 말야!

—걔가 호모야?

—정말 몰랐어?

—어떻게 그럴 수가? 정말이야, 조제가?

안토니오는 줄줄 늘어놓았다.

—그래, 그래. 우리 같은 소리 되풀이해가며 시간 낭비 그만하자. 조
제는 호모야, 호모. 동성애자. 아는 사람이 별로 없기는 해. 더구나 우리
아버지는 꿈에도 상상 못하고 있지. 그렇지만 이제들 알았지? 조제는 마
리아 이네스는 괜찮대. 그런데 너, 글로리아는 사비노 사장 때문에 쑥스
럽다고 하는구먼.

글로리아는 고개를 쳐들었다.

—난 갈래!

그가 재빨리 그녀의 팔을 잡았다.

—가긴 어딜 간다고!

—이 팔 놔!

—못 놓는다, 못 놔. 내 말 아직 안 끝났어. 그래서 내가 저 자식한
테 잘 이야기했어. 그 녀석이 호모라는 걸 네가 진작부터 알고 있다고 말
했다구. 그러니 이제 들어가자. 가자!

문 앞에서 마리아 이네스가 한 번 더 말했다.

—오래 안 걸리지? 난 너무 늦게까지 있을 수 없어.

안토니오 카를로스가 문을 밀어 열었다.

—자, 빨리빨리!

둘은 떠밀리듯 들어섰다. 조제 오노리오는 거실 안쪽에 무언가 담긴
컵을 손에 들고 짧은 바지만 걸친 채 웃통을 벗고 앉아 있었다. 눈을 내리

간 채로 입을 열었다.

—안녕, 글로리아.

그녀는 억지로 웃음을 지었다.

—안녕?

안토니오 카를로스가 말했다.

—자, 이리 와. 글로리아.

벽에는 장식틀 안에 오래된 여자 그림이 걸려 있었다. 조제 오노리오의 어머니 같았다. 그처럼 완벽하게 죽은 사람 분위기를 풍기는 여자 그림은 처음이었다.

안토니오 카를로스가 계속 다그쳤다.

—글로리아, 이리 와서 조제한테 말해. 너 이 녀석이 호모인 거 알고 있었지?

눈길을 돌리며 대답했다.

—알고 있었어.

안토니오 카를로스가 말을 이었다.

—그렇다니까! 내가 그렇다고 했잖아! 그러니 이제 조제, 서둘러 시작하자. 아가씨들이 갈 길이 급하시댄다!

제14장

조제 오노리오가 안토니오 카를로스를 한쪽으로 끌고 갔다.

—이리 와봐.

거실 한구석으로 데려가더니 작은 소리로 말했다.

—쟤 재수 없어.

—누구? 글로리아?

—그래!

안토니오 카를로스가 소리쳤다.

—왜 갑자기 사소한 일에 신경 쓰고 그래! 평소 모습을 보이라구!

—그러게 말이야. 그런데 쟤 때문에 왠지 불안해! 빌어먹을!

안토니오 카를로스는 친구를 다시 끌고 왔다.

—마셔, 마셔! 한 잔 더 해!

총각들이 가까이 왔을 때 글로리아는 담배를 피우고 있다가 자리에서 일어났다.

—이봐, 안토니오 카를로스, 지금 몇 신 줄 알아?

그가 버럭 목소리를 높였다.

―시끄러워! 잔소리 말고 가만있지 못해?

글로리아는 하나도 무서울 거 없다는 식으로 받아쳤다.

―나한테 그따위로 소리 지르지 마!

그는 손가락을 쳐들고 외쳤다.

―내가 가자고 할 때 가는 거야. 알았어? 이제 입 닥쳐!

글로리아는 재떨이에 담배를 짓눌러 껐다. 조제 오노리오는 구석에서 아무 말 없이 술을 들이켜고 있었다. 글로리아를 바라보는 그의 눈길에는 왠지 모를 원한이 서려 있었다.

안토니오 카를로스가 친구 쪽을 향해 몸을 돌리며 말했다.

―어때? 이제 슬슬 시작해보는 거야, 아니면 관둘 거야?

조제 오노리오에게 다가가 그의 등을 한 대 철썩 갈겼다.

―자, 마셔, 마시라구!

조제 오노리오는 남은 위스키를 마저 쭉 들이켜고는 탁자 위에 컵을 내려놨다. 안토니오 카를로스가 물었다.

―이제 좀 나아졌냐? 너, 오늘 굉장히 낯가린다. 응?

글로리아가 불쑥 질문을 던졌다.

―너희 어머니야?

조제 오노리오는 어리둥절한 얼굴을 했다. 놀란 표정이 되어, 자기 엄마가 옆에서 지켜보기라도 하냐는 듯이 주위를 둘러봤다. 두 손을 시든 포도 덩굴 잎사귀처럼 다리 사이로 힘없이 늘어뜨리고 앉아 더듬거리며 입을 열었다.

―우리 어머니?

그림을 가리켰다.

─저 그림 말이야.

조제 오노리오는 눈을 들어 벽에 걸린 그림을 보고는 글로리아 쪽으로 다시 얼굴을 돌렸다. 그의 입가에는 침방울이 맺혀 있었다.

─우리 엄마 이야기 꺼내지 마!

그러더니 손으로 자기 가슴을 한 번 쳤다.

─지금 문제는 우리 아버지다 이거야!

안토니오 카를로스가 못 참겠다는 듯이 끼어들었다.

─조제, 우리 갈 길이 멀어! 이제 빨리 본론으로 들어가자구!

조제 오노리오의 팔을 붙들며 재촉했다. 조제는 초조한 몸짓으로 안토니오의 손을 뿌리쳤다.

─이거 놔, 안토니오 카를로스! 이제 말할 테니까! 아가씨들이 알아둬야 할 일을 말해주겠어!

그는 좀더 시간을 벌려는 눈치 같았다. 안토니오 카를로스가 끼어들었다.

─내가 빨리빨리 얘기해줄게. 글로리아, 너, 조제 오노리오의 아버지 알지?

조제 오노리오의 아버지. 그는 우편공사의 이사였다. '위원님'이라고 불렸는데 왜 그렇게 부르는지는 아무도 몰랐다. 글로리아는 그를 서너 번 먼발치에서 본 적이 있었다. 꼿꼿하게 몸을 세우고 티 한 점, 얼룩 한 점 없이 말쑥한 옷차림을 하고 다니는 노인네였다. 고색창연하고 엄숙한 외양이 그림틀 속의 아내 모습만큼이나 비현실적으로 느껴지는 그런 사람이었다.

조제 오노리오가 가로막고 나섰다.

─내가 얘기할 거야. 너는 입 다물고 가만있어, 안토니오 카를로스!

—말해, 그럼.

안토니오 카를로스가 의자에 앉으며 말했다.

조제는 입가의 침을 손으로 문질러 닦고 말을 시작했다.

—자, 그래. 이런 이야기야. 하루는 우리 아버지가 직장에서 일찍 집으로 돌아왔다. 평소보다 일찍 돌아와서는 내 방으로 들어왔어. 갑자기 문을 열고 들어왔어. 내가 열두 살 때 일이야. 그날 나보다 좀 나이 먹은 남자애가 나랑 같이 있었어. 둘 다 벌거벗고 있었지. 나는 걔의 여자 역이었어. 노인네가 구두를 벗어 들고는 소년을 때려 내쫓았어.

글로리아가 끼어들었다.

—너네 어머니 살아 계실 때야?

조제는 한순간 벽에 걸린 그림을 쳐다보느라 시선을 돌리더니 버럭 화를 냈다.

—우리 엄마 얘기는 꺼내지 말라고 했잖아! 엄마 얘기는 묻지 마!

안토니오 카를로스가 자기 컵에 술을 따라 마시면서 재촉했다.

—조제, 계속해. 다 이야기해.

조제는 머리칼을 한 번 쓸어넘기고는 말을 이었다.

—그러고 나서 노인네는 채찍을 찾아들고 왔어. 진짜 노끈으로 만든 채찍을. 그걸 갖고 와서 나를 두들겨 팼다. 나는 울 수도 없었어. 그가 나를 채찍으로 후려치면서 외쳤거든. "울음소리를 내지 마라, 소리 내지 마!" 내가 우는 소리를 내면 더 세게 후려쳤어.

그는 거실을 서성거리며 말을 이었다.

—다리, 넓적다리, 등, 온몸을 다 때렸다. 나한테는 울음소리도 못 내게 했어. 그다음 날도, 그다음 날도 마찬가지였어.

컵을 손에 든 채 안토니오 카를로스가 낄낄 웃으며 말했다.

―지독한 노인네야, 정말!

조제가 계속 말했다.

―30일 동안을 계속해서 맞았다. 노인네는 매일 똑같이 되풀이했어. "울음소리 내지 마라, 소리 내지 마!" 급기야 나는 신음 소리 하나 안 내고 채찍질을 견디는 경지에 도달했다. 한 달을 채워 나를 때리고 난 후에 그가 말했어. "한 번만 더 그 짓을 하는 날에는 죽여버린다. 죽여버릴 거다!"라고.

청년은 기진맥진해서 입을 다물었다. 글로리아는 30일간 계속된 매질이라는 걸 이해할 수 없었다. 아무도 소년을 구해주러 나타나지 않았단 말인가? 항상 엄마라든지 고모, 이모, 숙모 같은 집안 여자가 있는 법인데. 아니면 이웃집 사람이라도 나서게 마련 아닌가.

안토니오 카를로스가 컵을 건넸다.

―나머지는 네가 마셔.

조제는 단숨에 남은 술을 털어넣었다. 다시 흥분한 기색이 되더니,

―그 이후로 노인네는 평생 나를 괴롭혔다. 한번은 밥상에 앉아 있다가 별안간 내 따귀를 갈기면서 외쳤어. "계집애처럼 말하지 마라, 사내답게 말해라!"면서.

조제는 말을 멈추고 글로리아와 마리아 이네스를 한 번씩 쳐다보더니 격렬하게 외쳤다.

―하지만 난 남자가 되고 싶지 않았단 말이야! 어릴 적부터 나는 남자가 되기 싫었다!

그러더니 글로리아 쪽으로 얼굴을 들이대고 계속 외쳤다.

―난 남자가 되기 싫었어!

글로리아는 밥상머리에서 따귀를 맞는 소년의 모습을 떠올렸다. 그런

데 다른 사람들은? 아무도 옆에서 말리지 않았단 말인가? 아무도 말리지 않고 가만있었단 말인가?

안토니오 카를로스가 소녀들에게 말했다.

—시간이 없으니까 결론을 말하자면 노인네가 지금 위층에 누워 있다 이거야. 풍으로 쓰러져서 손가락 하나 까딱 못해. 머리끝에서 발끝까지 꼼짝도 못하지.

조제가 손을 자기 가슴에 얹었다.

—이제 내가 복수할 차례야. 15년 동안 이 순간을 기다렸어. 바로 오늘이야.

글로리아가 일어섰다.

—너네들 무슨 짓을 하려는 거야?

마리아 이네스가 그녀를 끌어당겼다.

—애, 가만있어!

조제가 큰 소리로 말했다.

—다 준비해놨어. 간호사는 「마이 페어 레이디」를 보러 갔어. 세 시간짜리 영화야. 요리사도 식모도 다 집에 다녀오라고 내보냈다. 이 집 안에는 우리밖에 없어. 열두 시까지는 늙은이는 내 밥이다!

그의 얼굴이 실성한 듯한 미소로 일그러졌다. 안토니오 카를로스가 소녀들을 재촉했다.

—자, 이제 올라가자. 글로리아, 이리 와.

글로리아는 뒤로 물러섰다.

—난 안 올라갈 거야.

—이게 무슨 소리야?

글로리아는 몸을 떨면서 버텼다.

—이건 나쁜 짓이야. 안토니오 카를로스, 난 안 올라가. 네가 아무리 우겨도 소용없어. 난 집에 갈 거야. 혼자 갈 거야.

남자가 재빨리 그녀를 붙잡았다.

—바보 같은 소리 하고 있어, 이게⋯⋯

글로리아가 자기 팔을 움켜잡은 안토니오 카를로스의 손을 이빨로 물었다. 청년이 펄쩍 뛰더니 소녀의 얼굴을 냅다 갈겼다.

—이빨을 부러뜨려놓을까 보다!

계단 중간에서 조제가 돌아다보면서 말했다

—너희들 오는 거야, 안 오는 거야?

글로리아는 얼굴이 눈물로 흠뻑 젖은 채 자리에 주저앉아 자기를 끌고 올라가려는 안토니오 카를로스의 발을 붙잡고 늘어졌다. 마리아 이네스가 애인에게 애원했다.

—애 때리지 마! 애를 왜 때리니?

조제 오노리오가 뛰어내려왔다.

—목소리들 좀 낮춰! 이웃에서 다 듣겠다! 조심해!

안토니오 카를로스가 글로리아를 붙잡아 일으켰다.

—가자, 올라가자. 울지 말고!

글로리아는 붙잡혀 올라가면서 횡설수설했다.

—우리 아버지가 아시면 안 돼. 내가 여기 있는 걸 우리 아빠가 알면 큰일 나. 절대로 안 돼. 난 어떡하면 좋아?

마리아 이네스가 뒤에 따라오면서 위로했다.

—글로리아, 걱정 마. 내가 있잖니. 나 여기 있잖아.

안토니오 카를로스는 아예 글로리아를 번쩍 안아올렸다.

—됐다. 이제 그만 울어. 내가 이렇게 직접 모신다.

글로리아는 지쳐서 청년의 넓은 가슴팍에 고개를 기댔다. 그녀는 아버지를 생각했다. 아버지가 잠옷 바람으로 있는 모습을 한 번도 본 적 없었다.

위층에 도착하자 글로리아가 다시 더듬대며 물었다.

—너네들 정말 무슨 짓을 하려는 거야?

안토니오 카를로스가 그녀를 내려놓으며 말했다.

—입 좀 닥쳐라.

그들은 방 안으로 들어갔다. 방 안은 달빛이 어슴푸레한 바다 속 같았다. 글로리아는 잔뜩 긴장해서 마리아 이네스의 손을 잡았다. 벽 중간에는 성모상 하나가 침대를 향해 걸려 있고 침대 옆에는 작은 램프 하나가 교회 안같이 희미한 불빛을 비추고 있었다. 오래된 침대 위에 병자가 누워 있었다. 환자는 해골 위에 아주 얇은 살가죽을 입혀놓은 것 같은 모습이었다. 두 눈에 서린 놀라움만이 살아 있는 사람임을 나타내고 있었다.

갑자기 조제 오노리오가 스위치를 켜자 전등 빛이 사정없이 강렬하게 방 안을 채웠다. 밝은 불빛 아래서 죽음과 절망의 냄새는 더욱 선명하고 생생해졌다.

안토니오 카를로스와 글로리아, 마리아 이네스는 방 한구석에 모여 섰다. 짧은 바지만 입은 비쩍 마른 조제 오노리오가 천천히 병자의 침대 옆에 다가갔다. (병자의 고통은 배설물의 냄새를 풍겼다.)

노인은 두 눈을 감았다. 눈썹이 시체의 것처럼 뻣뻣했다.

아들이 아버지의 침상 가에 손을 얹었다.

목 졸린 음성으로 아들이 말했다.

—영감, 눈을 떠요.

환자는 꼼짝하지 않았다. 글로리아는 한 번도 잠옷 차림이나 맨발인 아버지를 본 적이 없다는 걸 생각했다. 아버지의 맨발을 본 기억이 없었다. 사비노는 잘 때도 양말을 신고 잤다. 자기 발에 불만이 대단한 사람 같았다.

환자는 여전히 눈을 감고 미동도 안 했다.

아들은 그래서 더욱 분노했다.

—영감, 영감이 안 자고 있다는 거 내가 다 알아. 자고 있지도 않고, 아직 죽지도 않았어. 영감이 내 말 듣고 날 보는 거 다 알아. 그러니까 들어둬요. 내 말 똑똑히 들어둬요. 난 오늘을 15년 동안 기다렸으니까. 알았어, 영감?

그는 아예 환자 옆에 누워 환자의 귀에 입을 가까이 대고 말했다.

—여기 아가씨 두 명이 와 있어. 난, 말이오. 나는 결코 남자가 되고 싶지 않았어. 내 생전에 저 아가씨들처럼, 세상 여자들처럼, 보지 갖고 태어나는 게 소원이었다고. 내 오늘 영감한테 보여줄 게 있어.

그는 잠시 멈추고 호흡을 가다듬고는 말을 계속했다.

—그래서 말인데, 영감. 오늘 나는 당신 앞에서 해 보일 거야. 그때 그 소년하고 했던 걸 여기 오늘 불러온 버스 운전사하고 할 거야. 바로 여기 이 방에서 해 보이겠어. 영감이 두 눈으로 보고 듣는 앞에서 말이야.

병자는 시체같이 굳고 창백한 얼굴로 꼼짝 안 했다. 안토니오 카를로스가 침대 옆으로 가까이 갔다.

—죽은 거 아냐?

병자의 아들이 질색했다.

—무슨 소리! 죽기는 뭘 죽어?

그러더니 자기 아버지에게 몸을 숙이고 말했다.

—이봐, 영감. 날 속일 생각은 하지 마. 내가 영감을 잘 알지. 눈 떠

요. 눈 뜨라니까. 안 뜰 거야?

그러고는 안토니오 카를로스와 여자들 쪽으로 몸을 돌렸다.

―영감이 눈 뜨는 거 보고 싶어?

그리고 다시 노인의 귀에 입을 대고 말했다.

―당장 눈 안 뜨면 이 라이터로 눈썹을 태워버리고 만다!

글로리아는 잔뜩 졸아든 채로, 기겁한 노인의 눈이 벌어지는 걸 보았
다. 그 눈길은 조제 오노리오에게 머물렀다가 안토니오 카를로스에게로
옮겼다가 마리아 이네스에게 갔다가 이제 글로리아에게 고정됐다.

조제 오노리오가 격분해 외쳤다.

―다른 애들 쳐다볼 거 없어. 날 봐요. 그래, 당신은 낙관주의자라
며? 당신의 낙관주의는 어디 갔어? 나를 봐요, 나를 보라구!

옆에서 또 껌 씹는 흉내를 내고 있던 안토니오 카를로스가 끼어들었다.

―아이고, 조제! 시간 없다, 응?

마리아 이네스가 비틀거리며 말했다.

―아유, 난 배가 아파서 못 견디겠어.

조제 오노리오가 후닥닥 뛰어가서 문을 열더니 아래층을 향해 외쳤다.

―호마리오, 호마리오! 빨리 올라와, 어서!

그동안 글로리아는 슬며시 병자의 침대 옆으로 다가섰다. 마리아 이
네스가 말렸다.

―가지 마! 이리 와!

글로리아는 몸을 숙여 병자의 얼굴을 들여다봤다. 한순간 노인의 얼
굴에 고뇌의 표정이 스치는 것 같았다. 자주색 입술 위로 말려올라간 수
염은 더러운 흰색 실뭉치 같았다. 그녀는 갑자기 뒤로 물러나 안토니오
카를로스에게 달려들며 흐느꼈다.

―울고 있어, 울고 있잖아!

안토니오가 글로리아를 두 팔로 붙잡았다.

―너 미쳤어? 가만있지 못해!

마리아 이네스도 노인의 눈에서 흐르는 눈물을 몰래 쳐다봤다.

글로리아는 발버둥을 치며 소리쳤다.

―안토니오 카를로스! 못하게 해! 네가 남자라면 저 바보를 때려서라도 말려야 해!

―히스테리 부리지 마!

―못하게 막지 못한다면 너는 쟤와 똑같은 인간이다! 나쁜 놈들, 이 나쁜 놈들아!

조제 오노리오가 호마리오를 데리고 들어왔다. 몸집이 건장하고 음탕한 이목구비에 번들거리는 눈빛을 한 흑인 혼혈이었다. 입을 벌리고 눈에서 열을 뿜으며 들어섰다. 말의 허리처럼 유연하고 탄력 있고 힘찬 넓적다리를 갖고 있었다.

조제 오노리오가 환호성을 질렀다.

―봐라, 울고 있잖아! 울고 있다!

안토니오 카를로스가 글로리아의 팔을 놓았다. 글로리아는 잽싸게 팔을 휘둘러 안토니오 카를로스의 뺨을 때렸다. 그리고 도망치려는 여자의 팔을 남자가 다시 잡았다. 글로리아는 울음 섞인 목소리로 외쳤다.

―넌 더 나쁜 놈이야. 이 더러운 놈아!

안토니오 카를로스가 글로리아를 놓았고, 그녀는 다시 남자의 뺨을 때렸다. 안토니오가 글로리아의 팔을 비틀어 잡고 끌어당겼다. 그러자 글로리아는 미친 듯이 자신의 몸을 안토니오 카를로스에게 밀어붙이고 남자의 입에 키스했다.

—난 안 볼 거야, 날 데리고 나가! 난 보기 싫어!

마리아 이네스가 어쩔 줄 몰라했다.

—아유, 글로리아! 어쩜, 어떻게 해!

안토니오 카를로스가 글로리아를 안아 들고 방 밖으로 나갔다. 글로리아는 절망적으로 남자의 품에 파고들며 그의 목과 앞가슴에 키스를 해댔다. 그에게서는 바다에 젖은 땀 냄새가 났다.

—날 가져도 좋아. 어차피 내가 사랑하는 남자는 날 원하지 않아!

안토니오 카를로스의 가슴을 물어뜯고 싶었다. 여자의 이빨이 바다 냄새 나는 남자의 앞가슴을 긁어내렸다. 안토니오 카를로스는 그녀를 방으로 데려갔다. 마리아 이네스가 뒤따라왔다.

글로리아가 발버둥 치며 외쳤다.

—나는 너랑 둘이서만 할 거야. 마리아 이네스가 보는 건 싫어!

그러나 남자는 못 들은 척 소리쳤다.

—이리 와, 마리아 이네스! 이리로 와!

안토니오 카를로스는 문을 발로 밀어 닫았다. 글로리아를 침대 위에 던져놓고 문으로 가서 열쇠를 돌려 잠갔다. 글로리아는 계속 외쳤다.

—나가, 마리아 이네스! 너 여기 있는 거 싫어! 나가란 말이야!

안토니오 카를로스가 윗도리를 벗어던지며 말했다.

—이제 다들 옷 벗어! 마리아 이네스, 옷 벗어라! 너도, 글로리아!

글로리아가 침대에서 일어나 앉으며 말했다.

—재 내보내! 재 안 나가면 안 할 거야!

안토니오 카를로스는 글로리아를 움켜잡아 침대 위로 다시 쓰러뜨렸다.

—아무도 안 나간다! 알겠어? 마리아 이네스, 거기 있어!

그러더니 갑자기 머리를 떨구고 눈을 감았다. 한순간 마치 기도하듯

이 그런 자세로 움직이지 않았다. 이어서 두 손으로 머리를 싸안고는,

─그 느낌이 또 왔어. 발작이…… 발작이 온다!

그는 글로리아 앞에 무릎을 꺾고 주저앉으며 여자의 두 다리를 감싸 안았다. 남자는 어린애처럼 울기 시작했다.

─글로리아, 아, 글로리아! 나는 정말 발작이 왔으면 좋겠어!

여자는 망연자실해서 손을 뻗어 남자의 머리에 얹고 어루만졌다. 그녀는 겁에 질린 병자의 두 눈을 떠올렸다. 병자는 모든 것을 다 보고, 듣고, 이해하고 있었다. 사비노는 잘 때조차 결코 양말을 벗는 일이 없었다. 마치 자기 두 발에 염증을 내며 싫어하는 것 같았다.

안토니오 카를로스가 일어섰다. 옷을 다 벗은 마리아 이네스가 침대 위에 눈을 감고 누웠다. 안토니오 카를로스가 글로리아의 옷을 벗겼다. 옷이 벗겨지자 그녀는 두 손으로 젖가슴을 가렸다. 안토니오는 글로리아를 침대 쪽으로 밀었다.

─마리아 이네스 옆에 누워. 너희들, 언젠가는 내가 갑자기 쓰러져 뻗는 걸 보게 될 거야. 내 눈이 시퍼렇게 변하는 걸 보는 날이 올 거다.

그는 숨을 깊이 몰아쉬더니 열에 들떠 말했다.

─이제 너희 둘 키스해. 내 앞에서. 입에다, 혀로! 마리아 이네스, 글로리아한테 키스해!

마리아 이네스가 거부하는 몸짓을 했다.

─싫어! 글로리아는 여자잖아!

남자가 소리쳤다.

─듣기 싫어! 하라는 대로 해! 너 내가 시키는 대로 다 한다고 했잖아? 내가 시키는 건 뭐든 하겠다고 했잖아! 내가 원하면 여자도 대줄 수 있다고 안 그랬어? 그럼, 어서 글로리아한테 키스해!

마리아 이네스가 글로리아에게 다가왔다. 그러더니 갑자기 글로리아의 얼굴을 자기 얼굴로 덮었다. 글로리아는 얼굴을 돌리며 빠져나오려고 애썼다.

—싫어, 싫어! 비켜!

그러나 마리아 이네스는 글로리아를 붙들고 그녀의 턱에, 이마에, 코에, 목에 입술을 비벼댔다.

안토니오 카를로스는 계속 미친 듯이 재촉했다.

—진짜 키스를 해! 혀로 해!

두 여자는 붙잡고 뒹굴고 울며 싸웠다. 그러다 어느 순간 글로리아는 싸울 의욕을 잃고 더 이상 저항하지 않았다. 아니, 이제 자신의 입술이 어느새 기운을 차리고 마리아 이네스의 혀를 빨아들이고 있는 걸 알았다. 그러자 불붙는 듯한 열정에 휩싸이면서 여자 친구의 입술 위로 자기 몸을 덮쳐 키스하고 물어대기 시작했다.

제15장

마리아 이네스가 글로리아의 입술에 자기 입술을 대고 말했다.

—아, 내 사랑! 내 귀여운 사랑!

글로리아는 그녀의 침을 받아 마셨다.

안토니오 카를로스가 마리아 이네스에게 명령했다.

—얼굴을 때려, 얼굴을!

소녀는 몸을 반쯤 일으키고는 글로리아의 뺨을 한 대 쳤다. 그러더니 다시 친구의 얼굴 위에 고개를 숙이고 입에 키스했다. 글로리아는 얼굴을 피하면서 울먹이는 목소리로 말했다.

—더 때려봐, 더 때려줘!

다시 뺨을 한 대 더 때렸다. 글로리아는 미친 듯이 애원했다.

—더, 더!

안토니오 카를로스가 마리아 이네스의 머리채를 잡아끌었다.

—이제 나와! 마리아 이네스! 내 차례야!

마리아 이네스가 저항했다.

—싫어! 싫어!

글로리아의 젖가슴을 막 깨물려는 기세였다. 안토니오 카를로스가 그녀를 밀어냈다. 마리아 이네스의 몸이 침대 한끝으로 굴러갔다. 글로리아는 아버지의 발을 떠올렸다. 항상 양말을 신고 있는 아버지의 발. 아버지의 발에서는 냄새가 나는 일이 없었다.

침대에 엎드린 채 마리아 이네스는 침대 시트를 입으로 물어뜯었다. 글로리아는 눈을 떴다. 바로 눈앞에 안토니오 카를로스의 얼굴이 크게, 강건한 아래턱뼈가 다가와 있었다. 그를 원하면서도 한편으로는 두려웠다. 신음하듯 말했다.

—아냐, 안토니오 카를로스, 싫어!

청년은 더 이상 다가오지 않고 침대에 앉아 손으로 얼굴을 쓰다듬더니 입가를 문질렀다. 그로부터 동물에게서처럼 뜨거운 입김이 느껴졌다.

그는 글로리아에게 등을 돌리고 말없이 고개를 떨구고 앉아 있었다. 글로리아는 무릎걸음으로 다가가 뒤에서 그를 끌어안았다.

—이리 와. 나 할래. 하고 싶어!

그의 등에 입을 맞추고, 혀로 청년의 목뼈를 핥았다. 안토니오 카를로스가 몸을 움직였다. 두 손을 움켜쥐고는 이를 부득 갈며 신음 소리를 냈다.

—또 시작이다! 또 시작이야!

긴장과 희열이 교차되고 있었다.

마리아 이네스가 손목시계를 들여다보더니,

—어머, 여섯 시다.

하며, 침대에서 펄쩍 뛰어 일어났다. 쪼그리고 앉아 바닥에 떨어진 옷들을 주워 들면서 외쳤다.

―글로리아, 여섯 시다!

팬티를 다리에 꿰어 입으면서 다시 재촉했다.

―에구, 너무 늦었다, 얘!

글로리아는 아직 안토니오 카를로스를 기다리고 있었다. 그렇지만 친구는 계속 재촉했다.

―글로리아, 옷 안 입을 거니? 시간 없어. 얘, 글로리아! 여섯 시다! 아니, 여섯 시 오 분이야!

안토니오 카를로스가 허물어지듯 방바닥에 무릎을 대고 앉았다. 그는 울고 있었다.

―또 그게 왔어, 또 시작이야!

글로리아는 어쩔 줄 몰라 침대에서 뛰어내렸다. 두 손을 남자의 머리에 얹고는 손가락을 머리칼 사이로 넣어 눌렀다.

―누울래? 응? 바닥에 눕는 게 낫지 않겠니?

마리아 이네스는 옷을 다 입고 구두를 찾았다. 구두 한쪽을 신고는 나머지 한쪽을 침대 밑에서 찾아냈다. 그리고 친구를 향해 돌아섰다.

―얘, 글로리아! 나 우리 이모한테 약속했단 말이야. 일곱 시까지 꼭 간다고 그랬어! 서둘러, 빨리!

글로리아는 여전히 발가벗은 채로 서 있었다. 안토니오 카를로스는 입을 찌그러뜨리고 고개를 흔들면서 침대 주위를 기어 돌며 중얼댔다.

―네 사촌 말이야, 갑자기 뻗어 넘어지더라구. 합창을 하고 있었는데 갑자기 비명을 지르더니 그대로 뻗었어. 눈은 퍼래져 갖구. 그렇게 퍼런 눈은 처음 봤어. 말 눈 봤어? 말 눈은 금갈색이야.

그는 글로리아를 향해 돌아보았다.

―그리고 말야, 글로리아, 이렇게, 꼭 이렇게 침을 흘리더라구. 원,

세상에 내가 어떻게 된 거지? 난 미쳐버릴까 봐 겁나. 게다가 머릿속의 반쪽은 잠들어 있는 것 같아. 잠들어 멈춰버린 것 같아.

그는 계속 무릎걸음으로 돌다가 글로리아 옆으로 와서 고개를 떨구었다. 그녀의 발 위에 얼굴을 얹고 엎드렸다. 침이 흘러 글로리아의 발을 적셨다.

글로리아가 남자의 머리를 붙들고 미친 듯이 외쳤다.

―하자니까? 내가 너랑 하고 싶다는데, 넌 싫어?

마리아 이네스는 머리를 빗으며 계속 재촉했다.

―글로리아, 너 정말 이럴래! 아이고, 난 우리 이모한테 이제 죽었다.

시계를 들여다보더니 더욱 초조해져서 어쩔 줄 몰라했다.

―여섯 시 이십 분이야! 어쩜 좋아. 이모가 일곱 시 넘기면 안 된댔는데!

바닥에 떨어진 글로리아의 옷을 주워 모았다.

―빨리 입어, 빨리! 글로리아, 제발!

글로리아의 귀에는 아무 소리도 안 들렸다. 그녀는 계속 안토니오 카를로스에게 말했다.

―나한테 키스해. 나한테 키스해줘!

그가 그녀의 어깨에 입술을 맞대자 글로리아는 내장이 얼어붙는 듯했다. 그가 이끄는 대로 침대에 누웠다. 그가 온몸을 찢어줬으면 싶었다.

갈망으로 인해 목소리가 남자처럼 굵게 쉬어 나왔다.

―아프게 해줘, 아프게!

문 두드리는 소리가 났다. 누군가 밖에서 외쳤다.

―안토니오 카를로스! 안토니오 카를로스!

글로리아는 아픈 게 두렵지 않았고 더 아프기를 원했다. 마리아 이네스는 처녀를 잃는 아픔을 '짜릿한 아픔'이라고 했겠다. 아, 짜릿한 아픔이어서 왔으면.

밖에서 다급한 목소리가 불러댔다.

—안토니오 카를로스, 문 열어!

마리아 이네스가 침대 옆으로 뛰어왔다.

—어떡하지? 문 열까?

안토니오 카를로스의 등을 때리며 물었다.

—어떡해? 문 열어도 돼? 조제 오노리오인데! 열까?

밖에서는 더 세게 문을 두드렸다.

—문 열어! 빌어먹을! 큰일났어!

마리아 이네스가 미친 여자처럼 문을 향해 뛰어가 열쇠를 비틀어 열었다. 조제 오노리오가 방 안으로 뛰어들어왔다. 그의 뒤에는 온몸이 땀으로 번들거리는 몸집 큰 흑인 청년이 서 있었다. 그의 몸에서 풍기는 땀냄새가 잠깐 사이에 온 방 안에 퍼졌다.

조제 오노리오는 정신이 빠진 멍한 얼굴로 침대 옆에 와 서더니, 거의 목에서 나오지 않는 소리로 친구를 불렀다.

—안토니오 카를로스, 안토니오 카를로스.

글로리아는 신음을 삼키며 남자에게 말했다.

—멈추지 마, 계속해!

그러자 조제 오노리오가 버럭 소릴 질렀다.

—아버지 돌아가셨어, 안토니오 카를로스! 죽었단 말이야!

마리아 이네스는 다시 손목시계를 들여다보더니 쉿소리를 냈다.

—일곱 시 이십 분 전이다! 늦게 가면 아빠가 날 죽이려고 할 텐데! 글로리아앗!

호마리오도 말했다.

—여섯 시 사십 분! 난 가야 해, 조제!

조제가 그를 붙잡으며 분개한 목소리로 따졌다.

—난 어떡하라고? 나는?

호마리오는 그의 팔을 뿌리쳤다.

—시간 다 돼가. 난 일곱 시까지 출근해야 해. 직장에서 잔소리 듣긴 싫어.

조제가 호마리오 뒤를 쫓아나갔다.

—아버지가 죽었단 말이야. 나랑 있어줘. 호마리오! 여기 나랑 있어줘!

호마리오는 붙잡고 매달리는 조제를 멀리 밀치고는 뛰어내려갔다. 조제 오노리오가 다시 방으로 돌아왔다. 침대 옆에 무릎을 꿇고 앉아 호소했다.

—안토니오 카를로스, 내 말 좀 들어봐. 안토니오! 아버지가 죽었다고. 내 말 안 들리니?

마리아 이네스가 안토니오 카를로스의 등을 두들겨대기 시작했다.

—가자, 빨리 가자!

목 졸린 음성으로 안토니오 카를로스가 말했다.

—귀찮게 굴지 마!

그녀는 더욱 세게 때렸다. 남자가 휙 뒤를 돌아보면서 외쳤다.

—너 죽고 싶어!

마리아 이네스는 초조한 몸짓으로 방 안을 다시 돌면서 울먹거렸다.

—어쩜 좋아! 이모한테 뭐라고 말하지?

조제 오노리오는 이제 혼잣말처럼 반복하고 있었다.

—아버지가 죽었어, 죽었다고. 이제 어떡하지?

안토니오 카를로스가 글로리아의 귀에 대고 말했다.

—조제 오노리오 좀 봐. 우릴 보고 있어.

—내버려둬.

—어때. 이렇게 남들 보는 앞에서 하니까 좋지 않니?

—너무 좋아.

—검둥이 녀석도 우릴 봤어.

—상관없어.

글로리아가 남자의 귀에 대고 속삭였다.

—나 너랑 하고 싶은 게 있는데……

—뭔데?

글로리아는 숨 가쁜 목소리로,

—난 항상 발이라면 구역질이 났거든.

—뭐? 뭐라고?

남자의 귀에 입을 맞추며 말을 이었다.

—난 말이야, 항상, 사람 발이라면 지저분하고 구역질 난다고 생각했어. 하지만 너는 달라. 너는 그렇지가 않아. 가만있어볼래? 내가 하는 대로…… 나와봐. 나와. 여기 누워, 이렇게, 누워.

이제 글로리아가 청년의 발을 보고 엎드려 누웠다.

조제 오노리오가 다시 애걸하기 시작했다.

—아버지가 죽었단 말이야, 안토니오 카를로스.

마리아 이네스가 침대로 뛰어왔다.

—옷 입어, 빨리 옷 입어!

글로리아는 안토니오 카를로스의 발에 얼굴을 댔다. 마리아 이네스가 울음을 터뜨렸다.

—아이고, 아직도 안 끝났니?

글로리아는 남자의 발가락 하나하나에 입 맞추고는 엄지발가락을 물었다. 아버지는 언제나 양말을 신고 계시지. 마치 발이 남자의 속죄의 표상인 것처럼. 하지만 그녀는 더 이상 남자의 발이 더럽다는 생각이 안 들었다. 적어도 그 순간에는.

몸을 돌려 남자에게 달려들었다. 머리를 그의 가슴에 기댔다.

—좋으니? 좋아?

그가 여자의 몸을 돌렸다. 글로리아는 미칠 것만 같았다.

—나한테 욕해봐! 응! 더러운 말을 해봐! 아, 내 사랑, 내 사랑!

옆에서 조제 오노리오는 슬픔에 빠져 있었고, 마리아 이네스는 거울 앞에서 머리빗을 들고 신경질적으로 머리를 긁어대고 있었다.

글로리아는 안토니오 카를로스의 어깨를 피가 나도록 깨물었다. 아버지의 얼굴이, 아버지의 입술이, 가늘고 부드러운 아버지의 입술이, 그의 성자처럼 희고 창백한 손이 눈앞에 보이는 듯했다. 청년의 짐승처럼 뜨거운 입김이 그녀의 살결을 태우는 것 같았다. 글로리아의 젖가슴 아래로 땀이 흘렀다. 항상 오른쪽 젖가슴 아래서 더 땀이 많이 났다. 이제 두 사람 사이에는 체념한 듯한 평화가 가라앉았다.

안토니오 카를로스가 일어나 앉자 조제 오노리오가 잽싸게 그를 움켜잡았다.

—아버지가 돌아가셨어!

안토니오는 가슴을 긁적거렸다.

—정말 죽은 거야? 확실해?

—죽었어, 죽었어. 죽었다구.

마리아 이네스가 글로리아에게 옷을 건넸다. 구두도 찾아 가지고 왔다. 글로리아는 옷을 입었다.

—내 속바지 어디 갔지? 어딨지?

베개 밑에서 찾아냈다.

—여기 있네. 이런.

마리아 이네스는 안절부절못했다.

—빨리 입어라. 빨리!

글로리아가 물었다.

—화장실 어디야?

마리아 이네스는 기절할 듯이 놀라면서,

—쉬도 하러 갈 거야?

—난 좀 씻어야겠어.

마리아 이네스가 당장 한 대 올려붙일 기세로 외쳤다.

—씻는 거 좋아하시네! 글로리아, 너 정말 한 대 맞고 싶냐? 안토니오 카를로스, 당장 가자. 난 1분도 더 못 기다린다. 바지 입어 빨리, 글로리아. 가자!

조제 오노리오가 안토니오 카를로스를 붙잡았다.

—애들은 가라고 해. 넌 가지 마.

—무슨 소리야?

조제는 울기 시작했다.

—애들은 택시 타고 가면 되잖아. 택시 타고 가라고 해. 넌 여기 있어, 안토니오 카를로스. 날 이렇게 내버려두고 가지 마.

안토니오 카를로스는 허리띠를 맸다.

—가야 돼, 이 친구야! 아가씨들 데려다줘야 한다구.

조제 오노리오는 친구의 옷깃을 잡고 늘어졌다.

—안 돼. 가지 마!

—이거 봐!

—난 혼자 못 있어!

—이거 놓으라니까!

조제가 손을 놓았다. 안토니오 카를로스가 웃옷 단추를 잠그며 물었다.

—니 애인은 도망갔니?

—도망갔어.

다시 예의 껌을 씹으며,

—걔가 도망갔는데 왜 내가 남아 있냐, 응? 이 멍청아!

—그럼 내 부탁 하나만 들어줘.

—알았어. 빨리 말해. 빨리.

—저…… 말이지. 안에 들어가서 영감이 정말 죽었는지 확인 좀 해줘. 응? 제발 부탁이야.

—아이고, 시간 좀 봐!

마리아 이네스가 외쳤다.

글로리아는 망설이면서 친구에게 말했다.

—가볼까?

마리아 이네스는 뒤로 한 발 물러섰다.

—난 시체 보기 싫어. 내 일생에 시체라곤 본 적 없어. 우리 엄마 돌아가셔서 관에 누웠을 때도 난 무서워서 못 봤어.

—내가 가볼게.

안토니오 카를로스가 결심했다.

—금방 올게.

옆방으로 갔다가 이내 돌아왔다.

—죽었니?

—진짜 죽었다.

조제 오노리오가 겁에 질려서 다그쳤다.

—정말이야, 확실해?

—저것보다 더 확실한 죽음은 없다. 됐지? 가자, 글로리아, 가자, 마
리아 이네스.

조제 오노리오가 쫓아왔다.

—안토니오 카를로스, 그러지 마!

안토니오는 멈춰 서더니 소리쳤다.

—야, 이 호모 새끼야!

조제는 한 걸음 물러서며 애원했다.

—우린 친구잖아.

안토니오 카를로스는 비웃었다.

—친구? 언제부터? 친구 좋아하지 마. 그리고 말이야, 이제 너 혼자
알아서 해. 혼자. 알았어? 네 아버진 아직도 눈 뜨고 저기 누워 있어. 아
까 안 감겼으니 이젠 감겨지지도 않을 거다. 그리고 하나 더 알아둬. 너
말이야, 넌 살인자야.

—아냐, 그러지 마. 난 이렇게 될 줄은 몰랐어. 정말이야. 이럴 줄
알았으면 절대 안 그랬을 거야. 난 살인자가 아니야.

안토니오 카를로스가 여자애들을 몰아댔다.

—가자.

조제 오노리오가 계속 따라왔다.

—정말 후회한다. 이럴 줄 몰랐어. 진짜 후회한다구. 그리구 난 이웃

사람들하고는 잘 알지도 못해. 부를 사람이 아무도 없어. 도와줄 사람이 없단 말야. 안토니오 카를로스, 애네들 택시로 보내고 넌 나랑 있어줘.

—비켜, 조제 오노리오.

그들은 문가에 서 있었다.

—내 앞에서 비켜. 그리고 앞으로는 길에서 나 만나도 아는 척하지 마.

글로리아는 아무 말도 안 했다. 하지만 반바지만 걸치고 있는 그 마른 청년에게 분노를 느꼈다. 자기도 모르게 반바지 밖으로 불룩 튀어나온 그의 앞섶에 눈이 갔고 그러자 그가 더욱 혐오스러웠다.

안토니오 카를로스가 문을 열고 두 여자가 밖으로 나오자 조제는 얼굴을 일그러뜨리고 낮은 목소리로 말했다.

—죽어버려, 이 새끼야, 안토니오 카를로스, 죽어버려라!

동성애자만이 지닐 수 있는 처절한 증오가 그의 목소리에 배어나왔다.

시내로 돌아오는 길에 마리아 이네스는 안달했다.

—빨리 좀 몰아, 빨리. 안토니오 카를로스.

—죽을까 봐 무섭지도 않냐?

—난 무서운 건 우리 이모밖에 없어. 우리 아빠하구.

—이런 젠장!

—난 일곱 시면 집에 가 있어야 돼. 안 그러면 우리 이모가 날 좆나게 팰 거야.

안토니오 카를로스는 싸늘하게 적개심을 드러내면서 차 속력을 낮췄다.

—야, 마리아 이네스. 별의별 욕을 다 해도 좋은데, 그런 말은 좀 쓰지 마라. 여자는 그런 말 쓰는 거 아냐. 구역질이 난다. '개새끼'도 좋고 '씨팔'도 좋은데, '좆나게' '좆같이' 그런 말은 여자가 쓰는 말이 아니다.

마리아 이네스는 지지 않았다.

—넌 내 생각은 조금도 안 해. 지금 혼나게 생긴 건 나야.

—야, 이거 봐라. 너 말이야, 마리아 이네스. 너는 내가 살다 살다 처음 보는 지겨운 여자다. 지겹다, 지겨워.

안토니오 카를로스가 글로리아를 돌아보았다.

—봤니? 언제는 내 노예가 되겠다고 하더니. 지금 봐라, 저희 이모밖에 안 찾는다. 야, 마리아 이네스, 너 정말 정떨어진다!

—내가 뭘 어쨌다고 그래? 네가 날더러 글로리아한테 키스하라고 해서 키스도 했다. 너 즐겁게 해주느라구. 아니면 내가 여자랑 그러는 걸 좋아하는 줄 아니? 나는 네가 시키는 대로 했을 뿐이야.

그는 비웃었다.

—네가 좋아한 거 다 안다!

—내가 좋아했다구? 너 미쳤구나. 난 남자가 좋아. 남자.

—어련하시려구!

—안토니오 카를로스, 너 자꾸 장난치는데 두고 봐라. 그러다가 우리 아버지가 너한테 총알 안기고 만다.

그는 잔인하게 낄낄댔다.

—너희 아버지가 나를 쏴?

그러더니 웃음을 멈추었다.

—너희 아버지나, 아니면 글로리아 아버지가 나를 총으로 쏴 죽인다면 정말 감사하겠다. 이건 장난이 아니야. 난 정말 누가 날 쏴 죽였으면 좋겠어. 이렇게 하자. 너희 아버지한테 다 얘기해. 내가 오늘 너희들이랑 그룹 섹스 했다고 다 말해. 너희 아버지가 날 좀 죽이게 말이야!

제16장

글로리아는 아무 말 없이 입을 다물고 앉아 있다가 차가 시내 안으로 들어설 때쯤 해서 별안간 엉엉 큰 소리로 울음을 터뜨렸다.

안토니오 카를로스가 어리둥절해서 물었다.

—어, 갑자기 왜 이래? 왜 울고 그래?

그녀는 흐느꼈다.

—불쌍해. 불쌍해!

—뭐가? 글로리아, 뭐가 불쌍해? 야, 콧물 닦아.

—마리아 이네스, 너 손수건 있니?

마리아 이네스가 손가방을 열더니 소리쳤다.

—이크, 그 집에다 두고 왔다.

안토니오 카를로스가 뒤에서 경적을 울리며 비켜달라는 차를 백미러로 힐끗 쳐다보고는 말했다.

—내 옷에다 닦아.

글로리아는 남자의 셔츠 자락을 끌어당겨 코를 풀었다. 자동차가 신호등에 멈췄다.

안토니오 카를로스는 껌 씹기를 멈췄다.

—말해봐. 왜 그래?

글로리아는 한숨을 깊게 들이쉬었다.

—노인네가 불쌍해. 너무 불쌍해!

—조제 오노리오 아버지 말야?

—그래. 걔 아버지.

그는 웃었다.

—그래서, 이제 어쩌겠다는 거야? 나 참, 아까 거기서는 아무렇지도 않은 듯 행동하더니. 이제 두 시간 지나고 나서 불쌍하다는 건 뭐야? 야, 집어치워라.

—그렇지만 불쌍해. 난 불쌍해.

시가지를 바라보면서 그녀는 뒤늦게 찾아온 가슴 저미는 동정과 연민으로 목이 메었다.

차는 고가 도로 밑을 지나고 있었다. 안토니오 카를로스가 뒤돌아 글로리아를 보며 말했다.

—창녀촌 구경 갈까?

마리아 이네스는 기겁했다.

—너 돌았니? 집에 가야 해!

남자도 소리쳤다.

—넌 가만있어, 마리아 이네스. 난 지금 글로리아한테 물어보는 중이야. 성가시게 굴지 마. 갈래, 글로리아?

마리아 이네스가 그녀를 끌어당겼다.

—글로리아, 안 된다고 말해, 응, 글로리아!

글로리아는 입술을 거의 움직이지 않고 말했다.

―나한테 말 걸지 마!

―너 화났어?

―마리아 이네스, 조금이라도 창피한 걸 안다면 나한테 다시는 말 걸지 마! 난 다시는 너랑 말하고 싶지 않아.

그러자 마리아 이네스도 분개했다.

―혼자 고상한 척하지 마! 그렇게 노인네가 불쌍했으면 아까 거기서는 왜 가만있었니, 응? 위선자. 넌 위선자야, 알아?

그러더니 외치기 시작했다.

―차 멈추지 마! 안토니오 카를로스, 멈추지 마!

남자는 화가 머리끝까지 치밀었다.

―신호등에 걸렸잖아, 이 바보야!

마리아 이네스는 또다시 울음을 터뜨렸다.

―이모한테 뭐라고 말하면 좋아! 아이고 하느님, 다시는 안 그럴 테니 한 번만 살려주세요!

신호등이 바뀌고 차가 출발했다.

―웃기네, 정말! 나보고 어쩌란 말이야? 다른 차들 위로 막 지나가라고?

―네가 속도를 줄였잖아!

갑자기 희열에 들뜨면서 남자가 물었다.

―너 달리고 싶니? 그럼 내 달리지. 어디 들이받기라도 하면 더 좋지! 내 저 차들 따라잡는다, 봐라!

미친 사람처럼 밟아대자 그의 차가 앞에 있던 두 차 사이를 아슬아슬하게 빠져나갔다. 보도에서 사람들이 비명을 질렀다.

―야, 이 미친놈아!

그러자 글로리아가 돌변했다.

―받아버려, 받아버려! 네가 사내라면 받아버려! 저 버스 받아봐!

버스 앞을 가로질러 외국산 승용차 옆을 스쳐 지났다. 마구 미끄러지고 옆으로 기우뚱거리며 옆 차들 사이를 부딪칠 듯이 달렸다. 택시 한 대가 그를 피해 갑자기 방향을 바꾸는 바람에 거의 보도로 넘어 올라갈 뻔했다.

보도의 사람들이 아우성을 쳤다.

―저 미친놈! 저 미친놈!

글로리아가 더욱더 몰아세웠다.

―죽어버리자! 죽자구! 죽자!

그러고는 자신이 입 맞춘 그의 발을 생각했다. 아까 그 순간에는 남자 발에 대해 옛날부터 갖고 있던 혐오감이 모두 사라졌었다. 아버지는 발이 남자에게서 가장 창피한 부분인 것처럼 항상 양말을 신고 다녔지. 그런데 그녀는 안토니오 카를로스의 발을 갈망하여 그의 발에 입을 맞췄다.

마리아 이네스는 안토니오 카를로스의 머리를 주먹으로 두들겼다.

―멈춰, 멈춰, 난 내릴 테야. 내릴래! 내릴 거야!

그가 말했다.

―내릴 테면 내려봐! 차 문 열고 뛰어내려!

글로리아는 이제서야 그녀가 입을 맞춘 발에 대해 구역질을 느꼈다. 아무도 고운 발을 갖고 있지 않다. 아름다운 발이란 세상에 없다.

두려움에 질린 마리아 이네스가 갑자기 토하기 시작했다. 안토니오 카를로스가 속도를 낮췄다.

―왜 이러냐? 내 차 안에서 토하지 마! 밖에다 토해!

마리아 이네스는 얼굴이 하얗게 질려 질식할 듯한 기색으로 신음했다.

—난 죽기 싫어! 죽기 싫어!

안토니오 카를로스가 차를 길옆에 세우고 뒤를 돌아보며 투덜댔다.

—너, 차 안에 이렇게 토하고…… 빌어먹을! 이런 빌어먹을!

마리아 이네스는 손으로 가슴을 부여잡고 등을 기댔다.

—아이고 하느님! 아, 하느님!

글로리아가 말했다.

—가자, 이제. 어서 가자.

안토니오 카를로스가 차를 다시 출발시키며 경고했다.

—또 이상해지면 이번에는 밖에다 토해라, 제발.

글로리아도 머리를 뒤로 기댔다. 조금 아까의 타오르던 광기는 이미 지나갔다. 안토니오 카를로스의 발에 입을 맞췄다. 사비노는 양말을 꼭 챙겨 신고 잠드는데.

마리아 이네스가 시계를 들여다봤다.

—일곱 시 반이다. 글로리아, 너 나랑 같이 내려, 응?

눈을 감은 채 대납했다.

—나한테 말 걸지 마.

—얘, 그러지 말고, 나랑 내려서 우리 이모한테 말 좀 해줘.

—싫어.

마리아 이네스가 초조해 어쩔 줄 몰라했다.

—제발 부탁이야, 글로리아, 응?

글로리아가 거의 억양 없는 어조로 말했다.

—난 나한테 구역질 나. 그리고 너한테도.

마리아 이네스는 기분이 상했다.

─네가 뭔데 나한테 구역질을 내?

안토니오 카를로스는 재미있는 모양이었다.

─야, 글로리아, 점잔 떨지 마. 내가 다 봤다. 너 마리아 이네스한테 덤벼들어 키스하고 빨면서 좋아하는 거 다 봤어.

─시끄러워. 다 상관없어. 난 이제 대답 안 해. 나한테 말 걸지 마. 아무하고도 말하기 싫어.

─하지만 이건 알아둬.

글로리아는 손으로 귀를 막고 아무 노래나 부르기 시작했다. 마리아 이네스가 손을 끌어내렸다.

─내 말 들어!

글로리아가 맞섰다.

─나한테 맞고 싶어?

─내가 무서울 줄 알아?

─관둬.

─너야말로 관둬. 내가 오히려 너한테 구역질이 난다. 난 여자는 안 좋아해. 난 진짜 여자야!

남자가 하품을 했다.

─둘 다 똑같이 지겹다!

드디어 마리아 이네스의 집이 있는 길에 들어섰다. 마리아 이네스가 외쳤다.

─멈춰, 멈춰!

─더 가야 되잖아?

─여기서 내릴래.

차를 세우자 마리아 이네스가 글로리아의 팔을 잡았다.

　―나랑 같이 내리자, 응? 글로리아. 나랑 같이 가서 우리 이모한테 얘기 좀 해줘. 내 말은 안 믿을 거야.

　―이 손 놔. 빨리!

　―좋아. 두고 보자, 너!

　마리아 이네스가 차에서 내리더니 빠른 종종걸음으로 벽을 따라 걸어갔다. 안토니오 카를로스는 차를 돌리며 말했다.

　―원 저 계집애, 나한텐 인사도 안 하고 가네. 너네들 여자들이란 정말!

　그러더니 거울로 마리아 이네스가 뛰어 돌아오는 모습을 보고 차를 세웠다. 마리아 이네스가 차 앞으로 뛰어와 숨찬 목소리로 안토니오에게 말했다.

　―자기, 나 좀 봐. 나는 여자 안 좋아해. 자기가 하라고 해서 한 거야. 난 널 사랑해. 나한테 전화할 거지? 그치?

　―봐서.

　―화났어?

　그는 지겹다는 투로,

　―잘 가라.

　―뽀뽀해줘.

　입을 내밀었다. 그는 잔인했다.

　―악마한테나 잡혀가라!

　마리아 이네스는 하얗게 질린 얼굴로 뒤로 물러섰다. 안토니오 카를로스는 차를 급히 출발시켰다. 차가 출렁거리며 앞으로 나아갔다.

　안토니오 카를로스가 말했다.

　―가끔 난 여자들이 혐오스러워. 남자라면 여자랑 관계하고 나서 엉

덩이를 한 대씩 차줘야 한다고 봐.

글로리아가 한숨을 쉬었다.

—난 여자 좋아하는 타입이 아니야.

그는 핸들을 주먹으로 내리쳤다.

—그래, 너는 여자를 안 좋아해. 나도 여자를 안 좋아한다. 누가 여자를 좋아하니? 그런데 하나 물어보자.

글로리아가 말을 끊으며 거칠게 받아쳤다.

—여자들은 남자보다 훨씬 더 더러워. 왜냐면 생리를 하잖아. 도대체 생리는 왜 있는 거지? 불결하고 더럽게.

운전대를 잡지 않은 한 손으로 담배를 꺼내 물며 그가 말했다.

—뭐 하나 물어봐도 되겠냐?

—맘대로 해.

—성냥 좀 집어주라. 어디 갔지? 여기 불 좀 붙여주고.

성냥을 그었다. 그는 한 모금을 내뿜었다.

—내가 너한테 물어보고 싶은 건 다름이 아니라 이거다. 너 임신하면 어떡하지?

그녀는 긴장했다.

—임신?

—그러면 어떡할래?

그녀는 걱정되기 시작했다.

—하지만 한 번밖에 안 했는데.

—그래서? 한 번에도 되려면 되는 거야. 그러니까, 글로리아. 만일 그렇게 되면 너 어떡할래?

그녀는 눈을 감았다.

—생각하고 싶지 않아.

안토니오 카를로스는 집요했다.

—없앨 건가, 당연히?

글로리아는 힘들게 대답했다.

—없앨 수는 없어. 몰라. 난 아버지가 걱정이야. 엄마나 언니들은 상관없는데 아버지는 무서워.

신호등에서 차가 섰다. 불빛을 바라보며 청년이 말했다.

—난 너 좋아하게 된 거 같은데?

—왜?

신호등이 바뀌고 차가 움직였다.

—글쎄. 마리아 이네스는 성격도 더럽고 맹추 같아. 너는 안 그래. 너는 말야, 우린 어쩜…… 또 알아?

글로리아도 담배를 피워 물었다.

—나는 형편없는 인간이야.

그가 웃었다.

—그건 나도 마찬가지야. 그렇지만 말이지. 농담이 아니고, 너 내 애를 가지고 싶니?

—네 애?

—생긴다면 내 애 아냐?

글로리아는 자기도 모르게 배에 손을 얹고 말했다.

—아유, 그런 소리 하지 마!

그녀는 잠시 말을 끊었다가 이었다.

—난 말이지, 애 낳고 싶은 생각 없어. 누구 애라도 싫어. 만일 임신이 되면 없애버릴 거야. 아, 끔찍해, 끔찍해!

─왜 갑자기 흥분하고 그래?

그녀가 말했다.

─그래, 흥분했다, 왜? 야, 안토니오 카를로스.

─웃기는 계집애!

─웃기는 건……

만일 그녀가 '네 에미다'라고 말을 이었으면 청년은 여자의 입을 한 대 갈길 생각이었다. 그렇지만 글로리아는 말을 멈췄다. 그리고 고개를 숙였다.

─어쩜 나는…… 아냐, 몰라. 모르겠다. 오늘 내가 무슨 짓을 했는지. 오늘 있었던 일은…… 너, 아니? 난 가끔 내가 미쳐버릴까 봐 무서워.

─사기치지 마라!

─정말이야!

─넌 빈정대길 좋아하는구나! 바로 내가 너한테 했던 말을 반복할 게 뭐냐? 멋있어 보이냐? 나한테 똑같은 말을 하게. 재미도 있겠다.

다른 차들이 계속 추월해 지나갔다. 안토니오 카를로스는 아주 천천히 차를 몰고 있었다. 글로리아를 쳐다보지 않으면서 입을 열었다.

─미칠까 봐 무서운 건 바로 나다, 나. 아마 우리 엄마한테서 물려받은 걸 거야. 엄마는 성격이 굉장히 불안정한 사람이야. 엄마는 항상 이모처럼 정신병원에 들어가게 될까 봐 무섭다고 말해. 정신병원에 입원한 이모가 있어. 40년째야, 여태까지. 이빨은 다 빠지고. 정신은 하나도 없이 미쳤는데 죽지는 않아.

그가 입을 다물자 글로리아가 청했다.

─계속 이야기해. 계속.

─끝났어.

그러자 그녀가 말했다.

―네가 안 미쳤다는 걸 어떻게 아니?

그가 놀란 눈으로 돌아봤다.

―뭐라고?

―넌 미친 사람 같은 행동을 해.

그는 뭐라고 쏘아붙이려고 했지만 욕설이 목구멍에서 사그라지고 말 았다. 화난 기색 없이 그가 말했다.

―조제 오노리오네 집에서 말야. 그 영감이 울기 시작했을 때 그런 생각이 들더라. 내가 미쳤구나, 하고. 알았니? 그 순간에는 내가 미쳤다 고 느꼈다.

글로리아가 겁에 질린 눈으로 그를 바라봤다.

―난 네가 불쌍해.

―불쌍한 거야, 아니면 혐오하는 거야?

―불쌍해.

그는 성난 얼굴로 말했다.

―조금 아까는 내가 구역질 난다더니?

글로리아는 머리를 두 손 안에 묻었다.

―나는 보통 애들하고 달라! 다른 애들하고는 다르다구!

울음이 터져나왔다. 그는 차를 세웠다.

―글로리아, 너 나랑 뭐 하나 같이할래?

그녀는 얼굴을 들었다.

―가만있어봐. 나 코 좀 또 풀어야겠어. 네 옷에다.

―풀어.

그녀는 눈물을 흘리다 말고 킬킬 웃었다.

─아유, 이런 지저분하게시리……

─괜찮아.

그녀가 물었다.

─그런데 나보고 뭘 하자고?

남자가 여자의 손을 잡았다. 글로리아는 한숨을 쉬며,

─네 손이 참 뜨겁네!

라고 말했다. 안토니오 카를로스도 숨을 몰아쉬었다.

─너 조금 아까 나보고 차를 박아버리라고 했잖아. 죽고 싶다고. 어
때? 우리 같이 전봇대나 벽에다 차를 박아 죽어버리면. 한 백 킬로로 달
려 가지고.

─왜?

─한 번에 박아버리면 돼. 최대 속력으로. 아무것도 못 느껴. 아프지
도 않아. 그 자리에서 죽는 거야. 글로리아, 우리 같이할까?

그는 소년같이 애절한 눈을 하고 물었다.

─나랑 같이 죽지 않을래? 같이 죽어버릴까?

그녀는 뒤로 몸을 피했다.

─싫어. 난 싫어. 무슨 소릴 하는 거야?

그는 격앙된 목소리로 말했다.

─너 죽고 싶다고 했잖아. 난 나쁜 놈이 아니야. 너 내가 나쁜 인간
같아? 사람들은 나에 대해 뭐라고 말할지 모르지만, 나는 나쁜 놈이 아니
라구. 들어봐. 내가 어렸을 때야.

글로리아는 겁이 나기 시작했다.

─가자, 안토니오 카를로스.

─내 얘기 들어.

─가면서 얘기해. 집에 빨리 들어가야 해. 지금 몇 시나 됐나 좀 봐.

그는 차를 출발시켰다.

─내가 네 살 때였어. 네 살. 하루는 길거리에서 장님 넷이 바이올린을 켜고 있는 걸 봤어. 대개 장님 거지들은 하모니카를 불잖아. 그런데 그 사람들은 바이올린을 켜고 있더라구. 그게 그렇게 슬플 수가 없었어. 집에 와서 침대에 누워 막 울었다는 거 알아? 네 살 때였어! 내가 나쁜 놈이라면 그럴 수 없는 거 아냐, 안 그래?

그녀는 차갑게 말했다.

─몰라, 몰라.

안토니오 카를로스는 잠시 뜸을 들였다가,

─봐, 글로리아. 너한테 부탁이 하나 있어. 들어줄래?

그녀는 짜증을 섞어 말했다.

─말해봐, 뭔데? 뭔지 들어보고.

그녀는 자기가 왜 안토니오 카를로스의 발에 키스를 했는지 이해할 수 없었다.

청년이 말했다.

─나한테 이걸 해줘.

그는 다시 차를 세웠다. 글로리아는 무서워졌다.

─뭘 하려는 거야? 나 소리 지른다, 안토니오 카를로스, 소리 지를 거야!

그는 고통스러운 듯 기죽은 목소리로 말했다.

─글로리아, 넌 내가 부탁하려는 게 뭔지도 모르면서. 나 너한테 아무 짓도 안 할 거야. 정말이야. 알았니?

그녀는 상대방이 계속 말하길 기다렸다. 청년은 천천히, 소녀에게서 눈을 떼지 않고 입을 열었다.

　─난 말이지, 네가 나한테……

그가 얼굴을 가까이 가져왔다.

　─내 얼굴에 침 뱉어줘.

그녀는 더듬거렸다.

　─뭐, 뭐라고? 왜?

그가 그녀를 두 팔로 잡았다.

　─부탁이야, 어서!

글로리아는 한껏 움츠러든 자세로 자신의 바로 앞에 다가온 일그러진 얼굴을 바라봤다. 안토니오 카를로스는 말없이 기다리고 있었다. 그리고 글로리아가 눈물을 흘리며 그의 얼굴에 침을 뱉고 난 뒤에야 그녀를 놔줬다.

차가 다시 출발했다. 둘은 더 이상 아무 말도 하지 않았다.

그는 글로리아의 집 앞에 그녀를 내려주고 아무 말 없이 가버렸다.

<h1 style="text-align:center">제17장</h1>

집 안으로 들어서며 물었다.

—아버지 오셨어요?

에우독시아가 글로리아를 맞았다.

—어디 갔었니?

—아버지는?

—좀 늦으신다고 전화 왔다.

글로리아는 소파에 앉으며 잡지를 집어 들었다.

—영화 보러 갔었어요, 마리아 이네스랑.

다행히도 사비노는 아직 집에 안 왔다. 에우독시아가 바닥에 떨어진 뭔가를 주우며 말했다.

—영화는 재미있었니?

글로리아는 하품을 했다.

—그저 그랬어요. 괜찮았어요.

다시 하품을 하며 잡지를 뒤적거렸다. 찰리 채플린과 소피아 로렌이 함께 찍은 사진을 들여다봤다. 잡지를 옆으로 밀어놓고 소파에 몸을 펴고 누웠다. 에우독시아가 손을 내밀었다.

—잡지 이리 다오.

잡지를 건네주고는 화장실로 갔다. 문을 잠그고 속옷을 살펴봤다. 피가 난 흔적은 조금도 없었다. 팬티를 손에 든 채, 잠시 멍하니 무슨 생각을 해야 할지 몰랐다. 옷을 입으며 사촌 아나 이사벨을 떠올렸다. 사비노의 조카인 아나 이사벨은 3개월 전에, 글로리아의 예전 애인이었던 루이스 아돌포와 결혼했다.

사비노는 신혼부부에게 그의 벤츠를 빌려줬고 신랑 신부는 페트로폴리스*로 신혼여행을 떠났다. 루이스 아돌포는 외교 업무를 보는 관청에서 일하는 똑똑하고 섬세하고(어쩌면 좀 지나치게 섬세했다) 성실한 청년이었다.

그날 새벽 두 시, 전화벨이 울렸을 때 에우독시아는 뭔가 사고로구나 직감하며 전화를 받았다. 역시 사고였다.

전화 건너편에서 루이스 아돌포가 울먹이고 있었다.

—아나 이사벨이 죽을 것 같아요, 죽어가요!

에우독시아는 무슨 말인지 이해가 안 갔다.

—무슨 소리야, 이게? 죽긴 누가 죽어?

새신랑이 계속 흐느꼈다.

—어떡하면 좋아요, 아나 이사벨…… 어떡해요!

사비노가 가운을 여미며 방에서 나왔다.

—여보, 도대체 무슨 일이야, 에우독시아, 말 좀 해봐요!

---

* 리우데자네이루에서 한 시간 거리에 있는 휴양 도시.

에우독시아는 어찌할 바를 몰라했다.

—루이스 아돌포예요. 무슨 소린지 하나도 모르겠어요. 전화 감도 멀고…… 애, 루이스 아돌포, 다시 말해봐라!

청년이 사정했다.

—빨리 좀 와주세요! 네? 빨리요!

전화가 끊겼고 에우독시아는 소리쳤다.

—여보세요, 여보세요!

글로리아가 잠옷 차림에 맨발로 옆에 나와 서 있다가 물었다.

—아나 이사벨이 죽었대요?

에우독시아가 꾸짖었다.

—죽기는 누가 죽나? 어서 들어가 자라!

사비노의 머리에 처음 떠오른 것은 아이고, 내 벤츠! 였다. 아나 이사벨이 죽어가고 있다면 자동차가 고속도로에서 사고를 일으킨 게 틀림없었다. 큰 사고일 것이다. 방에 돌아와 옷을 입고 넥타이를 매면서 차 고치는 데 들어갈 엄청난 돈을 생각했다. 사비노와 에우독시아는 택시를 불러 천문학적인 액수의 왕복 가격을 정하고는 페트로폴리스로 달려갔다.

밖에서 에우독시아가 화장실 문을 두드렸다.

—아가, 오래 걸리니?

—잠깐만요.

안에서 아무것도 안 하고 있었으므로 공연히 변기 물을 내렸다. 정작 물을 내리고 나서야 오줌이 마려웠다. '엄마 나온 다음에 하자' 생각하고 화장실 문을 열자 에우독시아가 말했다.

—아버지 곧 오신다. 지금 들어오시는 중이야.

글로리아는 거실로 갔다. 잡지를 손에 들었지만 읽지는 않고 아나 이사벨의 결혼식 날을 계속 생각했다. 페트로폴리스로 달려가는 차 안에서 사비노는 아내에게 말했다.

—돈 손해 보는 건 문제가 아니야. 중요한 건 사람 목숨이야. 생명이 문제지.

호텔에 도착했을 때 사비노는 벤츠가 있는지부터 살폈지만 안 보였다. 그럼 정말 차 사고가 났다는 얘기였다. 다행히도 아나 이사벨은 많이 괜찮아져 있었다. 창백하게 질린 얼굴에 입술은 하얗게 된 상태로 겨우 말했다.

—아, 숙모, 나 죽는 줄 알았어요.

옆에서 신랑이 애걸했다.

—자기, 말하지 마. 가만있어!

사비노는 의사와 함께 방을 나왔다. 도대체 무슨 일이 생긴 건지 알고 싶어 죽을 지경이었다. 의사가 담배를 빼들었다.

—가끔가다 첫 경험이 저렇게 드라마틱할 수 있지요. 네. 그럴 수 있습니다.

사비노는 비로소 마음을 놓았다.

—그러니까……

벤츠가 멀쩡하다고 생각하니 너무 기분이 좋았다. 그러고는 자신의 이기적인 안도감에 부끄러웠다. 감사의 뜻이 철철 넘치는 몸짓으로 의사를 얼싸안았다. 의사가 말했다.

—잘 처리됐어요. 약도 먹였고……

사비노는 무겁고 심각한 목소리로 탄식했다.

—원, 이런 딱한 일이! 저런 불쌍한 것!

신랑이 방에서 나왔는데, 너무 기가 죽어 있어 차마 볼 수가 없었다. 사비노는 그를 복도 끝으로 데리고 가면서 등을 두드렸다.

―기운 내게, 이 사람아! 자네 잘못도 아닌데 뭐.

신랑은 고개를 푹 숙였다.

―전 짐승 같은 놈이에요.

열흘쯤 지나서 신부가 사비노의 집을 방문했다. 마침 에우독시아가 없어 글로리아가 손님을 맞았다. 글로리아는 아나 이사벨을 붙잡고 놓아주질 않았다.

―빨리 말해. 다 말해줘.

아나 이사벨은 한껏 신이 나 으스대며 말했다.

―애, 글쎄 피가 나오기 시작하더니 안 멈추는 거야.

―다들 그런가?

하고 묻자, 의기양양하게 한숨을 쉬며 말했다.

―다른 사람들은 모르겠어. 나는 그랬어.

글로리아는 너무 알고 싶었다.

―그리고, 정말 아프던? 많이 아파?

―죽는 줄 알았어.

―그래서?

아나 이사벨이 깔깔대고 웃었다.

―소리소리 질렀지. 나 너무 아파 죽는다구!

그 에피소드는 글로리아에게 깊은 인상을 남겼다. 첫 경험은 그렇게 고통스러운 거구나. 그런데 자신의 순결 상실은 전혀 그렇지 않았다. 가슴에 잡지를 안고는 서글프고 처량한 감정으로 생각했다. '피도 하나 안 나왔네……'

에우독시아가 화장실에서 나왔다.

—아이고, 난 또 속이 안 좋다. 수박을 먹으면 안 돼.

—수박은 몸에 안 나빠요.

—나한텐 나쁘다. 수박만 먹었다 하면 난리가 나.

글로리아는 사비노가 돌아오면 무슨 낯으로 아버지를 대할 수 있을지 불안했다. 너무 긴장하면 어떡하나? 엄마와는 더 이상 말을 안 하려고 잡지를 펼쳐들고 말했다.

—엄마, 나 이거 읽을래요.

그러나 곧 아버지가 들어오는 바람에 잡지를 내려놨다. 달려가 아버지 품에 안겼다.

—아빠!

아빠와 딸은 서로의 볼에 입을 맞췄다. 사비노가 물었다.

—누구 딸이냐, 이 예쁜 아가씨는?

—아빠 딸.

—이 못난이는 누구 아버지냐?

—우리 아빠.

언제나처럼 똑같았다. 변한 건 아무것도 없었다. 그녀는 처녀성을 잃었고, 그렇지만 불안하지도 않았고 겁날 것도 없었고 아무것도 달라진 건 없었다. 체격 좋은 검둥이 총각이 그녀의 첫 섹스 경험을 목격했고, 그 전에는 여자와 몸을 섞었다. 조금 아까 목욕탕에 있었으면서도 씻을 생각조차 안 했다. 그제야 '가서 몸 좀 씻어야겠다'고 생각했다.

그녀의 생각을 읽기라도 한 듯 사비노가 말했다.

—나는 화장실에 가야겠어. 에우독시아, 옷 좀 가져가요.

그는 손 씻는 결벽증이 있었다. 항상 손을 닦았고, 닦은 후에는 냄새까지 맡으며 확인했다. 사비노가 욕실에 들어가 있는 동안 글로리아는 복도에서 서성거렸다. 욕실에서 물 내리는 소리가 들렸다. 아버지도 쉬를 하는구나 생각했다. 화장실 물 내리는 소리가 아버지를 모욕하는 것 같았다.

저녁식사를 하러 앉기 전에 막내딸과 장난을 치며 애인들끼리 하는 소리를 주고받았다. 아버지가 입 맞춰줄 때면 그의 숨결을 가까이 느꼈다. 사비노의 숨결에서는 향기로운 소녀 같은 내음이 풍겼다.

사비노가 물었다.

—아빠 못생겼지, 그렇지?

—너무 멋져요.

에우독시아가 진지한 목소리로 끼어들었다.

—너희 아버지는 호돌포 마이에르* 말랐을 때랑 똑같아.

사비노의 품에 안겨 있던 글로리아가 항의했다.

—아유, 엄마! 비교도 안 돼요.

글로리아는 아무 일도 없었던 것처럼 아버지에게 안겨 장난치고 이야기하며 놀았다. 그러다 문득 '내가 마리아 이네스랑 한 짓을 아버지가 아신다면……' 하고 생각했다.

모두 식탁에 앉자, 사비노가 냅킨을 집어 들며 말했다.

—당신, 글로리아한테 그 이야기 했소?

에우독시아는 수프를 맛보면서 대꾸했다.

—당신이 말해요.

사비노가 말했다.

—아가, 수프가 뜨거우니 조심해라. 그리고 말이다, 그 청년을 조심

해. 카마링야 선생 아들 녀석 말이야.

에우독시아가 활기차게 거들었다.

—카마링야 선생이야 천사 같은 분이지.

사실 사비노는 지난번 카마링야가 엉망으로 취해서 욕지거리를 하는 광경을 보고 나서부터는 그가 탐탁지 않았다. 그리고 왜 그토록 여자 엉덩이에 집착하는지도 거슬렸다.

그렇지만 아내 말에 동의해줬다.

—물론 카마링야 선생은 나무랄 데 없는 사람이야.

그래도 껄끄러운 심정을 좀 드러냈다.

—거진 나무랄 데가 없지. 하지만 그 아들에 대해서는 내가 별로 좋지 못한 이야기를 듣고 있어. 이를테면 네 친구 마리아 이네스가 데이트 비용을 댄다는 거야. 그런데 거기에 대해서 그 녀석은 아무렇지도 않은가 보더라. 아주 당연한 것처럼 군다더군.

글로리아는 아무 일도(그녀의 처녀성 상실도, 여자끼리의 섹스도, 조제 오노리오의 아버지 일도) 없었던 것처럼 놀라움을 가장하며 말했다.

—하지만, 아빠, 나는 카마링야 선생님 아들하고 아무 상관도 없어요. 어제 처음 봤어요. 전에는 알지도 못했구요. 그러니 걱정 마세요, 아빠.

사비노가 냅킨으로 입가를 닦으며 말했다.

—그래, 그럼. 더군다나 너는 확실한 애인도 있잖니. 그런 놈이랑은 안 어울리겠지. 다만 경고를 해두는 거다. 녀석이 못된 버릇은 다 배웠고 게다가 대마초까지 핀다더군. 안 그렇소, 에우독시아?

아내는 한숨을 쉬었다.

—그러게 말이에요. 대마초 얘기는 나도 들었어요. 카마링야 선생만 모르는가 봅디다.

이야기는 그쯤에서 끝났다. 글로리아는 눈을 뜬 채 죽어버린 조제 오노리오의 아버지를 생각했다. 저녁식사가 끝나고 글로리아가 드디어 목욕을 하러 가려는데 카마링야가 나타났다.

사비노는 팔을 벌리고 맞았다.

—어서 오게. 죽지 않고 살아 있구먼!

에우독시아는 웃음을 띠고 말했다.

—안 그래도 선생님 이야기를 하던 참이었어요.

카마링야는 글로리아에게 인사 키스를 하고 말했다.

—죽은 건 조제 오노리오의 아버지야.

에우독시아는 평소 자기는 사람 죽은 소식 듣고 울기를 좋아한다고 농담을 하곤 했다. 그러나 지금은 정색을 하고, "아이고 하느님, 이게 무슨 소리야!" 하고 놀라서 물었다.

—언제요?

—지금 막요.

사비노는 죽은 이를 잘 알고 있었고 평소 존경했었다. 무겁게 입을 열었다.

—그런 선량한 사람이!

카마링야는 농담조로 말했다.

—그 선량한 양반은 지나치게 도덕군자였어.

그 말은 자신도 미처 의식하지 못하는 틈에 튀어나와버렸다. 그러나 입 밖에 내어놓고 보니 그럴듯했다. "그 선량한 사람은 지나친 도덕군자였어……" 맞는 소리 아닌가? 하지만 점잖은 집 거실에서 더구나 부인네들 옆에서 그런 말은 좀 이상하게 들렸다.

사비노가 당장 반박하는 말투로 나왔다.

―자넨 그렇게 생각하나?

카마링야가 몸을 일으키며 말했다.

―몰라, 이젠 아무것도 모르겠네.

자기가 한 말이지만 의심스러웠다. 어쩌면 "그 양반은 좀 고집스러운 데가 있었어"라고 말하는 게 더 정확하고 덜 거만하게 들렸을지도 몰랐다. 도덕이란 표현은 안 쓰는 게 좋았다.

의사는 사비노의 어깨에 손을 얹고 말했다.

―그래서 여기 온 걸세. 조제 오노리오가 우리 집으로 왔더라구. 어찌나 불쌍하던지! 그 친구는 정말 효자였거든. 슬퍼서 어찌할 바를 모르고 있더군.

―그렇겠구먼.

―그런데 말이지.

카마링야가 계속 말을 이었다.

―조제 오노리오가 나한테 장례 비용으로 쓸 돈을 빌려달라고 해. 반드시 갚을 거야. 그런데 하필이면 오늘 수표가 다 떨어져버렸네. 자네, 하루만 날 좀 도와줄 수 있겠나?

사비노는 완벽한 신사다웠다.

―물론이지, 이 사람아! 말씀하시게. 얼마면 되겠는가?

카마링야는 잠시 계산을 하더니,

―내 주머니에 현찰로 한 2백이 있네. 조제 오노리오는 3백이 있대. 4백짜리 수표 하나 끊어주게. 괜찮겠나?

사비노는 당장 책상으로 가서 수표책을 펼쳤다.

―4백으로 되겠나? 더 필요하지 않나?

―그거면 돼. 더 필요하면 내일 내가 은행에서 찾으면 되네. 조제 오

노리오는 정말 훌륭한 청년이야!

사비노가 물었다.

—오늘이 며칠이지?

—17일.

수표에 날짜를 쓰며 친구의 말에 동의했다.

—성실한 젊은이지.

글로리아가 에우독시아에게 말했다.

—엄마, 그 조제 오노리오 아버지는 나도 알 것 같은데. 점잖게 옷 입고 다니던 양반 아니우?

—정말 신사였지.

사비노도 덧붙였다.

—흠잡을 데 없는 분이었다.

—네, 알아요. 알아.

그러면서 글로리아는 생각했다. '내가 왜 이런 말을 하고 있지?' 갈 채비를 하고 나서는 의사에게 뺨을 내밀어 작별 인사를 받았다. 카마링야 는 사비노에게 악수를 청했다.

—가보겠네. 고맙네, 사비노. 안녕히 계세요, 에우독시아.

의사가 나갔다. 다음 날 아침 일찍, 글로리아를 찾는 전화가 걸려왔 다. 글로리아가 소리쳐 물었다.

—여자예요, 남자예요?

—남자다.

다큐멘터리 영화 만드는 친구가 아닌가 생각하면서 전화를 받으러 갔 다. 옆을 지나가던 어머니가 나무랐다,

—안이 다 비치는 잠옷에, 속옷도 안 입고 그게 뭐냐?

—집 안이잖아요.

—아버지가 안 좋아하신다.

글로리아는 짜증이 났다.

—아유, 엄마! 가만 좀 놔두세요.

전화 상대방은 안토니오 카를로스였다.

—글로리아, 네가 나한테 얼마나 좋은 일을 해줬는지 넌 모를 거다. 내 얼굴에 침 뱉은 거 말이야. 더구나 입에다 뱉었지. 내 입에다 침 뱉었던 거 알아?

글로리아는 아무 말도 하지 않았다. 상대방은 의아해했다.

—여보세요, 여보세요?

—듣고 있어.

—오랫동안 약을 먹지 않고는 잠을 이룰 수가 없었어. 그런데 어제는 안 먹고 잠들었다. 얼마나 잘 잤는지 몰라. 지금 막 일어났어.

머리를 긁적이며 소녀가 말했다.

—안토니오 카를로스, 내 부탁 하나 들어줄래?

—말해.

—나한테 다시는 전화하지 마. 나 너랑 얘기도 하기 싫어. 더 이상 너랑 상관하기 싫어.

청년은 간절하게 애원하는 투로 나왔다.

—글로리아. 들어봐. 난 널 좋아하게 될 것 같은데.

—말도 안 돼!

—정말이야. 넌 여느 여자애들하고는 달라. 그리고 나도 다른 시시한 녀석들보다 훨씬 괜찮은 놈이야. 대답해봐. 넌 아직도 내가 나쁜 놈이라고 생각해? 심각하게 묻는 거다. 말해봐.

글로리아는 인정사정없었다.

—안토니오 카를로스, 넌 치료받아야 해. 당장 정신과 의사부터 찾아라. 어떻게 너네 아버지는 의사시면서 아들이 어딘가 이상한 것도 모르신대냐?

청년은 잠시 말이 없었다. 그러다 이윽고,

—나한테 할 말이 그거밖에 없니?

—지겹게 굴지 마!

—좀 친절하게 말할 수 없어?

—난 친절한 인간이 아냐. 친절하고 싶지도 않아. 알겠어?

—잊지 마, 글로리아. 내 말 잘 들어. 넌 내 애를 갖고 있을지도 몰라, 지금. 알아? 내 애를 임신했을지도 모른다구.

글로리아는 기겁했다.

—너 지금 어디서 말하고 있는 거야?

—집에서.

목소리를 낮췄다.

—이 바보야. 누가 들으면 어쩌려고 그런 소릴 막 하니?

—다들 조제 오노리오 아버지 장례식에 갔어.

글로리아는 주위를 둘러봤다. 어머니가 안에 있었다. 입을 수화기에 바싹 붙이고 말했다.

—야, 안토니오 카를로스. 내가 언제 널 좋아한다고 했어? 말해봐. 내가 언제 그 비슷한 소리라도 했냔 말야? 나는 널 어제 처음 알았어.

—그저께야.

—그래 그저께다. 그래서? 그리고 난 약혼한 거나 다름없어. 테오필로가 돌아오면 바로 약혼할 거야. 나 지금 바빠. 끊는다.

서둘러 전화를 끊었다. 오전 내내 아버지가 준『찰리 채플린의 인생』
을 읽으며 보냈다. 에우독시아에게 묻기도 했다.

—엄마, 이『찰리 채플린의 인생』은 너무 재미없지 않아요? 어렸을
때까지는 그럭저럭 괜찮은데, 그다음에는 너무 지루해요. 안 그래요?

책을 읽으면서 자신의 순결 상실에 대해 생각하지 않으려 했다. 처녀
를 잃은 것은 자신이 아닌 다른 여자인 것 같았다. 마리아 이네스와 관계
를 가진 것도 다른 여자였다. 마리아 이네스의 키스, 혀, 침, 배. 그리고
안토니오 카를로스의 발. 그의 발에 키스했지. 엄지발가락을 물어가면서.

점심때가 지나고 나서 에우독시아가 불렀다.

—글로리아, 전화 왔다.

—누구예요?

마리아 이네스라는 걸 알고는 문가에 서서 말했다.

—엄마, 나 개랑 싸웠어요. 그 바보 같은 계집애랑 말하기 싫어요.

—그럼 내가 뭐라고 해야 되냐?

—아유, 엄마도 참. 알았어요. 내가 받을게요.

에우독시아가 중얼거렸다.

—시시한 일 갖고 싸우고들 그러냐.

수화기를 들었다. "나한테 더 이상 전화 걸지 마"라고 말할 참이었다.
그러나 상대방은 벌써 외치고 있었다.

—글로리아, 글로리아?

그러더니,

—누가 죽었는지 아니? 안토니오 카를로스가 죽었어! 지금 막! 글로
리아!

벽에 간신히 기댔다.

─누가?

수화기 저편에서 훌쩍이는 소리가 들렸다.

─안토니오 카를로스가! 안토니오 카를로스!

글로리아도 소리쳤다.

─그럴 리 없어. 그럴 리가! 나랑 오늘 아침에 통화했는데!

같은 말을 되풀이했다.

─오늘 나랑 말했단 말이야!

─죽었어, 글로리아! 사고야! 차가 전봇대를 들이받았대!

─다친 게 아니구?

─죽었어! 죽었다니까! 글로리아, 듣고 있니? 길에서 안토니오 카를
로스를 봤대! 사고 나서 죽은 걸 봤대!

글로리아는 더 이상 아무 말도 듣고 싶지 않았다.

전화를 끊고는 그 자리에서 무릎을 꺾으며 주저앉았다. 얼굴을 두 손
에 파묻고는 남자처럼 굵은 신음 소리를 냈다.

에우독시아가 달려왔다.

─왜 그러냐? 무슨 일이니?

딸은 마룻바닥에 엎어졌다.

─안토니오 카를로스가 죽었대요, 엄마. 죽었대요.

─안토니오 카를로스라니? 카마링야 선생 아들 말이냐?

글로리아는 엎드려 누운 채 굳게 쥔 주먹으로 마룻바닥을 두들기고
있었다.

제18장

전화기 밑에 쓰러진 채 울부짖었다. 견딜 수 없는 분노와 더불어 떠오른 생각은 만일 이대로 기절한다면 간질병을 앓고 있는 사촌처럼 눈이 시퍼렇게 변할지도 모른다는 거였다.

주먹으로 마룻바닥을 두드리며 이를 갈아댔다. 어머니와 가정부가 와서 그녀를 일으켰다. 에우독시아가 외쳤다.

—꽉 붙잡아! 애 못 움직이게! 단단히 붙잡아!

글로리아는 발버둥을 쳤다. 머리를 벽에 부딪히고 싶었다. 이건 벌이지, 벌이다 싶었다. 전날 자신의 순결을 잃게 한 남자가 오늘 죽어버렸다. 그리고 피도 안 나왔었다. 조제 오노리오는 삼바 학교의 무용수 같은 흑인 청년과 섹스를 했다. 그것도 병들어 누운 자기 아버지 눈앞에서. 흑인 청년의 땀 냄새가 침대보와 베갯잇을 흠뻑 적셨었다.

글로리아는 노인의 눈빛을 결코 잊지 못할 것 같았다. 어머니와 가정부의 팔에 갇혀 울부짖으면서 떠올린 건 노인의 눈빛이었다. 처절한 절망으로 인해 투명하던 그 눈. 그 눈으로 노인은 아들과 흑인 남자의 섹스를 지켜봤을 거다.

에우독시아가 어찌할 바를 모르면서 가정부에게 일렀다.

—여기 가만있어보게. 난 애 아버지한테 연락을 해야겠으니, 놔두지 말고 꼭 붙들고 있게.

에우독시아가 자리에서 일어서려다 글로리아가 잡힌 몸을 풀고 벗어나려 하자 다시 딸을 붙잡았다.

—왜 이러냐, 얘야, 글로리아! 아가, 정신 차려라!

글로리아는 자신이 질러대는 소리를 자기도 놀라며 듣고 있었다. 고통스러웠지만 고통스러운 게 그렇게 좋을 수가 없었다. 절망에 몸을 맡기는 것이 더할 수 없이 편안했다.

아직도 발버둥을 치면서,

—이거 놔요, 이거 놔!

그러더니 가정부의 손을 덥석 물었다.

—악!

여자가 소리를 지르며 펄쩍 뛰었다.

에우독시아가 숨을 헐떡이며 말했다.

—괜찮아. 누가 밖에 왔구먼. 나가보게.

요리사는 시장에 가고 없어 가정부가 문을 열러 나갔다. 동네 사람들이었다. 몇 명은 부엌 뒷문으로, 몇 명은 현관문으로 들어서고 있었다. 온 동네가 고함 소리를 들은 모양이었다.

에우독시아가 외쳤다.

—애 좀 잡아줘요!

글로리아가 아우성을 쳤다.

—가지 마세요, 엄마!

─안 간다. 나 여기 있다. 여기 있어!

몰려든 주위 사람들에게 설명했다.

─글로리아 친구 하나가 오늘 죽었어요!

글로리아는 신음했다.

─아, 하느님! 아, 하느님!

에우독시아는 한 이웃 여자에게 몸을 돌려,

─부탁 하나 합시다. 우리 남편한테 전화 좀 해줘요. 번호는 2231. 나 여기 있다. 글로리아!

여자는 벌써 전화를 돌리고 있었다.

─직접 말씀하실래요?

─아니에요. 그냥 아주머니가 말씀하세요. 글로리아가 아프다고 말하세요. 집으로 당장 와달랜다고 그러세요. 지금 당장요.

사비노가 사색이 되어 집으로 달려왔다. 별별 흉악한 상상을 다 하며 왔다. 전화를 건 여자가 현관에서 그를 맞았다.

─아무것도 아니에요, 사비노 선생님. 별일 아니에요.

사비노는 팔을 벌리며 물었다.

─어떻게, 아무 일도 아니라니? 도대체…… 도대체……

그는 아예 울기 시작했다. 딸의 방에 들어섰을 때 글로리아는 침대에서 온몸을 덜덜 떨고 있었다. 사비노는 몸을 던지듯 달려들었다.

─아이고, 내 딸! 아가!

글로리아는 아버지의 품에 안겨 흐느꼈다. 에우독시아가 작은 소리로 말했다.

─카마링야 선생 아들이 죽었대요.

딸을 안은 채로 사비노는 영문을 몰랐다.

―그런데?

딸의 격정이 이해가 안 갔다. 그 녀석이 죽어서, 그래서?

글로리아가 울부짖었다.

―안토니오 카를로스가 죽었어요, 아빠!

울음과 딸꾹질 때문에 잠시 숨을 고르고는 다시 외쳤다.

―죽었어요!

사비노는 딸을 가슴에 끌어당겨 안으며,

―울지 마라, 글로리아, 울지 마! 아가, 울지 마라.

그러곤 낮은 목소리로 에우독시아에게 일렀다.

―나가 있어요. 둘이만 있게 놔둬요.

문가에서 이웃 여자 둘이 들여다보며 서 있었다. 에우독시아가 문가
로 나오자 그중 하나가 물었다.

―뭐 도와드릴 게 있을까요?

에우독시아는 한숨을 쉬며 말했다.

―아니에요. 고맙습니다.

다른 한 명이 거들었다.

―뭐 필요하면 주저 말고 말씀하세요.

에우독시아와 부인들이 방에서 나갔다. 사비노는 문을 닫고 침대로
돌아와 앉았다.

―아가, 아버지한테 말해봐라.

이젠 눈물도 안 흐르고 이빨만 부딪치며 흐느끼고 있었다. 사비노는
딸의 머리를 쓰다듬었다.

―말해라, 어서.

―아, 아빠!

—아가, 얘기해봐라. 나는 이해가 안 간다. 너는 그 청년 안 지 며칠 되지도 않았잖니? 네 생일날 처음 보지 않았냐?

글로리아는 눈을 내리깔았다.

—네.

—그저께였지. 그러니까 안 지는 이틀밖에 안 된 거지. 그날 이후로 더 만나지도 않았고. 단 한 번 만났잖니.

—불쌍해요!

딸의 두 손을 자기 손으로 감싸 잡았다.

—그 아이를 잘 알지도 못하면서, 네 친구도 아니었는데 왜 이렇게 슬퍼하는 거냐?

그녀는 눈을 들었다.

—아빠, 걔는 살아 있었잖아요! 살아 있었는데 오늘 죽었어요!

그 생각이 머리에서 떠나지를 않았다. 살아 있었어, 살아 있었어, 며칠을 두고 그 말을 혼자 반복할 터였다. 아버지의 가슴에 머리를 파묻고 말했다.

—죽기 전에 저한테 전화했어요. 저하고 얘기했어요. 그 애가 죽기 전에 마지막으로 얘기한 사람이 저였어요.

안토니오 카를로스의 목소리가 귀에 들리는 듯했다. "네가 나한테 침 뱉었지, 내 입에 침 뱉었잖아!" 신비주의자들이 예식의 일종으로 물고기의 입에 침을 뱉듯 그녀도 안토니오 카를로스의 입에 침을 뱉었다. 그녀는, '죽을 작정을 하고 있었으면서 나더러 침 뱉으라고 했어'라고 생각했다.

아버지의 품에서 빠져나오며 말했다.

—아빠, 나 그 사람 있는 시체 검시소에 가고 싶어요.

—뭐라고?

그녀는 사비노의 손을 꼭 잡았다.

—검시소에 같이 가요, 네, 아빠?

사비노는 기가 막히다는 얼굴로 일어섰다. 그가 얼마나 어이없어하는지 전달하고자 애쓰며,

—아가, 너 검시소가 어떤 곳인 줄 아니? 검시소에 가봤니? 대답해 봐라.

—아니요.

—그렇지. 끔찍한 곳이다, 끔찍한 곳이야! 넌 그런 곳엔 안 가는 게 좋아.

글로리아가 침대에서 일어나 다가가서 아버지를 안았다.

—아빠, 난 가야 해요, 가야 해요!

—가야 하다니, 뭣 때문에 그러냐, 도대체, 응? 이렇게 하자, 글로리아. 나중에 영안실에 가자. 그럼 됐지?

—아빠, 영안실로 옮기려면 아직 멀었잖아요. 나는 당장 가고 싶어요, 네? 지금요! 아빠 저랑 같이 가요.

—글로리아, 난 그럴 수가 없다. 지금 중요한 업무를 보는 중이야. 아주 큰 일이야. 여길 오느라 겨우 잠깐 자릴 비운 거다. 직원들이 지금 기다리고 있어. 회사에 들어가야 한다, 글로리아.

글로리아는 발을 굴렀다.

—그럼 엄마랑 갈래요. 엄마는 가실 거예요. 하지만 아버진 저를 사랑한다 그러시구선……

—사랑하고말고.

—절 사랑하신다면 저더러 가지 말라고 하지 마세요, 아빠!

딸에게 입 맞추고는,

―그래, 그러자. 네 엄마한테 얘기하마. 잠깐 기다려라.

방 밖 복도에 있던 에우독시아에게 가서 말했다.

―글로리아가 검시소에 가겠다고 하오.

―말도 안 돼요!

글로리아는 문에 기대어 대화를 엿들었다.

―여러 말 하지 마요, 에우독시아!

―잘 알지도 못하는 청년 화장하는데 가겠다니, 무슨 소리예요?

―에우독시아, 동정심이 많아서 나쁠 건 없소, 알겠소? 난 오히려 글로리아가 저러는 게 마음에 드는데.

담뱃대를 꺼내 닦으면서 덧붙였다.

―적어도 내가 죽은 다음에 울 사람이 있다는 걸 알았으니까, 안심이 되는군. 애를 데리고 같이 가시오. 나는 회사에 돌아가봐야 해. 회의가 있어.

잠시 후 글로리아는 에우독시아와 함께 집을 나섰다. 택시 안에서는 이미 진정되어 잠잠한 모습이었다. 갑자기 글로리아가 엄마를 향해 물었다.

―엄마, 참, 마리아 이네스 말예요? 걔가 바보같이 자살 소동이라도 부리면 어떡하지? 난 그게 걱정되네요.

―그런 일은 없을 거다. 왜 그런 걱정을 하니?

소녀는 한숨을 쉬었다.

―걔는 안토니오 카를로스한테 단단히 빠져 있었어요. 좋아하는 게 지나쳐서 거진 우러러 모셨는데. 어느 정도냐면…… 아유, 모르겠어요.

차가 시체 검시소 앞에 멈췄다. 글로리아는 몽유병 환자처럼 뻣뻣하게 걸어갔다. 에우독시아가 주위를 둘러보다가,

―어디지?

하고 문 안을 들여다보며 말했다.

—내가 저 사람한테 물어보고 오마.

건물 안의 작은 접수처에는 한 남자가 스포츠 신문을 읽고 있었는데, 에우독시아가 다가가자 안경을 벗어들었다. 남자는 약간 귀가 어두운 것 같았다.

—뭐라구요? 뭐요?

에우독시아가 다시 말했다.

—안녕하세요.

—네, 안녕하세요.

—오늘 아침에 차 사고로 죽은 청년 화장하는 곳이 어딘지 좀 가르쳐 주세요.

글로리아는 에우독시아 옆에 붙어 서 있었다. 남자가 다시 안경을 썼다.

—언제라구요?

—오늘 아침요.

—흑인인가요?

—백인이오.

남자는 스포츠 신문을 넘기며 말했다.

—여기 들어온 사람은 흑인인데.

에우독시아가 초조해하는 몸짓으로 글로리아를 보았다.

—들었지, 애야?

글로리아가 물었다.

—확실한가요?

남자는 신문을 다시 읽다가 고개를 들었다. 글로리아는 간절한 말투로 계속 물었다.

―백인, 건장한 젊은이가 아니구요?

그는 안경을 또 벗었다.

―젊은이라고?

글로리아는 화가 나기 시작했다.

―죽은 사람들이 여기 와 있지 않아요? 여기 화장터 아닌가요? 다들 여기로 오는 거 아니에요?

남자는 자리에서 일어섰다.

―저기, 다른 사람한테 물어보리다. 나는 지금 막 들어와서. 베제하! 베제하! 여기 잠깐 와보게.

회색 양복에 나비넥타이를 맨 다른 직원이 나왔다. 글로리아는 몇 년 만에 처음으로 나비넥타이 맨 사람을 봤다.

베제하라는 이가 글로리아를 훑어보더니 에우독시아를 향해 고개 숙여 인사했다.

―무엇을 도와드릴까요.

에우독시아는 미소를 지었다.

―감사합니다. 차에 치여 죽은 청년을 찾는데요.

글로리아가 옆에서 끼어들었다.

―엄마, 차에 치여 죽은 게 아니에요.

그러고는 베제하를 향해 말했다.

―차 사고예요. 청년이 운전하고 있었는데, 부딪쳤어요.

―이름이 안토니오 카를로스 카마링야입니다.

에우독시아가 덧붙였다.

처음의 남자는 다시 스포츠 신문 읽기에 열중하고 있었다. 베제하는 뭔가 좀 생각하는 듯하더니 알았다는 표정을 지었다.

─아, 알겠어요. 소우자 아기아르 병원에서 온 사람이 있습니다. 청년 이름이 뭐라 그랬죠?

─안토니오 카를로스 카마링야.

남자는 만족한 말투로,

─지금 해부검사실에 있어요.

그런데 갑자기 거기에 카마링야가 나타났다. 여자들 옆을 아무 말 없이 지나가려던 참이었다. 글로리아가 거의 나오지 않는 목소리로 말했다.

─엄마, 엄마, 카마링야 선생님이에요!

에우독시아가 그가 가는 쪽으로 두세 걸음 다가가며 불렀다.

─카마링야 선생님!

그가 놀란 얼굴로 돌아봤다. 에우독시아를 쳐다보면서 마치 앞이 안 보이는 사람처럼 물었다.

─누구요?

그녀가 겁에 질려 말했다.

─마리아 에우독시아예요.

카마링야는 그녀를 마치 생전 처음 보는 사람인 듯 한참 쳐다봤다. 에우독시아가 손을 내밀었다.

─어떻게 애도의 말씀을 드려야 할는지…… 카마링야 선생님.

그녀의 손은 허공에 뜬 채였다. 의사는 등을 돌리고 옆에 있던 공중전화기의 수화기를 들었다. 에우독시아가 다시 한 번 말을 걸려 하는데 글로리아가 붙잡았다.

─아니에요, 엄마. 그러지 마세요.

카마링야는 번호를 돌리고 기다렸다. 두 여자 쪽을 보기는 했지만 그의 눈은 아무도 알아보지 못하고 있었다. 아들의 죽음을 전해 들은 그 순간부터 그는 아무도 못 보고, 어떤 사람도 알아보지 못하고 있었다.

상대편이 전화를 받았는가 보았다. 카마링야가 말을 시작했다.

—세템브리노? 날세. 카마링야. 우리 아들이 조금 아까 죽었다네.

그의 눈은 계속 에우독시아와 글로리아를 보고 있었지만 그녀들을 알아보는 것 같지는 않았다. 그가 계속 전화에 대고 말했다.

—우리 아들, 안토니오 카를로스 말이야. 죽었다네, 오늘. 애도한다는 말은 안 해도 되네. 애도하는 건 나야. 나 하나뿐이야…… 자네는 하나 슬플 것 없어. 아무도 슬퍼할 이유 없네. 아냐, 아냐, 세템브리노. 나하나 슬픈 거면 족하네. 이봐.

잠시 숨을 돌리고는 말을 이었다.

—아들이 죽고 나서 나는 지금 온 사방에 전화를 걸고 있다네. 말하지 말게, 세템브리노. 내가 말 좀 해야겠어. 내가 모든 이들한테 전화 걸고 있는 이유는 말일세. 내가 천하에 몹쓸 개새끼라는 말을 하기 위해서야. 아니, 아니. 자네한테 하는 소리가 아냐. 개새끼는 나지, 자네가 아니야. 자네야 아무것도 아니지. 내 할 말이 더 있네. 어제 나는 내 아들 녀석을 때렸다네. 우리 아들은 죽기 하루 전날, 나한테 얻어맞았어. 그놈은 진짜 남자다운 사내였지. 나한테 대들지도 않고 그냥 맞았다네. 알겠나? 이까짓 인간을 애비랍시고 맞서 대들지를 않았다네. 아들 녀석이 나를 때리려 들었으면 나는 그 자리에서 죽었지. 죽지는 않았어도 어디 한군데 부러졌을 거야. 그리고 우리 아들은 죽었다네. 죽었어, 세템브림노.

글로리아는 홀린 듯이 그의 말을 듣고 있었다. 의사는 목소리를 높였다.

—내 부탁 하나 들어주겠나? 아는 사람들한테 말 좀 전해주게. 나는 세상에서 가장 몹쓸 천하의 개새끼라고 말일세.

스포츠 신문을 읽고 있던 직원이 다가와 그의 등을 두드렸다.

—선생, 선생.

카마링야는 세템브리노와의 통화를 끝내고 있었다. 직원이 말했다.

—선생님, 욕설을 삼가주시지요. 부인들이 계시는데.

의사는 전화를 끊고 직원을 향해 돌아섰다. 그는 침착한 말투로 말했다.

—댁은 지금 개새끼와 말하고 계십니다. 실례하겠소이다.

그는 등을 돌려 다시 수화기를 들었다. 직원은 단념하지 않았다.

—여기 이 안에서 이렇게 욕하시면 안 됩니다.

카마링야가 수화기를 놓았다.

—당신은 아버지요? 자식이 있나요?

직원은 안경을 웃옷 주머니에 넣었다.

—그걸 얘기하자는 게 아닙니다.

—여보시오. 저 안에서 내 아들의 시체를 해부하고 있습니다. 오늘 아침에 죽었지요. 병원에 실려갈 때까지도 숨이 붙어 있었는데 수술대 위에서 죽고 말았어요. 그리고 지금 해부를 하고 있습니다.

상대편이 그의 말을 가로막았다.

—선생, 공공장소에서 예의를 잃으시면 안 되지요.

—잃을 수 있어요. 죄송합니다만 난 예의 잃을 수 있어요. 시체 해부 중이라니까요. 내 아들 뼈를 지금 갈아 부수고 있소이다. 시체 해부가 뭔지 아시지요?

화장터 직원은 끄떡도 않고 하던 말을 되풀이했다.

—부인들이 계십니다.

—하지만 나는 아무도 개새끼라고 부르지 않았어요. 개새끼는 나요.

직원과 상대하기를 포기하고 에우독시아에게 다가왔다.

—부인, 이해하십시오.

에우독시아가 떨리는 음성으로 말했다.

—저예요, 에우독시아. 사비노의 아내요.

—아내, 아내…… 상관없어요, 그런 건. 부인 의견 좀 들어봅시다. 어제, 그러니까 스물네 시간 전에 나는 내 아들을 후려 팼거든요. 그런데 오늘 아들이 죽어버렸어요. 그러니 내가 개자식인지 아닌지 부인께서 말씀 좀 해보십시오.

나중에 사람들에게 이 이야기를 하면서 에우독시아는 그 순간 그저 땅속으로 꺼져버리고 싶었다고 말했다.

그녀는 더듬거리며 다시 말했다.

—카마링야 선생님, 삼가 애도의 말씀을 드립니다.

그는 정중하게 허리를 숙여 답례했다.

—감사합니다. 개새끼 인사드립니다.

에우독시아는 도저히 견딜 수가 없었다. 의사가 지나가도록 기다렸다가 옆에 있는 의자에 주저앉아 울먹이기 시작했다. 글로리아는 옆에서 그토록 처절한 아픔에 완전히 매혹당해버렸다. 화장소 직원은 투덜거리면서 스포츠 신문을 다시 집었다.

—다시 한 번 여기 들어왔단 봐라. 다시 한 번 와서 전화해보라지.

글로리아가 에우독시아를 달랬다.

—엄마, 저러시는 게 당연한 거예요.

에우독시아는 훌쩍였다.

—카마링야 선생이 저런 모습일 수가. 좀 취하면 주책이긴 했지만, 취한 것도 아니고.

두 사람은 집으로 돌아왔다. 글로리아는 집에 들어서자마자 마리아 이네스에게 전화했다. 친구가 전화를 받으며 말했다.

—빨리 얘기해! 우리 이모 지금 옆집에 잠깐 갔는데 금방 올 거야.

울고 싶은 심정으로 물었다.

—영안실에 몇 시에 갈 거니? 같이 가자.

마리아 이네스는 낮은 소리로 말했다.

—난 못 가. 우리 아버지가 내가 거기 가는 날에는 다리를 분질러버린댄다. 알았지? 글로리아? 우리 이모가 나 전화하는 거 보면 안 돼.

글로리아는 실망스러워하며 물었다.

—너 장례식에도 안 갈 거야?

—글로리아. 난 내 마음대로 못해. 나 좀 가만 놔둬. 난 못 가. 얘기했잖아. 이크, 이모 왔어. 나중에 보자. 안녕.

글로리아는 이를 갈며 쏘아붙였다.

—이 나쁜 년아!

마리아 이네스는 이미 전화를 끊은 후였다.

밤에 사비노와 함께 안치소를 찾았다. 다른 친구가 이미 귀띔을 한 후였다. "카마링야가 제정신이 아닐세." 또 아내와 딸도 그날 본 모습을 낱낱이 전했다. 가는 도중에 사비노가 말했다.

—카마링야에게 아무도 말 걸지 말도록 해.

죽은 청년의 어머니는 지난 시절의 상갓집에서나 볼 수 있었던 비장한 고통에 빠진 모습이었다. 안치소가 아직 개인 집에 차려지던 시절인 1920년대의 어머니들처럼 이따금 경련과 발작을 일으키곤 했다. 부부의 모습은 기이했다. 한편에서는 아내가 몸을 뒤틀며 날카로운 신음 소리를 내고 있었고 다른 편에서는 남편이 계속해서 똑같은 욕지거리를 되풀이하고 있었다.

그 옆에는 방문객이 좀 적고 눈물이나 흐느낌 소리가 거의 없는 다른 영안실이 있었다. 그쪽에 온 손님들이 이따금 카마링야 부인의 발작을 구경하려고 기웃거리곤 했다. 글로리아는 엄마나 아버지를 붙들고 이렇게 말하고 싶은 충동에 시달렸다. "그이가 나의 첫 남자였어요. 죽기 바로 전에 나와 잤어요. 어쩜 난 그이 애를 가졌는지도 몰라요."

사비노에게 다가가 말했다.

—아빠, 나 끝까지 남아 있고 싶어요.

—잠은 안 자고?

아버지의 팔에 팔을 끼워 넣으며 말했다.

—그러게 해주세요, 네, 아빠?

그 순간 안토니오 카를로스의 어머니가 다시 발작을 일으켰다. 세 사람인가 네 사람 팔에 붙잡혀서 발버둥치는 모습은 제정신이라곤 조금도 없어 보였다. 에우독시아가 청했다.

—물 한 잔 갖다 다오. 아가, 물 좀 갖고 온.

물을 가져왔다. 그녀는 의자에 몸을 던졌다. 물컵을 두 손으로 받아 들었다. 물을 바라보고는 숨찬 음성으로 물었다.

—정수한 물인가?

옆에서들 말했다.

—마셔요, 그냥 마셔.

물을 들이켜기 시작했다. 너무나 목이 마르던 참이라 급하게 마신 물이 입 가장자리로 침처럼 흘러내렸다.

아침이 되어 관을 닫을 때가 되자, 카마링야가 아들에게 작별 키스를 하러 갔다. 그러고는 말했다.

—네 애비는 개새끼다.

제19장

다시 물었다.

—몇 시예요?

미용사 비센치가 머리를 뒤로 돌렸다.

—아직 멀었어.

한숨을 내쉰다.

—아버지랑 만날 약속을 했다구요.

네시 반이었다.

—다섯 시에는 끝나죠?

미용사가 글로리아에게 입이라도 맞출 듯 바싹 얼굴을 가까이 대고는 대답했다.

—끝나고말고. 다섯 시까지는 끝나.

글로리아는 머리와 발톱 정리를 동시에 하고 있는 중이었다. 손톱 정리는 이미 끝나 있었다. 비센치가 살바도르 달리의 예수 그림에 대해 이야기하기 시작했다. 예수를 위에서 아래로 내려다보는 시선으로 그렸다고 했다. 앞에서 보거나 프로필이 아니고 위에서 내려보는 것이라고 했다. 그리고 머리가 가슴 위로 숙이고 있어 얼굴이 보이지 않는다고 했다.

미용사는 글로리아의 머리칼 속에 손가락을 집어넣은 채 외쳤다.

—정말 천재야, 천재!

그가 열광하는 화가의 천재성은 다름 아니라 얼굴을 안 보이게 그렸다는 데 있다고 했다. 다른 이 같았으면 어느 남자 모델의 멍청한 얼굴을 그려넣고 말았을 거였다. 시간당 얼마의 돈을 받는 천박한 모델 녀석의 얼굴을 그리는 대신 그 천재는 예수가 얼굴이 없다는 걸 깨달았다. 더구나 다른 화가들처럼 예수를 지치고 굶주림에 찌든 앙상한 몸으로 그리지 않았다. 달리의 예수는 수영 선수처럼 튼튼한 근육체였다. 여기에 또 그의 천재성이 있다. 수영 선수 예수.

글로리아는 잠시 기다렸다가 말했다.

—나는 드루몽을 참 좋아해요.

미용사가 말을 받았다.

—아, 드루몽.

그러고는 다시 그녀에게 키스할 듯 가까이 얼굴을 갖다 댔다.

—페르난도 페소아*는요?

페르난도 페소아는 글로리아의 친구들 그룹에서 많이 인용되는 시인이었다. 다큐멘터리 영화를 만드는 친구는 그의 시 중 하나를 통째로 외고 있었다.

비센치가 말했다.

—하느님이 나한테 드루몽이랑 페르난도 페소아 중에서 누가 더 좋

---

* Fernando Pessoa(1888~1935) : 포르투갈 문학계의 최고 문호로 꼽히는 모더니즘 시인.

으냐고 묻는다면 내 대답은 분명하지.

그의 선택은 역시 페르난도 페소아였다. 미용사는 계속 살바도르 달리를 생각하며 말했다.

—당연히 페르난도 페소아가 더 훌륭한 시인이지요.

글로리아는 안토니오 카를로스가 벌거벗고 팔을 벌린 채 고개를 떨군 모습을 위에서 내려다본다면, 하고 생각했다. 얼굴 없는 안토니오 카를로스.

그 시간에 사비노는 자신의 벤츠를 타고 회사로 가던 중이었다. 별안간 생각이 바뀌었다. 운전사에게 말했다.

—이보게. 이렇게 하세. 돌아가세. 돌아가.

—네?

—파울로 지 프론친으로 가세.

—성당으로 말입니까?

—그래, 그래.

베르나르도 신부를 다시 만나러 가기로 했다. 그러나 혼자 생각했다. '뭣 때문에, 왜?' 따지고 보면 구체적인, 정확한 이유는 없었다.

어처구니없는 상상을 머릿속에 그렸다. 성당 문 안으로 들어서며 아무 말 없이 그저 신부의 발치에 무릎을 꿇고 쓰러지는 자신의 모습을. 그러면 상대방은 말하리라. "일어서게, 일어서!" 사비노를 "나의 아들아"라고 부르면서 그 거대한 바스크인은 물을 것이다. "무슨 일인가? 무슨 일이 있길래 그러나? 어서 말하게!"

그럼 사비노는 어찌할 바를 모르며 대답하겠지. "몰라요, 저도 모르겠습니다."

그건 사실이었다. 그는 아무것도 알 수가 없었다. 단지 딸의 결혼식 전날, 지독한 죄책감에 시달리며 아침에 일어났다는 사실을 알 뿐이었다.

성당이 눈에 들어오자 겁이 났다. 다시 돌아가는 게, 도망치는 게 낫지 않을까. 하마터면 운전사에게 다시 돌아가자고 말할 뻔했다. 하지만 입술을 꽉 물었다. 그리고 다음 날, 동성애자와 결혼하게 된 딸을 생각했다.

자동차가 성당 문 앞에 섰다. 호흡을 가다듬었다.

—여기서 기다리게.

운전사가 돌아봤다.

—뭐라고 하셨어요?

화를 벌컥 냈다.

—자네, 귀먹었나? 여기서 기다리라고! 여기 세우면 되겠구먼. 아니면 도로에 올려 세우게. 보도에 세우게. 차 범퍼까지 들이받기 전에.

차에서 내려 성당 안으로 걸어갔다. 세미 누드의 성인 조각상 사이를 고개를 높이 쳐들고 걸었다(물론 성인상들은 옷을 입고 있었지만 어쩐지 그는 세미 누드라고 상상했다).

성당 안에는 아까의 반창고 붙인 신부가 두꺼운 노트에 뭔가를 쓰고 있었다. 사비노는 같은 상황이 또 벌어지는 게 아닐까 잠시 생각했다. 주임 신부가 그를 맞으러 나왔다가 두 사람은 다시 화장실로 같이 가고, 거기서 "성관계란 오줌누기요!"라고 말하는 거 아닐까.

신부가 고개를 들었다.

—다시 오셨습니까?

얼굴을 붉히며 대답했다.

—주임 신부님께 드릴 말씀이 있는데요. 계십니까?

—잠깐만 기다리십시오.

신부가 자리에서 일어섰다. 사비노가 덧붙였다.

—잠시면 됩니다.

신부가 밖으로 나갔다. 사비노는 책상에 몸을 기대고 섰다. 반창고 때문인지는 몰라도 그 신부는 사비노에게 에사*의 종교 비판 소설에 나오는 인물을 연상시켰다. 그리고 어딘가 수상쩍은 가식이 느껴졌다. 그 반창고는 상처를 숨기는 게 아니라 오히려 드러내고 있었다. 사비노는 문가로 가면서 글로리아의 투명하게 빛나는 파란 눈동자를 생각했다. 문가에 멈춰 서서 담배를 버리고 발로 짓뭉개 껐다.

주임 신부가 왔다.

—어서 오세요.

—감사합니다.

반창고 신부는 다시 제자리에 앉았다. 주임 신부의 방으로 걸어가면서 사비노는 모든 게 똑같이 되풀이될 거라고 생각했다. 아까 했던 말들, 화장실, 신부의 몸동작까지.

주임 신부는 사비노에게 두 손을 내밀었다(아까와 똑같은 동작이다).

—무슨 새로운 소식이라도?

혼란스런 심정으로 대답했다.

—새로울 거라고는 없습니다.

'호모에 대해 얘기해야 하나?', 생각했다.

의자를 끌어당겨 앉았다. 사위, 그래, 사위 녀석 애길 해야지. 입을 열었다.

—제가 다시 온 이유는 말입니다……

---

* 에사 지 케이로스Eça de Queirós(1845~1900) : 포르투갈의 사실주의 소설가.

상대방이 말 중간을 자르고 물어왔다.

―어디 아픈가요?

어색한 웃음을 띠고 되물었다.

―왜 그러십니까?

―안색이 창백한데요.

사비노는 마른침을 삼켰다.

―아닙니다. 그저 좀 더워서요.

정말 땀을 흘리고 있었다. 손수건을 꺼내 얼굴과 목을 닦았다. 손수건을 접어 넣으면서 아직 점심을 안 먹었다는 걸 생각했다. 주임 신부가 자리에서 일어나 문을 닫으러 갔다가 돌아와서는 손을 내밀었다.

―사비노, 내게 담배 하나 주시오.

―여기 있습니다.

신부가 한숨을 쉬었다.

―큰일이야. 난 담배를 너무 많이 피우고 있어. 이상한 일이지요. 사비노 씨를 보면 담배 생각이 나거든.

―편한 대로 하십시오.

사비노는 담뱃불을 붙여줬다. 첫 모금을 빨아 마시면서 신부가 짐짓 그를 주목했다.

―손을 떨고 있네요.

사비노가 일어섰다.

―그러게요. 아무래도 몸이 좀 안 좋은 듯싶습니다. 더위를 먹었는지. 오늘 무척 덥지요.

비통한 심정으로 반복해 말했다.

―정말 덥습니다.

그러나 담배 맛에 푹 빠진 신부는 다른 말을 했다.

—이게 오늘 세번째 담배요. 재미있는 게, 담배를 피우면 죄짓는 기분이 되거든.

—맞습니다! 맞아요! 신부님이 바로 내가 하고 싶던 말을 해주시네. 죄책감이오! 제가 지금 느끼는 게 바로 그겁니다. 바로 그거예요!

숨이 가빠서 잠시 말을 멈췄다. 신부가 흥미를 보였다.

—죄책감을 느낀다구요?

열렬하게 대답했다.

—그렇습니다.

신부가 의자에 등을 기댔다.

—그렇다면, 아주 좋은 현상이지요. 좋은 일이고말고. 우리가 숲 속에서 네발짐승처럼 울부짖고 다니지 않는 것은 모두 죄책감이 우릴 구원했기 때문이오.

사비노가 외쳤다.

—일어나서 말씀드리겠습니다. 서서 말하는 게 낫겠어요.

—좋을 대로 하세요.

넥타이 매듭을 느슨하게 풀고 셔츠 깃을 열어젖히고 싶었다.

—신부님, 지금 여기 오는 길에 현기증, 일종의 현기증 같은 게 있었습니다. 아직 점심도 안 먹었습니다.

—빈속이라 그랬겠구먼요.

반박했다.

—아닙니다. 그게 아니에요. 육체적인 원인이 아니었어요. 바로 죄책감이었습니다.

금방이라도 울 듯 찡그린 얼굴을 하고는 말을 쉬었다. 결심했다. 사위의 동성애에 대해 말하지 않기로. 어쩜 나중에 얘기할 수도 있겠지.

신부는 담배가 다 타자 재를 털었다.

—계속해요. 계속 말해요. 멈추지 말고.

사비노는 고개를 떨궜다.

—나는 사실 여기서 무릎을 꿇고 있어야 하는데. 아, 모르겠어요. 모르겠습니다.

다시 긴장을 참을 수 없어 고개를 들었다.

—아, 몸을 움직일 필요가 있어요. 좀 움직여야겠어요.

신부는 팔을 벌리고 자리에서 일어섰다. 그의 바리톤 목소리가 천장까지 울리며 온 방 안을 채웠다.

—무슨 소린가요. 무릎을 꿇기는 왜요? 자, 걸어봐요. 여기 안에서도 괜찮으니까. 고해성사를 하고 싶다면 해도 좋고.

그는 탁자 주위를 돌아 사비노 앞으로 왔다.

—가장 중요한 고해성사는 행진 중에 이뤄져야 한다고 생각해요. 고백하는 사람과 듣는 사람이 나란히 옆에 서서. 어딘가를 향해 걷고 있는 사람은 자유로운 법이지, 안 그렇소? 마음이 열리면서 관대해지게 마련이오. 자, 걸어요! 이쪽에서 저쪽으로, 어서, 걸읍시다!

그 좁은 공간 안에서 두 사람은 서로 엇갈리는 방향으로 걷기 시작했다.

—움직이면서 말해요. 그렇지, 그렇게. 나는 무릎을 꿇고 앉으면 관절이 아파서 정신이 없어집니다. 걷고 있다 보면 하느님이 나와 함께 있는 걸 느끼지요.

신부는 이글이글 타는 눈빛을 하고는 힘찬 목소리로 외쳤다.

—신은 걷는다! 신은 걷는다!

어찌나 큰 소리로 외쳤던지 옆방에 있던 반창고 신부가 놀란 얼굴로 나타났다.

—저 부르셨습니까?

주임 신부는 계속 걸으면서 성난 목소리로 말했다.

—나가 있게. 나가 있어!

사비노가 말하기 시작했다.

—몇 달 전에 내 생일날이었을 때인데요, 사무실 사람들이 나한테 선물을 해줬습니다. 그러면서 우리 사무실의 법무 담당인 바로네 씨가 축하 인사말도 해줬어요. 아주 근사한, 멋진 인사말이었습니다. 그 인사말 중에 나더러 바른 사람이라고 했어요. 바른 사람.

걸음을 멈췄다. 그러자 신부가 재촉했다.

—걸어요! 멈추지 말고!

다시 걷기 시작했다.

—어렸을 때부터 나는 바른 사람에 대해 많이 들어왔습니다. 신부님, 저는 당신께 묻고 싶습니다.

절박한 심정으로 물었다.

—저는 바른 사람입니까, 아닙니까?

신부가 자리에 앉았다.

—담배 한 대 더 피워야겠어요. 하나 주시오.

사비노는 담배를 건네고 불을 붙여줬다. 신부가 말했다.

—하지만 멈추지 말고, 사비노, 계속 말해요. 날 쳐다볼 필요도 없어요. 날 보지 말고, 나는 신경 쓰지 말고 계속 말해요.

사비노가 말을 이었다.

—나의 전 인생을 통틀어 나는 항상 내 앞에 바른 사람을 보고 있습니다. 바로 우리 아버지입니다. 내 아버지 같은 사람을 나는 본 적이 없

어요. 좀처럼 웃지도 않으셨지요. 웃는다는 게 마치 사치나 관능적인 욕
망의 표현이기라도 한 것처럼 말입니다. 내가 아직 어린 소년일 때 어머
니와 이모들이 하는 이야기를 들은 적이 있습니다. 어머니가 아버지와 육
체 관계를 가진 건 나를 임신할 때까지뿐이었다는 겁니다. 이해가 가십니
까? 나를 가진 건 어머니의 처음이자 마지막 임신이었어요. 그 이후로는
두 번 다시 아버지의 여자 역할을 하지 않았다는 겁니다.

다시 말을 멈췄다. 이러다간 울어버릴 것 같았다. 신부에게 물었다.

―신부님, 제게 말씀을 좀 해주십시오. 대체 이게 다 뭡니까?

신부는 담배 연기 한 모금을 빨아들였다가 내뿜었다. 담배가 주는 쾌
락에 탐닉하다 보면 일종의 육감적인 긴장이 느껴졌다. 마지막 한 모금을
다 피울 때까지 사비노고 누구고 말을 걸지 말았으면 싶었다. 담배를 많
이 피우지 않는 그에게 담배는 혼자 누리고 싶은 즐거움이었다.

갑자기 사비노가 직격탄을 날리듯 질문했다.

―더 말해야 할까요?

마치 제정신이 아닌 듯 되풀이했다.

―다 얘기해야 될까요?

신부는 금방 대답하지 않았다. 몸을 일으켜 창으로 가서 문을 열고는
담배를 밖으로 버렸다. 그러면서 생각했다. '좀 있다가 한 대 더 달라고
해야지.' 창문을 닫고 자리로 돌아왔다.

사비노는 한참을 서성거린 끝에 이젠 자리에 서 있었다. 신부가 그의
어깨에 손을 얹었다.

―사비노, 전부 다 말해야 돼요. 모든 걸 전부 다.

사비노는 두려웠다. "전부", 아버지의 똥만 빼고 '전부'. 그날 아침
내내 아버지의 죽어가던 모습만 생각했다는 걸 말해야 하나. 딸의 결혼과

아버지의 죽음. 그에게는 온 도시가 고통에 찬 피와 오줌의 냄새로 진동하는 것 같았다.

신부가 말했다.

—말하지 않는 것은 우리 안에서 곪게 마련이오. 알겠지요? 그러니 말해요.

—알겠습니다.

—어서 전부 말하시오. 계속 걸어다니면서.

신부는 자리에 앉았다. 사비노는 다시 방 안을 걷기 시작했다.

—아무한테도, 누구한테도 얘기하지 않았던 사실이 하나 있습니다. 그리고 지금 이 순간에도, 내가 이 말을 할 용기가 있는지 모르겠습니다. 이 사실은 고해성사 할 때도 결코 얘기하지 못한 일입니다.

그는 '이 사실'이 그의 내부에서 '근육괴저병'처럼 존재해왔노라는 말을 덧붙이고 싶었지만, 그 순간 '근육괴저병'이라는 단어가 떠오르질 않았다.

그래서 사비노는 이리저리 걸어다니면서 '그 사실'을 끝까지 말해버렸다.

—신부님, 제가 다섯 살인가 여섯 살 때 일입니다. 아버지와 어머니는 다른 침실을 쓰고 있었습니다. 어느 날 밤, 자다가 일어난 저는 어머니 침대로 자러 갔지요. 다시 잠에서 깨었을 때 옆에 누운 어머니가 울고 있는 걸 들었습니다. 움직이지 않고 가만히 있었습니다. 어머니의 흐느끼는 소리가 점점 높아졌지만 저는 계속 자는 척했습니다.

그는 숨이 가빠왔다.

—신부님, 이해하시겠습니까?

신부는 말없이 주먹으로 탁자를 두드렸다.

—내가 이해했는지 안 했는지는 중요한 게 아니에요. 사비노, 당신은

모든 걸 말할 필요가 있어요. 자, 봅시다. 잠에서 깨어났더니 어머니가 울고 계셨다. 그래서요?

사비노는 두 주먹을 움켜쥐고 신부를 향해 내밀었다.

—그 순간 나는 이해를 못했습니다. 그게 뭘 의미하는지를 몰랐어요. 그저, 어머니가 울고 계시는구나, 그것뿐이었어요. 그리고 단지 본능적으로 자는 척해야겠다고 느꼈을 뿐입니다.

사비노는 천천히 방 안을 돌고 있었다. 그러다 신부 앞에 와 멈춰 섰다.

—자, 이겁니다. 다 말했습니다.

신부는 고개를 흔들었다.

—아직 아니에요. 끝까지 다 말해야 합니다.

신부는 마치 돈이라도 요구하듯 사비노에게 손을 내밀었다.

—나머지를, 나머지를 다 얘기해요!

사비노는 자기 머리를 두 손으로 감쌌다.

—지금 말씀드린 걸로 충분하지 않습니까? 신부님은 이미 이해하셨지요? 그런데 왜 더 말해야 합니까?

신부는 그의 커다란 손을 탁자 위에 놓았다.

—구원받고 싶지 않은가요?

—구원받고 싶습니다.

신부는 의자에 등을 기대며 눈을 감았다.

—그렇다면 말해요. 다 말하세요!

사비노는 차오르는 분노를 느꼈다.

—아, 네? 신부님은 제가 모두 말하길 원하시는군요? 좋습니다. 다 말하지요. 이미 죽은 사람입니다. 어머니는 죽었어요. 그렇지만 말씀드리겠습니다.

그는 고개를 들고, 낮은 말소리로, 그러나 분명하게 말했다.

—어머니는 울고 있었던 게 아닙니다. 나중에야 깨달았습니다. 울고 있던 게 아니라는 걸. 오나니를 하고 있었던 겁니다.

이를 갈면서 반복해 말했다.

—오나니요, 오나니!

말을 마치자마자 그는 배에 두 손을 얹고 몸을 굽혔다.

얼굴이 붉게 변했다.

—아무래도 토할 것 같아요! 토해야겠어요!

신부가 박차고 일어났다.

—여기선 안 돼요, 여기선 안 돼!

그를 잡아끌었다.

—자, 이쪽으로, 이쪽으로!

사비노는 끌려갔다. 신부가 창문을 열고 안도하는 목소리로 말했다.

—됐어요. 됐어.

사비노는 두려움과 고통에 싸인 채 창밖으로 가슴을 내밀고 허리를 숙였다.

신부가 그의 등을 두들겼다.

—토하시오, 토해. 그래야 나아집니다.

그러면서 담배 한 대를 더 피워야지 생각했다. '절반까지만 피우고 나머지는 버려야지.' 사비노가 새파랗게 질린 얼굴로 숨을 몰아쉬면서 토하기를 멈추자 신부는 그를 격려했다.

—더 토해요, 더! 목구멍에 손가락을 넣어서. 그렇지.

창문은 성당 정원으로 나 있었다. 사비노는 화단 위에 계속 토했다.

제20장

사비노가 손을 내밀었다.

—감사합니다. 저는 이만 가보겠습니다.

신부는 책상 서랍에 종이들을 넣으며 말했다.

—나도 나갈 거요. 같이 나갑시다.

사비노는 손수건으로 얼굴을 닦으며 사무실에 돌아가자마자 빌어먹을 노에미아를 해고하기로 마음먹었다. 신부는 주위를 돌아보며,

—아무것도 빠뜨린 게 없겠지?

그러고는 스스로 대답했다.

—없어.

사비노의 어깨에 팔을 두르며,

—나갑시다.

이어 한숨을 쉬고는,

—아, 사비노, 사비노!

열쇠를 돌려 문을 잠그면서 웃음기 어린 목소리로 물었다.

—토하고 나니 죄책감이 덜하지 않은가요?

사비노는 진지하게 대답했다.

—정말 그렇습니다.

토사물이 떨어진 화단을 생각했다. 역시 노에미아를 내보내는 게 좋겠다. 여러 말 할 것 없이 화낼 것도 없이. 왜 그러느냐고 물으면 뭐라고 대답한다? 틀림없이 왜 그러냐고 물을 거다. 사무실 사정이 안 좋다고 그러지 뭐. 그보다 흔한 구실도 없을 거다. 오늘의 정사와 해고를 연결시키는 일은 없어야 한다. 정사라니, 젠장. 노에미아와 벌인 섹스야말로 오줌누기나 다름없었다.

주임 신부를 보자 반창고 신부가 자리에서 일어났다.

—퇴근하십니까?

—내일 보세.

—성당 문 닫아도 될까요?

—닫게나.

사비노도 인사를 건넸다.

—안녕히 계십시오.

—안녕히 가십시오.

문가에서 주임 신부에게 물었다.

—제 차로 모셔드릴까요?

—고맙소만 나는 걸어가는 게 더 좋아요. 아까 내가 말한 대로.

사비노는 흡족한 말투로 신부의 말을 흉내냈다.

—신은 걷는다, 신은 걷는다!

신부는 오후 공기를 통째로 폐 안으로 끌어들일 듯이 크게 호흡했다.

—그렇소. 바로 그거예요. 아시겠소, 사비노? 나는 걷고 있을 때면

무엇이든 할 수 있다는 기분이 들어요. 어쨌든 이리 오시오. 나랑 저 모퉁이까지 같이 갑시다.

—예, 그러지요.

—아니면 바쁜 일이라도 있나요?

—아닙니다.

신부가 사비노의 팔을 붙잡고 걸으며 말했다.

—아까 한 이야기 말인데요. 그 자위행위 말이오.

사비노는 '자위행위'란 말을 쓰지 않았다. 그 단어를 쓰면 육체와 영혼이 다 아파오는 것 같았다. '오나니'라는 말이 일으키는 고통은 좀 덜했다.

신부가 계속 말했다.

—당신이 고백했을 때 나도 한 가지 고백하고 싶다는 생각을 했어요. 어때요? 신부도 고해성사를 한다는 거. 놀랐나요?

—전혀 아닙니다. 그 반댑니다.

신부가 웃었다.

—놀라는 것의 반대가 무엇인데요? 하여튼 들어보세요. 내 생각에는 말입니다, 아무도 자위행위를 하는 사람은 없어요.

아, 그 단어를 또 쓰다니! 신부는 남의 모멸스러운 상처를 갖고 장난하려는 가학적인 의도라도 있는 것처럼 그 말을 되풀이하고 있지 않은가.

신부가 말했다.

—내가 고백하고 싶은 건 이런 얘깁니다. 어떤 소녀의 이야기라고 생각하고 들으세요. 누구인지는 중요한 게 아니고, 나도 이름을 댈 생각이 없어요. 열일곱, 아니면 열여덟 살 난 소녀, 그거면 충분해요. 아주 아름다운, 아름다운 소녀입니다.

신부는 걸음을 멈췄다.

—이 얘기는 안 하는 게 낫지 않을까?

—신부님 좋으실 대로 하십시오.

—아니야, 아니야. 이미 말을 꺼냈으니 얘기하는 게 좋겠어요. 하지만, 아시죠? 내 고해성사실 안에서 일어난 일이에요. 아주 최근에 있었던 일이죠. 나는 그 아이의 아버지, 엄마, 온 가족을 다 잘 압니다. 내가 막 나가려던 참에 그애가 왔어요. 와서는 "신부님께 꼭 드릴 말씀이 있어요" 그러는 거예요. 별 생각 없이 얘길 해보라고 했지요. 소녀는 아주 침착했어요. 시간이 늦었기 때문에 잠깐 방을 나와 내 비서더러 퇴근하라고 일렀습니다. 내 비서 알지요? 아까 그 청년.

—반창고 붙인 신부 말이지요?

—그렇소. 그 호모.

—네?

—반창고 붙인 그 신부, 내 비서 말이에요. 그 친구 호모예요. 그 녀석이 가끔 엉덩이짓 하는 거 못 봤어요?

—전 미처 못 봤습니다.

두 사람은 길모퉁이에 섰다. 신부가 생각했다. '여기서 담배를 피울 수는 없지.' 사람들 앞에서 공개적으로 담배를 피우는 신부들도 있기는 하지만 그는 숨어서 피울 때만 담배가 맛있었다. 그는 말을 이었다.

—비서더러 나가보라고 이르고는 다시 들어왔어요. 들어왔는데 아이가 없는 거예요. 얘가 어디 갔지? 하고 둘러보는데 글쎄 문 뒤에 숨어 있더라구요. 옷을 홀딱 벗고, 완전히 발가벗고 말입니다.

사비노는 입을 딱 벌렸다.

—발가벗었다고요?

―완전히, 완전히 발가벗고 있었어요. 내가 잠깐 나갔다 온 사이에 그애는 옷을 전부, 구두까지도 다 벗었더라고요. 벌거숭이에 맨발에. 어떻게 생각하시오?

사비노는 더듬거리며 물었다.

―도대체 왜, 무엇 때문에?

―들어보세요. 나는 그애를 아주 어릴 적부터 알아요. 물론 그 전까지 우리 둘 사이에는 아무런 일도 없었어요. 그 비슷한 상상도 내 머릿속에 지나간 적이 없어요. 그런데 글쎄 갑자기 나한테 몸을 주겠다고 온 거예요, 사비노.

신부가 말을 멈췄다. 사비노가 물었다.

―그래서요?

신부는 목청을 높였다.

―이해할 수 있겠어요? 그애는 약혼한 상태였어요. 약혼자를 사랑한다고 그러더군. 아마 사랑하겠지, 뭐. 그렇지만 나한테 순결을 바치고 싶다는 겁니다. 하하, 나한테요, 사비노!

―그래서 뭐라고 하셨습니까?

―당신이 말해보세요. 내가 무얼 했을까요? 나를 잘 알지 않습니까. 그러니 한번 생각해봐요. 내가 어떻게 했겠는지.

사비노는 대답하지 않았다. 두 사람은 서로 쳐다봤다.

신부가 말했다.

―나는 이렇게 했어요. 우선 놀라지 않았어요. 즉, 놀랐다는 걸 드러내지 않았다는 말이죠. 야단치지도 않았습니다. 그냥 이렇게 말했어요. "아가, 옷을 입어라. 네가 옷을 입는 동안 나는 나가 있겠다. 밖에서 기다리마." 나는 나오고 아이는 안에 남았어요. 1분 있다가 옷을 입고 나오더

군요. 그러고는 친절하게 말해줬죠. "아무 일도 없었던 거다. 아무 일도. 신의 축복이 너와 함께하길." 소녀의 이마에 입을 맞춰줬고 그 아이는 갔습니다.

—그것뿐인가요?

—그것뿐이에요. 어떻게 했어야 한다고 생각하나요?

—아닙니다. 그저……

심술궂은 호기심에 사로잡혀 사비노가 물었다.

—그 소녀에 대해 어떻게 생각하십니까? 무슨 생각에서 그런 행동을 했다고 보시나요?

신부는 대답 대신 다른 질문을 던졌다.

—지금 몇 시지요?

—시간이오?

—시간 좀 봐줘요. 몇 시라고? 이크, 약속에 늦겠네. 하여튼 발가벗은 소녀 이야기는 자위행위 이야기에 견줄 만한가요, 어떤가요?

또 그 단어, 그 같은 단어. 자위가 아니고 오나니라고 했는데도. 발로 차서 노에미아를 쫓아버려야겠다. 부끄러운 걸 모르는 그 몰염치한 여자는 동정할 만한 일고의 가치도 없다.

신부가 미소를 지었다.

—정말 그 소녀에 대한 나의 견해를 알고 싶은가요? 아마도 내가 그 아이를 비난할 거라고 생각하겠지요.

—그렇습니다.

신부가 웃었다.

—솔직히 말하시오, 사비노. 내 이 말 한마디만 더 하리다. 우리들이 다른 사람의 은밀한 성욕을 알게 된다면 아무도 서로 말도 안 붙일 거외

다. 이제 가보겠어요. 에우독시아에게 안부 전해주세요.

신부가 서너 걸음 걸어가다가 갑자기 멈추고는 돌아보았다.

—글로리아에게 내가 항상 그 아일 위해 기도하노라고 전해주세요. 안녕히 가십시오.

—네. 안녕히 가십시오.

사비노는 그 자리에 서서 신부의 뒷모습을 지켜보았다. 이윽고 손을 들어 운전사에게 가자는 신호를 보냈다. 다시 한 번, 이젠 벌써 저만치에서 크고 기운찬 발걸음으로 멀어져가는 신부를 향해 일별을 던졌다. 그래, 신부의 저 활력에는 역시 어딘가 외설적인 데가 있다.

차에 올라타며 말했다. (토하고 나오기를 잘했다.)

—사무실로 가세.

점심을 먹었어야 하는 건데. 갑자기 무자비한 확신이 들었다. '신부는 거짓말한 게 틀림없어.' 분명 거짓말이었다. 무릎이라도 치고 싶었다 (그리고 신부가 '오나니' 대신 '자위'라는 단어를 쓴 것도 용서할 수 없었다). 저런 얼굴을 한, 저런 목덜미, 가슴을 한 남자가 소녀를 한 번 쓰다듬어 만지지도 않고 보냈다는 건 있을 수 없다.

사비노는 그 장면을 상상했다. 야수 같은 입김을 내뿜으며 신부가 벌거벗은 소녀를 붙잡고 문 뒤에서 선 채로 관계하는 광경을. 말 한마디 없이 이루어지는 짐승 같은 섹스. 아니면 신부 혼자만 "소리내지 마, 소리내지 마!"라고 말하면서.

사비노는 눈을 감았다. 이제는 바스크인 신부가 아니라 그 자신이 상상 속에서 소녀를 안고 있었다. 누구인지 알지도 못하는 그 소녀의 몸을 갖고 싶었다. 한순간 자신이 소녀의 배에 키스하는 모습을 떠올렸다. 그리고 작은 젖가슴에 키스하는 자신을.

신부는 소녀의 벗은 몸에 손가락 하나 안 대고 보냈다고 했겠다. 거짓말! 틀림없이 선 채로 순결을 빼앗았을 거다. 아니, 어쩌면 소녀는 이미 처녀가 아니었을 수도 있지.

사비노는 생각했다. '딸이 내일 결혼하는데 나는 아직 점심도 안 먹었다.' 또 생각했다. '먹은 것도 없는데 토까지 하고.' 자동차가 사무실 건물 앞에 섰다. 차에서 내렸다.

─차고에 가서 기다리게.

엘리베이터에 올라타면서 생각을 바꿨다. '신부는 소녀를 존중했던 거지.' 원숭이의 콧구멍을 하고 어린 소녀의 영혼을 가진 성인이 있을 수도 있다. 그 신부는 바로 어린 소녀이고.

엘리베이터 직원이 그에게 웃으며 말을 걸었다.

─사장님, 축구 내기 같이하시렵니까?

놀라서 물었다.

─무슨 내기?

직원은 주머니에서 종이쪽을 꺼냈다.

─플루미넨시랑 바스코 경기 내기인데요.

─얼만가?

─5백이오.

지갑을 꺼냈다. 수북한 5천짜리 지폐들 가운데서 5백짜리 한 장을 꺼냈다. 직원이 돈을 받았다.

─어디에 거실 겁니까?

잠시 생각하다가,

─글쎄. 플루미넨시가 2대 1로 이기는 데다 걸지.

─2대 1이오?

—2대 1에 건 사람들이 많은가?

—굉장히 많은뎁쇼!

사비노는 얼른 종이쪽을 훑어봤다.

—이렇게 하세. 플루미넨시 5대 1 승리에 건 사람 있나? 없지? 그럼 플루미넨시 5대 1에 걸겠네. 됐지?

엘리베이터 청년은 놀란 얼굴을 하고 웃었다.

—너무 많지 않나요?

사비노는 못 박는 말투로,

—그렇게 해. 5대 1로. 플루미넨시는 요즘 한창 잘 뛰고 있어. 그리고 그 '팀'이라는 선수는 요즘 뛰는 애들 중에서 최고로 잘하고.

청년은 종이에 5대 1을 적으며 생각했다. '이 노인네가 좀 돌았군!'

사비노는 사무실로 갔다. 다시 '창녀' 같은 노에미아에게 화가 나기 시작했다. 새로 온 사환 아이가 그와 마주치자 몸을 뻣뻣이 세우면서 인사했다. 정중하게 인사하는 직원을 보면서 그는 자신의 권위를 의식했다. 틀림없이 노에미아는 질질 짜겠지. 이런 상황에서 안 울 여자는 없을 거다. 빌어먹을!

그러나 사무실 문을 열고 들어선 순간, 그의 분노는 흔적도 없이 사라지고 말았다. 안에는 사위가 앉아서 잡지를 읽고 있었다.

구겨져 있던 사비노의 얼굴이 미소를 띠느라 펴졌다.

—왔나?

테오필로가 잡지를 내려놓으며 일어섰다.

—기다리고 있었습니다.

사비노는 (신부가 그랬던 것처럼) 두 손을 내밀었다.

—어서 오게. 잘 왔네.

청년과 한참 동안 얼싸안고 인사를 나눴다. 테오필로가 물었다.

—저에게 하실 말씀이 있으시다고요?

—그렇다네. 글로리아가 전하던가?

—네. 전화했어요.

사비노는 한숨을 쉬었다.

—할 얘기가 있네.

자기 책상에서 타자를 치고 있는 노에미아에게 돌아섰다.

—잠깐 나가줄 수 있겠소? 노에미아 양? 잠깐 나가 있겠소?

비서가 일어섰다.

—네. 알겠습니다.

여자가 너무나 태연하게 아무 일 없던 것처럼 구는 게 그의 신경에 거슬렸다. 남자들 옆을 지나가면서 비서는 테오필로를 향해 살짝 웃기까지 했다. 부끄러움이나 난처해하는 기색이라곤 전혀, 조금도 없었다.

사비노는 의자를 가리켰다.

—앉게나, 앉아.

담배를 꺼내들었다.

—이상하게 생각하지 말게. 오늘은 별것 아닌 일에도 자꾸 긴장이 되는구먼. 그래, 어떤가?

테오필로가 의자에 앉으며 다리를 꼬았다. 사비노는 담뱃갑을 내밀었다.

—한 대 피우려나?

—전 담배 안 피웁니다.

담뱃갑을 챙겨 넣었다.

—아, 그렇지! 자네는 담배 안 피우지. 담배 때문에 몸이 상해서 큰

일이야, 나는. 그런데도 끊지를 못하겠어. 끊으려고 여러 번 시도해봤는데. 사소한 나쁜 습관이라는 게 이렇듯 무서운 거라니까.

노에미아의 미소가 아직도 그의 목구멍에 걸려 있는 것 같아 기분 나빴다. 사위에게 말했다.

—나는 말일세, 뭔가 걱정거리가 있을 때는 앉아 있을 수가 없네. 몸을 움직일 필요가 있어. 더구나 요즘은 가슴께가 답답한 증상이 생겨서 더 그러네. 가슴속이 허전해서 그럴까. 하지만 뭐 걱정할 만한 일은 아니고.

별안간 울고 싶다는 터무니없는 충동을 느끼며 사비노는 타모이오족 그림에 눈길을 줬다. 동성애자 놈들은 저런 나체 인디언 그림을 보면서 뭘 느낄까? 여주인의 방 안 서랍장 위에 있던 종이쪽이 생각났다. 세번째 서랍은 열지 마시오. 아이들 옷이 있습니다. 이렇게 불쾌하고 구역질 나는 일이 또 있을까.

그는 책상으로 가서 반쯤 태운 담배를 재떨이에 버리며 스스로에게 물었다. '내가 지금 누구한테 화가 나 있는 거지?' 그렇지, 노에미아에게다. 아니, 아니다. 지금은 테오필로에게 분개하고 있었다. 이 청년을 한 번도 좋아한 적 없다는 사실을 지금 막 깨달았다. 지금도, 그전에도, 항상 녀석을 싫어했다.

웃음을 지으며 사위 옆에 와서 앉았다.

—미안하네, 테오필로.

한 번도 그를 '내 아들'이라고 불러본 적이 없었다. 그를 '내 아들'이라고 부르는 건 너무 위선적일 터였다. 동성애자의 결혼보다 끔찍한 건 없을 거였다. 결혼한 동성애자의 삶이라는 건 밤이고 낮이고 뻔하다. 그리고 파멸해가는 여자.

테오필로가 갑자기 질문을 던졌다.

—장인 어른은 카마링야 선생의 아들을 기억하시지요?

얼굴이 창백해져서 되물었다.

—뭐라고?

물론 알아들었지만 시간을 좀 벌고 싶었다. 상대방은 그에게서 시선을 돌리지 않은 채, 분명한 소리로 다시 말했다.

—카마링야 선생의 아들 아시죠?

—안토니오 카를로스 말인가?

—아시지요?

—알지.

그의 대답에 만족하지 않고 사위는 끈질기게 물고 늘어졌다.

—잘 아십니까?

—잘……이라고는 할 수 없고. 그저, 대강. 그런데 왜?

담배 한 대를 더 꺼내서 불을 붙였다. 이 동작을 하면서 초조함을 숨겼다. 이해할 수가 없었다. 무엇 때문에 테오필로는 남의 아들, 그것도 바로 그 자신의 동성애 사실을 폭로한 사람의 아들 이야기를 꺼내는 걸까. 사비노는 사위의 입에서 무슨 말이 나올지 두려웠다. 불안한 심정으로 기다렸다.

테오필로가 일어섰다. 한 손을 주머니에 찔러넣더니 방 안 이쪽에서 저쪽으로 걷기 시작하면서 말했다.

—장인 어른은 그 청년에 대해 어떻게 생각하십니까?

사비노가 주저하며 입을 열었다.

—글쎄. 좀 약간 특이한 사람 아니었나. 모르겠네. 더구나 죽은 사람 아냐. 난 죽은 사람 말하는 거 별로 안 좋아해서.

테오필로가 그가 한 말을 다시 했다.

　—특이하다구요! 특이하다는 표현을 쓰시는군요. 사비노 선생님, 뭐 하나 말씀드리겠습니다. 선생님은 제가 안토니오 카를로스의 친구였다는 걸 아십니까? 아주 친한 친구였습니다.

　갑자기 사비노에게 이런 의문이 떠올랐다. '테오필로 입에서는 정액 냄새가 날까?' 이 생각으로 인해 긴장이 더 심해졌다.

　테오필로가 말을 계속 이었다.

　—제가 유럽으로 떠나기 전날이었습니다. 이런 일이 있었습니다.

　그가 다시 자리에 앉았다. 사비노는 생각했다. '녀석 가까이에 다가가 앉자. 그럼 입에서 정액 냄새가 나는지 알 수 있겠지.' 의자를 잡아 그의 옆으로 끌어당겼다. (아직 정액 냄새가 나는지는 알 수 없었다.)

　—무슨 일인데?

　—그러니까 제가 떠나기 전날 밤이었습니다. 저는 술집 안에 있었는데요. 갑자기 밖에서 누군가 외치는 소리가 들렸어요. "똥구멍 봐라, 똥구멍 봐!" 하면서요. 엄청나게 큰 소리로. 모두들 문가로 몰려갔지요. 저도 가봤구요. 무슨 일이 일어났는지 아세요?

　사비노는 그저 입만 딱 벌렸다. 테오필로가 계속 말했다.

　—폴크스바겐 차였어요. 앞길에서 원을 그리며 전속력으로 달리다가 술집 앞으로 올 때면 사람들이 볼 수 있도록 속도를 줄였어요. 운전석 옆에는 한 청년이 창문 밖으로 몸을 내밀고 걸터앉아 있었어요. 상상이 가십니까? 바지를 내리고 유리창 밖으로 엉덩이와 넓적다리를 드러내고 말이지요. "똥구멍 봐라, 똥구멍!" 소리를 질러대면서요. 온 밤을 내내 그러고 있었어요. 아무도 웃질 않았습니다. 웃는 사람은 아무도 없었어요.

　말을 멈추고 사비노를 쳐다보더니 물었다.

　—재미있다고 생각하십니까?

견딜 수 없이 불안한 심정으로 사비노는 겨우 말했다.

—전혀.

강박관념에 찬 비현실적인 엉덩이가 밤 거리를 돌고 있는 장면을 상상했다. 술집 안에 있던 사람들이 모두 문가에 모여 쳐다보는 광경을. 아무도 웃지 않는다. 왜냐면 모두들 그 음란하면서도 비통한 환상에 빠져드는 걸 느끼기 때문에.

테오필로가 목소리를 높였다.

—그게 누구였는지 아세요? 아니, 사실 얼굴은 안 보였죠. 엉덩이만 있었으니까요. 어쨌든 누구였는지 아십니까?

사비노에게 대답은 너무 뻔했다.

—안토니오 카를로스.

청년은 냉소적이고 득의에 찬 목소리로 말했다.

—그렇습니다. 카마링야 선생의 아들이오. 내 친구지만 이상한 집착이 있었어요. 끈질기게 그것만 생각하는 거예요. 그러니까 말입니다. 사비노 선생님, 그게 뭘 의미한다고 보십니까?

—난 모르겠네.

테오필로는 계속 추궁했다.

—다른 질문을 드리겠습니다. 카마링야 선생이 일종의 도덕주의자라고 생각하십니까?

사비노가 대답했다.

—나는 다른 사람에 대해 평가하고 싶지 않네. 죽은 사람도 그렇고, 내 친구에 대해서도 마찬가지고.

테오필로는 흡족한 태도로 의자에 기댔다.

—그러시겠지요.

침묵이 흘렀다. 그리고 사비노는 사위 앞에 얼굴을 가까이 대고 말하면서 그의 입김을 맡아보고 싶어 미칠 지경이었다. 그의 입김에서 정액 냄새가 나리라는 확신이 어느 순간보다 강하게 들었다.

그러다가 자리에서 일어나 별안간 열에 들떠 말했다.

—테오필로, 오늘은 정말 기막힌 이야기만 계속 듣는 날이네. 조금 아까까지 베르나르도 신부를 만나고 온 참이거든. 지금 막 그쪽에서 온 걸세. 그분은 정말 훌륭한 분이야, 훌륭한 분이고말고.

테오필로가 천장으로 눈길을 던지며 말을 받았다.

—저도 그 신부님을 좋아합니다.

사비노는 목소리를 좀 낮췄다.

—그 신부님이 오늘은 내가 전혀 기대하지도 않았던 말씀을 하셨네. 글쎄 나더러 바른 사람이라는 거야. 정말 감격스럽더군. 알겠나? 테오필로, 자네는 아직 젊지. 하지만 그건 무엇보다 큰 칭찬이라네. 그 이상의 찬사를 듣는다는 건 바랄 수도 없어. 신부님이 나보고 바른 사람이라고 말씀하시다니, 나는 사는 보람을 느꼈네. 정말일세. 더 이상 바랄 게 없어.

그러고는 활기찬 목소리로 덧붙였다.

—그저, 자네에게는 내 딸을 행복하게 해달라고 부탁하고 싶네.

청년의 앞에 가까이 다가갔다.

—내가 하고 싶었던 말은 이거야. 이 말을 하려고 불렀네.

사위가 입을 열어 말하기 시작하면 입김을 맡아볼 참이었다. 하지만 테오필로는 자리에서 일어나 방 안을 걷기 시작했다.

—저로서는 최선을 다하겠습니다. 따님을 좋아합니다. 사랑합니다. 그리고 따님도 저를 사랑한다고 믿습니다. 우리는 틀림없이 행복할 겁니다.

그의 말은 정직하고, 진부하고, 올바르고, 동시에 아주 천박했다. '왜 천박하게 들리는 거지?' 사비노가 의아해하면서 혼자 던진 질문이었다.

다시 감격하면서 사비노가 말했다.

—테오필로, 내가 말이 너무 많았네. 내가 자네를 여기 부른 이유는, 사실은…… 글로리아가 말 안 하던가?

—말 안 하던데요.

—좋아. 바로 이걸세.

사비노는 지갑에서 수표를 꺼냈다.

—여기 자네한테 주는 결혼 선물이 있네.

청년은 수표를 받아 액수를 읽었다. 그리고 눈을 들어 사비노를 보면서,

—5백만이오?

—자네한테 주는 걸세.

테오필로는 다시 수표를 보았다.

—왜지요?

짜증이 치미는 걸 느끼면서 사비노가 설명했다.

—왜냐면, 나는 딸이 결혼할 때마다 사위에게 선물을 주는 습관이 있네. 그래서 자네한테도 마찬가지로 주는 걸세. 알겠나?

상대방은 침착하게 말했다.

—실례합니다.

그는 장인 앞에서 수표를 잘게 찢었다. 그러고는 종잇조각을 재떨이에 버렸다.

제21장

그에게는 10억의 현금이 있었다. 부동산과 땅, 아내의 보석 같은 재산 외에 현찰만으로 그런 돈이 있었다. 10억의 돈을 생각할 때면 자신의 무한한 힘과 능력에 뿌듯했다. 그 많은 돈. 그리고 상상하곤 했다. '앞으로 더 많이 벌 수 있어.'

그런데 그 앞에서 수표를 찢어 조각내면서 사위는 그의 무한한 힘과 능력을 모독하고 짓밟았다. 사비노는 "이게 무슨 짓이야!"라고 말하려다 그냥 입을 다물었다. 갑자기 약해지고 늙어버린 기분이었다. 그랬다. 테오필로가 그에게 가한, 거의 물리적인 공격에 가까운 모독이 그를 늙게 만들었다.

마침내 물었다.

—왜 이러는 건가, 도대체?

테오필로는 정중하게, 그러나 단호하게 말했다.

—돈은 안 됩니다.

사비노는 이제 더 이상 정액 냄새를 생각하지 않았다. 새벽까지 밤

거리를 미친 듯이 돌았다던 안토니오 카를로스의 괴기한 엉덩이도 잊어버렸다.

—그렇지만 우리 집안 관습일세!

청년은 고개를 꼿꼿이 쳐들고 말했다.

—다른 선물이라면 얼마든지 좋습니다. 그러나 돈은 받지 않겠습니다. 죄송하지만 받을 수 없습니다.

사비노는 주머니에서 성냥을 꺼냈다.

—좋아. 할 수 없지. 자네의 의견을 존중하네. 그렇게 생각한다면야, 뭐. 알았네.

테오필로가 물었다.

—기분 상하셨습니까? 그러신가요?

—전혀 아닐세.

—물론 아니시겠지요. 그리고 하여튼, 뜻은 감사합니다.

잠시 틈을 두었다가 테오필로가 다시 물었다.

—괜찮으시지요?

사비노는 쾌활하게 대답했다.

—괜찮네.

사비노는 사위를 엘리베이터까지 전송했다. 자신이 갑자기 무척 늙어버린 것처럼 느꼈다(게다가 얼굴은 따귀를 한 대 호되게 얻어맞기라도 한 것처럼 뜨거웠다).

엘리베이터 앞에 이르기 전에 사비노가 잠시 발을 멈췄다.

—테오필로, 내 자네한테 하고 싶은 말이 있네.

그는 잠시 주위를 둘러보았다.

—이 담배 좀 어디다 버리고.

—저기요.

테오필로가 구석을 가리켰다. 사비노는 모래 상자에 담배를 버리고 왔다.

그리고 말을 시작했다.

—나는 이렇게 생각한다는 걸 자네가 알아주기 바라네. 내 진심일세. 자네가 수표를 찢은 것은 정말 가장 도덕적으로 완벽하고……

그는 적당한 말을 찾기 위해 잠시 머뭇거리다가 그냥 말을 맺어버렸다.

—완벽하게 도덕적인 처사였어.

그러면서 생각했다. '아, 이 빌어먹을 개새끼!' 이런 짓을 하는 인간은 동성애자 새끼일 수밖에 없으리라는 확신이 들었다. 테오필로 자식은 수표에 대해 미리 알고 있었음이 틀림없다. 미리 알고 준비한 거였다. 전부 다 녀석의 연극이다. 도덕적으로 우월한 척하는 호모 새끼 같으니라구!

엘리베이터가 도착하자, 엘리베이터 직원이 고개를 내밀었다.

—내려가십니까?

—잠깐만.

사비노는 청년의 등을 두드리며 말했다.

—그럼, 살펴서 가게.

청년의 눈빛이 잠시 빛났다.

—네. 그럼. 내일 뵙겠습니다.

사위가 들어가고 엘리베이터 문이 닫혔다. 그제야 사비노의 후각에, 뒤늦게 이상한 냄새가 느껴졌다. 녀석의 입김에서 맡으려고 했던 그 냄새가 이제 온 사방에서, 공기에서, 벽에서 풍기고 있었다.

천천히 방으로 돌아왔다. 5백만짜리 수표를 찢다니, 동성애자 새끼가 아니라면 도저히 그럴 수 없다. 그는 더욱 격분했다. 이젠 이상한 냄새도 더 이상 느껴지지 않았다. 후각도 다른 감각들처럼 환각 증세를 나타내는 거라고 믿고 싶었다.

노에미아가 사환 아이와 잡담하고 있는 모습이 보였다. 그 옆을 지나가면서 말했다.

—노에미아 양, 내 방으로 와요.

그사이 더 젊어지고 예뻐진 것 같은 비서가 그를 뒤따라왔다. 사비노는 집무실로 들어와서 벌거벗은 타모이오족 그림 앞에 섰다. 그러고는 몸도 돌리지 않은 채 인디언 그림만 바라보며 말했다.

—노에미아 양, 저 사환을 퇴근시키시오.

비서는 자리에 얼어붙은 채 말했다.

—뭐라고 하셨어요?

그는 버럭 성질을 냈다.

—귀먹었소? 노에미아 양은?

비서는 멈칫거리면서,

—사장님이 너무 조그맣게 말씀하셔서요.

이번에는 몸을 돌려 노에미아의 얼굴 앞에 바짝 들이대고 말했다.

—사환을 퇴근시키시오.

비꼬는 말투로 덧붙였다.

—이제는 알아들었소?

—네.

—그런데 뭘 그리 쳐다보고만 있소? 빨리 가서 시키는 대로 해요!

얼빠진 얼굴로 노에미아가 달려나갔다. 사비노는 책상 옆으로 왔다. 재떨이에 버려진 수표 조각을 바라봤다. 노에미아가 다시 들어왔을 때, 사비노는 왼쪽 옆구리에 통증을 느끼며 한 손으로 얼굴을 감싸고 앉아 있었다.

노에미아는 잠시 기다렸다. 그러다 찢어지는 듯 아픈 마음으로 용기를 내어 말했다.

—사비노 사장님?

그가 잠에서 깨어나는 말투로 물었다.

—뭐요?

그녀는 기어들어가는 목소리로 조심스럽게 물었다.

—좋으셨나요?

사비노가 어이없다는 얼굴로 벌떡 일어섰다.

—지금 뭐라고 했소? 노에미아 양?

여자는 겁이 났다.

—아니요. 아무것도 아닙니다.

그는 책상 주위를 돌아 앞으로 나왔다. 노에미아는 사장이 자기를 때리러 오나 보다 생각했다.

—노에미아 양, 지금 나한테 질문했잖소. 다시 말해봐요. 지금 뭐라고 말했지요? 다시 들어야겠소.

사비노는 더 이상 이상한 냄새를 느끼지 않았다. 아까 그건 확실히 후각의 환각이었을 것이다.

여자는 아무 말도 하지 않았다. 사비노의 얼굴에 냉소가 떠올랐다.

—내가 정상으로 말할 때는 알아듣질 못하시는군. 다시 말할 테니, 잘 듣고 대답하시오.

그가 목청을 높여 외쳤다.

—지금 나한테 뭐라고 물었소?

여자가 더듬거리며 말했다.

─사장님께서 좋아하셨냐고 물었습니다.

─아, 그래요. 노에미아 양? 내가 좋아했느냐고?

아주 친절하고 달콤하기까지 한 말투로 남자가 말했다. 그러더니 다시 소리를 버럭 질렀다.

─누가 나한테 그따위 식으로 말해도 좋다고 했나? 응? 이런!

여자의 두 팔을 잡고 흔들었다.

─주제를 알아라, 네 주제를!

노에미아가 신음 소리를 냈다.

─아유, 아파요!

여자를 밀쳐내며 말했다.

─노에미아 양! 잊지 마시오.

사비노는 숨을 헐떡이며 말했다.

─잊지 말라구! 노에미아 양은 반항하는 시늉도 안 했던 사람이오. 당신은 도대체 어떻게 돼먹은 여자요? 대답을 해봐요!

여자는 하얗게 질렸다가 두려움으로 양볼이 빨개졌다.

─부슨 말씀이신지 모르겠어요.

─내 말은 말요, 노에미아 양. 당신은 창녀나 다름없이 처신했다 이거요. 창녀처럼!

노에미아가 울기 시작했다.

─저를 모욕하지 마세요, 모욕하지 마세요!

남자는 입에 침방울을 거품처럼 물고 소리쳤다.

─당신 같은 여자한테는 모욕이고 뭐고도 없어!

그걸로도 모자라서 덧붙였다.

─더러운 여자야! 아주 천하고 지저분한 여자야!

노에미아는 큰 소리로 울면서,

—그렇게 말씀하지 마세요, 사비노 사장님! 그런 말씀 하지 마세요!

허리를 꺾으며 울부짖었다.

—너무합니다. 너무해요!

노에미아가 정신을 잃고 소리치는 바람에, 사비노는 아까 밖에 있던 사환 아이가 아직도 있다가 들으면 어떡하지, 하는 생각이 들었다. 문으로 가 열고 밖에 대고 외쳤다.

—거기 누구 있나? 누구 있소?

아무 대답이 없었다. 그래도 불안했다. 사무실을 가로질러 화장실까지 가봤다. 아무도 없었다. 누구도 들은 사람이 없을 거라는 게 분명하자 그제야 마음이 놓였다. 집무실로 다시 돌아오는데 발을 헛디딜 뻔했다. 방문을 닫고 열쇠를 돌려 잠갔다.

의자에 주저앉아 있던 노에미아가 고개를 들었다. 격심한 분노의 눈으로 그를 보며 여자가 말했다.

—저한테 그렇게 함부로 말씀하지 마세요! 그러실 권리 없습니다.

그를 마주 보며 외쳤다.

—이럴 순 없어요! 이럴 순 없다구요!

처음으로 그에게 대항해 소리쳤다. 사비노는 달려들어 여자를 패고 싶었다.

—여기서, 이럴 수 있고 없고를 결정하는 건 나야! 나! 그리고 소리지르지 마!

여전히 그녀가 소리쳤다.

—난 창녀가 아니에요!

남자도 목청껏 악을 썼다.

─소리지르지 말라니까! 입 닥쳐!

그리고 미친 듯이 소리쳤다.

─입 닥치라구! 난 한 번도 여잘 때려본 적 없어! 날 정신 잃게 만들지 마!

노에미아가 사무실 바닥에 무릎을 꺾으며 쓰러졌다. 너무 심한 모욕에 머리가 돌아버리는 것 같았다.

─나는 창녀가 아니야! 창녀 아니야!

사비노는 여자에게서 등을 돌리고 섰다. 자신의 분노에 스스로 지쳐버렸다. 천천히 방을 가로질러 타모이오족 그림 앞에 섰다.

노에미아가 흐느끼면서 다시 말하기 시작했다.

─사비노 사장님, 저한테는 남자가, 애인이 있었어요. 정말 처음으로, 처음으로 그 애인을 배반했습니다.

사비노는 다시 그녀 앞으로 걸어와 신이 나서 몰아세웠다.

─그렇다면 더 한심한 일이로군! 남자가 처음으로 하나 나타나자마자 애인을 배신했소? 우리가 언제 제대로 말이라도 하던 사이인가? 그런데 그런 남자 때문에 애인을 배신해? 남자가 나타나니까 당장 옷을 벗고 다리를 벌려? 나는 당신한텐 모르는 사람이나 마찬가지요!

노에미아가 일어섰다.

─아니에요, 아닙니다. 모르는 사람이라니요!

여자의 목이 쉬어 있었다.

─사장님은 제 마음을 모르시나요?

그를 향해 다가오더니 사비노의 팔에 손을 얹었다. 사비노는 그녀를 뿌리치며 외쳤다.

─이거 놔요! 나한테 손대지 마시오!

간절한 목소리로 그녀가 말했다.

—사장님, 저는 당신을 좋아하기 때문에 그 집에 간 거였어요. 항상 좋아했습니다. 안 믿으셔도 좋아요. 하지만 당신을 사랑해요. 사랑합니다!

남자는 거의 나오지 않는 목소리로 말했다.

—사랑? 좋아하지 마시오. 그만둬요. 그런 소린 그만둬.

—제 말을 들어주세요! 다른 사람이 그랬으면 저는 절대 안 갔을 거예요. 사장님이었기 때문에 간 거예요. 여기 돌아오자마자 그 남자와 싸우기까지 했어요. 사장님 때문에 제 애인한테 모욕을 주고 쫓아보냈어요.

사비노는 눈을 감고 옆을 향해 서 있었다.

—시간 낭비하지 맙시다.

그녀는 발을 굴렀다.

—사장님, 저는 제 할 일 하면서 제자리에 조용히 있었어요. 사장님이 저를 부르신 거잖아요. 잘못하신 건 사장님이에요. 그러니 제가 어떻게 해야 하나요? 제가 어떻게 했으면 좋겠습니까? 말씀을 해보세요.

남자는 아연하다는 기색으로 돌아봤다.

—그래서 지금, 나랑 노에미아 양 사이에 무슨 일이라도 있었다는 말을 하고 싶은 거요? 그래서 내가 당신한테 무슨 의무라도 있단 말을 하고 싶은 거요?

노에미아가 뭔가 대답하려는 차에 전화벨이 울렸다. 사비노가 거칠게 말했다.

—저놈의 전화나 받으시오!

그러고는 다시 타모이오족 그림을 향해 돌아섰다.

노에미아가 전화를 들었다.

—산타 테레징야 부동산입니다. 안녕하십니까?

전화한 사람은 에우독시아였다. 노에미아는 명랑하게 말했다

—사모님, 안녕하세요? 네. 그렇지요…… 그래요. 계세요, 계세요. 잠깐 기다리세요. 네…… 안녕히 계세요. 잠깐만요.

웃음을 싹 거둔 얼굴로 사비노를 향해 돌아섰다.

—사모님이십니다.

남자는 급할 거 없다는 투로 천천히 전화를 받으러 왔다. 숨을 한번 고르고 자리에 앉아 수화기를 들었다.

—여보세요, 무슨 일이오?

전화 건너편에서 아내는 좀 놀라는 기색이었다.

—당신 감기 걸렸수?

—내가?

—목이 쉬었는데요?

그는 쓰게 웃었다.

—여보, 할 말 있으면 빨리 해요! 무슨 일이라도 있는 거요?

—글쎄, 그러니까, 여기 누가 와 있는 줄 아세요? 결혼식 들러리 서 줄 아가씨가 오셨는데…… 누군지 알아맞혀보세요.

—누군데?

—실레니요.

사비노는 질겁했다.

—실레니?

그러고는 냅다 다그치기 시작했다.

—에우독시아, 당신 정신이 있는 거야, 없는 거야? 아이고 맙소사. 당신 도대체, 생각이라는 게 있는 사람이오?

—왜요?

　―몰라서 묻나?

　―여보, 내가 조그맣게 말할게요. 실레니가 바로 옆 거실에 있으니까. 타치아나가 풍진에 걸려서 실레니가 그 자리를 대신 메우기로 했어요.

　사비노는 아연실색해서 물었다.

　―그래서 하필이면 간질병 환자를 데려왔다고? 여보, 에우독시아! 그 아이는 긴장하거나 흥분하면 안 돼. 잘못 흥분했다가는 발작을 일으킬 수 있다고. 성당 안에서 발작이라도 일으켜 쓰러지면 어쩌려고 그래?

　―그럼 나더러 어떡하란 말이유?

　―누가 그애 부를 생각을 했나?

　―나요.

　―그래? 당신이지! 그럴 줄 알았어. 이것 봐. 난 반대야. 아버지로서 반대한다고 분명히 말했어!

　아내가 마침내 화를 냈다.

　―사비노, 당신 정말 인정머리가 없구려. 어쩜 그렇게 못됐수? 당신은 그 아이 대부예요!

　―그래서, 그래서 어쨌단 말이야? 원, 세상에 이런…… 여보, 에우독시아, 침착하게 얘길 해봅시다. 난 진정했으니까. 당신, 내가 그 병에 대해서라면 아주 질색하고 싫어하는 거 알지? 그래, 솔직히 말해서 난 싫소. 그 병만 아니라면 어떤 병 환자래도 눈감아줄 수 있어. 하지만 그 병은 안 돼. 당신, 그거 알고 있잖아. 안 그렇소? 당신 몰랐어?

　―잊어버렸어요. 그 아이를 부르면서는 미처 생각 못했어요.

　―그러니까 말이야. 내 당신한테 부탁이오. 내 간절히 부탁하리다. 취소해요. 아무 구실이나 둘러대서 취소해버려요.

　아내는 어찌할 바를 몰랐다.

—사비노, 제발 좀! 내 사정 좀 봐줘요. 벌써 초대해놨는데, 이제 어떻게 취소를 해요? 그리고 말이에요. 실레니가 타치아나 입으려던 예복도 벌써 입어봤어요. 아주 잘 맞아요.

사비노는 말없이 전화를 끊었다. 한순간, 머릿속이 텅 비면서 열이 끓어오르는 것 같아 아무 말도 나오지 않았다. 그로부터 등을 돌리고 코를 풀고 있는 노에미아를 봤다.

자리에서 일어나 그녀 옆으로 갔다. 억눌린 음성으로 그가 말했다.

—노에미아 양, 당신은 해고요.

여자가 천천히 돌아섰다.

—뭐라구요?

부드러운 음성으로 다시 말해줬다.

—당신은 해고요.

두 사람은 서로 쳐다봤다. 여자가 몸을 떨기 시작하더니 말했다.

—나는 사장님이 왜 이러시는지 알아요.

그러더니 신경질적으로 웃어댔다.

—그것 때문이시죠? 저한테 말씀하신 그것 때문에요?

그러면서 노에미아는 생각했다. '소리지를 거 같아. 소리지르고 싶어!' 사비노는 여자가 그가 언급했던 동성애 사건을 말하려 한다고 생각했다.

남자가 물었다.

—그거라니, 뭐?

여자가 후들후들 떨며 말했다.

—사장님은 딸 이름을 부르셨어요. 생각 안 나세요? 사장님은 글로리아 이름을 불렀어요. 하지만 걱정 마세요. 저는 아무한테도 얘기 안 해

요. 절대로 얘기 안 할 거예요. 절대로!

그는 여자를 똑바로 마주 보고 말했다.

—지금 무슨 소릴 하고 있는 거요? 무슨 말을 하고 싶은 거야, 엉? 거짓말하지 마! 거짓말 마! 내가 누구 이름을 불렀다구! 이 개 같은 년아!

그러면서 여자를 향해 손을 벌리고 달려들었다.

—죽여버린다! 너 죽여버리고 만다!

노에미아는 방 한끝으로 뛰어 도망갔다. 그와 그녀 사이에는 책상이 있었다. 사비노가 책상 위에 있던 문진을 집어들며 말했다.

—어딜 도망가! 어딜! 이걸로 네년 상판을 부숴버릴 테다!

사비노는 격심한 분노로 인해 굳어버린 것 같았다. 몸이 움직이지 않았다. 그는 천천히 탁자를 돌아 여자에게 다가가기 시작했다.

바로 그때, 누군가가 문을 두드렸다. 사비노는 겁이 나서 걸음을 멈췄다. 밖에서 그를 부르는 소리가 들렸다.

—아빠! 아빠!

노에미아를 향해 말했다.

—여기서 나가! 당장!

여자가 그의 옆을 지나갔다. 문을 열고 글로리아에게는 아무 말도 안 하고 사무실 저편으로 뛰어 달아났다.

글로리아가 들어오면서 말했다.

—노에미아가 울고 있네요. 아빠, 무슨 일이에요?

제22장

그 잡년의 면상에다 신부가 했던 말을 뱉어줄 걸 그랬다. "그 섹스는 오줌누기 같은 거였어!"라고. 재수 없는 년 같으니라구. 글로리아 이름을 가지고 협박하려 들었겠다. 한 번 더 내 딸의 이름을 들먹였단 봐라. 아주 죽여버리고 만다. 죽여버린다. 그리고 최후 심판의 날이 있다면 이렇게 말하겠다. "다시 한 번이라도 죽이겠소!"라고.

글로리아에게 발했다.

—아무것도 아니다.

다시 한 번 말했다.

—아무것도 아니야.

소녀가 아버지의 넥타이 매듭을 만져 다듬었다.

—하지만, 아빠! 노에미아가 울면서 나가던데요.

딸의 이마에 입을 맞추면서 말했다.

—음…… 사실은 말이다, 타자를 치고 있었거든. 지금 다루고 있는 중요한 거래 건 서류를 말이다. 그런데 자꾸 실수하기에, 내가 야단을 좀

쳤다. 그래서 그런 거야.

글로리아가 한숨을 내쉬며 말했다.

—노에미아는 참 착한 사람이에요, 아빠!

사비노는 손수건을 꺼냈다.

—그래, 그래, 안다. 내가 좀 지나쳤던 것 같다. 네 결혼식 때문에 내가 요즘 제정신이 아니다.

섹스는 오줌누기야. 그 머저리 같은 년하고 그를 연결하는 유일한 고리라는 건 바로 그 오줌누기 행위였다. 그는 딸을 향해 웃었다.

글로리아가 손수건을 뺏어 들었다.

—제가 닦아드릴게요, 아빠. 제가요.

사비노는 목과 얼굴 전체로 땀을 흘리고 있었다. 목덜미 옷깃이 후줄근했다. 가쁜 숨을 내쉬며 말했다.

—모르겠다. 내가 좀 피곤한가 보다. 아직 점심도 안 먹었다.

딸이 얇은 손수건으로 그의 땀을 닦았다. 사비노는 흐뭇해서 말했다.

—됐냐?

—네, 이제 됐어요.

—이리 다오, 손수건, 이리.

글로리아는 손끝으로 수건을 집어 건넸다.

—흠뻑 젖었어요.

—상관없다.

젖은 손수건을 받아 바지 뒷주머니에 간수하며 물었다.

—왜 그렇게 슬픈 얼굴이냐?

—노에미아가 가엾어요.

사비노는 딸의 손을 잡고 입을 맞추었다.

—이렇게 하마. 내 노에미아한테 초콜릿 한 상자 선물하겠다. 약속 하마.

글로리아의 얼굴이 밝게 빛났다.

—와, 정말 좋은 생각이네요. 잊어버리시면 안 돼요.

—내 수첩에다 적어놓으마. 잠깐 기다려라.

비서의 책상에 가서 두터운 다이어리 공책을 들어 보여줬다.

—자, 이게 내 성경책이다.

공책을 열고 초콜릿 상자, 라고 적었다. 그러곤 환한 표정이 되어 딸 옆으로 돌아왔다.

—이제 노에미아 일은 잊어버려라.

작별 인사 나누듯 딸을 가슴에 끌어안았다. 다음 날 있을 결혼식이 딸의 죽음이기라도 한 것 같았다. 글로리아의 이마와 볼에, 그리고 귀에 여러 번 입을 맞췄다(귀에다 입 맞춘 것은 처음이었다). 손으로 그녀의 등 을 쓰다듬다 하마터면 자기도 모르게 엉덩이 근처를 만질 뻔했다.

딸과의 포옹을 풀었다.

—머리 했냐?

—어때요?

—참 이쁘구나!

—미장원에서 곧장 오는 길이에요.

거의 달콤하기까지 한 조바심을 안고 딸의 두 팔을 잡았다.

—이 녀석!

둘 사이에서만 쓰는 애칭이 몇 개 있었지만 '이 녀석'이라고 부르기는 처음이었다. '우리 강아지'나 '귀여운 아가'가 아니고 '녀석'이라니. 어떤 여자들과의 섹스는 오줌누기 그 이상도 이하도 아니다.

—아무리 봐도 예쁘구나!

그러자 글로리아는 서너 발짝 그의 앞에서 물러나더니 가볍고 재빠른 동작으로 발레하듯 몇 바퀴 돌아 보였다. 그러고는 다시 아버지 앞으로 다가왔다.

—아빠가 벌써 나가셨을 거라고 생각했어요. 엘리베이터 직원이 아직 안 내려오셨다고 그러기에 올라왔지요.

사비노는 노에미아 생각 같은 건 이미 싹 잊었다. 그리고 혹시 글로리아가, 그가 너무 심하게 애정 표현을 했다고 생각하면 어쩌지, 하는 걱정이 들었다. 신부 앞에서 옷을 벗었다는 소녀는 도대체 누구일까? 지금 막, 딸을 품에 안고 있을 때 손으로 등 뒤를 쓰다듬었지. 그의 손이 엉덩이를 만졌으면 소녀의 반응은 어땠을까? 그의 상상은 이미 딸이 아니라 그 소녀, 어린 암컷인 그 소녀를 떠올리고 있었다.

그가 딸에게 말했다.

—넌 내 귀여운 꼬마 녀석이지, 그렇지?

글로리아는 오만하게 얼굴을 치켜들고 대답했다.

—네. 아빠의 꼬마 녀석이에요.

두 사람은 이렇게 성을 바꾸어 장난치며 공범자 같은 재미를 느꼈다. 글로리아가 갑자기 사비노를 향해 돌아서면서 말했다.

—아빠, 잠깐 화장실에 다녀올게요.

그가 말렸다.

—그 화장실 쓰지 마라, 아가. 여기 여자 직원들이 깔끔한 애들인지 뭔지 알 게 뭐냐?

—조심할게요, 아빠. 걱정 마세요.

사비노는 문까지 따라오며 말했다.

—그래. 얼른 갔다 오렴. 집에 갈 때까지 잠깐 못 참겠니?

—안 돼요.

—그래, 알겠다.

글로리아는 사무실을 건너 안쪽으로 갔다. 화장실 문 손잡이를 비틀었다. 문이 안으로 잠겨 있었다.

—노에미아, 노에미아!

불렀다. 안에서 문을 열었다.

—들어와요, 들어와!

글로리아가 들어가자 노에미아는 다시 문을 잠갔다. 글로리아가 놀라며 물었다.

—문은 왜 잠그고 있어요?

노에미아는 아픈 목소리로 말했다.

—나, 지금 너무 정신이 없어서…… 아, 글로리아!

글로리아는 그녀를 똑바로 응시했다.

—노에미아, 내가 뭐 하나 물어보면 솔직히 대답해줄래요?

노에미아는 뒤로 한 발 물러섰다.

—물어보다니, 뭘요?

—대답할 거지요?

겁난 목소리로 말했다.

—대답하지 뭐.

—뭐냐면, 혹시 노에미아랑 우리 아버지 사이에 무슨 일 있는 거예요?

—일이라니, 그게 무슨 소리예요?

—아, 노에미아!

—무슨 소린지 모르겠네.

—노에미아! 난 지금 자기하고 우리 아버지 사이에 남녀 관계가 있느냐고 물어보는 거예요? 알아들었으면서 왜 그래요?

비서는 얼굴을 붉히며 말했다.

—아이고, 이게 무슨, 말도 안 되는 이야기야, 글로리아! 아버지가 어떤 분인 줄 몰라서 하는 소리예요? 사비노 사장님이 나한테 그러실 것 같아?

—정말 아무 일 없는 거예요?

—정말이야. 맹세할게!

글로리아가 웃었다.

—아유, 난 정말 바보 같다니까. 그런데 문득 그런 의심이 들더라구요. 아까 문을 열고 노에미아가 울면서 나왔을 때, 생각했어요. '어, 뭔가 심상치 않다' 하고. 더구나 두 사람이 문까지 잠그고 있었잖아요.

—일하고 있었어요. 서류들 때문에.

글로리아는 거울을 들여다봤다.

—난 질투까지 나려고 했어요. 나, 아버지한테 가끔 질투한다니까. 정말이에요.

다시 노에미아를 바라보고 섰다.

—내 머리 좋아요?

노에미아가 초라하게 말했다.

—글로리아는 어떻게 해도 예뻐.

글로리아는 화장실 안으로 들어갔다.

—나, 쉬 좀 해야지. 그런데 앉지는 않을래요. 공중 화장실에서는 병 옮을까 겁이 나.

—앉지 말고 해요.

—그러려고요.

글로리아가 한숨을 쉬었다.

—제일 짜증나는 건 말이에요, 제일 기분 안 좋은 건 땀에 젖은 옷이야. 난 어디가 제일 땀이 많이 나는지 알아요? 우스운 게, 남들처럼 겨드랑이 밑이 아니에요. 나는 팔 밑으로는 땀이 별로 안 나요. 그런데 젖가슴 아래로 그렇게 땀이 많이 흐른다니까요. 그것도 오른쪽 가슴이 특히 더.

글로리아는 안에서 팬티를 벗어 손에 들고 나왔다.

—이제 다른 거 하나 물어볼게요.

스커트 자락을 들어올려 허벅지에 부채질을 몇 번 하더니 팬티를 입었다.

—내 엉덩이가 비뚤어졌어요?

두 여자는 킬킬대고 웃었다.

—왜요?

글로리아는 다시 거울을 들여다봤다.

—왜 그러냐면 말이죠, 우리 언니들 알죠? 몰라요? 아유, 얼마나 콤플렉스들이 많은지 몰라요. 나한테서 흠 잡아내는 게 취미예요. 오늘은 글쎄 내 엉덩이가 비뚤어졌다고 흉을 보는 거예요. 우리 언니들은 엉덩이가 하나도 없어요. 알아요? 그렇게 평평하고 못생긴 엉덩이는 본 적이 없다니까요. 그러면서 내 흉을 못 잡아 그렇게 안달들이야. 그런데 정말, 말해봐요. 내 엉덩이가 비뚤어졌어요?

—비뚤어진 엉덩이라니…… 난, 그게 뭔지도 모르겠네, 원.

글로리아는 옆으로 돌아섰다.

—이렇게 봐봐요. 보고 있어요?

—보고 있어요.

—어때요?

노에미아가 말했다.

—아유, 글로리아, 난 모르겠어요. 비뚤어졌다니…… 무슨 소리야.

—솔직히 말해봐요.

노에미아는,

—솔직히 말하고 있어요. 내 생각뿐이 아니라 우리 사무실의 여직원들이 다들 하는 말인데. 전부 다들 뭐라고 말하는 줄 알아요? 글로리아 히프처럼 예쁜 히프는 없다고 그래요.

—에그머니!

—에그머니는 왜? 얼마나 좋아? 나는 자기 같은 몸매를 못 가져서 얼마나 콤플렉스가 많은데. 글로리아 같은 몸이었으면 좋겠어. 나는 굴곡이 하나도 없어요. 특히 뒤쪽으로는, 자기 언니들처럼, 히프가 하나도 없어. 봐봐, 봐봐.

글로리아가 신이 나서 말했다.

—나도 알아요. 그런 줄 알아요. 그래서 우리 언니들이 심술을 부리는 거야. 하지만 난 상관 안 해요.

문 손잡이를 돌려 나가려다 말고 물었다.

—노에미아, 내일 오시는 거죠? 그렇지요?

—결혼식에?

—꼭 오셔야 해요.

노에미아는 양손을 비틀었다 풀었다 했다.

—글쎄, 몰라. 모르겠어요.

—어머, 모르는 게 어딨어요? 안 오면 나 화낼 거예요!

노에미아는 글로리아의 팔을 붙잡았다.

―그게 아니야, 그게 아니에요.

그러고는 충동적으로 말하기 시작했다.

―가끔은, 자기 아버지는 나한테 좀…… 그렇게 대할 때가 있어요. 아무 이유 없이 말이에요. 나는 사비노 사장님 마음에 들려고 최선을 다하는데도. 그러니까, 글로리아, 내가 뭐 하나 말해줄 테니 절대 비밀을 지켜야 해요.

노에미아는 울기 시작했다.

―나는 자기 아버지를 정말 좋아해. 순수하게 좋아하는 거예요. 사비노 사장님은 나한테는 그저 단순한 상사가 아니에요. 내 아버지나 다름없어. 글로리아, 무슨 일이 있어도 말이지. 자기가 기억해줬으면 좋겠어요. 난 글로리아 아버지를 정말 존경해. 존경한다구!

글로리아가 그녀의 볼에 입을 맞췄다.

―바보 같은 소리 말아요! 아빠도 노에미아를 무척 좋아해요. 그리고 내일 꼭 결혼식에 와야 해요. 알았지요? 그럼 내일 봐요. 안녕.

―안녕.

사무실을 건너 다시 돌아왔다. 아버지는 그녀를 기다리면서 방 안쪽에 걸린 타모이오족 그림을 보고 있었다.

―왔어요.

기다렸다는 듯이 그가 돌아섰다. 딸을 '녀석'이라고 부른 것이 알 수 없는 즐거움을 안겨줬다.

―그래, 가자.

그러더니 우뚝 멈춰 서서,

―노에미아는 어디 갔지? 나가기 전에 노에미아랑 할 말이 있어.

문을 열고 불렀다.

—노에미아 양! 노에미아 양!

—저 먼저 나가요, 아빠!

사비노가 말했다.

—곧 가마. 노에미아 양! 이리로 좀 오시오.

노에미아가 사무실 중간으로 나왔다. 그는 완벽하게 정중한 태도를
꾸미고 말했다.

—노에미아 양, 잠깐만 기다리시오. 약속이라도 있소?

—기다리겠습니다.

—딸애를 데려다 주고 오겠소. 오래 걸리진 않을 거요. 좀 있다 봅
시다.

여자는 눈길을 깔았다.

—알겠습니다.

아버지와 딸은 팔짱을 끼고 나갔다. 아래층 현관에 이르렀을 때 글로
리아가 말했다.

—아빠, 우리, 집에 가지 말아요. 네? 잠깐 드라이브 좀 해요.

—네 엄마한테는 뭐라 하고?

—아빠, 오늘은 마지막 날이잖아요. 마지막 날. 그러니까요, 우리 드
라이브 한번 같이해요? 네? 아빠! 우리 둘이서만요.

—노에미아더러 기다리라고 했는데.

아버지의 팔을 잡아끌었다.

—노에미아는 기다릴 거예요. 그 사람이 아빠를 얼마나 좋아하는데
요. 홀딱 반해 있는걸요, 뭐. 아빠가 시키는 거라면 뭐든 할걸요.

사비노는 심각하게 부인했다.

—아니다. 네가 잘못 알고 있는 거야.

딸이 사비노의 팔에 매달렸다.

—아빠 비서로 일하는 여자들은 다 아빠한테 반할걸요? 제가 장담해요. 내기할래요? 그리구요, 아빠. 우리 둘이서만 드라이브해요. 기사는 보내세요.

사비노는 과장해서 엄살을 떨었다.

—하지만 나는 운전 안 한 지가 2백 년은 되는데! 못할 것 같다.

—아빠, 저 내일 결혼하잖아요. 결혼식 전날에 제 부탁 안 들어주실 거예요? 기사 보내고 우리 둘이서만 가요, 네?

결국 승낙하고 말았다. 기사의 손에 5천짜리 지폐를 쥐여주며 물었다.

—기름 있나?

—반 탱크는 더 있습니다.

—그럼 됐네. 대신 내일은 일찍 와야 하네. 아주 일찍. 그럼 잘 가게.

두 사람은 차에 올라탔다. 글로리아가 말했다.

—기름 더 채우고 가요.

—뭐?

—기름요. 한 탱크 다 채워요.

그는 기겁하는 척하며 물었다.

—대체 날 어디로 데려갈 참이냐?

그러고는 행복으로 터질 듯한 심정이 되어 크게 웃었다. 글로리아도 잔뜩 신이 나서 열을 올렸다.

—아주, 아주 먼 데로 아빠를 모시고 갈 거예요, 내가. 오늘 아빠는 내 거예요.

낮은 목소리로 자기 자신에게 다짐하듯 다시 말했다.

—내 거예요.

첫번째 나온 주유소를 차가 그냥 지나치자 글로리아는 큰 소리로 외쳤다.

—돌아가요, 아빠! 돌아가요. 주유소예요.

차에 기름을 채웠다. 사비노가 딸을 돌아보았다.

—자, 이제 어디로 갈까?

소녀는 얼굴을 잠시 찡그리더니 말했다.

—니에메이어 대로로 가요.

사비노는 걱정되기 시작했다.

—너무 멀잖니, 애야. 지금 몇 시냐? 네 엄마가 펄펄 뛸 텐데.

글로리아가 사비노의 어깨에 머리를 얹었다.

—마지막 날이라니까요. 오늘은 아빠가 내 말 뭐든 들어주셔야 해요. 그렇지요? 오늘은 뭐든지 해달래도 되지요?

사비노는 머리를 숙이며 대답했다.

—그러자.

차의 속력을 높이며 별안간 활기에 찬 음성으로 덧붙였다.

—내가 널 납치하면 어떨까? 우리 둘이 도망갈까?

—영영 돌아오지 말까요?

그가 소리쳤다.

—다시는 돌아오지 말자!

글로리아는 아버지의 귀 가까이에 얼굴을 갖다 대고는 소리쳤다.

—좋아요, 아빠. 좋아요. 제가 안 가려 할 것 같아요?

그는 말이 없었다. 소녀는,

—하지만 아빠는 용기가 없으시죠. 제가 아빠보다 더 용감할걸요.

그녀의 말에는 대꾸하지 않고,

―내일 이 시간에는 너는 결혼해 있겠구나. 남편이 생기고. 그리고 남편하고 자게 되겠지.

글로리아가 사비노의 웃옷 주머니에 손을 넣으며 말했다.

―그래서 화나세요? 네, 아빠? 솔직히 말씀해보세요. 화나세요?

사비노는 강하게 부인했다.

―아니다, 아니야! 왜 화가 나겠니? 나는 그저 너의 행복을 바랄 뿐이다.

글로리아는 왠지 상처받고 놀라고 기분 상하고 모욕당한 심정이 되어버렸다. 그래서 아버지에게 뭔가 상처가 될 말을 해주고 싶었다.

―아빠, 우리 집에 놀러 오곤 하던 영화 하는 친구 생각나세요? 다큐멘터리 만드는 사람 말이에요. 머리 스타일이 좀 특이한. 그 친구가 아빠를 보더니 고지식한 사람 같대요. 내 친구들은 다 아빠가 고지식한 사람 같다고 그래요.

그 말은 정말 그의 기분을 상하게 했다.

―그렇대?

―그게 아빠 단점이에요.

사비노가 언성을 높였다.

―너도 그렇게 생각하냐?

벤츠는 날다시피 달렸다.

―다들 잘못 알고 있는 거다. 아무도 나를 제대로 모른다. 내 딸조차 나를 이렇게 모르다니. 그렇지만 말이다, 오늘 무슨 일이 있었는지 아냐?

그는 가슴이 답답했다.

―나는 오늘 사람을 죽일 뻔했다. 어떤 사람이 네 얘기를 함부로 하는 거야. 그래서 그 인간을 죽여버리는 줄 알았다. 정말 죽이는 줄 알았

다니까. 하마터면 살인자가 될 뻔했다. 이 내가! 너 때문에 말이다!

그녀가 아버지의 어깨에 머리를 기댔다.

—잊어버리세요, 아빠, 잊어버려요. 중요한 건 우리가 지금 여기 같이 있고 저는 아빠를 정말 사랑한다는 거예요. 우리 지금 어디로 갈 건지 아세요? 사람 없는 바닷가로 가요.

—사람 없는 바닷가?

—네. 가요!

—애야, 강도 만날라. 너 강도 당하고 싶냐?

글로리아가 화난 음성으로 소리쳤다.

—강도가 오려면 오라지요! 아빠! 내 말 다 들어준다고 하셨잖아요! 아무도 없는 조용한 바닷가로 가야 해요. 나 아빠랑 얘기하고 싶어요. 우리가 한 번도 안 해본 이야기를요.

얼마 동안 아무 말 없이 차로 달렸다. 니에메이어 대로에 들어서서야 사비노가 입을 열었다.

—글로리아, 조금 아까 네가 한 말 때문에 나는 정말 놀랐다. 네가 나에 대해 그렇게 생각하다니 가슴 아프구나.

—아빠, 저 좀 보세요.

핸들 잡지 않은 한 손을 딸의 무릎 위에 얹고 괴로움에 잠긴 음성으로 말했다.

—아니다, 아니야. 다투지 말자. 내 말을 들어라. 내가 하고 싶은 말은, 지금 이 순간 나는 몹시 행복하다는 거다. 이렇게 행복해본 적은 없었다. 아마 바로 이 순간을 살기 위해 태어난 게 아닌가 싶다. 오로지 이 순간을 위해서.

글로리아는 아버지에게 얼굴을 내밀면서 말했다.

—아빠, 뽀뽀해주세요, 네?

그는 재빨리 고개를 숙여 딸의 이마에 입을 맞췄다. 이번에는 글로리아가 아버지의 무릎 위에 손을 놓았다.

—아빠, 제가 뭐 하나 물어봐도 돼요?

—말해라.

—제가 열 살 때부터 아빠한테 물어보고 싶었던 거예요.

그녀는 잠시 가만있다가 말했다.

—어떻게 아빠는 엄마를 좋아할 수 있어요? 아빠는 정말 엄마를 좋아하세요? 전 그걸 믿을 수가 없어요. 좋아하세요?

그는 깜짝 놀라서 말을 더듬었다.

—하지만 네 엄만데, 글로리아!

글로리아는 미친 듯이 외쳤다.

—그래요, 내 엄마예요! 내 엄마! 그렇다고 해서 내가 좋아해야만 하나요? 그래야 된다는 법이 있어요? 하지만 난 엄마가 싫어요.

울먹이며 말했다.

—난 엄마라면 쳐다보기도 싫어요!

제23장

—아가, 난 지금 너무 놀라서. 글로리아, 얘야? 이게 무슨 일이냐? 너는 이런 식으로 말한 적이 한 번도 없었는데!

글로리아가 거친 말투로 나왔다.

—왜 그런지 아세요? 우리는 지금까지 진지하게 얘기해본 적이 없어서 그래요!

—우리는 항상 많이 이야기하잖니?

애가 타서 아버지를 향해 소리쳤다.

—아, 아빠는 정말 저를 이해 못하시네요! 그게 아니에요. 우리가 대화하면서 제가 항상 느끼는 게 뭔지 아세요? 아빠는 저한테 말씀을 다 안 하세요. 절대로 전부 다 말씀하시는 일이 없어요.

—전부 다라니, 그게 무슨 소리냐? 나는 다 이야기한다. 하고말고!

—저한테 말 않고 숨기는 게 있어요.

—숨기다니 뭘? 그렇게 애매하게 말하면 어떡하냐? 내가 뭘 말을 안 한다고?

─아유, 아빠! 아유!

사비노는 거의 울 것 같은 말투였다.

─글로리아, 내가 너한테 다 말하고 안 하고는 중요한 게 아니다.

딸이 소리쳤다.

─중요하고말고요! 아빠는 저한테 다 말씀하셔야 돼요!

─가만있어봐라, 아가. 그 이야기는 잠깐 접어두고. 우선 내 말을 들어라, 글로리아. 네가 네 엄마에 대해 말한 것, 그건 정말 심각한 거다. 사람은 자기 부모를 그대로 받아들여야 한다. 아무도 완전한 인간은 없어. 하지만 있는 그대로 자기의 부모를 받아들이고 인정해야 돼. 네 엄마 아니냐, 글로리아, 네 엄마!

글로리아는 앉은자리에서 펄쩍 뛸 기세였다.

─내 엄마라서 그러니 어쩌라고요? 내가 엄마를 선택하기라도 했나요?

─그런 터무니없는 구실은 대지 마라!

글로리아는 정신이 나간 듯이 소리를 질러댔다.

─내가 엄마 얼굴에 침을 뱉고 싶다면요! 그럴 이유가 있다면요!

사비노는 너무 놀라서 잠시 핸들을 놓칠 뻔했다. 맞은편에서 오던 차와 거의 부딪칠 뻔했다가 간신히 피했다. 상대방 운전사가 고함쳤다.

─야, 이 미친놈아!

딸이 한 말이 그의 귓전에서 떠나질 않았다. 엄마 얼굴에 침을 뱉겠다니! 격분한 나머지 차를 길 한옆에 세워야 했다.

─글로리아, 너, 나한테 똑바로 설명해라. 넌 지금 제정신이 아니다. 왜 그러는 거냐? 얼굴 돌리지 말고. 날 똑바로 봐라. 애야, 날 보라니까.

딸은 두려움 없는 눈으로 아버지를 바라보았다.

―담배 하나 주세요.

그는 하도 목청을 높이는 바람에 금방 목소리가 쉬어버렸다.

―지금 담배 피울 때냐? 바보 같은 소리 하지 마! 네 엄마에 대해서 그런 식으로 말하는 거 용서 못한다!

그러나 딸은 끄떡도 안 했다.

―담배 하나 주세요.

사비노는 울기 시작했다. 목소리가 잠겨 거의 안 나왔다.

―나는 고함을 치는데 너는 듣지도 않는구나. 여기 있다, 담배. 아무래도 성대가 갈라진 것 같다. 성냥이 없네. 아, 여기 있구나. 옜다!

떨리는 손으로 딸에게 담뱃불을 붙여주고 차의 시동을 걸었다.

―돌아가자.

딸이 재빨리 핸들을 잡고 말렸다.

―안 돼요, 아빠. 왜 돌아가요?

―무슨 짓이야, 이게?

글로리아는 담배를 창밖으로 던지고 말했다.

―우리 계속 드라이브하는 거예요.

사비노는 자기 가슴을 주먹으로 쳤다.

―대체 그따위 말투가 어디 있냐? 난 용납 못한다. 네가 지금 아버지한테 명령하는 거냐?

글로리아는 핸들을 놓았다.

―아빠, 사람 없는 바닷가로 가요. 저기로 가면 돼요. 여기서 보이잖아요, 네? 가요, 아빠!

차를 출발시키기 전에 사비노가 물었다.

―그런데 그 이유라는 게 뭐냐, 대체? 네 엄마 얼굴에 침 뱉고 싶다

는 이유가 뭐야? 말을 해라! 내가 좀 알아야겠다!

물어보면서도 어떤 대답이 나올지 내심 두려웠다. 글로리아는 낮은 목소리로 슬프고 온순하게 말했다.

―저쪽 바닷가에 가서 말씀드릴게요.

―얘야, 아가. 가족이란 말이다. 가족은……

적당한 말을 찾을 수가 없어 그냥 입을 다물었다. 그가 정말 하고 싶었던 말은, 어떤 가족에게든, 캐내서 좋을 게 없는 어두운 사연이 있다는 거였다. 얼마나 많은 집안들이, 가족들이, 간통을, 동성애를, 근친상간을, 그리고 간질병 환자를 없는 일인 양 묻어놓고 사는가. 차는 이제 니에메이어 대로를 올라가기 시작했다. 사방이 조용했다.

마침내 글로리아가 말했다.

―여기요. 여기서 멈춰요.

길옆에 차를 세웠다. 주위에 아무도 없어 은근히 겁이 났다.

―여기는 너무 한적하잖니?

글로리아가 먼저 차에서 내렸다.

―문 잠그고 내리세요.

사비노는 창문을 닫으면서 쓰디쓴 말투로 투덜댔다.

―너는 시키고, 나는 하라는 대로 하는구나.

글로리아가 구두를 벗었다.

―이거 그쪽에 놔주세요.

소녀는 한동안 말없이 눈을 감고 바닷바람을 느끼며 서 있었다. 그러더니 아버지를 향해 돌아서며,

―머리 다 망가지겠네. 그렇지만 상관없어요.

벗은 발로 바닷가를 향해 달려갔다.

사비노가 뒤에서 소리쳤다.

—글로리아, 기다려라! 글로리아!

그녀는 듣지 않았다. 한참을 앞서 뛰어가다가 돌아봤다.

—오세요! 오세요!

바다를 향해 맨발로 달렸다. 사비노는 차문을 잠그면서 생각했다. '강도라도 만나는 날엔 꼴 좋겠다.' 딸을 향해 걸어갔다. 발이 모래에 푹 푹 파묻히는 바람에 술 취한 사람처럼 비틀댔다. 그가 어린 시절에 살았던 리우그란데두노르테의 바다는 잘 익은 피탕가 나무 열매처럼 붉은색이었다. 갑자기 그는 왜 누구도 바다를 잊지 못하는지를 깨달았다. 바다는 정액의 냄새, 오래된 오줌 냄새, 씻지 않은 성기의 냄새를 갖고 있다. 앞바다 건너편 멀리에는 바위섬이 하나 있었다. 꽃 한 송이, 나무 열매 하나, 물줄기 하나 없이 갈매기 똥만 쌓여 있는 섬이었다.

딸이 멈출 줄 모르고 달려갔기 때문에 사비노는 아이를 잃어버리기라도 할까 봐 겁이 났다.

—글로리아! 글로리아!

이제 그녀는 모래 사장에 앉아 사비노를 향해 외쳤다.

—구두 벗으세요!

글로리아가 갑자기 일어서면서 깔깔대고 웃기 시작했다. 꼭 미친 사람처럼 웃어젖혔다. 사비노는 '아무래도 애가 정상이 아니다'라고 생각했다. 결혼식 전날 딸이 미쳐버리는 건 아닐까. 이제 소녀는 치맛자락을 넓적다리 중간까지 끌어올리고 바닷물 가까이로 걸어갔다. 파도 거품에 발을 담그고 차가운 감촉을 느끼고 있었다.

사비노가 숨을 헐떡이며 다가왔다.

—아가, 아가.

아버지의 팔을 끌었다.

—앉아요, 여기요. 저랑 앉으세요.

그는 딸이 이야기하려는 것이 무엇인지 두려웠다. 글로리아가 물어 왔다.

—아빠, 아빠는 저를 좋아하세요?

—그걸 질문이라고 하니?

—대답하세요.

—내가 널 얼마나 사랑하는지 알잖냐. 널 정말 사랑한다, 글로리아. 네가 생각하는 것보다 훨씬 더. 내가 얼마나 너를 사랑하는지 넌 상상도 못할 거다. 나는……

글로리아가 그를 정면으로 쳐다보며 물었다.

—엄마하고 나 둘 중에서 누굴 더 좋아하세요?

—네 엄마랑 왜 비교하니? 엄마는 내 아내고, 너는 내 딸인데. 글로리아, 너 나를 괴롭히고 싶은 거냐? 그런 거냐?

사비노는 저 바닷속 깊은 곳에는 월경혈을 흘리는 거대한 수풀이 있을 거라고 상상했다. 글로리아가 얼굴을 가까이하며 말했다.

—아빠, 제가 전부 다 말씀드려도 돼요?

그는 눈길을 피했다.

—당연하지. 다 말해라. 어서!

날이 어두워지고 있었다. 두 사람이 미처 알아채지 못한 사이에 밤이 다가오고 있었다. 앞바다의 섬도, 바위와 갈매기 똥으로만 뒤덮인 서글픈 섬도 이젠 보이지 않았다. 사비노는 갑작스런 광기가 그를 덮치는 걸 느꼈다. 별안간 마구 소리지르며 달려나가고 싶었다. 그렇지만 추위에 몸을 떨면서 꼼짝 않고 서 있었다. 추위 때문에 그의 몸은 더 말라비틀어지는 듯싶었다. 온몸의 뼈마디가 다 아파왔다.

글로리아가 물었다.

—아버지도 모두 다 말씀하실 거지요?

그는 덜덜 떨며 말했다.

—난 거짓말 안 한다! 결코 거짓말한 적 없다!

—그걸 물어보는 게 아니에요. 아버지가 저한테 모든 걸 다 말씀하시겠냐고 묻고 있는 거예요.

—모든 거 뭐? 그래, 말하마. 다 말할게!

글로리아가 아버지의 팔을 붙잡았다.

—제가 만일 내일 결혼 안 한다면요?

그는 잠시 대답을 못했다.

—내일 결혼을 안 해?

소녀는 거칠게 쏘아붙였다.

—내일도 안 하고요! 영영 안 한다면요!

사비노의 심장이 마구 뛰었다.

—하지만 왜? 왜 이러는 거냐? 아가, 너 왜 이러니?

글로리아가 그의 팔을 잡고 끌어당겼다. 자신의 입을 거의 사비노의 입 가까이에 대고 말했다.

—아빠, 난 지금 전부 다 솔직히 말씀드리는 거예요. 난 엄마가 미워요. 그리고 언니들도 미워요. 그리고 난 제 약혼자 사랑 안 해요. 아시겠어요? 난 테오필로 사랑 안 해요!

글로리아의 입에서 정액 냄새가 났다. 아니, 이건 글로리아의 냄새가 아니다. 바다에서 나는 냄새다. 바다는 여자의 성기에서 흐르는 액체의 냄새를 풍겼다.

그가 물었다.

—카마링야 선생이 너한테 얘기했니?

—했어요, 했어요. 하지만 카마링야 선생 말이 문제가 아니에요. 문제는 저예요, 저! 이해하시겠어요? 전 제 약혼자를 사랑하지 않아요.

그러고는 음성을 낮춰 덧붙였다.

—다른 사람을 좋아해요.

사비노는 몸이 얼어붙는 것 같았다. 양복 윗도리의 깃을 여몄다. 딸은 옆으로 누우면서 사비노의 무릎 위에 머리를 얹었다. 그는 목 졸린 음성으로 물었다.

—다른 사람 누구?

글로리아는 눈을 감았다.

—아빠, 저는 좋아해서는 안 될 사람을 좋아해요.

—좋아해서는 안 될 사람이라니? 그게 누구냐? 나한테 말해라. 그게 누구야?

—말할 수 없어요.

그가 외쳤다.

—말해라! 어서 말해!

머리를 아버지의 무릎에서 떼고 일어섰다. 사비노에게 등을 돌리고 바다를 바라보며 섰다. 사비노는 무릎을 세우고 일어나 앉아 글로리아의 다리를 감싸안고 숨을 몰아쉬며 애원했다.

—나한테는 모든 걸 다 말하겠다고 했잖니? 누구냐? 이름을 말해봐!

글로리아는 성난 몸짓으로 그를 밀쳤다. 그 바람에 사비노는 모래밭에 그대로 넘어질 뻔했다. 더듬대며 물었다.

—왜 이러니? 왜 이래?

그는 일어서며 울음 섞인 목소리로 외쳤다.

—왜 아빠한테 함부로 이러는 거냐, 응? 글로리아!

그녀는 비웃는 투로 대답했다.

—왜 나만 아빠한테 모든 걸 다 말해야 되죠? 아빠는 아무것도 말씀 안 하시면서? 아빠는 무서운 거예요! 겁나는 거예요!

그는 더듬거리며 말했다.

—아가, 나를 봐라. 그래. 내 다 말하마. 베르나르도 신부도 그러더라. 우리는 모든 걸 솔직히 다 말해야 한다고. 그래, 말해주마.

글로리아가 두 손을 허리에 얹었다.

—엄마를 좋아하세요?

그는 미칠 것 같았다.

—너는 엄마 애기밖에 할 줄 모르니? 왜 그렇게 집착하는 거냐? 너 어디 아프냐, 아가? 이건 병이다. 난 대답 못한다. 대답 안 하련다!

그녀는 이를 갈며 외쳤다.

—비겁해요! 아빠는 비겁해요!

앞으로 튀어나갔다.

—왜 그러니? 왜 그래?

글로리아는 미친 듯이 달렸고 사비노도 따라갔다. 소녀는 계속 외쳤다.

—엄마를 좋아해요?

저만치 앞에서 딸이 멈춰 섰다. 사비노는 비틀거리며 가까이 갔다. 두 주먹을 쥔 채 팔을 내밀고 말했다.

—아가, 그래. 나는 네 엄마를 좋아하지 않는다. 안 좋아해. 그걸 알고 싶었냐? 나는 네 엄마를 사랑하지 않는다.

—계속 말해요, 계속!

사비노는 말하면서도 자기 목소리 같지가 않았다.

—가엾어. 가엾다는 마음은 있다. 그렇지만 사랑은 아니야.

딸은 등을 돌리고 서 있다가 천천히 돌아섰다.

—제가 말했지요. 이유가 있다고. 엄마 얼굴에 침을 뱉고 싶어할 이유가 있다고요. 이제 그 이유를 말씀드리겠어요.

—엄마 이야기는 그만하자.

사비노는 절망스런 심정으로 애걸했다.

그렇지만 글로리아는 말을 계속했다.

—아빠도 아시지요. 엄마가 항상 저를 목욕시켜줬다는 걸요. 바로 얼마 전까지도 그랬어요. 나는 제대로 몸을 닦을 줄 모른다고 하면서 그랬어요. 그리고 목욕시킨 후에는 수건으로 물을 닦아내고 몸에다 분을 뿌려주고요. 다리 사이에 분을 뿌리면서 엄마는 말하곤 했어요. "너는 거기서 열이 참 많이 난다."

사비노는 머뭇거리며 물었다.

—그래서, 그리고 또?

글로리아의 음성이 점점 높아졌다.

—그리고 지난번에는요, 목욕을 시켜준 다음에요, 수건으로 물기를 닦고 나서요. 듣고 계세요, 아빠? 엄마가 나를 끌어안고 돌려세워서는 내 입에 키스했어요. 혀를 집어넣어 핥는 진짜 키스요. 남자가 여자한테 하는 키스를요!

사비노는 뒤로 물러섰다.

—무슨 소릴 하고 있는 거냐, 지금? 무슨 말을 하고 싶은 거야? 이럴 순 없다!

그는 하늘을 향해 두 팔을 쳐들었다.

─자기 엄마에 대해 이런 소리를 할 수는 없는 거야!

딸의 따귀를 올려붙일 기세로 손을 펼치고 다가왔다. 소녀가 맞섰다.

─때리세요! 때려요!

하지만 그는 때리지 않았다. 그냥 미친 사람처럼 서성이기 시작했다. 그는 계속해서 중얼거렸다.

─거짓말이다! 거짓말! 나는 가톨릭 신자다. 엄마가 딸한테 레즈비언 짓을 한다는 이야기는 믿을 수 없다. 믿을 수 없어!

이리저리 서성대며 고함을 질렀다.

─이 거짓말쟁이야! 이런…… 이런!

결국은 딸의 다리 옆에 쓰러졌다.

─네 엄마는 레즈비언이 아니다. 보통 여자야, 보통 여자. 그리고 또 있다. 내 다 말해주마. 네 엄마한테는 정부도 있었다. 바람을 피웠어. 내가 용서했다. 아니지. 그냥 모르는 척했다. 간통을 했지만 레즈비언은 아니야. 더구나 자기 친딸한테 그럴 리는 없다. 나는 가톨릭 신자야, 가톨릭 신자!

고개를 숙이고 글로리아의 발 위에 얼굴을 기댔다. 처참한 심정이 되어 흐느꼈다. 소녀는 말없이 기다렸다. 이윽고 좀 진정한 기색을 보이자 그녀가 말했다.

─그 남자 이름을 알고 싶지 않으세요? 내가 사랑할 수 없다는 그 남자요.

손질한 머리는 이미 바닷바람에 헝클어졌다. 사비노는 두 손으로 모래밭을 짚고 얼굴을 들었다. 그는 묻고 싶었다. '신부한테 가서 옷을 벗었던 소녀가 너냐? 문 뒤에서 옷을 벗었다던 아이가 너야? 신부 앞에서 맨발로 옷을 벗었니?' 그러나 아무 말도 하지 않고 손으로 눈물을 닦았다.

글로리아가 그의 옆에 무릎을 꿇고 앉으며 아버지의 얼굴을 손으로 감쌌다.

—아빠는 아시죠? 그렇지요? 그 사람이 누군지 아시죠?

그는 고개를 흔들었다.

—모르겠다.

—저를 보세요.

그러자 열에 들떠 떨면서 그가 말했다.

—나도 누군가를 좋아한다. 나로서는 절대로 좋아해서는 안 될 그런 사람을……

—누구지요?

사비노는 고개를 돌렸다. 그녀는 거의 입을 그의 입 가까이에 대고 말했다(그 입내음은 그녀의 것이 아니라 바다 냄새였다).

—말해요, 말하세요.

—정말 알고 싶니?

소녀를 와락 붙잡았다. 입에 거칠게 키스했다.

글로리아는 뒤로 몸을 빼며 물러섰다.

—안 돼! 안 돼!

그는 당황했다.

—글로리아! 애, 글로리아!

그녀는 뒤로 물러나 일어서며 아버지를 손으로 가리켰다.

—엄마가 했던 키스를!

어찌할 바를 모르며 그가 말했다.

—아니다, 글로리아! 이리 와라. 네가 오해하는 거다!

소녀는 입을 손으로 문질렀다.

—이건 아버지의 키스가 아니에요.

사비노는 머리가 돌아버리는 것 같았다.

—이리 온, 아가. 이리 와. 가지 마라, 글로리아. 이건 네 잘못이야. 네가 나를 부추긴 거야. 글로리아, 내 말을 좀 들어라.

소녀는 저만치 앞서서 마구 뛰어갔다. 한참 뒤에서 그는 딸을 쫓아가느라 달리다가 넘어지고 다시 일어나 달리다 넘어졌다. 딸이 듣기라도 하는 양 혼잣말을 쏟아냈다.

—네가 날 여기로 데려왔잖니. 이건 네가 판 함정이다. 네가 분위기를 이상하게 몰고 갔어. 차 안에서는 내 무릎에 손을 얹었지. 그러고는 네 엄마가 목욕을 시키고 다리 사이에 분을 바른다는 소리를 하고. 넌 나를 흥분시키려고 작정한 거야. 나는 근친상간자가 아니다. 절대로 아니야. 이건 다 네 잘못이야, 글로리아. 나에 대한 네 애정이 정상이 아니라고, 난 항상 생각했었다.

발을 헛디뎌 다시 넘어지고 말았다. 그는 모래사장에 두 손을 짚고 쓰러졌다. 한번은 에우독시아가 이런 말을 한 적이 있었다. "예쁜 히프 경연 대회라도 있다면 1등은 틀림없이 글로리아일 거야." 주위는 이미 어두웠고 바위와 갈매기 똥으로 뒤덮인 섬은 더 이상 보이지 않았다.

그는 울고 있었다.

—글로리아, 그게 아니다. 넌 오해한 거야. 나는 근친상간자가 아니다. 난 절대로 내 친딸을 욕심내지 않는다.

제24장

마리아 에우독시아가 지르시를 향해 돌아서며 말했다.

―지금 몇 시냐? 응?

딸은 케이크 한쪽을 손에 들고 먹고 있던 참이었다. 집 안은 사람들로 가득 차 있었다. 하루 종일 분주하게 돌아다니느라고 에우독시아는 온몸이 다 뻐근하고 아팠다. 이따금 한숨을 내쉬면서 '피곤해 죽겠다'고 생각했다. 사람들은 모두 웃고 떠들고 있었다.

지르시가 손목시계를 들여다봤다.

―시간요? 여덟 시예요.

그녀는 깜짝 놀라는 얼굴을 했다.

―네 시계 맞는 거냐?

―그럼요. 정확히 맞춰놨어요.

머리에 손을 얹으며 말했다.

―여덟 시라고! 나는 그보다 훨씬 이른 줄 알았는데! 도대체 글로리아는 어딜 간 거지?

딸이 음식으로 가득 찬 입을 우물대며 말했다.

—내가 알아요? 아유, 엄마 또 시작이시네. 좀 진정하세요. 아무 일도 안 일어났어요.

에우독시아는 큰딸을 닦아세웠다.

—너까지 내 속을 태울 작정이냐? 글로리아가 제 아버지랑 나간 지가 한 시간이 넘었잖아. 이리로 곧장 간다고 나섰다니, 벌써 도착할 시간이 지나고도 남았다. 저게 뭐냐? 전화냐? 전화벨 소리 아니냐?

전화였다. 에우독시아가 큰 소리로 외쳤다.

—빨리 받아봐라, 지르시. 왜 꾸물대고 있니? 에고, 내가 간다. 내가 받을게.

지르시가 앞장서서 일어났다.

—엄만 거기 계세요. 내가 받을게요.

에우독시아가 투덜댔다.

—계집애들이라고 있어 봐야 아무짝에도 소용없는 것들 같으니라구!

지르시가 돌아와서 말했다.

—엄마, 누군지 모르겠는데요. 어떤 남자예요. 엄마를 찾아요.

들고 있던 음식 접시를 딸에게 내밀었다.

—이것 좀 들고 있어라.

손님들 몇 명이 부엌으로 들어서고 있었다. 에우독시아는 그들 옆을 지나가면서 말했다.

—금방 올게요. 잠깐만요.

수화기를 들었다.

—여보세요? 여보세요? 누굴 찾으세요? 전데요. 누구시죠?

건너편의 남자 목소리가 말했다.

―부인은 절 모르실 겁니다.

―네? 여보세요?

―마리아 에우독시아 부인이시죠? 글로리아 어머님 맞으시죠?

―댁은 누구세요?

―놀라지 마세요. 곧 말씀드리겠습니다. 아주머님, 진정하세요. 아무 일도 아닙니다. 따님의 전갈을 전해드리느라 전화했습니다. 네, 댁의 따님 글로리아요.

그녀는 급히 남자의 말을 잘랐다.

―왜 우리 아이가 직접 말하지 않는 거죠?

―설명드리겠습니다.

―글로리아한테 무슨 일이라도 생긴 거예요?

―아무 일도 아니라니까요. 저는 제르바시오 코트림이라는 사람입니다. 전기 회사에서 일하는 엔지니어입니다.

옆에서 지르시가 수화기를 뺏으려 들었다.

―내가 얘기할게요, 엄마.

에우독시아는 팔꿈치로 딸을 밀었다.

―저리 비켜라!

그러면서 남자에게 말했다.

―말씀하세요. 쉿, 지르시, 저리 가라니까!

엔지니어라는 남자가 설명했다.

―댁의 따님은 지금 제 차 안에 있습니다. 저더러 부인께 놀라지 마시라는 말 전해달라고 그랬어요. 아무 일도 없고요. 지금 저희가 그쪽으로 가겠습니다.

―우리 남편은요? 여보세요? 여보세요? 왜 우리 아이가, 아니면 우

리 남편이 직접 얘기 못하는 거죠?

엔지니어인 제르바시오 코트림은 이혼한 남자였다. 다니는 회사의 월급은 무척 적었다. 어느 날 집에 들어서다 아내가 넓적다리를 다 드러낸 채 자기 사촌의 무릎 위에 앉아 키스하고 있는 장면과 맞닥뜨렸다. 사실은 1년 전부터 알고 있었다. 하지만 모르는 척하고 넘어갈 작정이었다. 이번과 그리고 다음번에 생길 다른 정부들도 모두 눈감아줄 생각이었다. 그러나 현장을 목격한 이상, 어쩔 수 없이 행동을 취해야 했다. 이혼 서류는 곧 마무리될 참이었다. 아내를 무척 사랑했기 때문에, 그리고 점점 아내가 그리웠기 때문에 요즘은 바닷가에 나와 혼자 외로이 산책하는 버릇이 생겼다. 고독에 잠겨 괴로워하다 보면 마음이 좀 나아지는 것 같았다. 그는 한껏 더 괴롭고 싶었다. 그날 밤도 인적 없는 바닷가 근처를 차로 달리고 있었는데, 웬 젊은 아가씨가 팔을 벌리고 차 앞에 나타났다.

강도가 아닐까 싶었다. 강도들은 종종 젊은 여자를 미끼로 차를 세우니까. 멈출까 말까 망설이다 좀 지나쳐 와서 결국 차를 세웠다. 여자가 미친 사람처럼 급히 달려왔다. 그는 점점 불안했다. 공연한 말썽에 휘말리는 거 아닌가.

여자가 달려오더니 차문을 열고 뛰어 올라타며 소리쳤다.

—빨리 가세요! 빨리요! 어서요! 급해요!

그는 여자가 맨발인 걸 얼른 보았다. 옷은 아주 잘 차려입고 있었는데 맨발이었다.

여자는 정신없이 계속 외쳤다.

—빨리 떠나요! 그 사람이 쫓아와요! 그 사람이요!

그 사람이라니, 누구? 어쨌든 그는 전속력을 내 차를 출발했다.

난생처음 보는 아가씨에게 물었다.

—대체 왜 그러는 거지요? 울지 마세요. 왜 울어요? 왜 그래요?

그녀는 흐느끼며 말했다.

—어떤 남자가 쫓아왔어요! 남자가!

—구두는 잃어버렸어요?

여자는 큰 소리로 울고 있었다.

—무서워서 혼났어요! 구두요? 빨리 달아나느라고 벗어버렸어요.

—경찰서로 갈까요?

—네?

—강도 만난 거 아닌가요? 경찰서로 가시겠어요?

—경찰서요? 아니에요, 아니에요. 집으로 좀 데려다 주세요.

—그러지요.

숨을 고르느라 헐떡이며 여자가 말했다.

—아니면 택시 타는 데까지만 좀 데려다 주실래요? 부탁합니다.

—괜찮아요. 집까지 데려다 드릴게요. 그런데 어디 다친 데는 없나요?

그녀는 손을 가슴 앞에 모으고 말했다.

—비베이로스 카스트로에 살아요.

엔지니어는 적당한 말을 골라 물었다.

—그냥 놀라기만 한 건가요? 아니면……

—뭐라구요?

—혹시 몸이라도 다쳤나요? 그러니까…… 아시죠? 어디 다치기라
도……

—그럴 시간 없이 도망쳤어요.

—왜냐하면 진단서를 뗄 수 있거든요. 경찰서에 가면 의사의 검사를
받을 수 있어요.

그녀는 한숨을 내쉬었다.

—아니에요. 그럴 필요 없어요.

1분인가 지나서 차가 그루타 임프렌사 대로로 들어서자 소녀가 엔지니어를 향해 말했다.

—부탁 하나만 들어주실래요?

—그럼요. 뭔데요?

—공중전화가 보이면 좀 세워주세요. 집에다 연락해야 해요.

첫번째 보이는 주유소에 차를 세웠다. 그가 물었다.

—전화 있습니까?

작업복을 입은 흑인 청년이 손을 들어 가리켰다.

—저쪽이요.

엔지니어가 차에서 내리며 여자에게 말했다.

—내려요. 전화하러 갑시다.

그녀는 내리지 않았다.

—아니에요. 아저씨가 좀 말해주세요. 마리아 에우독시아 부인을 찾으세요. 번호가요, 적으실래요?

—말하세요. 네…… 네……

그는 번호를 적었다. 글로리아는 벤츠가 나타나지나 않을까 무서워서 뒤를 자꾸 쳐다보며 남자에게 말했다.

—지금 가는 중이라고 말해주세요. 아무 일 없이 무사하다구요. 곧 들어간다구요.

전화가 있는 작은 사무실 안으로 들어갔다. 실례합니다, 전화 좀. 네, 쓰세요. 엔지니어는 에우독시아에게 계속 설명했다.

—그러니까 지금 곧 도착할 겁니다. 여기 레블론이에요.

에우독시아가 너무 황망스러워하기에 그는 자기 이름, 근무처, 전화
번호, 주소를 있는 대로 다 대줬다. 그래도 소용없었다. 에우독시아는 제
정신이 아니었다.

―내가 애 엄마예요. 우리 딸하고 이야기를 해야겠어요. 글로리아 목
소리를 들어야겠어요. 우리 애를 바꿔주세요. 우리 애를 불러주세요.

다른 도리가 없었다.

―예, 예. 알겠습니다. 불러오겠습니다. 잠깐만 기다리세요.

소녀를 부르러 갔다. 그런데 더 놀라 넘어갈 일이 벌어져 있었다. 차
안에는 아무도 없었다. 주위를 둘러봤지만 아무도 없었다. 근처에 있던
주유소 청년을 불렀다.

―나 좀 봐요.

―옙?

―나랑 같이 온 아가씨 못 봤어요? 저 차 안에 있던 사람요. 잠깐 전
화하러 갔다 온 사이에 없어졌네. 못 봤어요?

청년은 손에 지저분한 헝겊 조각을 들고 있었다.

―아가씨요? 글쎄요. 모르겠는데요.

―맨발 벗고 있던 아가씨 말이에요.

―아저씨, 여기는 사람들이 하도 많이 오가서요.

황당한 심정으로 엔지니어는 주유소 주위를 한 바퀴 돌았다. 주유소
직원들과 손님들에게도 물어봤다. 무슨 사람이 이렇게 갑자기 없어질 수
있단 말인가. 사무실 사람이 문가로 나와 물었다.

―전화 계속 쓰실 거예요?

급히 사무실로 돌아갔다.

―네, 네. 미안합니다. 잠깐만 더요.

수화기를 집어들며 언뜻 생각했다. '아내를 잠깐 잊고 있었네.' 아내도, 간통의 현장도 잊고 있었다. 반 시간 동안 이혼의 기억을 잊고 있었다. 밤이면 밤마다, 정부의 무릎에 앉아 있던 아내의 모습을 떠올리곤 했다. 그런데 글로리아 덕분에 간통 사건을 잠시 잊었다. 치마가 말려 올라가고 속바지도 벗은 채 정부의 품에 안겨 있던 아내. 살이 드러난 다리와 맨발을 정신없이 흔들어대고 있었지.

에우독시아에게 말했다.

—여보세요, 여보세요?

—네.

주저하며 말하기 시작했다.

—마리아 에우독시아 부인, 조금만 더 기다리셔야겠습니다. 따님이 안 보이네요. 차에 있었는데 없어졌어요. 하지만 돌아올 겁니다. 곧 오겠지요. 제가 지금 찾고 있습니다.

—지금 장난하는 겁니까?

—진정하세요.

에우독시아가 전화에 대고 악을 썼다.

—댁이 책임지셔야 해요. 우리 딸을 찾아내요. 당신 이름도, 주소도 알고 있어요. 경찰을 부르겠어요. 경찰이 당신 집에 갈 거예요.

엔지니어가 전화를 걸러 갔을 때 글로리아는 두 눈을 감고 꼼짝 않고 앉아 있었다. 갑자기 겁이 났다. 누군가의 얼굴이 차창 밖으로 나타날 것만 같아 무서웠다. 그게 누구의 얼굴인지는 알 수 없었다. 아버지를 생각하지 않으려고 애썼다. 눈을 떴다. 사비노의 얼굴이 창문 밖에 있었다. 안 돼, 안 돼.

아버지가 차문을 열었다.

─나와라, 글로리아. 가자.

─싫어요, 싫어.

사비노가 팔을 내밀어 딸을 잡아끌었다. 아무런 분노의 기색 없이 다정한 음성으로 그가 말했다.

─어서 나오거라. 안 그러면 머리채를 잡고 끌어내릴 테다.

글로리아가 차에서 내렸다. 아버지에게 팔을 잡혀 같이 걸었다. 사비노가 물었다.

─너, 내가 무서우냐?

소녀는 떨면서 말했다.

─이 손 놓으세요. 손 놓으세요!

둘이 걸어가는 동안 쳐다보는 사람은 아무도 없었다. 맨발의 소녀와 불타오르는 눈빛을 한 깡마른 중년 남자를 이상하게 보는 사람은 없었다.

사비노는 말을 해야만 했다.

─차가 저기 있다. 그렇지만 집에 가기 전에 너랑 꼭 할 말이 있다.

불안으로 가슴이 터질 것 같은 심정으로 말했다.

─너 결혼하기 전에 마지막으로 할 이야기가 있어.

벤츠 근처로 왔을 때, 글로리아가 뒤로 물러섰다. 거칠게 딸을 끌어 붙잡았다.

─어서 타라! 앞에 타. 입 닥쳐라! 아무 말 마라!

떠밀려서 차 안에 들어갔다. 사비노도 차에 타느라 고개를 숙이면서 문득 생각했다. 여자 동성애의 경우는 근친상간이 아니라는 것이었다. 엄마와 딸의 레즈비언 관계는 근친상간일 수가 없지. 운전석에 앉아 차를 출발시켰다. 그래, 그건 근친상간이 아니다. 하지만 이게 다 무슨 미친 짓들인가! 도덕은 다 어디 가버린 거지. 여자끼리의 동성애라고 해서 근친상간이 아니라면 무엇인들 허용되지 못하겠는가. 그 생각이 머리에서 떠나질 않았다.

하도 처참한 심정이라 버럭 악을 쓰고 싶었다. 벤츠는 빠른 속도로 달려나갔다.

글로리아가 말했다.

—집으로 가는 방향이 아니잖아요.

—뭐? 뭐라고?

옆자리에 움츠리고 앉은 딸이 말했다.

—어디로 가시는 거예요?

급기야 소리를 지르고야 말았다.

—입 닥쳐라! 조용히 해! 입 닥치고 가만있어!

글로리아는 말없이 있었다. 그는 생각을 멈출 수가 없었다. 한번은 꿈에 눈에 상처 입은 말을 본 적이 있었다. 두 눈이 찢어져 피를 흘리며 짐승은 울부짖고 있었다. 그걸 보자 그도 울부짖고 싶었다. 꿈에서 누군가 물었다. "누가 울고 있는 거야?" 누군가 대답했다. "저 사람이야, 저 사람!"

차는 시속 80킬로미터로 옆차들을 쌩쌩 스치고 달렸다. 그가 물었다.

—왜 도망쳤니? 이유가 뭐냐? 뭘 생각한 거냐?

—대답 안 할래요!

그가 외쳤다.

—대답해라! 설명을 해! 아니면 한 대 패고 말겠다. 알겠니? 말해라! 왜 도망친 거냐?

딸도 소리쳤다.

—왜냐면 아버지가 내 입에 키스했기 때문이지요!

갑자기 브레이크를 밟는 바람에 차바퀴가 비명 소리를 지르며 돌다가 벽에 부딪힐 뻔했다. 글로리아가 미친 사람처럼 소리를 질렀다.

사비노는 숨을 헐떡이며 주위를 둘러봤다. 근처에 외딴 길이 하나 보였다. 백미러를 보며 뒤로 차를 빼기 시작했다.

글로리아가 흐느꼈다.

—집에 갈래요! 집에 가고 싶어요!

—아니. 그전에 먼저 나랑 할 말이 있다.

외딴 길로 들어서 전속력으로 달리다가 벌판 가운데쯤 왔을 때 차를 멈췄다. 엔진을 껐다.

—내가 마음 놓고 소리지를 수 있도록 여기까지 온 거다. 여기서는 외칠 수 있지. 내려라. 나랑 같이 내리자.

시키는 대로 딸이 차에서 내렸다. 그가 말하기 시작했다.

—너, 나한테 똑바로 대답해라. 내가 무엇을 했다고? 대답해라. 내가 너한테 뭘 했다고 했지?

소녀가 뒤로 물러섰다.

—절 때리세요!

—이리 와라, 글로리아. 잘 들어라. 나는 널 때리지 않을 거다. 울지 마라. 나는 네가 뭘 생각하는지, 어떤 심정인지를 알고 싶을 뿐이다. 날 비난해도 좋다. 날 원망해도 좋아, 글로리아.

잠시 멈추었다가 부드러운 목소리로(스스로 자기가 늙은 호색한 같다는 느낌이 들었다) 다시 말했다.

—그러니, 말해봐라.

소녀는 또렷한 음성으로 말했다.

—아버지는 내 입에 키스했어요. 그리고 그뿐만 아니라, 그뿐만 아니라……

그녀는 말을 멈췄다. 사비노가 속삭이듯 말했다.

—계속해. 계속 말해라.

딸의 목소리가 다시 격앙되기 시작했다.

—그뿐 아니라 손도 밑에 갖다 댔어요. 그리고……

사비노가 쉰 목소리로 말했다.

—네 다리 사이에? 네 성기에?

—아빠, 가요. 제발, 집으로 가요.

바닷가에서 글로리아가 도망치고 난 뒤 사비노는 한참 뒤떨어져서 따라갔다. 도로에 이르렀을 때, 딸이 차를 얻어 타고 떠나는 걸 보았다. 격심한 분노로 눈물을 흘리면서 자기 차로 돌아왔다. 한동안 고개를 숙이고 호흡이 가빠 붉어진 얼굴을 핸들에 얹고 있었다. 그때 옆자리에 쌍둥이처럼 나란히 놓인 딸의 구두가 보였다. 손을 내밀어 구두 한 짝을 집었다. 얼굴에 구두를 갖다 댔다. 구두 안쪽에 입을 맞추고 얇은 구두 가죽결을 자기 얼굴에 문질렀다. 다른 한 짝을 마저 집었다. 한 손에 한 짝씩 구두를 들고 수없이 입을 맞췄다.

사비노가 말했다.

—그래, 너는 내가 그랬다고 생각하는 거냐? 가자. 차에 타라. 어서 타. 너는 날 비난할 자격이 있다고 생각하니?

소녀가 자리에 앉자 사비노는 핸들을 잡았다. 차의 시동을 걸면서 엄마와 딸 사이의 동성애 관계는 근친상간이 될 수 없다고 다시 생각했다. '네 약혼자는 호모라고 말해줄까?' 그는 이제, 저 바닷가에서 생긴 일 이후, 동성애자 사위 사건은 아주 먼 옛날 일 같다고 느끼기 시작했다.

옆자리에 말없이 앉아 있던 글로리아가 입을 열었다.

—그렇게 달릴 필요 없어요.

그는 화가 치밀었다.

—입 닥치고 가만있어라! 집에 갈 때까지 주절대지 말고 가만있어!

시속 백 킬로미터에서 120킬로미터의 속도로 달렸다. 아무 말도 듣고 싶지 않았고, 말하기도 싫었다. 그러다가 갑자기 딸에게 성내기 시작했다.

—멍청한 계집애! 실레니를 결혼식 들러리로 세운 건 또 무슨 짓이냐? 걔는 간질 환자야! 너랑 네 엄마는 내가 그런 바보짓을 하게 놔둘 줄 아는 거냐? 게다가, 걔는…… 여길 봐라. 눈 감지 마! 듣고 있는 거냐? 게다가 걔는 겨우 열세 살에…… 젠장할! 열세 살에 벌써 처녀가 아니었어. 그래! 열세 살에 벌써 남자랑 붙었어!

소녀가 말을 막았다.

—그렇게 말씀하지 마세요! 그렇게 말씀하시면 안 돼요!

그는 언성을 높여 말했다.

—왜 그렇게 말 못 해?

글로리아도 악을 썼다.

—걔는 발작을 일으켰잖아요! 발작으로 정신이 나갔을 때 당한 거예요! 누가 그런 짓을 했는지도 몰라요!

—거짓말이야! 다 식구들이 꾸며낸 거짓말, 헛소리다. 누가 그런 말을 믿어? 그리고 한 번도 아니었어. 내가 그 한 번뿐이었다고 믿을 줄 아니? 돌아다니면서 온 천지 남자들한테 다 주고 다니는 아이다. 내가 150만이나 돈을 들여서 마련하는 결혼식에 그런 걸 들러리로 세워? 절대로 안 된다. 절대로 안 돼!

그가 말하고 있는 것은 너무도 저속했고 비열했다. 그렇지만 자기 엄마를 레즈비언으로 몰고 아버지를 근친상간자로 몰아세운 딸에게는 어울리는 대접 아닌가. 절대로, 절대로 그랬을 리는 없다. 에우독시아가 결코 딸한테 키스했을 리 없다.

그리고 집에 도착할 때까지 두 사람은 아무 말도 하지 않았다. 현관 문 앞에는 한 떼의 사람들이 몰려나와 있었다. 누군가가 에우독시아를 부르러 뛰어갔다.

—왔어요! 왔어요!

집 앞에 다 와서야 비로소 사비노가 말했다.

—구두 신어라. 어서, 구두 신어.

사람들이 벤츠를 에워쌌다. 에우독시아가 울먹이며 안에서 달려나왔다.

—도대체 어디 갔다 오는 거유? 아이고 아가! 나는 애가 타 죽는 줄 알았다.

사비노가 웃음 띤 얼굴로 말했다.

—아무것도 아니야. 드라이브 좀 했소.

글로리아는 이웃과 친척들 사이를 뚫고 집 안으로 들어갔다. 에우독시아가 따라가며 말했다.

—그런 일이 있을 때는 전화를 해야지. 집에다 연락을 해놔야지. 안 그러냐?

소녀는 부엌으로 들어가 찬물을 한 잔 따라 마셨다. 친척 아저씨 한 명이 다가와서 그녀에게 입 맞춰 인사했다.

—그러니까 내일은 드디어 시집가는구먼!

간신히 미소지으며 대답했다.

—네. 그런가 봐요.

글로리아는 사람들의 목소리, 웃음소리, 밝은 불빛들이 다 역겨웠다.

에우독시아를 잡아당기며 말했다.

—엄마, 나랑 얘기 좀 해요.

—네 이모한테 인사해야 하는데.

소녀는 낮은 목소리로 재촉했다.

—다 놔두고 이리 오세요. 빨리요.

딸이 앞장을 섰다. 방으로 들어가자 문을 잠갔다.

글로리아가 말했다.

—엄마, 아빠가 날 강간하려고 했어요.

에우독시아는 얼굴이 하얗게 질려 말을 더듬었다.

—너 지금 무슨 말을 하고 있는 거냐?

딸이 다시 반복해 말했다.

—아빠가 나를 외딴 바닷가로 데려갔어요. 거기서 날 강간하려고 했어요.

두 사람은 서로 말없이 쳐다봤다. 그 순간 글로리아는 담배를 피우고 싶었다. 에우독시아는 방 한끝까지 걸어갔다가 천천히 돌아왔다. 그리고 결심했다.

—아가, 내 말 잘 들어라. 난 아무것도 알고 싶지 않다. 알겠니? 나한테 아무 말도 하지 말아라. 내일 결혼식을 치르자. 그러고 난 후에 우리 이야기하자. 알았지?

제25장

한 시간째 거리를 쏘다니며 사람들과 부딪치고 그때마다 미안하다는 말을 중얼거리는 중이었다. 그의 눈에는 아무도, 정말 아무도 안 보였다. 특히 사람들의 얼굴이 눈에 안 들어왔다. 갑자기 모든 사람들이 얼굴을 잃어버린 것 같았다.

속으로 혼잣말만 되풀이했다. "나는 노에미아 없이는 못 살아! 노에미아 없이는 못 산다!" 집에 가서 아내의 붕대를 갈아줘야 할 시간이었다. 그러나 그전에 노에미아와 이야기해야만 했다. 그녀를 만나야만 했다. 길거리에 주저앉아 울고 싶은 심정이었다.

거리의 주점에 들어갔다. 아니, 주점이 아니라 카페였다. 오우리브스 거리에 있는 오래된 카페 안 카운터에는 옛날풍의 옷차림을 한 노인 한 명이 앉아 있었다.

먹을 것이 들어 있는 진열장 안을 들여다보며 물었다.

—주인장, 이 임파다* 신선해요?

—잡숴봐요.

―오늘 만든 거죠? 하나 주세요.

발코니에 선 채 임파다를 먹었다. 연한 밀가루 반죽이 입 안에서 녹았다. 흑맥주와 게살이 먹고 싶어졌다.

점원이 물었다.

―하나 더 드릴까요?

―주세요.

다 먹고 나서 주머니에 손을 넣고 뒤지며 물었다.

―얼마지요?

아내의 붕대를 갈아줄 사람은 오직 그밖에 없었다. 임파다 값을 치렀다. 세 개째를 먹고 싶다는 생각이 들었지만 너무 배고픈 모양을 보이는가 창피해서 그만두었다. 하루 종일 아침밖에 안 먹었다. 카페 안쪽에서 몸집이 거대한 흑인 하나가 옷 앞자락을 여미며 걸어나왔다. 번쩍거리는 옷차림에 치장을 잘한 흑인이었다. 샤비에르 옆을 지나며 그에게 부딪치는 바람에 하마터면 넘어질 뻔했다. 흑인은 정신없이 취해서 발을 헛디뎠다. 그러더니 길 앞으로 나가다가 결국 넘어져 코를 박고 엎어지고 말았다.

샤비에르는 그에게 다가가 뒤통수를 발로 차주고 싶었다. 빌어먹을 검둥이 새끼 같으니라구!

그러고는 불현듯 세번째 임파다를 안 먹은 것이 후회스러웠다. 발걸음을 옮기며 생각했다. '집으로 가야 하는데.'

그저, 노에미아 없이는 살고 싶지 않았다. 바랑 데 상 펠릭스에 있는 두 사람의 밀회 장소에서 만났던 어느 날이 생각났다. 그가 먼저 도착해 기다리고 있었다. 그는 항상 먼저 와서 기다리곤 했다. 그녀가 오자 샤비

---

* 얇은 밀가루 반죽 안에 고기나 야채를 넣어 구운 빵.

에르는 얼른 여자를 품에 안았다.

—보고 싶어 죽는 줄 알았어!

가방을 장 위에 놓으며 여자가 말했다.

—우리 어제도 봤잖아!

—그렇지, 그래. 하지만 난 항상 자기가 보고 싶어, 항상. 밤이면 더해. 얼마나 자기가 그리운지 몰라.

노에미아는 블라우스 단추를 풀었다. 남자가 그녀의 귀에 속삭였다.

—우리 오늘은 특별한 거 해볼까?

—뭘?

—여태 안 해봤던 거.

그녀가 남자를 돌아보았다.

—난, 그런 거 절대 안 해!

—뭔지도 모르면서!

치마를 벗으며 말했다.

—내가 자기 속마음을 모를 줄 알아, 샤비에르? 안 되는 데다 할 생각 마.

그는 어쩔 줄 모르며 그녀의 어깨와 목에 키스를 퍼부었다. 그가 말했다.

—자긴 그렇게 생각 안 해? 사랑하는 사이라면 뭐든 다 할 수 있다고 생각 안 해?

—다는 아니지.

노에미아는 옷을 전부 벗거나 브래지어만 하고 있곤 했다.

—샤비에르, 내가 말했잖아. 나는 좀 보수적인 사람이야. 무리한 요구는 하지 말아요.

이제 그는 노에미아가 일하는 건물 앞에 와 서 있었다. 길 복판에 산드라가 이리저리 두리번거리며 서 있는 모습이 보였다.

샤비에르는 다급히 그녀에게 다가갔다.

—안녕하세요.

—아이고, 오래 사시겠네요.

—제가요?

콧물을 닦으며 그녀가 말했다.

—네. 마침 댁을 생각하고 있던 참이에요.

그가 물었다.

—노에미아 퇴근했어요?

—아직 위에 있어요.

샤비에르는 한숨을 쉬면서 말했다.

—글쎄, 더 기다려야 할지, 그냥 가야 할지 모르겠어요. 오늘은 아무래도 못 만날 것 같은데. 어쨌든 5분만 더 기다려볼까 봐요.

그는 산드라가 좋았다. 마음씨 곱고 친절한 여자라고 생각했다. 샤비에르가 보기에, 노에미아가 일하는 사무실의 모든 여직원 중에서 가장 동정심 많고 이해심 많고 예의 바른 여자였다. 또 노에미아의 가장 가까운 친구였다.

산드라는 길 한끝까지 걸어갔다가 초조한 몸짓으로 다시 돌아왔다.

—이럴 순 없어요! 이럴 순 없어!

—왜 그래요?

—지금 여기서 한참 동안 우리 남편 기다리고 있는 중이에요. 나는 기다리는 거 너무 싫어. 그 사람은 그걸 잘 알면서도 제멋대로예요. 그래서 더 화가 나요. 내가 미친다니까.

샤비에르는 아무 말이나 나오는 대로 대꾸했다.

—지금쯤 오는 중이겠죠, 뭐.

산드라는 계속 씩씩거렸다.

—어린애도 아니고 정말…… 못 참아. 더 이상은 못 참아.

상대방이 내뿜는 분노 때문에 잠시 자신의 절망을 잊었다. 그러면서 아까 그 임파다를 두 개 더 싸달라고 할 걸 그랬다고 생각했다. 맛있었는데! 집에 가기 전에 다시 들러야지. 아예 세 개를 사갈까. 그래 세 개를 사자. 산드라는 끝없이 콧물을 흘렸다.

그가 질문을 던졌다.

—산드라, 그런데요. 왜 내 생각을 하고 있었어요?

—아무것도 아니에요.

—지금 막 내 생각을 하고 있던 참이라고 했잖아요?

—아, 그거요? 왜냐면. 당신네들 싸웠어요?

—왜요?

—그냥 묻는 거예요.

—노에미아가 무슨 말 하던가요?

—대충요.

—뭐라고 해요?

—샤비에르, 나는 말 옮기는 사람이 아니에요. 캐묻지 마세요.

그가 주저하며 말했다.

—그게 아니구요. 네, 알았어요. 물론이죠. 하지만 한 가지만 말해주세요. 노에미아가 나한테 화나 있나요? 네?

산드라는 다른 질문으로 대답을 대신했다.

—왜 당신은 그렇게 자신감이 없지요?

—제가요?

—제가 보기엔 그래요.

그는 이해가 안 갔다.

—자신감이 없다니, 뭐가요? 나는 원래 이런 사람이에요. 내 스타일이에요.

남편은 왜 이렇게 안 오는 거지? 산드라는 이를 갈며 다시 불평했다.

—이 사람을 정말 어떻게 해야 하지?

그러고는 샤비에르를 다시 쳐다보더니 음성을 가라앉혔다.

—샤비에르, 제가 한 가지 말씀드릴까요? 저는 정말 상관하고 싶지 않아요. 난 아무것도 몰라요. 남의 일에 참견하고 싶지도 않고요. 각자 알아서 할 일이에요. 그런데요.

그가 말했다.

—말해요. 말하세요.

산드라가 말했다.

—제가 마지막으로 드리는 말씀이에요. 더 이상 상관 않겠어요. 제가 드리고 싶은 말씀은 말이죠, 샤비에르, 다름이 아니라 바로 이거예요. 남자는 그렇게 자신감 없어 보이면 안 돼요. 남자라면 모름지기 자기 주장을 해야 해요. 요 전날에 한번은요, 길에서 댁하고 노에미아가 같이 가는 걸 봤어요. 댁은 노에미아 뒤를 꼭 강아지처럼 쫓아가고 있었어요.

그런 이야기를 듣는 건 너무 비참했다.

—강아지라고요?

—듣기 싫으시죠. 저도 알아요. 이래서 저는 남의 일에 간섭하는 게 싫어요. 솔직하게 할 말을 한다는 명분이지만 결국 인심을 잃고 말아요.

—아닙니다. 천만에요. 오해하지 마세요. 저, 화나지 않았습니다. 정

말이에요. 그런데 한 가지만 더 말씀해주세요.

—이제 그만 말할래요.

산드라의 팔을 붙잡고 매달렸다.

—산드라, 부탁이에요. 당신은 노에미아의 가장 친한 친구 아닙니까? 노에미아는 당신한테 아무것도 안 숨기고 다 말하잖아요. 안 그래요?

—몰라요.

—모르긴 뭘 모릅니까? 노에미아가 뭐라 그러던가요? 그래요, 우린 싸웠어요. 그것도 알고 계시죠? 아무 이유 없이 나한테 싸움을 걸더라고요. 대체 이유가 뭐라고 그럽디까? 네?

산드라는 시간 안 지키는 남편의 버릇을 결코 용서하지 않을 참이었다. 그러면서 샤비에르를 보며 생각했다. '어쩜 이렇게 지저분할까, 이 남자는. 생전 목욕도 안 하나 봐. 노에미아는 어떻게 이런 남자랑 잠자리를 할 수 있을까. 손톱 더러운 것 좀 봐, 세상에!'

그녀는 한숨을 쉬었다.

—샤비에르, 자세한 건 말할 수 없고요. 딱 한마디만 하겠어요. 그리고 더 이상은 저한테 묻지 마세요.

—말해보세요.

—뭐냐면요. 눈 똑바로 뜨고 상황 파악 좀 하세요.

그는 잠시 말이 없었다. 이윽고,

—그리고요?

콧물을 풀어 훔치며 여자는 말했다.

—그것뿐이에요.

샤비에르는 더 이상 참을 수 없었다.

—상황 파악을 하라니 왜죠? 알고 있으면서 말 안 하려는 게 뭡니

까? 산드라, 당신은 내 친구이기도 하잖아요. 나한테 얘길 좀 해주세요. 노에미아한테는 절대 말 안 하겠어요. 정말요.

산드라는 짜증이 나기 시작했다.

―샤비에르. 노에미아가 갑자기 당신을 대하는 게 달라지던가요? 그렇지요? 갑자기 얼굴을 바꿔서 대하지요? 이유는 뻔해요, 샤비에르! 여자가 사귀던 남자한테 그러는 이유는 한 가지밖에 없어요. 다른 남자가 생겼을 때 그러는 거예요. 이제 그만. 해서는 안 되는 말인데 해버렸어요.

얼굴이 하얗게 질려 샤비에르가 더듬거렸다.

―다른 남자요? 다른 남자 누구요?

산드라는 길모퉁이만 바라보다가 소리쳤다.

―우리 신랑 아냐? 저기 오네, 저기.

산드라의 남편이었다. 이름은 파울로인데 모두들 애칭으로 사라이바라고 불렀다. 산드라는 화가 머리끝까지 나 있던 참이었다. 그러나 남편 모습이 눈에 보이는 순간 노여움이 다 풀렸다. 재빨리 화장지를 끄집어내 콧물을 또 훔쳤다.

사라이바가 다가와 아내의 이마에 키스했다. 산드라는 들뜬 목소리로 말했다.

―아유, 자기 왜 이렇게 늦었어? 응?

남자가 손을 내밀어 샤비에르와 악수했다.

―안녕하시죠?

―그럼요, 그럼요.

굵은 시가를 손에 들고 있던 사라이바가 샤비에르의 팔을 잡아 한쪽으로 끌며 말했다.

―마침 잘 만났습니다. 하고 싶은 얘기가 있어요.

남편은 산드라를 향해 돌아섰다.

—여보, 나, 샤비에르 씨와 잠시 할 말이 있으니 잠깐만 기다려. 금방이면 돼.

산드라는 온순하고 관대하게 웃으며 말했다.

—오케이.

콧물이 계속해서 흘렀다. 샤비에르는 사라이바가 이렇게 진지하고 심각한 얼굴을 하고 있는 것을 처음 보았다. 사라이바가 입을 열었다.

—충고 하나 해도 될까요? 친구로서요.

—물론이죠!

사라이바는 들고 있던 시가의 재를 떨고 말했다.

—기분 나쁘게 듣진 마세요.

—당연하죠.

사라이바의 시가는 향이 좋은 고급품이었다. 그가 말했다.

—두 가지에 대해 충고드리고 싶어요. 먼저, 당신은 노에미아에게 너무 자신 없이 대하고 있어요. 그러면 안 돼요.

샤비에르는 기분이 상하는 걸 눌러 참으며 말했다.

—안 그래도 당신 부인이 나한테 그 얘길 했어요. 바로 조금 아까요.

—아, 그래요? 그랬군요. 내가 좀 늦었군. 하지만 그게 그래요. 여자들은 잘해주면 기어올라요. 막 기어오른다니까요. 절대로 여자들한테 기죽어서 잘해주면 안 돼요.

샤비에르는 미쳐버릴 것 같았다. 이 두 멍청이한테 어떻게 이해시킬 것인가? 자기가 그렇게 기죽을 수밖에 없는 것은 병든 아내 때문이라고. 다른 병이라면 또 모른다. 하지만 그는 바로 자신이 나병 환자이기나 한 듯 사람들 보기가 부끄럽고 창피했다.

더 이상 참을 수 없이 괴로운 심정으로 물었다.

—그리고 다른 충고는요?

사라이바는 잠시 뜸을 들였다.

—지금 말하려는 거는요, 좀 예민한 문제인데. 하지만 뭐든지 말해도 좋다고 하셨으니까. 그리고 나는 친구 사이라면 무슨 이야기든지 할 수 있고 또 해야 한다고 믿는 사람입니다. 그렇게 생각 안 하세요?

—물론입니다.

사실 사라이바는 샤비에르를 좀 딱하게 여기고 있었다. 그러나 그와 이야기하는 가운데 가엾은 친구를 괴롭히고 상처 주는 가학적인 즐거움과 공연한 악감정이 은근히 피어오르고 있었다. 마침내 말했다.

—다름이 아니고요, 언제나 보면 늘 같은 옷을 입고 계신데요. 매일 같은 옷이다 보니까 아무래도 땀이 배겠지요. 아시겠지요? 그러다 보면 안 좋은 냄새가 납니다. 혹시 기분 나쁘셨다면 죄송하고요.

그는 나오지 않는 목소리로 간신히 대답했다.

—아니에요. 괜찮습니다.

사라이바가 계속했다.

—이런 말씀 드리는 이유는요, 여자라는 거는요, 아시지요. 여자들은 이런 거 가지고 무지 신경 쓰거든요. 그리고 저는, 당신이 노에미아를 무척 좋아하는 걸 알고 있다 보니까. 그래서 이런 말씀 드리는 겁니다.

잠시 두 사람은 말이 없었다. 이윽고 샤비에르가 고통스럽게 입을 열었다.

—그러니까 저한테서 안 좋은 냄새가 난단 말인가요?

상대방이 쾌활한 음성으로 대꾸했다.

—저런, 화나셨군요?

—전혀 아닙니다. 왜 화를 내겠어요?

사라이바는 알고 싶어했다.

—우린 계속해서 친구인 거지요?

샤비에르는 주머니에 손을 찔러넣었다.

—하하, 사라이바, 무슨 말씀을……

그러다 급기야 폭발하듯 말을 쏟아냈다.

—내가 이러고 다니는 건 전부 아내 때문이에요. 나는 셰이브 로션도 못 써요. 왜냐면 아내가 의심하거든요. 다른 여자들한테 잘 보이려고 향수 바르냐면서요. 사라이바, 나는 가끔은요. 빌어먹을, 전부 다 때려치워 버리고 싶어요!

산드라가 다가왔다.

—여보, 갑시다. 응?

남편이 작은 목소리로 주의를 줬다.

—콧물 또 나오네.

여자가 화장지 한 장을 더 꺼냈다.

—망할 놈의 콧물이 멈추지를 않네.

아내와 함께 떠나기 전에 사라이바가 한 번 더 물었다.

—그러니까 다 괜찮은 거죠? 우리 사이에 기분 상한 거 없는 거죠?

그의 등을 두드리며 샤비에르가 말했다.

—물론입니다. 오히려 감사한걸요.

아내가 자기 옷을 전부, 양복과 셔츠, 양말짝까지 전부 다 면도칼로 갈기갈기 찢어놓았다는 말을 하고 싶었다. 하지만 참았다.

헤어지는 인사를 하면서 산드라가 물었다.

—노에미아 기다리실 거예요?

—아니요. 집에 갈 겁니다. 늦었어요.

세 사람은 헤어졌다. 사라이바와 산드라는 갈 길을 가고 샤비에르는 반대 방향으로 잠시 걸었다. 그러다 길모퉁이에서 멈춰 섰다. 아내의 붕대를 갈아야 한다는 걸 생각했다. 잠시 길 한복판에 서 있다가 부동산 중개소가 있는 건물 창문을 올려다봤다. 노에미아가 저 위에 있다. 산드라에 대한 생각이 바뀌었다. 그 여자는 위선자다. 그녀의 언행에서 뚜쟁이의 비틀린 심술을 읽어내고자 애썼다. '거기다 그놈의 사라이바는 나더러 냄새가 난다고.' 이렇게 늦게까지 집에 들어가지 않은 적은 없었다. 아내의 붕대 가는 시간은 무슨 일이 있어도 지키던 그였다. '올라가야겠다. 노에미아랑 얘기를 좀 해야겠어.' 틀림없이 산드라가 노에미아에게 다른 남자를 구해줬을 거다.

결국 지칠 대로 지친 심정으로 다시 돌아와 건물로 들어갔다. 엘리베이터는 하필 가장 위층에 멈춰 서 있었다. 얼굴을 아는 수위가 말을 걸어왔다.

—안녕하세요? 플루미넨시가 영 못 뛰지요?

—나아지겠지요.

수위는 계속 말했다.

—좋은 선수들을 사 와야 해요.

—마리오 사 왔잖아요. 마리오가 잘 뛰어요. 올리베이라도 있고. 잘한다고들 그러던데요.

—난 못 믿겠어요.

누군가가 나타나서 계속 수위와 이야기를 나누었다. 샤비에르는 그 틈을 타 계단으로 올라가기 시작했다. 12층이야 아무것도 아니지. 아무것도 아니다. 위에 도착했는데 노에미아가 다른 남자랑 있는 걸 보면 어떡하지? 세상에는 노에미아보다 예쁜 여자들이 얼마든지 많다. 그렇지만 그는 예쁜 여자들을 좋아하지 않았다. 4층과 5층 사이에서 잠시 쉬어야 했다. 더 이상은 못 올라갈 것 같았다. 벽에 기대어 서니 귀 안으로 머릿속의 혈압이 소용돌이치며 오르는 게 느껴졌다. 얼굴에 열이 올라 아파왔다.

층계참에 걸터앉았다. 다리가 얼음장같이 차가웠다. '아, 하느님, 아, 하느님!' 5분여를 그렇게 쉬었다. '더 이상은 못 견디겠다.' 자신이 늙고 중풍에 걸려 마비된 모습을 상상했다. 그는 항상 성행위 도중에 심장 마비를 일으킬까 봐 걱정이었다.

다시 일어나 걸어 올라갔다. 한 층마다 쉬면서 천천히 올랐다. 그리고 마침내 12층에 도착했다.

사무실 문을 열고 들어서자 애인이 전화를 붙잡고 있는 게 보였다. 노에미아는 전화에 대고 말하고 있었다.

—아직도 안 도착하셨다고요, 마리아 에우독시아 부인? 두 분이 쇼핑이라도 가신 거 아닐까요? 네? 아, 물론 그렇지요. 사비노 사장님은 집으로 갔다가 사무실로 다시 오겠다고 하셨어요. 그래서 기다리는 중인데요. 어쨌든 무슨 소식이 있으면 사모님께 바로 연락드릴게요, 아무 일도 없을 거예요. 걱정 마세요. 안녕히 계세요.

전화를 끊고는 노에미아가 굳은 얼굴로 다가왔다.

—여기 들어오지 마, 샤비에르. 당신 여기 오는 거 싫어. 사비노 사장이 곧 올 텐데 그럼 나만 혼나.

더없이 슬픈 음성으로 그가 말했다.

—너랑 할 얘기가 있어.

—밖에서 해.

—그래. 밖에서 기다릴게.

그렇게 기죽어서 대하는 게 아니었다. 노에미아가 쫓아나오면서 퍼부었다.

—뭘 말하고 싶은데? 샤비에르, 난 언제 퇴근할지도 아직 몰라.

그는 눈물이 글썽한 눈으로 말했다.

—급할 거 없어. 기다릴게.

그녀는 터지는 신경질을 감추지 않았다.

—이봐요, 아저씨! 마나님 붕대 갈아줘야 될 시간 아니야? 시간 안 됐냐구?

—노에미아, 너랑 중요한 할 얘기가 있어. 오늘은 꼭 얘기를 해야겠어.

노에미아는 화가 나서 견딜 수 없었다.

—얘기는 무슨 얘기야! 소용없어, 샤비에르, 다 소용없어!

—사람을 이렇게 대하는 게 어디 있어?

그녀가 고개를 흔들었다.

—아이고, 하느님, 아이고! 내가 할 말은 다 했단 말이야. 자기는 아내랑 헤어질 수 없고, 그럼 나랑은 끝이야. 이젠 지쳤어.

—내 말 좀 들을래?

여자가 그를 밀었다.

—가! 샤비에르! 여기서 나가! 제발 부탁이니 나가!

—떠밀 필요 없어!

—아유, 지겨워!

샤비에르는 충동적으로 말했다.

—네가 원하는 거라면 다 할게!

노에미아가 구역질 난다는 얼굴을 했다.

—자기, 침 흘리고 있어!

남자가 입가를 손으로 훔쳤다. 그는 울면서 말했다.

—마누라랑 헤어지겠어. 그게 네가 원하는 거 아냐? 아내를 입원시킬게. 그리고 우리 같이 살자.

노에미아는 팔짱을 끼고 옆으로 돌아선 채 말이 없었다. 샤비에르가 다시 물었다.

—그럼 됐니? 대답해봐. 그럼 되겠어?

—이젠 늦었어.

그는 이성을 잃고 여자를 움켜잡았다.

—나한테 이러지 마, 노에미아. 내가 뭘 잘못했니? 내가 잘못한 게 있으면 말을 해. 뭐가 잘못인지 따지기라도 하란 말이야.

여자가 맞서서 퍼부어댔다.

—샤비에르, 끝난 거야. 끝났다는 걸 받아들여. 난 이제 자기한테 아무것도 더 원하는 거 없어. 우린 잘 안 됐고 이제 끝났어. 잘 가. 사비노 사장이 곧 올 거야. 사비노 사장이 자기 여기 있는 거 보게 하고 싶지 않아.

노에미아가 사무실 안으로 들어가자 그도 뒤따라갔다.

그녀가 돌아보았다.

—정말 왜 이래?

샤비에르는 자기의 머리를 두 손으로 잡았다.

—난 이해 못해. 내가 어떻게 하길 원하는 거야? 이제 아내랑 헤어지겠다고 했잖아. 내 남은 일생 동안 괴로워할 일이야. 하지만 너 때문에 장님에 나병 환자인 아내를 버리겠다고 하잖아.

노에미아도 정신 나간 사람처럼 고함쳤다.

—나병 환자가 무슨 벼슬이라도 되냐? 이봐, 샤비에르! 나는 너한테 구역질이 나. 구역질. 이제 알았으면 꺼져! 여기서 꺼져!

그는 잠시 말없이 가만있다가 나직이 내뱉었다.

—다른 놈이야?

—뭐라구?

—다른 놈이 생겨서 이젠 나를 차는 거냐?

—난 대답 안 할 거야. 꺼져!

잠시 침묵이 흐르고 그가 말했다.

—잘 있어라.

그가 나갔다. 엘리베이터가 있는 복도까지 나갔다. 쓰러질 것만 같아 잠시 벽에 기대야 했다. 몇 분이 지나가도록 기다렸다. 그러고 나서 다시 천천히 사무실로 돌아갔다. 문을 열자 노에미아가 등을 돌린 채 서서 손톱을 다듬고 있었다.

샤비에르는 칼을 꺼냈다. 그리고 그녀의 뒤에 다가가서 칼자루까지 들어가도록 깊숙이 등에 찔러넣었다.

제26장

칼날은 부드럽게 힘들이지 않고 들어가 박혔다.

샤비에르는 결코 자신의 범죄를 이해하지 못했다. 모든 행동은 전혀, 아무런 계산 없이 그냥 이루어졌다. 그렇게 살인은 갑자기 시작됐다.

사무실 문을 열었을 때, 노에미아는 그에게 등을 돌린 채, 손톱을 다듬고 있었다. 이제 뭐라고 말할 것인가? 그녀는 이미 그를 내쫓았는데, 무슨 말을 해야 한단 말인가? 너무 자신 없이 굴지 말아야지. 전에 노에미아가 하던 질문이 이제야 이해가 갔다. "자기 유대인이야?" 아니, 그는 유대인이 아니었다. 그저 매일매일 나병 환자의 상처를 씻어줘야 하는 남자로서의 자기 연민이 몸에 배었을 뿐이었다. 하지만 결국 더욱 기가 죽은 자세로 돌아왔다. 한 번만 더 애걸해볼 작정이었다. 노에미아에게 다가가 "나는 너 없이는 살 수 없어"라고 말할 참이었다. 이 말을 하면서 틀림없이 울게 되리라는 것도 알고 있었다.

그렇지만 문을 열었고 그녀를 보았다. 여자는 누군가 들어왔음을 느끼고 돌아보았다. 아니, 그냥 고개만 슬쩍 돌렸다. 아직 죽게 될 것을 모르고 있었고, 샤비에르도 그녀를 죽일 마음이라고는 전혀 없었다. (이상하게도 여자의 얼굴에는 놀라움이나 두려움, 아니면 짜증 같은 표정이 전혀 없었다.)

그리고 그 모든 일이 시작되었다. 칼을 꺼냈다. 그의 집에는, 할아버지가 아버지에게, 아버지가 그에게 물려준 오래된 칼이 있었다. 무기라기보다는 일종의 장식품, 기념품이었다. 가끔 샤비에르는 외출할 때 칼을 품에 지니고 나가는 일이 있었다. 신문을 보면 강도 사건이 부쩍 늘어난 모양이었다. 하지만 정말로 호신용 무기가 필요하다고 생각했다면 차라리 그의 방 서랍장 안에 있는, 한 번도 사용한 적이 없는 권총을 들고 나왔어야 했을 것이다.

왜, 그리고 무엇을 하려는지, 아무 생각 없이 칼을 품에서 꺼냈다. 이해할 수 없었던 것은 여자가 아무런 반응도 보이지 않았다는 점이었다. 문전박대해서 내쫓아버린 그가 다시 돌아왔으니 놀라거나 불안해하는 게 당연하지 않았을까. 왜 노에미아는 소리 지르거나 도망치지 않았을까? 그녀는 아무 말 없이 조용하고 온순한 모습으로 약간의 미소까지 짓고 있었다.

노에미아의 미소. 살인을 저지르고 난 뒤, 샤비에르는 그가 본 여자의 미소가 정확한 기억이었는지 자신이 없었다. 그랬다. 노에미아가 미소를 지었을 리 없다. 그녀는 미소짓지 않았다. 아니면 지었던가? 더욱 이해할 수 없는 것은 살인의 순간에 샤비에르는 그녀에 대해 아무런 증오도 느끼지 않았다는 점이었다. 증오도, 사랑도, 아무런 감정도 느끼지 않았다.

칼날이 등에 꽂히자 노에미아는 마치 기지개를 켜는 사람처럼 팔다리를 벌렸다. 그는 칼로 여러 번을 더 찔렀다. 여자의 몸이 비틀, 돌아가더니 책상 위로 쓰러졌다. 칼끝으로 그녀의 목덜미를 쑤셔 베었다. 그는 아무런 말도 하지 않았고, 소리도 내지 않았다. 여자의 몸이 바닥에 떨어졌고 그는 그 옆에 무릎을 꿇고 앉아 얼굴에 난도질을 하기 시작했다. 입 위에 칼로 엑스 자를 그었다. 분노라고는 전혀 느낄 수 없었다.

그가 아닌 다른 사람의 행위인 것 같았다. 그는 마치 다른 사람이 하는 일을 옆에서 바라보는 관객 같았다. 그리고 그 '다른 사람'은 멈추지 않았다. 노에미아는 이미 숨이 끊어졌건만 '다른 사람'은 칼질을 계속했다. 모든 것은 침묵 속에 진행됐다. 계속 무릎을 꿇고 앉아 여자의 치마를 들어올리고 속옷을 끌어내렸다. 칼로 음부에 십자가를 그었다.

샤비에르는 자리에서 일어섰다. 살아 있는 피의 빨간색이 어쩜 그리 고운지!

그가 낮은 목소리로 말했다.

―죽었다. 이제 죽었어.

책상 위 타자기 옆에 있던 복사용지를 집어 칼날에 묻은 피를 닦았다. 나가기 전에 그녀의 치마를 도로 내려 덮을까 잠시 생각했다. 팬티가 무릎 위에까지 끌어내려져 있었다. 그렇지만 시체에 손을 대기 싫었다. 칼을 간수했다. 아내의 붕대를 갈아줄 시간은 이미 지났다.

샤비에르는 '누가 오기 전에 빨리 도망쳐야 해'라고 생각했다. 하지만 싸움이나 고함 소리 없이 모든 일이 벌어졌기 때문에 아무도 오는 사람은 없었다.

엘리베이터 단추를 눌렀다. 그랬다가 얼른 '엘리베이터 직원이 나를 보면 안 되지'라고 생각했다. 비상계단 쪽으로 몸을 숨겼다. 층과 층 사이에 서서 잠시 귀를 기울였다. 엘리베이터가 도착하고 남자의 음성이 들렸다.

―내려가실 분? 내려가실 분?

아무 대답도 없자 엘리베이터 문이 닫히고 내려갔다. 샤비에르는 잠시 층계참에 앉아 고개를 숙이고 호흡을 조절했다. 아직도 아무 감정이나 느낌이 없었다. 누구의 눈에도 띄지 않고 나가서 집까지 가야 했다. 집에 돌아가서 아내의 상처를 씻어주며 평화를 얻고 신의 품에 안기리라. 노에미아는 죽어버렸지만 나병 환자는 아니었다.

벽을 의지해 계단을 내려왔다. 옷에 피가 묻어 더러워져 있을 텐데. 피가 튀지 않았을 리 없었다.

5층에서 잠시 발을 멈췄다. 복도에서 말소리가 들려왔다.

엘리베이터를 기다리면서 한 남자가 다른 이에게 말하고 있었다.

—농담이 아니고 말이야. 난 진짜 이렇게 생각해. 여자라는 존재는 말이지, 나는 한 여자가 한 남자를 2년 넘게 계속 사랑할 수 있다고는 믿지 못하겠어.

샤비에르는 벽에 바짝 붙어 숨은 채 땀을 비 오듯이 흘리면서, 엘리베이터가 와서 사람들을 데려가기를 기다렸다. 살인을 저지른 다음부터 그는 다른 사람이 된 기분이었다. 무엇인가 그의 안에서 변했고 모든 것이 어딘가 변해버렸다. 계단도 전과는 달랐고 건물도 조금 전의 건물이 아니었다. 그전과 같은 건 아무것도 없었다. 그는 자신이 세상의 유일한 살인자인 것 같았다. 그의 살인 이전에는 누구도 남을 죽인 적 없는 것 같았다.

하지만 이런 이상한 느낌도 집에 도착하면 없어지리라. 어서, 어서 빨리 집에 가야만 했다. 엘리베이터가 왔다. 두 남자가 타고 갔다. 누구의 눈에도 띄지 않고 나가야 할 텐데. 자연스럽게 행동하면서. 휘파람이라도 불까. 요즘 사람들은 왜 더 이상 휘파람을 불지 않는 걸까. 그가 어렸을 때에는 모두들 휘파람으로 노래를 흥얼대곤 했다. 샤비에르는 보사

노바 음악을 별로 좋아하지 않았다.

그가 사무실 문을 열고 들어갔을 때, 노에미아는 등을 돌린 채 서 있었다. 손톱을 매만지면서 등을 돌리고. 그리고 누군가 들어온 걸 느끼고 돌아보았다. 그리고 그 미소. 그녀가 정말 웃었을까? 아니지, 그랬을 리 없다. 이제 샤비에르는 여자의 등에 칼을 꽂는 순간에 그녀를 사랑했는지 아니면 증오했는지 알 수가 없었다.

두 남자는 가버리고 샤비에르는 다시 층계를 걸어 내려왔다. 택시를 잡을 생각이었다. 맨 아래층에 도착했을 때 잠시 계단에서 기다렸다. 현관의 수위와 엘리베이터 직원이 말을 주고받는 소리가 들렸다.

—우리 아버지가 바스코 팀에서 뛰었거든. 바스코의 2부 리그 선수였어. 후싱요, 토르테롤리 같은 선수들이 있던 시절이었지. 아버지가 축구를 아주 잘하셨거든.

샤비에르는 그들 곁을 지나가고 싶지 않았다. 스스로에게 되풀이해 일렀다. '남의 눈에 띄면 안 돼. 남의 눈에 보이면 안 된다.' 그러자 이런 생각이 들었다. '그렇지만 내가 아무도 안 죽였다면? 노에미아는 아직 살아 있을지도 몰라.' 노에미아. 굉장히 먼 옛날에 알았던 이름 같았다.

수위가 엘리베이터 직원에게 말했다.

—잠깐만 여기 좀 봐줘. 담배 한 갑 얼른 사가지고 오게.

—내 것도 하나. 여기 돈 있어. 내 것은 콘티넨털로.

다행히 엘리베이터가 불려 올라갔고 그 틈을 타 샤비에르는 건물 밖으로 뛰어나왔다. 건물 앞길에서 지나가던 사람과 부딪쳤다.

—죄송, 죄송합니다.

—미안합니다.

둘은 서로 사과말을 건네고 지나쳤다. 잘됐다. 샤비에르는 발걸음을 재촉했다. 공포가 그를 짓눌렀다. 계속해서 혼잣말을 해야 했다. "나는 살인자다, 살인자." 그는 세상의 유일한 살인자였고, 마지막 살인자인 것 같았다. 그 말고는 아무도 사람을 죽인 자 없었고, 그 이전에는 아무도 사람을 죽이지 않았다. "오직 나만이 사람을 죽였다!"

지나가는 택시 뒤로 몸을 던지다시피 날렸다.

—택시, 택시!

좀 앞서서 차가 멈춰 섰다. 죽어라 달려갔다. 그런데 운 나쁘게도 거의 동시에 다른 사람이 택시를 잡으러 다가왔다. 둘이 문 손잡이를 붙잡고는 시비를 가리기 시작했다.

—내가 먼저 불렀어요.

잘 다듬은 콧수염을 한 상대방이 택시 운전사에게 물었다.

—누가 먼저 불렀어요?

기사가 말했다.

—여기 이 양반이 먼접니다.

'여기 이 양반'은 샤비에르였다. 상대 남자가 포기하며 혀 차는 소리를 냈다.

—쳇, 젠장할.

그러자 샤비에르가 이긴 사람의 너그러움을 드러내며 말했다.

—신사 양반, 제가 양보를 못해드리는 게요, 아내가 정말 많이 아프거든요.

그 남자는 경멸을 담은 시선으로 샤비에르를 쳐다봤다. 샤비에르는 그래도 계속했다.

—어디까지 가시는지요?

상대방은 물러서며 말했다.

—괜찮습니다.

샤비에르는 정중히 인사했다.

—미안합니다. 안녕히 가세요.

뒤에서는 이미 다른 차가 기다리다 못해 경적을 울리고 있었다. 샤비에르는 차에 탔다. 이번에는 운전사를 상대로 뭔가 지껄여야만 했다.

—보셨지요? 이유도 없이 잘했다고 버티기는? 거만하게 굴기는 또 어떻고.

혹시 노에미아는 그와 화해를 하고 싶어 미소를 지었던 게 아닐까? 그는 눈을 감고 자세를 고쳐 앉았다. 운전사는 그가 지금 태운 사람이 살인자라는 걸 모른다. 노에미아, 보수적인 여자. 안 되는 데는 안 된다고? 갑자기 울고 싶어졌다. 운전사가 못 보게 창밖으로 몰래 칼을 버렸다.

운전사가 돌아보며 물었다.

—펠리피 카마랑으로 가신다구요?

—네.

사라이바를 생각했다. 나한테 나쁜 냄새가 난다고 했겠다. 펠리피 카마랑에 도착해 택시비를 지불했다. 차에서 내리기 전에 운전사의 등을 두드리며 인사까지 했다. 또다시 울고 싶었다.

—조심해서 가세요!

—네. 안녕히 가세요.

집에 들어가기 전에 잠시 이웃과 이야기를 나눴다. 메이렐리스라는 그 이웃은 수도관리국에서 무슨 과장인가 담당자인가 그랬다.

파자마 바지에 반팔 셔츠를 걸치고 슬리퍼를 끌고 나온 이웃이 물었다.

—아주머니는 좀 괜찮아지셨나요?

그가 한숨을 쉬며 대답했다.

—그저 그렇습니다. 항상 똑같아요.

샤비에르는 '이 사람도 내가 살인자인 줄 모르지'라고 생각했다. 그리고 메이렐리스마저 전과는 달라 보인다고 생각했다. 살인을 저지른 후에는 모든 것이 다 달라졌다고 시시각각 느끼고 있었다. 그 사실이 그를 괴롭혔다. 너무도 외롭다고, 오로지 혼자라는 생각이 자꾸만 들었다.

문을 열고 집에 들어서자 아내의 신음 소리가 들렸다. 이따금 아내는 옛날 여자들이 상가에서 내는 곡소리를 내며 울곤 했다. 이웃들에게는 아내가 신경쇠약증이 있다고 말해놨었다. 그날 밤, 집안일을 해주는 늙은 가정부는 예배 모임에 가고 없었다.

방으로 달려갔다. 아내는 침대에 엎드려 울고 있었다.

샤비에르가 그녀에게 몸을 구부리며 불렀다.

—여보, 여보.

가슴이 찢어질 듯 불쌍한 마음으로 아내를 불렀다.

—미안해, 여보. 내 말 듣고 있는 거야?

여자가 굵은 신음 소리를 내며 말했다.

—저리 가요, 저리 가!

—늦어서 미안해. 볼일이 있어서 마치고 오느라 늦었어.

아내가 침대에서 일어나 앉았다.

—내가 그 말을 믿을 것 같아? 볼일은 무슨 볼일이야. 거짓말 마!

병이 난 다음부터 아내는 콧소리를 내어 말했다. 마치 아내의 목소리에도 곪은 상처가 담겨 있는 것 같았다.

남자는 여전히 더할 나위 없이 기죽은 말투로 말했다.

—정말이야. 일 때문에 시내에 갇혀 있었다니까. 그리고 차 잡기도

힘들었고.

아내는 이제 더 이상 울지 않았다.

—샤비에르, 이렇게 해. 집에 돌아올 필요 없으니까 다른 여자한테 가.

—다른 여자라니? 무슨 소리야?

—내가 바보인 줄 알아? 당신이 다른 여자 만나는 거 다 알아.

—맹세한다니까. 나는 당신만 사랑해, 여보. 알았어?

아내가 그를 향해 보이지 않는 눈을 돌리고 말했다.

—내가 병이 난 지 얼마나 됐지요? 말해봐. 얼마나 됐지요?

—4년.

—4년! 4년째 난 당신한테 여자 구실을 못하고 있잖아. 이건 사는 게 아니야. 당신, 왜 다른 의사를 안 찾는 거예요?

—곧 나아질 거야, 걱정 마. 걱정 마.

—걱정 말라고! 하루 종일 침대에 갇혀 있는 건 당신이 아니니까 그런 말을 하지. 당신이야 얼마든지 나가 다닐 수 있으니 좋겠지.

샤비에르가 일어섰다.

—여보, 붕대 갈아야지.

그러나 아내는 억센 기세로 손을 뻗어 샤비에르의 팔을 잡았다.

—나한테 솔직히 말해요. 거짓말하지 마요! 이 4년 동안 당신 한 번도 다른 여자 없었어? 잠시도, 2분도 다른 여자는 없었어?

—없었어.

—솔직하게 말해요. 나 화내지 않을게. 다른 여자 있었지?

—여보.

아내는 더욱더 흥분해서 말했다.

—내가 당신 말을 믿을 줄 알아? 내가 바보 천치인 줄 알아? 당신은

여자 없이도 살 수 있다고 말하고 싶은 거야?

그는 침대에 앉았다.

—여보, 내가 말했잖아.

—당신 손으로 해결한다는 말! 난 안 믿어. 거짓말이야.

—여보, 진정해. 당신 병이 나으면……

아내가 그의 말을 끊고 물었다.

—내 병은 무슨 병이야?

—얘기했잖아.

—사실대로 말해줘요.

그는 그동안 하던 이야기를 다시 했다.

—당신의 문제는 신경성하고 알레르기가 겹친 거야. 몸의 습진들은 다 알레르기 때문이고. 의사가 나한테 그렇게 설명했어. 그리고 지금 눈이 안 보이는 증상도 곧 나아질 거야.

샤비에르는 이미 더 이상 노에미아와 그의 살인을 기억하지 않았다. 노에미아가 정말 죽기는 한 걸까? 그는 한껏 밝은 목소리로 습진에 대해 얘기했나. 아내는 지푸라기를 잡는 심정으로 그의 모든 꾸며낸 이야기를 열심히 믿곤 했다. 다만 자위행위에 대한 그의 말만은 믿으려 하지 않았다. 아내의 증상 중에서 가장 고약한 것은 이웃집에까지 퍼지는 달착지근한 병자 냄새였다.

샤비에르는 손가락 세 개가 마비돼 휘어버린 아내의 손을 바라보았다. 그녀가 갑자기 울음을 터뜨렸다.

—다른 여자가 생긴다면 나, 당신을 죽여버리고 말 거야. 내가 비록 장님이지만, 당신이 자고 있는 사이에 죽여버릴 거야. 하지만 당신이 불쌍해. 나도 알아.

아내의 옆에 있는 그는 더 이상 살인자가 아니었다.

—이리 와요, 여보. 붕대를 갈자고.

—먼저 내 질문에 대답해줘요.

—무슨 질문인데?

—나한테 손을 줘요. 당신 손 어디 있어?

그녀가 남편의 손을 더듬어 잡았다.

—나, 처음 병에 걸렸을 때는 내 자신이 혐오스러웠어. 혐오스럽고 창피하고. 생각나죠? 처음 병이 생겼을 때 당신을 근처에도 가까이 못 오게 했잖아. 그리고 병이 다 나은 후에야 당신에게 다시 여자가 돼주겠다고 했잖아.

—그렇지. 기억해.

아내가 거세게 숨을 몰아쉬었다.

—그런데 만일 내가 다시 당신과 관계하고 싶다면 어떡할래? 나, 당신 아내잖아, 그렇잖아?

—물론이지!

—그럼 오늘 밤 나랑 섹스할래요?

그는 자연스럽게 말하려고 애썼다.

—우선, 의사하고 상의를 해보고 나서.

—의사는 왜? 나는 자기 아내 아냐? 그렇잖아?

그는 절망스러운 심정을 간신히 억눌렀다.

—물론이지, 여보. 아무 문제 없어. 의사하고 얘기해볼게. 상황을 설명하고. 의사가 괜찮다고 하면 나야 아무 문제 없지.

—내 병이 더러워서 싫은 거야?

—절대로 그런 거 아니야. 하늘에 맹세한다.

환자의 검붉은 손이 뜨겁고 애타게 그의 팔을 움켜쥐었다.

—그렇다면, 키스해줘. 당신이 나한테 거부감이 없다면 키스해줘.

그는 놀라 더듬거렸다.

—키스?

말이 잘 되어 나오지 않았지만 말했다.

—그래. 물론이야. 키스하지. 하고말고.

여자가 자리에서 일어나며 열에 들뜬 음성으로 말했다.

—키스만이 아니고, 전부. 나랑 사랑을 해줘. 예전처럼. 의사 말 같은 건 상관없어. 어서. 이리로 와.

—나 옷 벗고 있어.

아내가 기다리다 물었다.

—왜 서랍은 뒤지고 그래? 콘돔 쓰지 마. 싫어.

샤비에르는 권총을 꺼내들고 말했다.

—그래. 콘돔 없이 하자.

아내 앞으로 걸어왔다.

—여보, 나는 한 번도 당신을 배신한 적 없어. 그걸 알아주기 바라. 당신은 내가 사랑한 유일한 여자야.

권총을 겨누고 다가왔다. 아내의 미소 속에 작은 습진들이 들어 있는 게 보였다.

그가 한 번 더 말했다.

—당신을 사랑하오.

아내의 미소 한가운데 총을 발사했다. 여자는 고개만 떨구더니 이윽고 미소를 지은 채 쓰러졌다. 샤비에르는 밖에서 들리는 소리를 듣고 있었다. 목소리들, 고함 소리, 물어보는 말소리들이 들려왔다. 이제는 노에미아가 웃었다는 걸 믿을 수 있었다. 온 거리의 사람들이 다 몰려와서 방문을 두드려대는 것 같았다. 그는 총구를 입안에 가져다 대고 방아쇠를 당겼다.

제27장

가정부가 가까이 지나갈 때 불렀다.

—이리로 잠깐. 물 한 잔 갖다 다오.

그러고는 카스트링요에게 물었다.

—자네도 물 한 잔 들겠나?

감기에 걸려 있던 상대방은 손수건을 꺼내며 대답했다.

—그래. 얼음 넣지 말고.

—카스트링요 선생에게는 얼음 넣지 말고 한 잔 갖다 드려. 생수로
드시겠나, 아니면 정수기 물? 뭐라고, 생수? 생수 있나?

있었다. 카스트링요는 손수건에 코를 풀었다.

사비노는 다시 가정부에게 일렀다.

—카스트링요 선생에게 얼음 안 넣은 생수 한 잔. 알겠지? 얼음 넣
지 마. 나한테는 얼음물로 가져오고. 어서.

친구의 어깨에 손을 얹었다. 하지만 머릿속에는 바닷가에서 있었던
일 생각뿐이었다. 주임 신부 앞에서 옷을 벗었다는 소녀가 누구인지 알아

낼 수만 있다면 뭐든 다 주고 싶은 심정이었다. 성당 안에서 옷을 벗다니, 대담하기 짝이 없다. 신부 말에 따르면 소녀는 열일고여덟 정도라고 했지. 카스트링요의 어깨를 두드리면서 사비노는 계속 생각했다. '글로리아였을 거야.' 바닷가에서 글로리아는 약혼자가 아닌 다른 사람을 사랑한다고 말했다. 바스크인 신부가 바로 그 다른 사람임에 틀림없다. 여자들은 체격이 큰 남자를 좋아한다. 신부는 숨소리도 화통같이 우렁찬 사람이다.

카스트링요와 이야기를 나누면서(아무 의미 없는 인간, 카스트링요, 라고 생각하면서) 사비노의 눈은 딸을 찾았다. 딸이 자기를 어떤 얼굴로 대할지 궁금했다. 거실 한 켠 구석에 글로리아가 이웃집 여자 둘과 함께 있는 게 보였다. 신부 앞에서 벌거벗은 주제에, 사비노, 자신에게서는 늙고 끔찍한 괴물을 보기라도 한 듯한 기세로 도망쳤겠다. 하지만 어쩌면 신부가 말한 소녀는 다른 사람일지도 모른다.

카스트링요는 계속 사비노를 상대로 지껄이고 있었다.

—그러니 자네 생각은 어때?

—뭐라고 그랬지?

—자네 생각에는 하파엘이……

사비노는 글로리아가 웃는 소리를 들었다. 좋다. 잘됐다. 웃음소리를 내는 걸 보니 바닷가에서 있었던 악몽은 지나갔나 보다.

카스트링요를 향해 몸을 돌렸다. 그가 하는 말을 죄다 듣고 있기는 하지만 무슨 소리인지 전혀 이해가 안 갔다. 친구가 그의 의견을 알고 싶어 했다.

—하파엘 말이야.

성까지 다 붙여 다시 말했다.

—하파엘 지 아우메이다 마가량이스.

사비노는 고개를 끄덕였다.

—아, 그래, 그래!

카스트링요가 계속 말을 이었다.

—그러게 말이야. 텔레비전에 나온 걸 보고 깜짝 놀랐어. 정말이야. 그렇게 잘생겼을 수가 없어.

가정부가 컵 두 개를 얹은 쟁반을 들고 왔다.

사비노가 잔소리 조로 일렀다.

—카스트링요 선생께 먼저 드려.

상대방이 정중하게 말했다.

—고맙소.

그러고는 약간 의심쩍은 듯 물었다.

—찬물인가?

—아니에요.

—음, 그럼 됐어.

그는 물 한 컵을 쭉 다 마셨다. 사비노에게는 의심의 여지가 없었다. 신부 앞에서 옷을 벗은 소녀는 글로리아임에 틀림없었다. 그도 물 한 컵을 달게 마셨다. 컵을 쟁반에 놓으면서 더 가져오라고 할까 생각했으나 그만두었다.

카스트링요는 아직도 그 화제에 매달려 있었다.

—내 생각에는 말이야, 하파엘이 언젠가는 대통령 자리까지 갈 것 같아.

사비노는 진지하게 놀란 표정을 드러냈다.

—벌써?

카스트링요는 웃으면서 정확한 시기까지 예측하진 못하겠노라고 말했다. 그러고는 웃음을 거두고 덧붙였다.

―언제가 될지는 몰라. 그건 중요하지 않아. 언젠가는 대통령이 될 거야, 언젠가는.

그때, 글로리아가 지나갔다. 눈이 아버지의 눈과 마주치자 딸이 그를 향해 웃었다. 행복으로 가슴이 터질 것 같아서, 사비노는 친구의 등을 마구 두드려댔다.

―맞아, 맞아!

기대하지 않았던 상대방의 열띤 반응에 카스트링요는 더욱 힘을 얻었다. 사비노의 팔을 굳세게 붙잡고는 말을 이었다.

―내 말이 맞나 틀리나 들어봐. 역사는 인물을 선택한다구. 아무나 선택되는 게 아냐. 이를테면 케네디, 케네디를 봐. 우리끼리 얘기지만, 하파엘은 케네디보다 훨씬 잘생겼어. 사실 케네디야 그 잘생긴 얼굴 빼면 뭐가 남아? 그리고 나폴레옹 초상은 또 어떻고? 나폴레옹 프로필은 어떻다고 생각하나?

사비노는 아무 대답 안 했다. 신부를 놀라게 하려고 문 뒤에서 옷을 벗는 글로리아를 상상했다. (딸이 아니었을 수도 있지.)

카스트링요는 의기양양하게 결론을 맺었다.

―하파엘은 우표나 지폐, 동전에 박아넣을 바로 그런 얼굴을 갖고 있어. 잘 보라구. 그러니 그는 잘생긴 얼굴 때문에 언젠가는 반드시 대통령 자리에 앉고 말 거야. 내가 하는 말 잘 들어둬. 기가 막히게 사진발 잘 받는 인물이야.

사비노는 생각했다. '나한테 웃는 걸 보니 다 잊어버린 게야.' 모든 불안과 걱정, 두려움이 다 사라져버렸다. '다시 가까이 지나갈 때면 이 녀석, 하고 불러야지.'

378

카스트링요에게는, 하파엘은 정말 동전에 새겨넣기에 환상적으로 안성맞춤인 얼굴이라고 동의해줬다.

지르시가 나타났다.

—아빠, 잠깐만요. 실례합니다, 카스트링요 선생님.

—얼마든지.

지르시가 말했다.

—아빠, 저 잠깐만 보실래요? 이쪽으로요.

딸과 함께 걸어나오면서 물었다.

—무슨 일이냐?

다른 두 딸인 마릴리아와 아를레치도 따라 나왔다. 돈을 많이 벌기 시작한 다음부터 사비노는 아를레치란 이름이 너무 평범한 집안의 여자 이름 같지 않나 생각하곤 했다.

지르시가 앞장을 섰다.

—서재로 가요.

사비노는 기분이 안 좋아지며 머뭇거렸다.

—그런데 도대체 왜들 이러는 거냐?

이제 곧 나누게 될 대화에 대해 지레 지겨워지기 시작했다. 딸들의 태도, 얼굴 표정과 말투, 걸음걸이까지 마음에 안 들었다. 잔인한 만족감에 빠져 생각했다. '정말들 못생겼다. 못생겼어 들.' 게다가 기분 처지게 만드는 고약한 냄새까지 풍기고들 있었다.

그의 귀에는 아직도 바닷가에서 글로리아가 했던 말이 들려왔다. "다른 사람을 좋아해요! 아버지가 아니에요. 다른 사람이에요!" 그렇지만 딸은 아무도 없는 춥고 어두운 바닷가로 그를 데려가지 않았는가. 신발만 벗고 있었을 뿐인데도, 마치 알몸이기라도 한 듯 그녀를 원했다.

일행이 서재 안으로 들어가자 지르시가 문을 잠갔다.

아를레치가 다른 자매들을 향해 말했다.

—됐다.

사비노는 놀라서 양팔을 벌리고, 스스로도 이해할 수 없는 두려움을 느끼며 말했다.

—뭐 하는 거냐? 재판이라도 하는 거냐?

불안 때문에 목소리가 쉬어 나왔다. 오늘 글로리아의 모든 행동은, 자동차 안에서와 바닷가의 산책 모두 사랑의 행위에 대한 준비였다. 그래서 바닷가에서는 마치 옷을 벗듯이 신발을 벗은 거였다.

지르시가 질문을 던졌다.

—테오필로에게 얼마를 주셨지요?

(한순간, 그는 이런 말을 하고 싶었다. '그래 잘하는 짓들이다. 그렇지만 너희들한테서는 악취가 난다. 글로리아에게서는 좋은 향기가 나는데. 어쩌면 너희들한테서는 이렇게 나쁜 냄새가 나는 거냐!')

그는 세 딸의 얼굴을 보며 말했다.

—주다니, 뭘? 내가 뭘 줬다고? 이런…… 나 참!

셋은 동시에 말하기 시작했다.

—줬잖아요. 돈 줬지요? 얼마 줬어요? 수표 말이에요. 얼마짜리예요? 말씀하세요!

그가 고함쳤다.

—이러지 마라! 이따위 말투로 나한테? 용납 못한다! 그리고 그건 너희들이 알 바 아니야!

딸들이 더 가까이 다가섰다. 사실 사비노는 딸들로부터 육체적인 공포감을 느끼고 있었다.

그렇기는 해도 정신을 차려야 했다.

—보자. 갑자기 왜들 이러는 거냐? 이해할 수가 없구나. 이유가 뭐야? 말도 안 되잖아.

셋은 서로 눈길을 교환했다. 맏딸이 그를 향해 고개를 쳐들었다.

—얼마지요, 아빠? 얼마?

사비노는 목덜미가 아파오기 시작했다. 울분에 찬 언성을 높여 말했다.

—돈은 내 돈이다! 내 돈!

가슴을 치며 외쳤다.

—내 돈!

그는 울 듯한 얼굴이 됐다. 갑자기 노에미아가 생각났다. 사무실에서 아직도 기다리고 있겠지. 전화를 해줘야겠다. 잡아먹을 듯이 덤벼대는 딸들 앞에 있노라니 비서를 향한, 생각지도 못했던, 말도 안 되는 욕망을 느꼈다. 고마움을 표현할 줄 아는 여자, 아니면 단순히 돈을 받고 몸을 파는 여자란 얼마나 좋은 것인가. 그래, 돈 받고 고용된 여자. 노에미아에게 돈을 좀 줄 걸 그랬다. 매춘이란 행위에는 단순함과 현명함이 있다. 너구나 여자는 그에게, 잘 길들인 강아지가 주인의 구두를 핥는 듯한 태도로 온순했다. 지르시의 성나서 벌름거리는 콧구멍을 보며 사비노는 결심했다. '노에미아를 해고하지 말아야겠다!'

그는 서재 한끝까지 걸어갔다. 거기서 딸들을 쳐다봤다. 저것들은 나를 미워한다. 나를 미워해. 항상 나를 미워했다. 갑자기 분노가 솟구치며 폭발했다. 실레니가 내일 결혼식에 들러리로 온다는 것도 생각났다. 노에미아를 해고하지 않으리라.

분노에 떨며 한 발 앞으로 내딛고 소리쳤다.

—잘 들어라. 너희들은 생각도 없니? 간질 환자를 들러리로 부르다

니, 무슨 짓들이냐? 머리도 없냐? 생각할 줄도 모르냐?

지르시도 마주 외쳤다.

—말 바꾸지 마세요!

그는 어이가 없어 말이 안 나왔다.

—뭐? 뭐라고?

오만불손도 어느 정도지, 이건 도가 지나쳤다. 다른 아이들은 옆에서 "맞아, 맞아!" 하면서 응원을 보냈다.

지르시가 계속 물었다.

—얼마 주셨냐구요? 얼마요? 5백만이죠?

사비노는 서재 안을 서성거리다 지르시가 액수를 말하는 순간 우뚝 멈춰 섰다. 에우독시아가 말한 게 틀림없다. 아니면 글로리아가 제 언니들을 약 올리려고 말했을까. 아니, 글로리아는 아니다. 에우독시아다. 멍청한 에우독시아가 입을 놀렸을 거다.

그는 지르시를 향해 손가락을 치켜들고 다가가 말했다.

—이제 다 알았다. 왜 간질 환자 아이를 결혼식 들러리로 불렀는지 알았다. 그럼 그렇지. 너희들은 실레니가 교회에서 발작을 일으켜 글로리아 결혼식을 망치는 걸 보고 싶은 거지. 너희들이 그렇게 미워하는 동생의 결혼식이니까.

세 딸이 앞으로 나섰다. 사비노는 공격이라도 받은 양 뒤로 물러섰다. 신체적인 위협을 느끼며 그는 책상 뒤로 몸을 피했다.

제정신이 아님을 느끼며 고함쳤다.

—나한테 손댈 생각 하지 마!

지르시가 나서며 두 손을 책상 위에 얹었다. 사비노는 숨이 가빠왔다.

—뭘 원하는 거냐?

지르시가 말했다.

—아빠, 우리 남편들은 1백만씩밖에 안 받았어요. 1백만밖에. 그런데 테오필로는 5백만을 받아요. 왜죠?

아를레치가 날카롭게 말했다.

—글로리아만 딸인가요?

그는 언성을 높여 말했다.

—먼저 너희들이 알아둘 게 있다.

—아, 아빠!

그는 애절하게 외쳤다.

—나는 내 딸들을 절대 차별하지 않는다는 걸 알아둬라.

딸들은 더욱 분개했다.

—아유! 그런 소리 마세요!

그는 계속 외쳤다.

—너희들을 모두 똑같이 사랑한다!

지르시가 얼굴을 들이댔다.

—그래서 테오필로에게만 5백만을 주셨나요?

사비노는 딸에게서 다시 나쁜 몸냄새를 느꼈다. 뒤틀린 만족감을 느끼며 빈정댔다.

—돈! 돈밖에 모르는구나!

마릴리아도 차갑게 말했다.

—아버지는 돈 안 좋아하세요? 그런가요?

그는 책상을 주먹으로 내리쳤다.

—그래, 정말 알고 싶으냐?

잠시 침묵. 그가 다시 소리쳤다.

—한 푼도 안 줬다! 한 푼도 안 줬다구! 알았냐?

—거짓말!

그는 거의 목소리가 안 나왔다.

—뭐? 뭐라고? 너 지금 뭐라고 했냐? 아버지를 거짓말쟁이라고 불러?

그는 의자에 주저앉고 말았다. 진땀으로 머리칼이 축축했다. 그런데 정말 이상한 건 이제야 뒤늦게 노에미아에 대한 욕망이 혼란스럽게 솟아오르는 거였다. 이게 어떻게 된 노릇일까? 여기서 나가는 대로 전화해야지. 결혼식 당일에 여비서와 밀회를 가질 수는 없다. 그래, 그다음 날 만나야겠다. 그녀에게 이야기해줘야지. 한번은 글로리아의 벗은 몸을 봤다고. 우연히 욕실 문을 열었는데, 그 안에서 딸이 발가벗고 있는 걸 봤다고.

맏딸이 아버지를 윽박지르듯 말했다.

—우린 다 알고 있어요!

그는 눈물 고인 눈을 하고 말했다.

—지르시 그리고 애들아, 내 명예를 걸고 맹세하는 거다.

다시 침묵. 그가 물었다.

—그러니, 이젠 내 말을 믿겠니?

아를레치가 발을 굴렀다.

—아버지 맹세 같은 거 필요 없어요!

그는 따귀를 한 대 얻어맞은 사람처럼 고개를 젖혔다. 뭔가 단호한 반응을 보여야 했다. 그는 아버지 아닌가. 그런데 그는 두려웠다. 하지만 그녀들은 글로리아와 바닷가에서 있었던 일을 전혀 모른다. 글로리아가 도망가던 모습을 보지도 못했다.

그는 자리에서 일어서며 말했다.

—이 얘기는 여기서 끝내자.

―아니요, 안 끝났어요. 아직 아니에요, 아빠.

그는 딸들을 한 사람 한 사람 쳐다봤다.

―뭐 하는 짓이냐, 이게? 너희들은 한 번도 이렇게 버릇없이 군 적이 없었잖니?

지르시가 천천히 탁자를 돌아 다가왔다. 다른 두 딸은 반대 방향으로 돌아왔다. '나를 둘러싸고 있군.' 사비노는 생각했다. 육체적인 공포가 다시 밀려왔다.

그러더니 세 딸은 동시에 입을 열고 말하기 시작했다. 같은 단어와 같은 말을 정신없이 되풀이하며 외쳤다.

―내 남편, 애 남편, 쟤 남편도 4백만씩 더 받아야 해요.

―수표를 쓰세요!

―수표를 써요!

―내 돈, 애 돈, 쟤 돈!

그는 어떻게든 반격해야 했다. 목청껏 소리쳤다.

―내 말을 들어라, 너희들! 내 말을 들어! 들으라구!

―돈 내놔요! 돈!

그는 손을 가슴에 얹고 소리쳤다.

―테오필로는 내 돈 한 푼도 안 받았다!

―거짓말!

그는 울기 시작했다.

―기다려라, 기다려. 내 앞에서 수표를 찢어버렸단 말이다!

그는 이제 누가 말하고 있는지 알 수가 없었다. 세 딸은 동시에 말하고 있었다. 셋 중 하나가 소리쳤다.

―드디어 고백하시는군!

그는 비틀거렸다.

—나는 고백하는 게 아니다. 나는 너희한테 알려주고 있는 거다. 제발 진정하고 내 말을 들어라. 이 애비한테 예의를 갖춰다오. 테오필로는 수표를 찢어버렸다. 사무실 책상 재떨이에 수표 조각들이 있다.

—얼마짜리 수표였어요?

지르시가 물었다.

사비노는 손으로 눈물을 훔쳤다.

—찢어버렸는데 얼마짜리인지가 무슨 상관이냐?

셋 중 제일 말이 없던 마릴리아가 낮은 음성으로 단호하게 말했다.

—우린 액수를 알아야겠어요, 아빠. 테오필로가 찢은 수표는 얼마짜리였지요?

그는 주저했다. 그가 "너희들한테서는 나쁜 몸냄새가 난다"라고 말한다면 딸년들은 창피해서 어쩔 줄 모르고 방을 나가버리지 않을까.

지르시가 속삭이듯 낮게 말했다.

—거짓말 마시구요.

그는 화가 치밀었다.

—나는 한 번도 거짓말한 적 없다. 그런 식으로 나한테 말하는 거 용납 못한다. 나한테 협박이라도 하겠다는 거냐, 응? 협박하는 거냐?

지르시는 차분한 목소리로 말했다.

—아빠, 글로리아에게만 다 해주고 우리들한테는 아무것도 안 주는 거 더 이상은 못 참아요. 아버지는 우리들한테도 4백만씩 줘야 해요.

—아버지, 돈 있잖아요!

—너희들이 생각하는 만큼은 아니다. 알아둬라. 내가 재산가라는 건 소문일 뿐이야.

—그런 건 알 바 아니에요. 우리 돈 내놔요.

그는 담배를 꺼냈다. 성냥을 그었다. 뭔가 결단을 내려야 했다. 담배에 불을 붙였다.

그는 낮고 부드러운 목소리로 말했다.

—애들아, 잘 들어둬라. 나한테서 너희들은 한 푼도 못 받을 줄 알아라. 더 이상 할 말 없다. 나가봐라.

아무도 움직이지 않았다. 지르시가 물었다.

—그게 아빠의 결론인가요?

—그렇다. 내 결론이다. 차라리 내 전 재산에 불을 질러버리고 말겠다. 잘 들어둬라. 내 돈을 다 불살라버릴지언정 너희들은 앞으로 내 돈이라고는, 한 푼도, 단 한 푼도 구경조차 못하게 될 줄 알아라.

그러자 세 딸은 방 한쪽으로 몰려갔다. 한동안 자기들끼리 수군거렸다. 사비노는 딸들을 멋지게 물리친 기분이었다. "할 말은 다했다" 외치고 싶었다. 손수건을 꺼내 얼굴의 땀을 닦았다. 세 딸이 천천히 다시 그의 앞으로 걸어왔다. 이 지겨운 것들이 또 무슨 수작을 꾸미는 걸까. '이번에 또다시 버릇없이 굴면 따귀를 한 대 때려준다!'고 생각했다.

딸들은 다시 그를 둘러쌌다. 그가 말했다.

—내 생각은 변함없다. 결론은 이미 말했어.

그러자 지르시가 낮게, 그러나 또렷한 목소리로 말했다.

—강간범.

잠시 침묵이 흘렀다. 그는 목 졸린 음성으로 물었다.

—너 지금 뭐라고 했냐? 다시 말해봐라.

마릴리아가 대답했다.

—강간범.

사비노는 자리에서 일어나려 했지만 의자에 앉은 채 움직일 수가 없었다. 욕설을 퍼붓고 상대방의 면상을 갈기든지, 뭔가 행동을 취해야 하는데.

그러나 꼼짝할 수가 없었다. 숨도 쉴 수 없었다. 지르시가 상냥한 말투로 말을 이었다.

—저는 봤어요, 아빠. 누가 나한테 말한 게 아니에요. 내 눈으로 봤어요. 제가 다 말씀드려야 할까요?

다른 딸들이 열렬히 부추겼다.

—말해! 말해!

사실은 사비노 자신도 지르시가 할 말이 무엇인지 듣고 싶었다. 그녀의 입에서 나올 말이 무엇인지 듣고 싶다는 알 수 없는 충동에 휩싸였다.

지르시는 부드럽고 다정하게 이야기를 풀어갔다.

—아빠, 그 잔칫날 기억하세요? 린스 바스콘셀로스에서 열었던 내 생일 파티 말이에요. 사람들이 춤추고 있는 동안 실레니가 뒤뜰로 나갔지요. 뭔가 불편한 상태라서 바깥 공기를 쐬러 갔겠지요. 그리고 거기서 발작을 일으켰어요. 그걸 본 사람은 아무도 없었어요. 아빠 말고는요. 아빠는 베란다에 서 계시다가 실레니가 쓰러지는 걸 보셨지요. 아무 말 없이 내려가셨어요. 그애를 들어 안고 어두운 곳으로 데려갔어요. 나는 창가에서 그걸 다 봤어요, 아빠는 저를 못 보셨지만요. 창문 아래로 모든 걸 다 봤어요. 강간범. 아빠는 강간범이라니까요. 더군다나 발작을 일으켜 쓰러진 소녀를 상대로 말이에요. 그때, 실레니는 열세 살밖에 안 됐었고, 아빠는 미친 사람 같았어요.

경악으로 사비노의 눈 속에 시커먼 웅덩이가 파인 것 같았다. 말을 하고 싶었지만 아무 소리도 나오지 않았다.

―그러고 나서 아빠는 정원을 한 바퀴 돌아 거실로 돌아오셨어요.

사비노가 간신히 물었다. 두려움 때문에 목소리가 변해서 나왔다.

―다른 애들도 봤냐?

딸은 친절하게 위로하는 말투로 대답했다.

―애네들은 제가 얘기해서 알아요. 오늘에서야 제가 말해줬어요.

사비노는 꼽추처럼 어깨를 움츠렸다. 이윽고 눈을 내리깔고 말했다.

―수표를 쓰마. 수표를 쓰지.

제28장

마지막 수표에 사인을 마쳤다. 그는 근친상간자가 아니었다. 날짜와 액수와 이름을 다시 읽었다. 사비노 우쇼아 마라냥. 단순한 욕망은 그저 욕망일 뿐, 아무것도 아니다. 근친상간은 행위. 동성애도 행위다. 지루하게 길고, 완결되는 하나의 행위. 수표에 적힌 사비노 우쇼아 마라냥이라는 이름이 무덤의 비석에 새겨진 이름처럼 보였다.

그는 자리에서 일어섰다.

―여기 있다.

마릴리아에게 수표를 내밀었다. 그리고 순간, 잠시 현기증을 느꼈다. 잠시 비틀거리다 책상을 짚고 몸을 세웠다. 계속해서 사비노 우쇼아 마라냥이라는 이름이, 죽은 이의 창백하고 향수 어린 이름처럼 느껴졌다. 딸들에게 묻고 싶었다. "너희들 말고 누구 아는 사람 있느냐?"고. 하지만 아무 말 하지 않았다. 그리고 갑자기 모든 게 권태로워졌다. 딸년들이 집 집마다 돌아다니면서 강간 사실을 불고 다닌들 뭐가 어떠랴 싶었다. 세 딸이 방문 쪽으로 갔다. 문 손잡이에 손을 얹으면서 지르시가 한순간 몸을 돌렸다. 세 딸이 사비노를 바라봤다.

그가 물었다.

—이제 만족스럽냐?

지르시는 소리를 내지 않고 입술만 움직여 말했다.

—강간범.

사비노는 당황할 때면 자신의 목소리가 자니오 콰드로스*를 흉내내는 희극 배우들처럼 날카롭게 가늘어진다고 생각했다. 밖에서 에우독시아가 문을 열고 들어섰다. 딸들이 한 발짝 물러섰고, 에우독시아는 그녀들을 지나치며 말했다.

—너네들 여기 있었니?

아내가 사비노에게 다가와 말했다.

—신부님 오셨어요!

그는 머뭇거렸다.

—주임 신부님이?

—당신에게 할 말이 있대요. 어서 나와요, 어서!

그는 탁자를 돌아 나오며 말했다.

—알았어. 알았으니 진정해.

그로서는 반가운 소식이었다. 에우독시아나 주임 신부는 현실의 일부다. 지금 막 겪은 딸들의 협박은 너무나 터무니없어 꿈인가 싶었다. 강간 사건, 바닷가에서 있었던 일, 맨발 차림인 글로리아에 대한 기억도 모두 비현실적이었다.

떨리는 손으로 에우독시아의 손을 잡았다. 아내는 남편이 왜 별안간

---

* Jânio Quadros(1917~1992): 1960년대 브라질의 대통령.

쑥스러워하면서 친밀감을 드러내는지 의아해했다. 에우독시아가 말했다.

—갑시다, 가요.

문가에 이르러 그는 발을 멈췄다.

—에우독시아, 당신 먼저 가서 신부님이랑 잠깐만 같이 있어요.

—잉?

—여보, 내 곧 가리다. 급히 해야 할 전화가 있어서 그래. 안에 들어가 전화 한 통 하고 오겠소.

—빨리 오셔야 해요.

—1분이면 되오.

그는 침실로 들어갔다. 신부가 왜 나타났는지 알 수 없었다. '안 그래도 피곤한 일이 너무 많은데……' 생각했다. 침대에 앉아 수화기를 들었다. 이렇게 말해야지. "노에미아 양, 나요." 아니다, 이제부터는 노에미아 양이라 부르지 말고 '당신'이라고 불러야지. "내가 당신에게 잘못했소. 나를 용서해주기 바라오." 사실 그는 그녀에게 너무 심하게 굴었다. 여자가 몸을 씻고 싶어하는데 막 밀다시피 쫓아내버렸지. 분비물을 뚝뚝 흘리며 갔을까. 아니다. 콘돔을 썼으니 그랬을 리 없다. 어찌 되었든, 여자가 성관계 뒤에 최소한의 뒤처리도 할 수 없었다는 건 정말 우울한 일이 아닐 수 없다.

사무실 번호를 돌렸다. 아냐, 아니다. 이렇게 말해야지. "내 인생에는 오직 당신밖에 없소."

신호가 가고 있었다. 그는 기다렸다. 계속 신호가 가고, 또 가도 아무도 전화를 받지 않았다. 잘못 걸었을까? 그렇지 않을 텐데. 그는 번호를 다시 돌렸다. 혹시 그사이 화장실에 갔을까. 왜 안 받는 거지? 다시 신호가 갔지만 응답이 없었다. 이런 멍청한 여자! 아까 내가 그토록 모욕

을 주고 몰아붙인 것 때문에 반항하고 있는 거다. '정말 쫓아내고 말까 보다!'

누군가 문을 두드렸다.

—아빠? 아빠?

—들어와라.

글로리아가 들어와 말했다.

—아빠, 신부님이 가신대요.

사비노는 복도로 급히 달려나갔다. 에우독시아를 비롯한 부인네들 사이에 신부가 보였다. 신부는 웅장하고 힘찬 웃음소리와 바리톤 가수 목소리로 온 거실을 채우고 있었다.

사비노가 팔을 벌리고 그에게 다가갔다.

—미안합니다, 미안합니다.

그의 거대한 체구 앞에서 사비노는 자신이 여자처럼 연약하다고 느꼈다. 신부는 주위 사람들에게 양해를 구하고는 사비노를 한쪽으로 이끌었다.

—잠깐 얘기 좀 합시다.

그는 노에미아만 생각하느라 마음이 다급해서 물었다.

—무슨 새 소식이라도 있나요?

—그렇다고 할 수 있지요.

—좋은 일인가요, 아니면?

상대방이 웃었다.

—좋은 일이냐, 나쁜 일이냐는 중요하지 않아요.

두 사람은 베란다에 나와 앉았다. 사비노는 도로 일어나면서,

—커피 가져오라고 시키겠습니다. 커피 한 잔 하시지요.

—좋습니다.

문가로 가서는 소리쳤다.

—에우독시아, 여기 커피 좀 보내줘요. 빨리, 빨리.

다시 돌아왔다. 신부가 말하기 시작했다.

—사비노, 내가 여기 온 건 말이죠. 나는 내일 결혼식에서 주례사를 하지 않기로 했다는 말을 하러 왔어요.

사비노는 과장스럽게 놀라는 척했다.

—아니, 그게 무슨 말씀이십니까? 그러지 마십시오. 에우독시아가 무척 슬퍼할 텐데요, 신부님. 그리고 저도 그렇고요. 네?

신부는 머리를 긁적이며 말했다.

—자, 제 말을 들어보세요.

사비노는 노에미아를 이해하고 용서해주고 싶었다. 물론 그녀도 좀 지나치게 그에게 대들긴 했다. 하지만 그가 그녀를 더할 수 없이 무자비하게 대한 것은 사실이었으니까. 그러니까 그건 그녀가 비열한 성격의 소유자가 아니라는 이야기다, 결국은.

신부가 설명했다.

—내가 하려던 강론은 좀 선동적이고 도발적인 성격의 것이었는데요.

—선동적이라니요? 정치 이야기를 하시려고 했나요?

신부는 거침없이 냉소적인 태도를 드러내고 웃었다.

—정치? 아, 그런 건 절대로 아닙니다. 나한테 정치는 아무 의미도 없어요. 아무것도 아니라니까요. 그러고 보니 마침 나에게도 흥미 있는 화제를 꺼내셨는데, 이를테면 말입니다, 정치적인 범죄를 하나 예로 들어 봅시다. 칼에 맞아 죽은 카이사르는 불 꺼진 성냥개비나 마찬가지예요. 아시겠어요?

그러나 사비노는 거의 충동적으로 신부의 말을 끊고 끼어들었다.

—그런데 신부님, 질문이, 여쭤볼 게 하나 있습니다.

그는 절박한 마음에 쉰 목소리로 다그쳐 물었다.

—신부님 생각에는요, 뭐가 더 과중한 죄인가요? 카이사르의 살인범과 간질 환자 강간. 그러니까 간질 발작을 일으킨 여자를 성폭행했다면요?

—뭐라구요? 무슨 말씀인지 이해가 잘 안 가네요. 다시 말씀해보세요.

사비노가 다시 질문을 반복하고는 덧붙여 말했다.

—그것도 열세 살 난 소녀를 상대로 한 폭행이었다면요?

신부는 심각하게 대답했다.

—아주 좋은 비교인데요. 아주 좋아요. 나는 소녀의 강간 쪽이 더 큰 죄라고 봐요. 그렇게 비교해보면 카이사르의 암살 같은 것은 아주 빈약하고 평범한 5급 범죄이지요.

에우독시아가 직접 커피를 쟁반에 받쳐 들고 왔다.

—지금 막 만든 커피예요.

신부가 찻잔을 들었다.

—향기가 좋습니다!

에우독시아가 물었다.

—설탕 넣은 것이 어떤지?

한 모금 맛을 보고는,

—딱 좋은데요.

—더 넣으시겠어요?

—아닙니다. 고맙습니다.

에우독시아는,

—쟁반 여기 놔뒀어요.

말하고 돌아갔다.

신부는 천천히 커피를 마셨다.

—내가 만약 내일 강론을 했으면 무슨 말을 하려 했는지 아세요? 우리 모두는 스스로의 가련함을 인정해야 한다는 말을 하려 했습니다. 아시겠어요? 남자와 여자는 서로의 상처를 함께 끌어안아야 합니다.

신부는 이 말을 하면서 마치 상처가 땅에 떨어져 있어 줍기라도 하려는 듯 발아래를 바라보았다.

사비노는 그의 말을 받아 반복했다.

—상처를 끌어안아요.

그는 아주 나중에야 그 말, '상처를 서로 끌어안다'라는 말에 담긴 의미가 그의 인생을 결정하게 될 운명이었다고 깨달았다.

그 순간 에우독시아가 쟁반을 가지러 왔다. 찻잔 두 개를 쟁반에 담고는 사비노를 향해 말했다.

—당신 주스치노에게 얘기했어요, 아니면 잊어버렸수?

—주스치노라니, 누구?

—잊어버렸어요? 『만쉐치』 잡지의 주스치노 마르친스 말이에요!

—아, 얘기했어, 얘기했어!

그는 신부에게 설명했다.

—『만쉐치』 잡지에서 글로리아 결혼 소식과 혼례식 장면을 표지에 싣기로 했거든요. 컬러 사진으로요.

—여보, 정말 표지에 실어준답디까?

—물론이지.

에우독시아는 행복한 얼굴로 물러갔다. 그러곤 거실에 들어서며 말했다.

─여기들 봐요. 글로리아가 『만쉐치』 표지에 나올 거야.

글로리아가 알고 싶어했다.

─얼굴만 나오는 거예요, 아니면 몸 전체 다 나오나요?

그건 에우독시아도 몰랐다.

한편 이쪽에서는 신부가 자리에서 일어섰다.

─사비노, 난 이만 가보렵니다.

사비노도 일어섰다.

─모셔다 드리겠습니다.

─아니에요. 택시 타고 가면 됩니다.

─아…… 신부님.

─좋아요. 그럼. 갑시다.

사비노는 남자라면 모름지기 누군가로부터 경탄을 받아야 되지 않는가 하는 생각이 들었다. 노에미아야말로 그를 경배하는 여인이었다. 신부는 안으로 들어가 사람들에게 간다는 인사를 하고 있었다. 사비노는 노에미아가 바로 그의 첫번째이자 마지막 사랑이라고 생각했다. 에우독시아는 그의 사랑이 아니었다. 한 번도 사랑한 적이 없었다. 노에미아는 광신도처럼 그의 발에 입 맞추길 열망했다. 자본의 세계에서 부를 쌓아올린 갑부인 그는 가난하고 불쌍한 여자, 의지할 곳 없는 외톨이 신세인 노에미아에게는 거부할 수 없는 매혹이었을 거다.

신부가 에우독시아, 글로리아와 함께 돌아왔다. 아내가 만류했다.

─아직 이른데요. 벌써 가시게요.

─저는 아침 다섯 시에 일어납니다.

사비노와 신부는 벤츠에 올랐다. 에우독시아와 글로리아가 현관에 나와 차가 골목을 돌아나갈 때까지 배웅했다.

신부가 담배를 달라고 청했다. 하지 않기로 한 강론에 대해 문득 아쉬움이 들었다.

—그렇지 않겠어요, 사비노? 신랑 신부에게 상처를 끌어안으라고 말해봐야 무슨 의미가 있겠습니까? 두 사람은 그저 첫날밤 치를 일만 생각하고 있을 텐데 말이에요. 그런데 그 앞에 대고 상처니, 문둥병 환자 이야기를 한다고? 말도 안 되지요. 안 되고말고요.

그러더니 갑자기 목소리를 높였다.

—사비노, 내가 비밀 하나 알려드릴까? 알고 싶소?

그러고는 한순간 뜸을 들이더니 의기양양한 음성으로 외쳤다.

—우리 모두는 문둥병 환자요! 예외란 있을 수 없어. 아무도, 아무도 없소. 우리 모두 문둥병 환자요.

그는 계속 자신의 이론을 전개했다. 자신의 문둥병을 인정하고 선언하는 자만이 구원을 받는다는 거였다. 신부가 사비노를 향해 몸을 돌려 말했다.

—무얼 기다리고 있는 거요? 응? 왜 결단을 내리지 않는 거지요?

—결단이라니, 무엇을요?

신부는 무엇인가에 단단히 사로잡힌 것 같았다.

—더 이상 기다리지 마시오. 당신의 문둥병을 받아들여요. 다시는 그걸 부정하지 마시오, 두 번 다시는! 그것만이 당신의 구원이오!

사비노는 자신과 신부가 완전히 주정뱅이 같은 대화를 주고받고 있다고 생각했다. 신부는 이윽고 입을 다물고 숨만 몰아쉬며 우울한 얼굴로 앉아 있었다. 신부는 내일 강론을 하지 않기로 한 것 때문에 속이 상했다. 신랑 신부를 향해, 그리고 하객들을 향해 "당신들은 모두 문둥병 환자들이오"라고 말한다면 얼마나 좋을까. 사비노는 노에미아만 생각하고 있었다. 그는 마침내, 이제서야 깨달았다. 한 번도, 단 한순간도 사랑받은 적이 없다는 것을. 사랑이라고는 노에미아뿐이었다. 오직 노에미아밖에는 없었다. 신부 옆에서 그는 꿈꾸듯이 생각했다. '나의 발에 입 맞추려고 했었지.'

성당 문 앞에 이르러 차가 멈추었을 때 사비노는 참지 못하고 묻고야 말았다.

—그러니까 신부님은 강간이 더 큰 죄라고 생각하신단 말이지요?

차에서 내리며 보도에 발을 막 딛고 있던 신부는 승리감에 취한 목소리로(그는 정말 술 취한 주정뱅이 같았다) 말했다.

—강간이오! 강간!

신부는 성당 문을 열었다. 문 안으로 사라지기 전에 다시 한 번 몸을 돌리고 외쳤다.

—그대의 문둥병을 인정하라!

그의 굵직한 저음의 웃음소리가 온 거리에 가득 찼다. 그리고 사비노는 차를 출발해 거리를 달리기 시작했다. 열세 살의 실레니를 생각했다. 이제 혼자 남고 보니 그가 저지른 강간죄에 떨어질 벌이 무서웠다. 그는 지금도 알 수가 없었다. 간질 발작을 일으켜 정신을 잃은 소녀에게 왜 그가 욕망을 느꼈는지. 인간은 이해할 수 없고 설명할 수 없는 행위들을 한다. 그대의 문둥병을 인정하라. 왜 노에미아는 그를 기다리지 않았을까?

그는 늦게야 집에 돌아왔다. 세 딸들이 저희 남편들하고 소곤거리고 있는 옆을 지나쳤다. 실레니를 보고 그 앞에 멈춰 섰다.

소녀의 뺨을 손으로 가볍게 두드리며 말했다.

—아주 근사한 들러리가 되겠구나.

사비노가 침실에 들어가자 에우독시아가 뒤따라 들어왔다. 문을 닫고는 낮은 목소리로 말했다.

—여보, 아무래도 당신 말이 맞는 것 같아요.

넥타이를 풀며 물었다.

—맞다니, 뭐가?

아내가 한숨을 쉬었다.

—실레니를 들러리로 세워선 안 될 것 같아요.

그는 놀라서 뒤로 한 발 물러섰다.

—무슨 소리를 하고 있는 거야, 지금? 들러리로 안 되겠다니? 당신 나한테 지금 무슨 말을 하는 거지?

—어머나!

—어머나는 무슨? 에우독시아, 나는 당신이 도무지 창피한 걸 모르는 데 아주 질렸어!

—아니, 이 양반이! 바로 당신이 그애가 성당 안에서 발작을 일으키면 어떡하냐고 난리를 쳤잖아요?

그는 방 안을 서성대며 신부가 한 말을 반복하기 시작했다.

—우리 모두 다 문둥병 환자야! 문제는 아무도 자신의 문둥병을 인정하지 않는다는 데 있어. 여보, 에우독시아. 간질병 환자는 간질 발작을 일으킬 권리가 있는 거요. 암, 있고말고.

—내 딸 결혼식에서는 안 돼요.

—빌어먹을, 빌어먹을! 이것 봐. 실레니가 내일 들러리를 서는 거야. 알았어? 내가 결정했다. 이 결혼식에 내가 쓰는 돈이 150만하고도 2만하고 또 얼마가 더 된다구. 나한테는 이 빌어먹을 결혼식에서 제일 중요한 인물은 두 명뿐이야. 들러리 설 실레니하고 신부인 글로리아!

그는 이렇게 말하면서 생각했다. '나한테는 노에미아밖에 없다. 내 구두에 입 맞추고 내 발에 입 맞추려던 여자.' 성관계는 그리 중요하지 않았다. 그의 발과 발밑 땅에 입 맞출 만큼 헌신적인 자세야말로 가치 있는 거였다.

에우독시아는 화가 잔뜩 나서 방을 나가려 했다. 그가 아내를 붙잡았다.

—에우독시아, 잠깐 이리 와봐요.

그는 피곤했다.

—내가 좀 흥분해서 당신한테 거칠게 말했구려. 하지만 그럴 생각은 없었소. 미안하오. 알았소?

그녀는 남편의 팔을 뿌리쳤다.

—마음대로 성질 부려놓고 사과만 하면 되는 줄 알아요!

에우독시아는 문을 거세게 닫고 나가버렸다. 그는 거울 앞으로 가서 자신의 모습을 보았다. '이게 무슨 꼴이람……' 옷을 벗고 잠자리에 누웠다. 그러나 1분도 잠들지 못했다. 그는 근친상간자가 아니었다. 단순한 욕망을 가졌다고 해서 근친상간이 되는 게 아니다. 잠들지 못하고 누워 있었지만 에우독시아가 들어오는 걸 보지도 못했고, 소리도 듣지 못했다. 그의 불면은 수면보다 더 닫히고 귀먹은 것이었다. 아침이 되어 해가 방 안을 비추기 시작할 때 별안간 외치는 소리, 울음소리들이 들려왔다. 침대에서 벌떡 일어나 가운을 찾았다. 에우독시아는 방 안에 없었다. 양말을 신은 발에 슬리퍼를 꿰고 파자마 잠옷 위에 가운을 걸치며 방 밖으로 나섰다.

글로리아가 두 팔을 벌린 채 달려왔다.

—아빠! 노에미아가 죽었어요! 노에미아가 죽었대요, 아빠!

딸이 그의 품 안으로 뛰어들었다. 사비노는 먼저 자동차 사고를 생각했다. 그러나 곧이어 다가온 에우독시아가 글로리아와 동시에 말했다.

—사무실에서 살해당했대요. 사무실에서요!

어젯밤, 그를 기다리는 동안 살해당했다. 그가 전화했을 때는 이미 죽어 있었다. 사비노가 말했다.

—진정해라. 진정들 해! 내가 전화해보겠다. 울지 마라.

사무실로 전화를 걸어 모든 사태를 전해 들었다. 청소하는 사람들이 아침에 도착했을 때 사무실 문은 열려 있고 불이 켜져 있었다. 이상하게 여겨 안으로 들어가자 반쯤 벌거벗은 여자가 온몸에 칼질을 당한 채로, 음부에는 십자가가 그어진 채로 죽어 있었다.

사비노는 통화를 끝내며 말했다.

—오늘은 결혼식이 있어서. 나중에 사무실에 들르겠네.

글로리아가 옆에서 훌쩍였다. 그는 화가 나서 외쳤다.

—울음 그쳐라! 그만 해! 웬 히스테리냐?

소녀도 소리쳤다.

—아빠! 아빠는 감정도 없으세요? 노에미아가 죽었다는데, 아빤 불쌍하지도 않으세요!

그는 머리를 벽에다 부딪혀 박고 소리 지르며 거리로 뛰쳐나가고 싶었다. 글로리아의 양팔을 움켜잡고 말했다.

—애야, 잘 들어라. 우리 진정하자. 내 말 들어라. 노에미아는 친척도 아니고, 친구도 아니야. 알겠니? 친구도 아니잖아. 그저 고용인일 뿐이다. 아가, 물론 안됐다. 하지만 이미 벌어진 일이고, 내가 뭘 어떻게 할 수 있겠니, 응?

—아빠, 아빠는 나쁜 사람이에요!

그는 악을 썼다.

─중요한 건 네 결혼식이다! 네 결혼식!

그를 정말 공포스럽게 만드는 건 누구도 그의 절망을 알아줄 수 없다는 사실이었다. 에우독시아가 그를 한쪽으로 끌어당기면서 말했다.

─살인 사건 때문에 잡지에 결혼 사진이 안 나오는 일은 없겠지요?

─아, 에우독시아, 입 닥쳐, 입 닥쳐!

아내가 발끈했다.

─언제부터 나한테 두번째로 욕설이군요!

─닥치라는 말이 언제부터 욕설인가!

경찰이 도착했다. 사비노는 한젤이라는 이름의 수사관과 경찰 두 명을 맞으러 서재로 갔다. 우선 글로리아를 다른 방으로 보내야 했다.

─아가, 안으로 들어가거라.

그리고 다시 말했다.

─중요한 건 네 결혼식이다!

경찰들과 살인 사건에 대해 이야기했다. 시체가 30여 차례에 걸쳐 칼질을 당했다고 수사관이 말했다. 그는 담배를 재떨이에 비벼 끄고는 말했다.

─강도는 아니구요. 치정 살인입니다. 순전한 치정 살인. 살인 범죄로 말하자면, 내 평생에 그런 정신병자 같은 짓은 처음 봤어요. 경찰 경력만 20년인데 말입니다.

─의심 가는 혐의자가 있습니까?

수사관은 모자를 벗어 부채질을 하며 말했다.

─없습니다. 한 명 있기는 한데요. 죽은 이의 정부였던 샤비에르라는 사람입니다. 그런데 그 작자는 어제 자기 아내를 죽이고 자살했어요. 샤비에르의 아내는 나병 환자였다고 합니다. 그런데요, 죽은 이가 선생님의

비서였나요?

—그렇습니다.

—어떤 아가씨였지요?

—품행 단정하고 모범적인 직원이었습니다.

잠시 후, 수사관은 자리에서 일어났다. 사비노는 그를 따라 문까지 나가면서 말했다.

—이거 정말 우연치고는 너무 운이 나쁩니다. 그 아가씨를 내 사무실에서, 그것도 집안 결혼식 날, 아니 결혼식 전날 살해하다니. 오늘이 막내딸 결혼식이거든요. 하지만 협조할 수 있는 건 뭐든 도와드리겠습니다. 필요하시면 언제든 연락 주십시오.

수사관은 잠시 멈춰 서서 모자를 손으로 돌리며 말했다.

—그러게 말입니다, 사비노 선생님. 샤비에르라는 인물이 어쩌면 단서일 수도 있었는데, 죽어버렸으니 원. 범죄는 있는데 범인이 없군요.

사비노는 숨을 깊이 들이쉬고 말했다.

—범인은 반드시 나타날 겁니다. 반드시요.

—그렇게 되어야지요.

그러고 나서 몇 시간 동안 사비노는 자기가 무얼 말하는지, 무슨 행동을 하는지 의식하지 못했다. 등기소에 가서 결혼식 서약을 하고 나서 글로리아의 시어머니 되는 이와 인사를 나누면서 말했다.

—노에미아가 죽었습니다.

테오필로와도 마찬가지였다. "노에미아가 죽었다네." 모두들 집에 도착했을 때 사진사들이 먼저 와 있었다. 글로리아는 황급히 웨딩드레스를 입으러 갔다. 미용사 비센치가 머리를 해주러 왔다. 화장해주는 사람도 왔다. 마침내 글로리아가 웨딩드레스를 차려입고 컬러 사진을 찍기 위해 사진사들 앞에서 포즈를 취했다. 신부 뒤에는 에우독시아와 언니들과 이모, 고모들이 줄지어 붙어 섰다. 『만쉐치』 잡지사에서는 50여 장의 사진을 찍어갔다. 드디어 연미복을 차려입은 사비노가 나타났다. 가끔씩 이 사람 저 사람을 붙들고 그가 말했다.

—중요한 건 결혼식이야!

훗날 누군가는 그가 딸의 팔짱을 끼고 성당에 들어설 때 성인의 초상화처럼 창백한 얼굴이었다고 말할 것이다. 그는 지루한 절망감을 품고 결혼 의식을 지켜봤다. 사위의 동성애 사실 따위는 아주 먼 옛날 일 같았다. 결혼식에 온 장관과 장관 부인과도 거의 말을 나누지 않았다. 훗날 사람들은 그 결혼식에 리우데자네이루 인사의 절반이 왔었다고 말할 것이다.

신랑 신부와 들러리들이 사제실로 들어갔을 때 에우독시아는 문득 남편이 안 보이는 걸 깨닫고 여기저기 물어봤다.

—사비노 못 봤어요? 사비노? 어디 갔지?

아무도 그를 본 사람이 없었다. 신랑 신부가 하객들의 인사를 받고 있는 동안 사비노는 그의 벤츠에 올라탔다. 운전사가 물었다.

—사모님은 안 오십니까?

—안 온다네. 그냥 출발하게.

신부가 벤츠를 타고 왔지만 다른 차를 타고 가면 될 것이다. 다시 운전사가 물었다.

—어디로 가십니까, 사비노 사장님?

—경찰서로 가주게. 어디냐고? 그 시내 경찰서로.

몇 분 후 그는 경찰서 문을 들어서고 있었다. 안에는 경찰 출입 기자들로 가득 차 있었다. 새 연미복을 빳빳하게 차려입은 잘생긴 중년 신사의 출현은 기이한 분위기를 자아냈다. (그날 이후 사비노는, 경찰 출입 기자들에게서는 나쁜 체취가 풍긴다고 생각하게 됐다.) 기자들을 상대로 같은 이야기를 이미 열다섯 번은 되풀이한 수사관 한젤이 그를 보고 자리에서 일어섰다.

—아, 사비노 선생님!

사비노는 주위를 둘러보며 물었다.

—신문사에서 오신 분들이죠? 그럼 이리 와서 제 말을 들어주십시오.

그는 분명하고 강한 어조로 한 마디 한 마디 말했다.

—저는 지금 제 범죄를 자백하러 왔습니다. 나, 사비노 우쇼아 마라 냥은, 어제, 나의 사무실에서, 나의 비서 노에미아를, 질투 때문에, 살해했습니다. 죽은 아가씨는 나의 정부였고, 우리는 어제 오후에 아도키 로보에 있는 한 아파트에서 같이 있었습니다.

그는 한 손을 가슴에 얹었다.

—내가 살인범입니다. 그녀는 나의 정부였습니다. 칼은 바다에 버렸습니다. 나는 살인범입니다.

경찰서 안에서는 일대 혼란이 벌어졌다. 기자들은 자기들끼리 이리 부딪치고 저리 부딪쳤다. 사진 기자 두 명이 책상 위로 올라서고, 이어 플래시가 터졌다. 한젤 수사관이 버럭버럭 소리를 질렀다.

—미에시모를 불러와! 미에시모, 어디 갔나!

미에시모는 경찰서 서기였다. 그 시간에 경찰서 앞 간이식당에서 맥주와 생선튀김을 먹고 있었다.

누군가가 사비노에게 의자를 갖다 줬다. 의자에 앉았다.

그는 행복했다.

사랑과 욕망 안에 숨겨진 어두운 파멸의 힘

1. 네우송 호드리게스의 생애와 작품 세계

네우송 호드리게스(1912~1980)는 브라질 북부지방의 헤시피 시(市)에서 정치가이며 언론인이었던 마리오 호드리게스와 마리아 에스텔 사이의 14자녀 중 다섯째로 태어났다. 그의 아버지 마리오 호드리게스는 네우송이 4살 되던 해 당시 브라질의 수도였던 리우데자네이루로 식구들을 데리고 이주했다.

네우송 호드리게스는 조숙한 아이였다. 불과 8살 때 학교 글짓기 대회에 아내의 간통 장면을 목격한 남편이 칼을 빼들어 아내를 살해한 후 시체 앞에서 용서를 비는 내용의 글을 냈다. 13살이 되던 해 아버지가 경영하던 신문사 『아 망야(아침)』에서 경찰 출입 리포터로 일을 시작했다. 14살 때에는 학교 교사들과 충돌을 일으키다 한 차례 퇴학당했고, 15살 때 중학교 3학년 과정을 중퇴한 후 두 번 다시 정규 교육 과정으로 돌아가지 않았다.

그가 17살 되던 해에 역시 아버지가 운영하던 신문사에서 일하던 둘째 형이, 신문에서 자신의 이혼 기사를 다룬 것에 악의를 품은 한 유명인사 여인에게 총격 당해 사망했다. 네우송은 현장에서 형의 죽음을 목격했다. 이 사건은 호드리게스 가족들에게 큰 슬픔과 충격을 안겨주었다. 자신의 잘못으로 아들이 죽었다고 생각한 아버지는 술로 괴로움과 죄책감을 달래다 두 달 후 뇌경색을 일으켜 사망했다. 이에 더해 당시 브라질 전역에 걸쳐 발생한 정치적 소요에 휘말려 신문사는 문을 닫고 말았다. 이때 겪은 일련의 비극적 사건들은 후에 그의 작품 세계에 지속적인 영향을 미쳤다.

가장을 잃고 생활고에 직면한 네우송과 형제들은 현재까지도 브라질에서 가장 강력한 영향력을 행사하는 언론 매체인 『오 글로보*O Globo*』에 들어가 일하게 되었다. 네우송 호드리게스는 몇 년 동안 계속된 빈궁한 생활과 과로로 인해 결핵에 걸렸는데, 1930년대에 결핵은 공포의 질병이었다. 이때 걸린 결핵은 평생을 두고 그의 건강을 위협하며 고통을 안겨주었다. 그는 이미 21살에 이빨을 모두 잃고 의치를 해 넣은 상태였다.

이때 2년간 요양소 생활을 하면서 네우송은 처음으로 연극 대본을 쓰기 시작했다. 그가 건강을 회복하고 리우데자네이루로 돌아온 이듬해인 1936년에는 바로 밑의 동생이 중병에 걸렸고 네우송은 7개월 동안 동생의 곁을 지켰지만 결국 사망했다. 이 시기에 네우송은 신문사 스포츠부에서 문화부로 옮겨 연극 비평을 쓰기 시작했다.

1940년, 28살 되던 해에 네우송은 같은 신문사에서 비서로 일하던 6살 아래인 에우자와 결혼했다. 에우자의 가족들은 병을 달고 사는 빈털털이 청년과의 결혼을 결사반대했지만 딸의 결심을 꺾을 수 없었다. 결혼하고 6개월 만에 다시 그의 결핵이 악화됐고, 항염제를 다량 복용한 끝에 목숨은 구했지만 시력의 30% 이상을 영구히 상실하여 이후 평생을 지독한 약시로 살았다. 아내 에우자와의 사이에 두 아들, 조프리와 네우싱요가 태어났다.

1941년에 그의 첫 번째 희곡인 「죄 없는 여인A mulher sem pecado」을 완성했지만 제작자들에게 잇달아 거절당하고 무대에 올리지 못했다. 이 작품은 1년 후에야 공연할 수 있었지만 별다른 반응 없이 막을 내렸다. 43년에 발표한 두 번째 희곡 「웨딩드레스Vestido de Noiva」는 무대에서 상연되자마자 큰 성공을 거두었고 그의 이름을 세상에 알리는 계기가 되었다.

「웨딩드레스」는 브라질 현대연극사의 분수령으로 기록되는 일대 혁명적인 작품이었다. 언어는 이전까지 연극 무대에서 볼 수 없었던, 생생하게 살아 있는 구어체였고, 극적 상황을 역동적으로 구성하기 위해 여러 시간과 사건을 중첩시켜 한 무대에 올려, 당시로서 획기적인 연출 방식을 선보였다.

신문사 월급으로 생활을 꾸려나가는 한편 어머니와 어린 동생들을 돌봐야 했던 그는 부수입을 벌어들일 일거리가 필요했다. 여자 이름 "수자나 플락"을 필명으로 신문에 연재한 그의 첫번째 소설이 『나의 숙명적 원죄Meu destino é pecar』(1944)이다. 『나의 숙명적 원죄』는 선풍적인 인기를 끌었고 덕분에 연재 초기 3천 부에 불과했던 신문 발행 부수는 3만 부까지 늘어났다. 38회에 걸친 연재가 끝나고 묶여 나온 단행본은 30만 부가 팔리는 대성공을 거두었다. 이에 힘입어 다음 작품 『사랑의 노예Escravas do amor』(1944)를 연재하면서도 네우송은 계속 수자나라는 필명을 사용했다.

이후 발표한 희곡 작품들—「가족 사진첩Álbum de família」(1946), 「검은 천사Anjo negro」(1947), 「여섯번째 왈츠Valsa nº.6」(1951), 「죽은 여자A Falecida」(1953), 「아스팔트 위의 키스Beijo no asfalto」(1960), 「모든 나체는

처벌 받을지어다Toda nudez será castigada」(1965), 「뱀A Serpente」(1978) 등
총 17편—을 통해 네우송 호드리게스는 브라질 희곡 문학계에서 가장 중
요한 작가 중 한 명으로 입지를 다졌다. 그의 작품들은 지금도 끊임없이
무대에서 공연되고 있으며, 계속 재해석되면서 생명력을 유지하고 있다.
하지만 발표 당시에는 거의 대부분의 작품이 공권력의 검열에 의해 장기
간, 길게는 거의 20년 가까이 상연을 금지당하는 수난을 겪었다. 그의 연
극을 관람한 관객들 중 일부는 그를 '천재'라고 했고 일부는 '변태'라고 했
다. 네우송은 관객들을 '바보들'이라고 불렀다.

네우송 호드리게스는 1953년부터 5년간 관계를 지속한 애인 욜란다
와의 사이에서 세 자녀를 더 얻었다. 이 무렵, 1990년대에 텔레비전 시리
즈로 제작됐던 그의 유명한 연작 콩트, 『인생은 그런 것A vida como ela é』을
신문에 연재했다. 1959년에서 1960년까지 7개월에 걸쳐 연재됐던 소설
『야만의 아스팔트Asfalto Selvagem』는 폭발적인 인기를 끌었다. 그는 모두 9
편의 소설을 남겼는데 이 중 1966년에 가장 마지막으로 발표한 『결혼식
전날 생긴 일O Casamento』(원제: 결혼식)에 이르러서야 비로소 네우송 호
드리게스라는 본명을 사용했다.

소설 『결혼식 전날 생긴 일』은 돈이 궁했던 그가 출판사 사장인 친구
로부터 약 900불 상당의 선금을 받고 써낸 작품이었다. 출판사에서는 동
성애와 근친상간이 난무하는 이 소설을 받아들고 난감해했지만 출간 2주
일 만에 8천 부가 팔려나가는 좋은 반응을 얻었다. 이 책은 법무부의 판
매금지 처분을 받았지만 1년 후 판금 해제되었다.

1963년에 네우송은 유부녀이며 세 아이의 엄마였던 루시아와 사랑에
빠져 에우자와 별거에 들어갔다. 루시아와의 사이에서 태어난 딸은 출생
시 심각한 뇌손상을 입어 움직이지도 앞을 보지도 못하는 아기였다. 7년

후 루시아와 헤어진 네우송은 35살 연하의 엘레나와 함께 살다가 지병이 도지고 건강이 악화된 상태로 말년인 1977년에 첫번째 부인 에우자에게 돌아가 그녀 옆에서 죽음을 맞았다.

　소설과 희곡을 비롯해 거의 모든 그의 작품이 다루는 주제는 가족이라는 집단 안에서 발생하는 비극이다. 비극은 인간 내면의 어두운 욕망, 즉 억압된 성욕으로 인해 빚어진다. 왜 그의 작품에서 그리는 인간의 욕망과 성은 그토록 파괴적이고 병적인가. 네우송 호드리게스는 그것이 부르주아 가족 이데올로기를 구성하는 소위 '상식'과 '건전함', '정상'을 규정하는 윤리와 도덕체계가 불러오는 피할 수 없는 결과라고 이해했다.
　네우송 호드리게스에게 있어 성(性)과 욕망은 상식과 통념, 윤리와 도덕이라는 허약한 표면 뒤에 숨어 있지만 언제 터져 나올지 모르는 시한폭탄 같은 존재이다. 오랫동안 억압되어 있다가 우연찮은 사건을 계기로 그 실체를 드러내는 욕망은 섬뜩하리만치 병적이고 파멸적으로 뒤틀려 있다. 그렇게 억눌리고 비뚤어진 욕망이 결국은 가족 간의 배신, 복수, 증오, 저주, 근친상간, 살인 같은 극단적인 사건들을 통해 드러나는 과정이 그가 일생을 두고 집착했던 이야기 소재다.
　「죄 없는 여인」은 하반신 마비 환자인 남편이 아내와 아내의 의붓형제의 관계를 의심하고, 아내는 그의 의처증에 시달리던 끝에 비극적인 파국을 일으키는 이야기다. 「웨딩드레스」에서는 여자 주인공이 의문의 사고를 겪은 후 한 창녀의 과거와 자신의 과거가 뒤섞이는 기억 혼란을 겪는 가운데 자신의 여동생과 남편이 얽힌 음모 속으로 빠져들어간다. 「모든 나체는 처벌 받을지어다」에서 50대의 홀아비인 주인공은 그의 재혼을 인정하지 않는 아들과 갈등을 겪는데 열여덟 살 난 아들은 새어머니와 육체

관계를 갖고 그 충격으로 인해 범죄자들과 어울리다 남자들로부터 강간당한다. 「아스팔트 위의 키스」에서는 매명에 눈이 먼 신문기자와 경찰이 남자 주인공의 동성애 스캔들과 부정 사건을 조작한다.

그가 주로 작품 활동을 했던 1940년대에서 1960년대 사이에 이러한 소재를 가지고, 그것도 아주 노골적이고 약간은 과장스런 스타일의 블랙 유머 터치로 다루었던 그의 문학은 사회적으로 격렬한 거부반응에 부딪쳤다. 그의 작품의 문학적 가치를 높이 평가한 일부 평론가들을 제외하고는 많은 사람들이 그를 '가족 제도의 파괴자', '포르노 소설가', 심지어는 '변태성욕자'라고 비난했다. 소설 『결혼식 전날 생긴 일』은 발표 즉시 정부의 판매금지령에 묶이기도 했다.

그러나 네우송 호드리게스의 작품은 당대 사회의 몰이해와 관료 권력이 부과한 장애는 물론 시간의 제약까지 초월하며 살아남았다. 오늘날에 이르러, 충격적인 변태 성욕구와 파멸적 인간 행위를 냉소적인 익살스러움으로 묘사하는 그의 특이한 작품 스타일은 문학적 의미를 넘어 브라질 현대 사회에서 하나의 문화 아이콘이 되어 있다.

네우송 호드리게스는 희곡과 소설뿐만 아니라 영화, 텔레비전 방송 드라마 분야에서도 비중 있는 작품들을 남겼다. 일생을 건강 문제에 시달리면서도 놀라울 정도로 왕성한 창작력을 발휘하며 다방면에 걸쳐 많은 작품을 발표했고 일간지에 하루도 빠짐없이 칼럼과 짧은 콩트, 단편 등을 게재했다. 말년에 이르러 지병이었던 결핵이 악화되어 몇 차례에 걸친 입원과 퇴원, 심근 경색을 겪은 끝에 1980년 12월 21일, 향년 68세를 일기로 사망했다.

2. 소설 『결혼식 전날 생긴 일』의 개요와 작품 이해

"소설 『결혼식 전날 생긴 일』은 브라질 현대 사회를 배경으로 한 소설 가운데 가장 뛰어난 작품 중 하나"라고 브라질의 문화 비평가이자 영화감독인 아르나우도 자보가 격찬한 바 있다.

이 소설은 주인공을 둘러싼 인물들에게 하루 동안 벌어지는 사건과 함께 이들의 의식과 생각의 흐름을 따라가며 과거의 사건을 회상하는 형식으로 구성돼 있다. 평온한 일상의 얼굴 뒤에 감춰져 있던 은밀한 욕망과 차마 드러낼 수 없이 숨겨왔던 어두운 열정이 가족생활에서 가장 중요한 행사 중 하나인 결혼식을 하루 앞둔 전날, 예상치 못했던 사건의 발생과 더불어 모습을 드러낸다. 갑작스런 사태의 진전과 예상을 뒤엎는 반전을 따라가면서 잊고 싶었던 과거의 기억들이 현재 벌어지는 사건과 연결돼 불려나온다.

리우데자네이루의 부유한 사업가인 사비노는 성장한 자식들을 두고 평온한 결혼 생활을 보내는 중년. 그러나 가장 사랑하는 막내딸 글로리아의 결혼식 전날, 그를 둘러싼 모든 세계가 산산조각 나고 만다. 오랜 친구인 가족 주치의가 찾아와 그의 사윗감이 사실은 동성애자라고 충격적인 폭로를 한다. 이 사실을 가족들에게 알려야 할지 말아야 할지 어찌할 바를 모르고 사비노가 고민하는 동안 딸 글로리아는 주치의를 찾아 처녀성 검사를 요청한다. 글로리아를 맞은 의사는 아들이 교통사고로 숨지기 전날 있었던 말다툼을 회상하고, 글로리아는 자신과 처음 관계를 가진 남자가 주치의의 죽은 아들이었음을 고백한다.

　한편 번민에 싸인 사비노는 자신을 흠모하는 여비서와 정사를 벌이고, 사모하던 사비노의 사랑을 얻었다고 생각한 여비서 노에미아는 가난하고 무능력한 애인 샤비에르가 찾아오자 냉정하게 결별을 선언한다. 글로리아는 주치의의 아들이 죽기 전날, 그의 동성애자 친구를 방문했던 일을 기억한다. 친구는 동성애자라는 이유로 자신을 핍박했던 아버지의 임종 순간에 그동안 당했던 모멸을 복수하기 위해 친구들에게 도움을 청했었다.

　한편 샤비에르는 노에미아에게 버림받은 것에 분개해 그녀를 살해한다. 사비노는 결국 딸 글로리아에 대한 성적 욕망을 드러내고, 다른 딸들이 글로리아와 똑같은 지참금을 요구하면서 사비노를 협박하는 과정에서 더욱 놀라운 과거의 비밀이 드러난다. 결혼식은 예정대로 진행되고, 사비노는 노에미아를 살해한 범인으로 거짓 자수하고 체포되면서 오히려 갈등과 번민에서 구원받음을 느낀다.

　『결혼식 전날 생긴 일』에 등장하는 인물들은 성적 욕망이 좌절당해 불행한 인간들이다. 결혼과 가정이라는 가장 기본적인 사회제도는 그 자체가 태생적으로 성욕을 억압하는 성격을 갖기 때문이다. 결혼과 가족 유지의 이데올로기는 인간 성욕의 본질 중 하나인 위반의 욕망을 통제한다. 그러므로 그 안에서 살아가는 인간의 운명은 필연적으로 비극적일 수밖에 없다. 인간의 성은 근본적으로 굴절되고 왜곡되어 고통스러울 수밖에 없고, 악마성은 존재의 조건에 이미 내포되어 있는 것이다. "정상적인 사랑은 모두 슬프고 병적이다"라는 주인공의 독백에서 정상적인 사랑이란 바로 가족과 결혼이다. 글로리아가 베르나르도 신부를 광적으로 사모하고, 안토니오 카를로스에게 욕정을 품으며, 안토니오 카를로스와의 사도 마조히즘적 정사에서 평화를 얻는 것은 정상적이지 않은 관계에서만 자유로울 수 있는 것이 성적 욕망이기 때문이다.

주인공 사비노는 '올바름'과 '정의로움'이라는 도덕적 가치에 철두철미했던 아버지가 그 완전했던 모습을 잃어버리고 똥구덩이 속에서 죽어가던 순간에야 아버지와의 화해를 이룬다. 프로이드의 정신분석 이론을 굳이 끄집어내지 않더라도 여기서 아버지는 죽어야만 화해할 수 있는 존재, 아들의 일생에서 모든 선택을 좌우하고 갈등을 야기할 뿐만 아니라 죽음에의 충동으로 이끄는 명령이자 원칙이라는 것을 알 수 있다.

아버지의 원칙 아래 내면의 원초적 욕망을 억눌러야 했던 사비노는 창녀들과 잠자리를 할 수 없었다는 이유로 결혼을 하고 결국 우연찮은 계기에 거부할 힘이 없는 병자에게 폭발적으로 욕구를 드러낸다. 그리고 헌신적인 태도로 위장되지 않은 애정을 그에게 바치는 노에미아의 죽음을 통해 비로소 영혼의 상처를 치유받는다.

죽음은 『결혼식 전날 생긴 일』에서 작품 전체를 이끌어가는 중요한 단서로 작용한다. 소설은 주인공 사비노의 의식 속에서 맴도는 아버지의 죽음에 대한 기억으로 시작해 통제할 수 없는 광기로 고통받던 끝에 죽음을 택하는 안토니오 카를로스의 자살을 둘러싼 등장인물들의 회상을 중심에 놓고 전개되다가 샤비에르의 노에미아 살해와 자살로 결말을 맺는다. 네우송 호드리게스의 거의 모든 작품에서 죽음은 중요한 의미를 갖는다. 죽음은 단지 비극적 결말로서가 아니라 유일한 구원의 실마리로 취급된다. 죽음은 인간이 세상과의 갈등에서 풀려나 화해를 이루고 자기 긍정에 이르는 길로 이끄는 유일한 탈출구다.

　　『결혼식 전날 생긴 일』에 등장하는 오이디푸스 내러티브는 사비노와 그의 아버지, 안토니오 카를로스와 그의 아버지, 조제 오노리오와 그의 아버지의 관계에 걸쳐 반복적으로 모습을 드러낸다. 사비노가 권위를 온전히 상실하고 똥구덩이 속에서 숨을 거두는 임종을 통해 아버지와 화해할 수 있었다면, 안토니오 카를로스는 세상과 아버지와의 관계에서 비롯되는 긴장을 이기지 못하고 자살을 택한다. 조제 오노리오와 그의 아버지 사이의 갈등은 '비정상적인 성'으로 분류되는 동성애에 대한 폭압과 그로 인해 비극적으로 일그러진 복수의 열망이 대결하는 양상으로 나타나는데 뒤에 숨은 것은 역시 권력과 질서의 상징인 아버지와 그에 대한 공포와 증오로 파괴당한 아들의 관계이다. 여기서 동성애는 곧 인간 일반의 숨겨진 욕망으로서의 성욕이고, 조제 오노리오의 아버지는 성을 억압하는 존재인 사회와 제도인 셈이다. 안토니오 카를로스나 조제 오노리오 모두 아버지의 폭력적인 질서에 대항하는 길은 자기 모멸과 파괴 뿐이다.

　　아버지의 질서에 맞서 자기를 파멸시키는 과정에서 성욕은 사디즘과 마조히즘으로 자신을 드러낸다. 겉으로 보기에는 부유한 중산층 정상적인 가정의 선남선녀인 글로리아와 안토니오 카를로스의 정사 장면은 가치관의 전복, 처벌 받고자 하는 욕망에 온몸을 내맡긴 채 만나는 희열로 가득 차 있다. 아버지에 대한 증오, 아버지가 죽기를 바라는 억압된 소망이 죄책감을 불러일으키고 이 죄책감을 해소하는 길은 자기 학대의 마조히즘이라는 것이 프로이트의 견해이다. 마조히즘의 대표적 상징인 예수와 안토니오 카를로스를 겹쳐놓는 글로리아의 상상도 그런 맥락에서 이해할 수 있다.

　　『결혼식 전날 생긴 일』에서 가족은 인간의 욕망을 억압해 파멸로 이끄는 세상과 동일한 의미를 갖는 제도다. 가족은 세상의 저속함과 추악함을 고스란히 담고 있는 축소판이다. 글로리아와 사비노 사이의 근친상간적인 긴장은 바로 이 세상을 향한 저항이자, 세상의 축소판과 같은 제도인 가정을 깨뜨리고 자유를 얻고자 하는 성적 욕망의 분출이다. 흔히 사랑은 벌 받는 일처럼 지루하게 견뎌야 하는 이 삶에서 일종의 구원이자 축복으로 이해되지만 네우송 호드리게스의 작중 인물들에게 있어 사랑은 항상 파멸로 이끄는 불행한 꿈에 불과하다. 사랑은 반드시 성욕을 수반하고 성욕은 근본적으로 인간을 세상으로부터 대립시켜 고통스럽게 만들 것이기 때문이다. 베르나르도 신부가 "너의 문둥병을 인정하라"고 말할 때, 문둥병은 우리 안에 숨은 성욕이라는 파멸적 본능이다. 사랑을 통해 소외된 자들이 서로를 위무할 수 있으리라는 것은 착각이다. 그래서 노에미아와 샤비에르는 살인이라는 비참한 최후를 맞이한다. 그리고 더 이상 성욕의 대상이 될 수 없는 여자, 즉 죽은 여자에 대한 사랑을 인정하면서 비로소 사비노는 구원을 얻는다.

네우송 호드리게스의 글쓰기 스타일은 생생한 구어체의 대화를 많이 사용하고 간결한 단문으로 상황을 집약적으로 묘사하고 있어 재미있고 쉽게 읽힌다. 현대인의 삶의 비극과 위선을 간파하는 날카로운 감수성이 작품 전편에 넘치며 시종일관 어둡고 비관적인 이야기 전개와 대조적으로 냉소적이고 희극적인 인물 묘사가 압권이다. 특히 이 소설은 사건 전개와 인물들의 성격 캐릭터 묘사에 있어 처음부터 마지막 장까지 팽팽한 긴장을 유지하는 탁월한 구성력을 보여준다. 상처와 기억이 뒤섞이고 현재와 과거가 넘나드는 중층적인 서술 방식이 소설 전체를 끌어가는 힘을 발휘하고 있다.

작가는 세상과 기본적으로 모순되는 성적 욕망, 억압된 성이라는 조
건으로 인해 존재 자체에서 비롯되는 고통의 처절함과 사람과 사람 사이
의 소통. 불가능한 철저한 고립, 세상과 결코 화해할 수 없는 사랑이 가져
다주는 상처에 대한 이야기를 하고 싶어 한다. 사랑과 욕망이 가져오는
파멸적인 힘에 대해 네우송 호드리게스처럼 철저하고 집요하게 파헤치고
들어간 작가는 브라질 문학사에서 보기 드물다.

작가는 그 이야기를 하기 위해 인간의 가장 추하고 암울하고 황폐한
면들을 모아 소설이라는 틀 속에서 보석같이 갈아내어 우리 앞에 보여주
고 있다. 다시 한 번 아르나우도 자보의 말을 빌리자면 "네우송 호드리게
스는 인간과 사회의 불완전함을 묘사하는 데 있어서 완전"하다.

1912   8월 23일 브라질 북부 헤시피Recife에서 태어남.

1916   가족과 함께 리우데자네이루Rio de Janeiro로 이주.

1925   13살에 아버지 신문사의 리포터로 기자 경력 시작.

1927   중학교 3학년에 중퇴. 이후 정규교육과정 밟은 적 없음.

1940   같은 신문사에서 일하던 에우자 브레타냐와 결혼. 결혼 6개월 만에
        결핵으로 시력의 30%를 잃음.

1941   첫번째 희곡 「죄없는 여인A mulher sem pecado」 집필. 첫아들 조프리 태
        어남.

1943   두번째 희곡 「웨딩드레스Vestido de noiva」를 무대에 올려 큰 반향을 일
        으킴.

1944   수자나 플락이라는 필명으로 『나의 숙명적 원죄Meu destino é pecar』 연재
        시작. 연재물이 단행본으로 성공을 거두자 소설 『사랑의 노예Escravas
        do amor』 집필.

1945   둘째 아들 네우싱유 태어남.

1946 「죄없는 여인」과 「웨딩드레스」의 공연 성공에 힘입어 세번째 희곡 「가
족 사진첩Álbum de família」을 탈고하지만 검열에 걸려 무대에 올리지 못
함. 「가족 사진첩」은 이후 1967년에야 초연됨. 수자나 플락이라는 필
명으로 소설 『나의 인생Minha vida』 출간.

1948 희곡 「검은 천사Anjo Negro」의 흥행 성공에 힘입어 36살에 자기 집 마
련. 같은 해에 소설 『불 같은 신혼Núpcias de fogo』 출간.

1949 여배우 엘레오노르 브루노와 사랑에 빠져 그녀를 위해 희곡 「도로테
이아Dorotéia」 집필. 후에 이 작품은 평론가들로부터 그의 희곡 중 가
장 훌륭하다는 평을 받음. 같은 해에 '미르나'라는 필명으로 소설 『너
무 많이 사랑한 여인A mulher que amou demais』 발표.

1951 다니던 신문사를 나와 실직 상태로 1년을 보낸 후 유명한 연작 콩트
『인생은 그런 것A vida como ela é』의 연재 시작. 같은 해 6월에 누이동생
둘싱야의 일인극으로 「왈츠 6번Valsa nº.6」 발표.
   소설 『금지된 남자O homem proibido』 발표.

1953 희곡 「죽은 여자A falecida」를 리우데자네이루 시립극장에 올림. 소설
『거짓말A Mentira』 발표. 이 시절 욜란다와 연인관계 시작. 5년간 지속
된 욜란다와의 관계에서 두 딸 마리아 루시아, 소니아와 아들 파울로
세자르가 태어남.

1957 희곡 「배신당한 나를 용서하라Perdoa-me por me traíres」가 다시 검열에서
일부 삭제당함. 네우송 자신이 배우로 출연한 공연장에서 갈채와 야
유가 엇갈리는 가운데 총기난사 사고가 발생하고 공연이 금지됨. 같
은 해 희곡 「정직한 과부Viúva, porém honesta」를 발표하고 공연함.

1958 희곡 「일곱마리 고양이Os sete gatinhos」 공연.

1960 7개월간 연재해 폭발적인 인기를 얻은 소설 『야만의 아스팔트Asfalto

Selvagem』출간. 희곡「아스팔트 위의 키스Beijo no asfalto」발표.

1961   희곡「황금의 입Boca de Ouro」발표.

1963   유부녀 루시아와 사랑에 빠짐. 부인 에우자와 별거에 들어감. 루시아
        와의 사이에서 태어난 딸 다니엘라가 뇌성마비로 실명함. 같은 해에
        처음으로 TV 드라마「거울 없는 죽음A morte sem espelho」집필.

1964   TV드라마「사랑의 꿈Sonho de amor」,「타인O Desconhecido」집필.

1965   희곡「모든 나체는 처벌받을지어다Toda nudez será castigada」의 흥행 성공.

1966   출판사로부터 900불 상당의 선금을 받고 집필한 소설『결혼식 전날
        생긴 일O Casamento』(원제: 결혼식) 을 처음으로 저자 본명으로 발표.
        법무부의 판매금지 결정이 내려지나 이듬해 철회됨.

1967   수필집『네우송 호드리게스의 회상Memórias de Nelson Rodrigues』출간. 이
        시기에 신문『오 글로보O Globo』등에 연재한「불멸의 축구선수들À
        sombra das chuteiras imortais」,「고백As confissões」등을 책으로 펴냄.

1970   루시아와 헤어지고 35살 연하의 엘레나 마리아와 동거 시작.

1972   아들 네우싱유가 브라질 군사정권에 대한 반체제 운동으로 투옥됨. 군
        사정권에 호의적이었던 네우송 호드리게스는 자신의 영향력을 행사해
        반체제 인사 구명운동에 나섬.

1973   희곡「안티 네우송 호드리게스Anti-Nelson Rodrigues」발표. 건강이 급속
        도로 나빠지고 수차례의 입원과 수술을 반복함.

1977   부인 에우자와 재결합.

1978   마지막 희곡「뱀A Serpente」발표.

1980   12월 21일 세상을 떠남.

'대산세계문학총서'를 펴내며

근대문학 100년을 넘어 새로운 세기가 펼쳐지고 있지만, 이 땅의 '세계문학'은 아직 너무도 초라하다. 몇몇 의미 있었던 시도에도 불구하고, 전체적으로는 나태하고 편협한 지적 풍토와 빈곤한 번역 소개 여건 및 출판 역량으로 인해, 늘 읽어온 '간판' 작품들이 쓸데없이 중간 되거나 천박한 '상업주의적' 작품들만이 신간 되는 등, 세계문학의 수용이 답보 상태에 머물러 있었음을 부인하기 힘들다. 분명한 자각과 사명감이 절실한 단계에 이른 것이다.

세계문학의 수용 문제는, 그 올바른 이해와 향유 없이, 다시 말해 세계문학과의 참다운 교류 없이 한국문학의 세계 시민화가 불가능하다는 의미에서, 보다 근본적으로, 우리의 문화적 시야 및 터전의 확대와 그 질적 성숙에 관련되어 있다. 요컨대 이것은, 후미에 갇힌 우리의 좁은 인식론적 전망의 틀을 깨고 세계 전체를 통찰하는 눈으로 진정한 '문화적 이종 교배'의 토양을 가꾸는 작업이며, 그럼으로써 인간 그 자체를 더 깊게 탐색하기 위해 '미로의 실타래'를 풀며 존재의 심연으로 침잠하는 작업이라 할 수 있다.

우리의 현실을 둘러볼 때, 그 실천을 위한 인문학적 토대는 어느 정도

갖추어진 듯이 보인다. 다양한 언어권의 다양한 영역에서 문학 전공자들이 고루 등장하여 굳은 전통이나 헛된 유행에 기대지 않고 나름의 가치 있는 작가와 작품을 파고들고 있으며, 독자들 또한 진부한 도식을 벗어나 풍요로운 문학적 체험을 원하고 있다. 새롭게 변화한 한국어의 질감 속에서 그 체험이 이루어지기를 바라는 요청 역시 크다. 그러므로 필요한 것은 어쩌면 물적 토대뿐일지도 모른다는 판단이 우리를 안타깝게 해왔다.

이러한 시점에서, 대산문화재단의 과감한 지원 사업과 문학과지성사의 신뢰성 높은 출간을 통해 그 현실화의 첫발을 내딛게 된 것은 우리 문화계의 큰 즐거움이 아닐 수 없다. 오늘의 문학적 지성에 주어진 이 과제가 충실한 결실을 맺을 수 있도록, 우리는 모든 성실을 기울일 것이다.

'대산세계문학총서' 기획위원회